사민의 남자

上

지은이 | 류재현
펴낸이 | 권순남
펴낸곳 | 마롱
디자인 | 최미선
편　집 | 김슬아
마케팅 | 유소정

1판1쇄 인쇄일 | 2023년 7월 28일
1판1쇄 발행일 | 2023년 8월 7일

등록일자 | 2008년 1월 7일
등록번호 | 제310-2008-00001호

주소 | 서울시 노원구 상계 1동 1049-25 신영산업 BD 602호
대표전화 | 02-2091-0291
팩스 | 02-2091-0290
이메일 | marubooks@mayabooks.co.kr

979-11-368-3054-8 (04810)
979-11-368-3053-1 (set)

값 9,000원

* 저자와 협의하여 인지를 붙이지 않습니다.
* 잘못된 책은 교환하여 드립니다.

사민의 남자

MARONG ROMANCE STORY

류재현 장편소설

上

차례

서 序 | 7

제1장
신월장의 여무사 | 33

제2장
백화상단 白花商團 | 72

제3장
위장 僞裝 | 111

제4장
의식 意識 | 150

제5장
공동의 적 | 188

제6장
동주 同舟 | 226

제7장
삼 인의 남자 | 266

제8장
술기운 | 304

제9장
질투 嫉妬 | 342

제10장
흔적 痕迹 | 385

서 序

"응애애애애애!"

오랜 산고 끝에 터져 나온 아이의 울음소리가 산실에 우렁차게 울렸다. 금방이라도 실신할 것 같은 정신을 부여잡고 진 비는 아이를 받은 유모에게 물었다.

"아들인가?"

그녀가 어떤 대답을 간절하게 원하는지 알기에 유모는 잠시 주저하다 대답했다.

"따님입니다."

"아, 안 돼!"

진 비가 절망적인 얼굴로 외쳤다. 그녀는 손짓으로 다급하게 유모를 불러 귓가에 속삭였다.

"잘 들어, 유모. 난 딸을 낳은 적이 없네. 분명 아들을 낳았어."

"하지만 마마!"

유모가 놀란 눈으로 바라보았지만 진 비는 식은땀을 흘리면서도 무서운 집중력으로 유모의 팔을 움켜잡았다. 악력에서 독한 그녀의 의지가 보였다.

"친왕께선 아들을 원하신다고 하셨네. 이 아이가 아들이어야 후사 없이 죽은 왕비의 빈자리를 내가 차지할 수 있어. 앙큼한 송 비가 복중에 태아를 품고 있는 마당에 아들이라도 낳는다면 끝장이란 말일세."

"하지만 친왕께서 사실을 아시는 날엔 더 큰 화를 당하실 겁니다."

"그러니 당연히 모르셔야지. 이 아이는 아들이네. 자네와 나만 입을 다물면 되는 것이란 말이야. 유모는 내 사람이니까 날 위해 이 아이를 아들로 만들 수 있어. 그렇지 않은가?"

그녀가 얼마나 아들을 원했는지 알기에 유모는 진 비의 위험한 도박을 말릴 엄두도 내지 못했다. 아이를 낳고 혼절하기 직전이면서도 기어이 확답을 듣고야 말겠다는 눈빛에선 지금 이 순간에 남은 삶을 모두 건 것이 보였다.

선황의 아우인 담친왕은 일편단심으로 연모했던 왕비가 후사 없이 죽자 큰 실의에 빠졌다. 그에게는 후궁 진 비와 송 비가 있었고 그는 아들을 먼저 낳은 사람을 왕비로 삼겠다 선언했다. 하늘이 도우사 진 비가 송 비보다 먼저 회임을 하였는데 그토록 바라던 아들이 아닌 딸을 출산하고 말았다.

사가에서부터 진 비를 따라 왕부로 왔기에 유모는 그녀가 얼마나 왕비가 되기를 염원하였는지 당연히 잘 알았다. 하여 이렇게 무모한 계략까지 꾸미는 것에 도리어 연민이 일었다. 주인이 지옥 불에 들어가더라도 원하는 일인데 같이 들어가지 않을 이유가 없었다.

"알겠습니다. 지금 마마께선 아드님을 생산하신 겁니다."

"고맙네, 유모."

기어이 유모에게서 원하는 대답을 듣고서야 진 비는 의식을 놓았다. 땀으로 범벅이 되어 혼절한 진 비의 머리카락을 가지런히 정리해 주고 유모는 밖으로 나갔다. 그리고 크게 심호흡을 하고 친왕의 처소로 찾아가 아뢰었다.

"경하드리옵니다. 방금 진 비께서 아드님을 생산하셨습니다."

"오오, 그래? 진 비가 큰일을 하였구나."

유독 자식 복이 없던 차에 진 비에게서 고대하던 아들을 얻었다는 소식에 담친왕은 크게 기뻐했다. 유모는 이제 왕비가 될 진 비를 생각하며 기쁨과 동시에 불안함의 눈물을 삼켰다.

담친왕은 정신을 차린 진 비를 찾아가 그녀의 손을 잡고 노고를 치하했다. 그녀는 원대로 담친왕부의 왕비가 되었고 담친왕의 총애까지 얻었다.

출생의 비밀을 안고 난산 끝에 어렵게 얻은 아이라는 이유로 진 왕비의 아들은 철저하게 그녀와 유모의 손에서만 길러졌다.

그리고 이 년 후, 진 왕비는 그렇게도 고대하던 아들을 낳았다.

야심한 시각, 진 왕비는 은밀히 유모를 처소로 불렀다. 굳은 표정으로 눈에 바짝 힘을 주고 있는 것이 마치 이 년 전 진 왕비의 모습과 겹쳐 보여 유모는 긴장했다.

"이제 윤을 내보낼 때가 됐네."

역시나 청천벽력 같은 소리에 유모는 입을 떡 벌렸다. 방금 들은 소리가 제대로 들은 것인지 귀를 의심할 정도였다.

"아기씨를 내보내다니요? 어디로 말입니까?"

"어딘들 내보내야지. 진짜 아들이 태어난 마당에 그 아이를 더 이상 담친왕부에 둘 수는 없는 일이 아닌가? 원대로 왕비가 되었으니 그 아이의 역할은 모두 끝났어."

"왕비 마마, 제발 생각을 바꿔 주십시오."

"지금까지는 몸이 약하다는 이유로 숨겨서 키웠지만 이제 곧 계집인 것이 티가 날 테니 들키는 것은 시간문제야. 여우 같은 송 비가 그렇지 않아도 호심탐탐 흠을 잡으려 하는데 친왕을 속인 일이 들통나면 나와 자네는 물론이거니와 태어난 지 얼마 되지도 않은 세주까지 훗날을 장담할 수 없단 말일세."

어미가 되어서 한다는 소리로는 믿을 수 없지만 아들을 낳을 때까지 거짓말이 들통날까 봐 늘 노심초사했던 마음을 알기에 유모는 착잡한 표정으로 할 말을 잃었다. 그동안 진 왕비가 아들을 낳기 위해 얼마나 눈물겹게 노력했는지 지켜봤기에 더욱 그랬다.

어미가 되어 어떻게 이렇게 독하고 모질 수가 있을까 싶으면서도 다른 방도를 찾을 수 없는 실정이 안타깝고, 죄 없이 쫓겨나야 하는 아기씨가 안쓰러워 미칠 것 같았다. 친왕을 속이고 윤 아기씨를 아들로 키우는 동안 진 왕비는 한 번도 아기씨에게 살가운 정을 주지 않았기에 더욱 가여웠다.

유모가 아기씨의 걱정에 말없이 인상만 쓰고 있자 진 왕비는 그녀를 설득했다.

"나를 모질다 욕하겠지만 내 속으로 낳은 자식인데 나라고 마음이 편할 리 있겠는가? 하지만 모두 살자니 달리 방도가 없는 것을 어쩌겠는가? 이렇게 하는 것이 그 아이도 살리고 우리 모두 사는 길이야."

"아기씨를 어찌하실 생각이십니까?"

"그동안 죽 아팠다고 하였으니 사가로 피접을 내보낸 후 결국 병을 못 이기고 죽었다고 하면 자연스럽지 않겠는가?"

"그럼 그 후로 아기씨는 어찌 되는 겁니까?"

허를 찌르는 유모의 질문에 진 왕비는 쉽게 대답하지 못했다.

유모는 진 왕비의 눈빛에서 읽지 말아야 할 진실을 보고야 말았다. 그 진실을 확인하는 것이 너무 무서워 유모는 차마 묻지 못했다. 하지만 늘 그래 왔듯이 왕비의 결심을 돌릴 수는 없을 것임을 잘 알고 있었다.

"소인은 마마의 사람입니다. 마마께서 그리하시길 원하신다면 따를 수밖에요. 대신 아기씨는 제가 데리고 나가겠습니다.

"고마워, 유모. 내 아들을 지키기 위함이니 날 이해해 줘."

'아기씨도 왕비 마마의 아이입니다.'

목구멍까지 치밀어 오르는 말을 꾹 눌러 참고 유모는 억장이 무너지는 심정으로 밖으로 나왔다.

진 왕비의 계획대로 며칠 후, 아프다는 핑계로 유모는 윤을 데리고 담친왕부를 나왔다.

마차 안에서 유모는 잠들어 있는 윤을 안고 눈물을 흘렸다.

'아기씨, 지켜 드리지 못해 송구합니다. 왕비 마마를 이해해 달란 말도 차마 하지 못하겠습니다. 그저 이렇게라도 살아 달라는 말밖엔 드릴 말씀이 없습니다.'

죄 없이 버려진 아이에게 죄스러워 유모는 가슴을 도려내는 심정으로 눈물을 쏟고 또 쏟았다.

유모는 아이를 데리고 진 왕비의 사가가 아닌 다른 곳으로 길을 잡았다. 처음이자 마지막으로 주인인 진 왕비를 거역한 순간이었다.

달포 후, 유모는 담친왕부로 돌아가 진 왕비에게 아기씨가 죽었다고 알렸다. 그렇게 담윤이라는 이름은 세상에서 지워졌다.

긴 담 모퉁이에서 조그만 고개가 쏘옥 나왔다. 눈을 동그랗게 뜨고 보던 아이의 눈가가 어미를 발견하고 한껏 휘었다.

"어머니!"

삯바느질감을 가지고 오던 어미 덕이가 달려오는 아이를 품으로 안았다.

"에구, 넘어지면 어쩌려고 그렇게 달려오는 것이냐?"

"에이, 절대 안 넘어집니다. 제가 달리기를 얼마나 잘하는데요?"

"그래도 다치면 안 되니 조심해야 해."

"네, 그럴게요. 헤헤."

아이가 씩씩하게 대답하고 씨익 웃었다. 가지런하게 드러나는 이와 해맑게 웃는 얼굴이 어여뻐 덕이의 눈가가 부드럽게 휘었다.

"오늘도 일감을 받아 오셨어요?"

"그래, 오늘은 운 좋게 아주 높으신 댁에서 일감을 주셨단다."

"우와! 어머니 솜씨가 여기저기 소문이 났나 봐요. 저도 커서 어머니처럼 바느질을 잘하는 사람이 되고 싶어요."

"바느질 말고 더 귀한 재주를 배워야지."

"하지만 저는 어머니 같은 어른이 되고 싶은걸요?"

덕이는 초롱초롱한 눈망울로 올려다보고 있는 아이의 눈을 마주 보며 부드럽게 웃었다.

"이제 보니 우리 민이가 어른이 되고 싶은 것이로구나?"

"예, 얼른 어른이 되고 싶어요."

"어째서 빨리 어른이 되고 싶은 거냐?"

"부지런히 일해서 돈을 많이 모으고 싶거든요."

"돈은 많이 모아서 뭐 하려고?"

"어머니 호강시켜 드려야지요. 그땐 침침한 눈으로 삯바느질

안 하셔도 되어요."

"말만으로도 벌써 배가 부르구나."

"제가 행복하게 해 드릴 테니 오래 사세요, 어머니."

"그래, 그러자꾸나."

덕이는 민과 눈을 마주치며 웃다 민의 추레한 의복으로 눈길을 내렸다.

"치마를 입고 싶지 않으냐?"

두 번 생각할 필요 없다는 듯 아이는 재깍 고개를 저었다.

"치마는 거추장스럽기만 하니 뛰기에 불편해서 싫어요. 저는 바지가 더 좋아요."

씩씩하게 대답하는 얼굴에 한 점의 그늘도 없어 보였지만 덕이는 마음이 편치 않았다. 눈에 넣어도 아프지 않을 정도로 귀하고 예쁜 아이가 혹여 불순한 사내들의 눈에 띌까 사내아이 행색으로 키우고 있었기에 민에게 미안했다.

초라한 민가에 들어서자 덕이는 민의 손에 바느질감을 쥐여 주었다.

"날이 추우니 들어가 있어. 얼른 밥 지어서 들어가마."

"제가 옆에 있어 드릴게요."

"춥잖아."

"어머니 옆에 있으면 하나도 안 추워요."

정 많고 따뜻한 딸아이를 보고 있으려니 절로 눈가가 시큰거렸다.

"얼른요, 어머니. 저 배고파요."

민이 재촉하듯 손을 잡고 반빗간 문을 열자 덕이는 얼른 감정을 추슬렀다.

"맛있는 밥을 지어 주마."

"저는 어머니가 지어 주신 밥이 세상에서 제일 맛있어요."

환하게 웃는 아이와 함께 안으로 들어가며 덕이는 민의 작은 뒤통수를 따뜻한 손길로 쓰다듬었다.

작은 손이 이마에 닿자 덕이는 눈을 떴다. 근심이 가득한 표정으로 민이 내려다보고 있었다.

"어머니, 많이 아프세요?"

"괜찮아."

덕이는 희미하게 미소를 지어 보이며 민을 안심시켜 주었다. 하지만 민은 여전히 걱정이 가득한 표정을 풀지 않았다.

"며칠 동안 잠도 못 자고 너무 무리하셔서 탈이 나신 거예요."

"옷을 지어야 할 날짜가 빠듯해서 어쩔 수 없었구나. 그래도 큰돈을 받을 수 있으니 괜찮아."

"어머니, 저는 돈보다 어머니가 아프지 않은 게 더 좋아요."

"그래, 알았다. 다신 이렇게 무리하지 않으마, 되었느냐?"

"예."

민이 고개를 끄덕이며 배시시 웃었다. 그러다 덕이가 몸을 일으키려 하자 놀라서 그녀를 말렸다.

"왜 일어나시는 거예요?"

"오늘 안으로 다 지은 의복을 가져다 드려야 해."

"이 몸으로는 못 가세요. 걷기도 힘들어하시잖아요."

아닌 게 아니라 어지럼증이 심해 한 걸음 내걷기도 힘든 상황이라 여간 난감하지 않았다.

"큰일이네. 꼭 오늘까지여야 한다고 했는데."

"어느 댁인지 알려 주세요. 제가 다녀올게요."

"네가? 할 수 있겠어?"

"그냥 가져다 드리고만 오면 되는 거잖아요. 할 수 있어요!"

어린 딸을 보내는 것이 걸렸지만 다른 방도가 없으니 어쩔 수 없었다.

"그럼 여사석 대감댁에 의복을 가져다주고 오너라. 바로 돌아와야 한다."

"알겠어요, 휘 다녀올 테니 어머니는 푹 쉬고 계세요."

민이 의복이 담긴 보따리를 들고 나가자 덕이는 어린 딸이 걱정되어 미간을 찌푸렸다.

어머니에게 들은 대로 길을 잡은 민은 한눈에도 거대해 보이는 저택 앞에서 입을 떡 벌렸다.

"높으신 분들은 이렇게 큰 집에서 사는구나. 마치 성 같잖아."

호기심 어린 눈으로 저택의 끝을 가늠해 보다 민은 얼른 정신을 차리고 문을 두드렸다. 이내 덩치가 큰 장정 하나가 밖으로 나왔다.

"맡기신 의복을 지어 왔습니다."

"들어와라. 안으로 죽 들어가서 오른쪽으로 꺾고 다시 왼쪽으로 들어가면 집사장을 만날 수 있을 것이다."

사내가 투박한 소리로 길을 터 주자 민은 얼른 안으로 들어갔다. 그리고 사내가 일러 준 곳으로 걸어갔다. 하지만 집사장은 보이지 않았다.

'여기가 맞는 것 같은데 아무도 안 계시나?'

막 소리를 내어 물으려는데 누군가 작은 소리로 얘기를 하는 소리가 들리자 민은 주춤했다. 무언가 은밀하면서도 다급해 보이는 소리에 어쩔 수 없이 귀가 열렸다. 여자가 속상한지 누군가를 붙들고 하소연하고 있었다.

"내 딸을 앞에 두고도 안아 보지도 못하다니 이렇게 슬픈 일이 어디에 있어요?"

"어쩔 수 없잖아. 가진이가 자기 딸이 아닌 걸 부인이 알면 당장 날 죽이려 들 거라는 거 잘 알잖아. 이 여사석의 딸로 당당하게 자라게 하려면 참아야지."

"절대 들키지 않게 우리 가진이 잘 지켜 줘야 해요."

"당연하지, 날 믿어."

"흥! 고고한 척하는 대감의 부인께선 꿈에도 모를 테지요?"

"뻣뻣하게 굴면서 지아비인 날 홀대하더니 자업자득이지, 뭐. 자, 그만 버티고 이리 좀 와 봐. 누가 오기 전에 얼른 재미 좀 보자고."

민의 고개가 갸우뚱 기울었다. 사내는 여사석이 분명한데 여인과 나누는 대화 내용이 심상치 않았다. 누가 들을까 극도로 조심하는 것으로 보아 여인과 떳떳한 사이는 아닌 것 같았다. 뭔가 들어서는 안 되는 이야기를 들은 것 같은 기분에 민은 조심스럽게 그곳을 빠져나가려고 했다.

"여기서 뭐 하고 있느냐?"

갑작스런 소리에 민이 화들짝 놀라 돌아섰다.

"의복을 가지고 왔습니다."

"기일이 촉박했을 텐데 칼같이 날짜를 지켰구나."

집사장이 보따리를 풀어 의복을 꼼꼼하게 살폈다.

"솜씨가 역시 좋구나. 옛다, 의복값이다."

"고맙습니다. 그럼 이만 돌아가 보겠습니다."

민이 정중히 인사를 올리고 종종걸음으로 그곳을 벗어나자 집사장도 의복 보따리를 들고 처소로 들어갔다.

잠시 후 방문이 열리고 여사석이 밖으로 고개를 내밀었다. 그의 옆에서 앞섶의 매듭이 풀린 채로 요사스런 얼굴을 한 여인이 그의 가슴팍으로 손을 넣었다.

"아이, 어찌 그러십니까?"

"아, 아니다."

"바람이 차니 문 닫으십시오. 시간이 없다 하지 않으셨습니까?"

여인이 앙탈스런 소리와 함께 손을 바지춤으로 집어넣자 놀란 여사석이 문을 닫고 여인을 덮쳤다.

"이 요망한 것!"

다급하게 여인의 치마를 들쳐 올리며 그는 매섭게 눈을 치켜떴다.

동무들과 어울려 놀다 해가 질 무렵에야 집으로 돌아오는 민의 걸음이 바빴다. 어미가 돌아올 시각에 맞춰 오려고 했는데 더 놀자고 소매를 붙잡고 늘어지는 동무 때문에 늦은 참이었다.

"어머니께서 많이 기다리시겠네."

서둘러 집으로 들어가려는데 마당에 웬 사내가 서서 소리를 고래고래 지르고 있었다.

"오늘까지 갚기로 했으니 당장 내놓으라는데 웬 말이 그리 많아!"

"몸이 편치 않아 바느질을 못 해서 그러니 사흘만 말미를 주면 꼭 갚는다고 하지 않소? 사정 좀 봐주시오."

"내가 그쪽 사정을 왜 봐줘야 해? 나는 오늘 안으로 돈을 받아야겠으니 어서 돈을 구해 와!"

"지금 어떻게 돈을 구한단 말이오?"

사정을 하는 덕이에게 오만 인상을 쓰던 사내의 눈빛이 음흉하게 변하는 건 한순간이었다.

"그렇게 돈이 없다면 다른 걸로 때우든지."

"뭐라 하는 것이오? 지금!"

"몸뚱아리 한 번 쓴다고 닳는 것도 아닌데, 그게 싫으면 당장 돈을 내오든가."

"당장 나가시오! 당장!"

"거참, 쉽게 갈 수 있는 밥상을 차려 줘도 떠먹질 못하네. 그리 앙탈만 부리지 말고 이리 좀 와 봐. 좋으면서 싫은 척하는 거 다 알고 있어."

"이것 놓지 못하겠소!"

덕이가 소리쳤지만 사내는 막무가내로 덕이의 손을 잡고 입을 맞추려고 했다. 그 순간, 사내는 뒤통수를 가격당하고 소리를 질렀다.

"악! 어떤 놈이야!"

사내가 눈을 부라리며 돌아서자 나무 몽둥이를 든 민이 씩씩거리며 노려보고 있었다.

"이 쪼그만 놈이 감히 내 머리통을 날려! 뒈지고 싶어!"

"더 맞기 싫으면 당장 여기서 나가요!"

"이 머리에 피도 안 마른 놈이 누구한테 큰소리야. 내 이놈을 그냥!"

사내가 솥뚜껑만 한 커다란 손으로 민의 멱살을 틀어쥐고 들어 올렸다. 민이 양발을 바동거리며 빠져나가려고 했지만 거구의 사내에겐 불가항력이었다. 당장이라도 주먹으로 민의 뺨을 후려치려던 사내의 눈빛이 일순 멈췄다.

"가만, 이거 이제 보니 계집이잖아?"

"이거 놔! 이 개자식아!"

"성깔은 좀 있지만 꾸며 놓으면 제법 반반하니 값이 나가겠는걸? 네 어미 대신 네가 빚을 갚으면 되겠구나."

퉤! 갑자기 민이 얼굴에 침을 뱉자 사내의 인상이 험악하게 일그러졌다.

"계집이라고 봐주려고 했더니 이년이 아주 명을 재촉하는구나. 너 이년, 오늘 제대로 그 성질머리를 고쳐 주마. 단물 빠진 네 어미 년보다 아직 여물지 않은 어린년이 훨씬… 아악!"

입에 담기도 힘든 더러운 소리를 지껄이던 사내가 갑자기 외마디 비명을 지르며 거꾸러지자 손에서 풀려난 민이 바닥으로 나동그라졌다.

덕이가 얼른 민을 일으켜 세웠다.

"괜찮으냐?"

"어머니, 저는 괜찮아요. 그런데 무슨… 어머니!"

무슨 영문인지 돌아보다 사내의 머리에서 피가 흥건하게 흘러나오자 민은 깜짝 놀라 소리쳤다. 그녀는 얼른 사내의 뒤통수를 후려친 충격으로 바들바들 떨고 있는 어머니를 진정시켰다. 자신이 한 일이 믿기지 않아 반쯤 정신이 나간 것 같았다.

"어머니! 정신 차리세요!"

민을 살리기 위해서지만 사람을 죽였기에 덕이는 숨이 넘어갈 것처럼 무서웠다. 하지만 지금은 마냥 손을 놓고 있을 겨를이 없기에 애써 정신을 추슬렀다.

"당장 이곳을 떠나야 한다."

"이 밤에 어디로 가려고요?"

"저자의 동패가 곧 찾아올 거야. 악랄하기 짝이 없는 자들이니 우릴 절대 살려 주지 않을 거다."

사람 같지도 않은 자들이 어린 민을 곱게 둘 리 없을 것임을 알기에 덕이는 곧바로 민의 손을 잡고 밖으로 나갔다. 자신은 어찌 되어도 상관없지만 민이 잘못되게 둘 수는 없었다. 당장 어디로 가야 할지 막막해하다 그녀는 이내 한 곳을 생각해 냈다.

'거기밖에 없어.'

잠시도 지체할 수 없기에 그녀는 어린 민의 손을 잡고 달리고 또 달렸다.

얼마나 달렸을까. 숨이 턱에 막혀 오자 덕이는 민과 함께 민가의 담으로 숨어들었다. 거친 숨을 몰아쉬며 불안해하는 민을 보다 그녀는 덥석 딸아이의 손을 붙잡았다. 늘상 붙어 다니던 짝패들이라 독이 오른 저들의 손아귀를 쉬이 벗어나지 못할 것임을 알기에 시간이 없었다.

"지금부터 내가 하는 말 잘 들어라."

처음 보는 어미의 비장한 표정에 민은 고개를 끄덕였다.

"만일 무슨 일이 생기면 무조건 담친왕부로 가라."

"담친왕부요?"

"그래, 그곳으로 가서 유모 조 씨를 찾아. 유모에게 내 이야길 하면 어떻게든 널 거둬 줄 것이야. 다른 사람 말고 꼭 유모를 찾아야 해."

"어머니, 왜 그런 무서운 말씀을 하세요? 어머니도 같이 가야지요."

"만일이라고 하였다. 알겠느냐?"

"하지만 왕부의 유모가 저 같은 걸 받아 줄 리 없잖아요."

울먹이는 민의 손을 꽉 잡고 덕이는 민의 눈을 들여다보며 똑바로 말했다.

"민아, 넌 담친왕의 딸이다."

"어머니 그게 무슨 소리세요? 제가 담친왕의 딸이라뇨?"

어이가 없다는 표정으로 믿지 않는 민에게 덕이는 그녀의 출생에 대해서 이야기했다.

"비록 아들이 아니라는 이유로 버림받았지만 넌 틀림없는 담친왕의 딸이다. 유모가 널 죽이지 않고 내게 데리고 왔으니, 그녀가 그 사실을 증명해 줄 것이다."

"어, 어떻게 그런 일이 있을 수 있어요! 마, 말도 안 돼."

민이 작은 소리로 울부짖자 덕이는 가슴이 도려내지는 고통을 느꼈다. 아들이 아니라는 이유로 버림받았다는 소리에 충격을 받은 얼굴이 안쓰러워 미칠 것 같았다. 그녀는 품에서 작은 패를 하나 꺼내 민의 손에 쥐어 주었다.

"네가 태어난 날 담친왕께서 친히 하사하신 담패다. 유모가 만일 널 의심하면 이 패를 보여 줘라."

담패를 손에 쥐고 훌쩍이는 민을 다독이며 덕이는 몇 번이고 다짐을 주었다. 담친왕부로 아이를 보내는 것이 독이 될지도 모르지만 그녀를 살렸던 유모를 믿고 싶었다.

"꼭 담친왕부로 가야 한다. 그래야 살아."

"어머니랑 함께 갈 거예요."

"그래, 그러자."

덕이는 민의 손을 다독여 주며 희미하게 미소를 지었다. 하지만 그 미소는 금세 사라졌다. 안에서 사람이 나오려고 하는 기척이 있자 그녀는 민의 손을 잡고 밖으로 나갔다.

그러고는 부지런히 어둠을 틈타 담친왕부로 길을 잡았다. 얼마나 많이 걸었는지 발바닥에 감각조차 느껴지지 않았지만 민이 안전해질 때까지 잠시도 멈출 수 없었다.

"이 고개만 넘어가면 담친왕부다. 다 왔으니 조금만 힘을 내다오."

충격을 받은 데다 석반도 먹지 못하고 달리기만 했던 참이라 부쩍 지쳐 보이는 아이의 얼굴이 그새 초췌해 보였다.

하지만 민은 어미의 마음을 알기에 지친 기색을 내지 않으려 애썼다. 갑작스레 터진 일도 무서운데 친부모에게 버려졌다는 사실까지 너무 충격을 받아 금방이라도 정신을 잃을 것 같았지만 지금은 화를 피하는 것이 우선이었다. 안전한 곳으로 가게 되면 어머니에게 묻고 싶은 것이 많았지만 지금은 참아야 했다.

부지런히 다시 길을 재촉하는 두 사람 앞에 갑자기 험악한 인상을 한 사내가 툭 튀어나오자 덕이는 비명을 질렀다. 그녀는 본능적으로 민을 제 뒤로 돌려 보호했다. 재빨리 주변을 두리번거렸지만 담친왕부로 가는 곳은 민가와 떨어져 있었기에 도움을 요청할 곳이 없었다.

사내가 눈알을 부라리며 점점 다가오자 덕이는 마른침을 꿀꺽 삼켰다.

"네년이 감히 내 아우를 죽이고 살길 바라는 것이냐?"

"가, 가까이 오지 마시오."

"흥! 곧 뒈질 년이 곧 죽어도 입은 살았구나. 내 아우를 위해 네 딸년까지 함께 저승으로 보내 주마."

"아우를 죽인 것은 나요. 그러니 죽이려면 나만 죽이고 이 아이는 건드리지 마시오."

"네가 보는 앞에서 네 딸년을 먼저 죽여도 시원찮을 판국에 지금 어디서 흥정을 하는 것이냐!"

덕이의 집에서 친아우의 죽음을 목격하고 눈이 돌아가 패거리들을 사방으로 풀어 찾은 참이라 사내는 분을 삭이지 못하고 살기를 내뱉었다.

덕이는 이곳에서 빠져나가지 못할 것임을 직감하고 민에게 작은 소리로 속삭였다.

"무슨 소리가 나도 뒤를 돌아보지 말고 달려야 한다."

"어머니!"

"울지 말고 달려. 무조건 그래야 해."

덕이는 모질게 민에게 당부하며 저승사자처럼 다가오는 사내의 손아귀를 피해 민의 손을 놓았다.

"달려!"

"어딜! 둘 다 죽여 버릴 거야!"

사내가 투박한 손으로 달아나는 민의 뒤통수를 낚아채려 하자, 덕이는 온몸으로 돌진해 사내를 쓰러트렸다. 그리고 죽기 살기로 사내의 다리를 붙잡고 늘어졌다. 민이 조금이라도 멀리 달아나도록 시간을 벌어 줘야 했다.

"이년이 미쳤나!"

죽기 살기로 붙잡는 힘이 여인의 것이라고는 믿기지 않을 정도라서 사내는 거칠게 버둥거리며 덕이를 떼어 내려고 주먹질을 했다.

그러나 덕이가 갖은 주먹질에도 끝내 놓아주지 않자 급기야 검으로 그녀를 베어 버렸다.

등에 타는 듯한 고통을 느끼면서도 덕이가 끝내 놓아주지 않자 사내는 다시 검을 휘둘렀다.

숨이 끊어질 듯한 고통을 느끼며 덕이는 아득해지는 의식을 끌어모아 민이 달아난 곳을 바라봤다.

'민아, 꼭 살아야 한다.'

민이 조금이라도 멀리 달아날 수 있도록 버텨 줘야 하는데 점점 흐려지는 시야가 원망스러웠다. 마지막 남은 숨까지 민을 걱정하며 덕이의 고개가 힘없이 꺾였다.

결국 치명상을 입은 덕이가 숨을 거두자 사내는 죽은 덕이를 노려봤다.

"뭐 이리 질긴 년이 다 있어!"

욕설을 내뱉으며 사내는 이내 민이 달아난 곳으로 달려갔다.

민은 미친 듯이 앞만 보고 달렸다. 눈물이 시야를 가리고 숨이 금방이라도 끊어질 것처럼 차올라 죽을 것 같은 고통이 엄습했다. 어머니가 걱정이 되어 미칠 것 같고 두 다리는 감각이 없어 당장 쓰러질 것 같았다. 그러다 갑자기 멀리서 사내의 고함 소리가 들리자 온몸에 소름이 끼쳤다.

'아! 어머니!'

어미가 잘못되었다는 슬픔과 동시에 빠르게 다가오는 사내로 인한 공포로 정신이 나갈 것 같았다. 어떻게든 어머니의 당부대로 담친왕부로 가야 하는데 금방이라도 잡힐 것 같아 두려움이 머리 꼭대기까지 차올랐다. 이대로 죽고 싶지 않았다. 제발 누가 좀 도와줬으면······.

그때 기적처럼 앞에서 짐을 실은 마차를 끌고 사내들이 다가오자 민은 재빠르게 사내들의 앞으로 달려가 엎드렸다.

"제발 살려 주십시오!"

눈물범벅인 아이의 절박한 표정에 검을 든 연살이 뒤에 선 어린 부단주 운조를 돌아봤다. 운조가 고개를 끄덕이자 연살은 얼른 민을 일으켜 세웠다.

"어서 짐 사이로 몸을 숨겨라."

말이 끝나기도 전에 민이 재빨리 마차로 올라가 짐 사이를 비집고 들어가서는 고개를 숙였다. 거의 동시에 커다란 덩치의 사내가 씩씩거리며 달려왔다.

"계집아이를 찾고 있소. 혹시 보지 못하였소?"

"계집은 본 적이 없소."

운조가 매섭게 자르며 대답하자 사내가 인상을 확 구겼다. 아직 지학(志學) 정도로밖에 보이지 않는 어린 사내의 대꾸에 기분이 상했다.

그의 시선이 의심스럽게 마차에 실은 짐을 노려봤지만 앞에 검을 든 연살이 버티고 있어 함부로 덤빌 수도 없었다. 마차에 짐을 싣고 가는 것으로 보아 상단일 가능성이 컸으며, 상단을 호위하는 무사들의 실력 역시 출중할 것이었기에 그만 물러설 수밖에 없었다.

"우린 갈 길이 먼데 가지 않을 참이오?"

운조가 다시 차갑게 재촉하자 사내는 욕설을 내뱉었다.

"이 쥐새끼 같은 것이 어디로 사라진 것이야!"

씩씩거리며 사내가 숲으로 달려가자 운조가 민이 있는 곳에 대고 말했다.

"갔으니 나와라."

민이 꾀죄죄한 모습으로 나와 고개를 숙였다. 눈물로 범벅이 된 얼굴이 엉망이었다.

"고맙습니다."

"이제 가도 좋다."

운조가 서늘한 시선으로 보며 돌아섰다. 그러나 그는 이내 멈칫했다. 고개를 돌리자 민이 옷을 붙잡고 있었다.

"무슨 짓이지?"

"저를 거두어 주십시오. 그리고 제게 무예를 가르쳐 주십시오."

죽다 살아난 표정에 울분과 분노가 차 있어 운조는 민의 눈을 가만히 들여다봤다.
"화가 나 있군."
"……."
"무예를 배우려는 이유가 무엇이냐?"
"아까 그자가 제 어미를 죽였습니다. 어미의 복수를 하고 싶습니다."
 민이 한이 맺힌 눈물을 쏟아 내며 간절히 사정했지만 운조는 서늘한 눈빛으로 가만히 그녀를 보기만 했다. 아직 감정 조절이 미숙한 아이의 눈에 가득 들어찬 울분이 낯설지 않아 미간이 찌푸려졌다.
"누군가를 죽이려 검을 드는 것이라면 배우지 않는 것이 좋을 것이다."
"어째서입니까? 아무 죄도 없는 제 어미가 무도한 자에게 무참하게 살해당했는데 왜 검을 배우지 말라는 겁니까? 무예를 배워 어미의 복수도 하고 싶고 장차 소중한 이들도 지키고 싶습니다. 그러면 안 되는 겁니까?"
 민이 제법 또박거리며 따져 묻자 운조는 잠시 그녀를 응시하다 다시 찬 소리를 내뱉었다.
"네 눈에 분노가 가득 차 있다. 그 눈빛이 마음에 들지 않아, 그러니 내 대답은 같다."
 매정하게 자르는 소리에 민은 손으로 흘러내리는 눈물을 훔치면서도 포기하지 않고 운조를 바라봤다. 그를 놓쳐서는 살지 못한다는 벼랑 끝에 몰린 심정으로 물러나지 않고 버텼다.

그런 그녀의 절박한 눈빛을 지켜보던 한 사내가 앞으로 나섰다.

"어린아이에게 너무 차갑게 굴지 마라, 운조. 난 이 아이의 눈빛이 마음에 들어. 그러니 이 아이는 내가 데려가겠다."

운조와 같은 또래로 보이는 사내가 다가와 서자 민은 그를 처음으로 응시했다. 운조라는 사내에게 거절당해 나락으로 떨어지는 심정이었는데 다른 사내가 자신을 돕겠다고 나선 것이 고마워 민은 구명줄을 보듯 절박한 심정으로 사내를 봤다.

운조가 미간을 찌푸리며 한마디 했다.

"네가 나설 일이 아니다, 진오."

"아이가 온몸으로 도움을 구하고 있는데 잘라 내다니, 너무 매정한 것이 아니냐? 이 아이 이대로 두고 가면 아까 그놈한테 죽을 것이다."

"그래서 정말 이 아이를 데리고 가자는 것이냐?"

"그래, 이 아이를 신월장으로 데리고 가야겠다."

"진심이냐?"

"당연히 진심이다."

"네 아버지께서 좋아하지 않으실 것이다."

"그래도 내치지는 않으실 것이다. 지금 이 아이가 내민 손을 잡아 주지 않는다면 이 아이의 목숨을 저버리는 것과 같다. 그러니 네가 책임지지 않을 양이면 아무 말 마라."

"정말 못 말리는 오지랖이군. 네 마음대로 해라. 하지만 나는 모르는 일이다."

운조가 못 말린다는 듯 털어 내자 진오는 그제야 민을 똑바로 바라봤다. 아이의 몰골은 말이 아니었지만 똘망똘망한 눈망울이 맑은 것이 마음에 들었다.

"나와 함께 가겠느냐?"

"예, 구해 주셔서 감사합니다."

"좋다, 내가 무예를 가르쳐 주겠다. 너는 이제부터 신월장의 사람이다."

진오가 부드러운 소리로 안심시켜 주자 민은 너무 고마워 눈물이 나올 것 같았다. 인정이라고는 눈곱만큼도 없는 운조 때문에 절망했던 기분이 극적으로 바뀌었다.

"송구하오나 한 가지 청을 들어주시겠습니까?"

"말해라."

"어미를… 묻어 주고 싶습니다."

눈물을 흘리며 청하는 소리에 진오는 운조를 돌아봤다. 운조의 서늘한 시선이 끅끅거리며 눈물을 쏟아 내는 민의 얼굴에 닿았다. 섧게 우는 민의 얼굴에서 가슴 한편에 깊이 묻어 둔 지난날의 응어리가 터져 나오는 듯 통증이 느껴졌다.

"그래, 그리하자."

진오의 타이름에 민은 달려왔던 길을 되돌아갔다. 그리고 길바닥에 처참하게 죽어 있는 덕이를 붙들고 오열했다.

"어머니! 흐으흑!"

민은 자신을 걱정하느라 눈도 감지 못하고 숨이 끊어진 어미를 붙잡고 오랫동안 통곡했다.

'어머니, 제가 꼭 복수해 드릴게요.'

덕이의 시신을 붙들고 민은 맹세했다. 어미를 이렇게 만든 자들에게 꼭 되갚아 줄 것이라고 이를 악물었다.

민의 억장이 무너지는 비참함을 알기에 운조와 진오는 민을 재촉하지 않았다. 어린아이가 감내하기엔 너무도 처참한 광경이어서 할 말을 잃었다.

민은 한동안 어미가 묻힌 곳에서 넋이 나간 사람처럼 앉아 있다 몸을 일으켰다.

"이제 되었습니다."

그녀는 그렇게 운조와 진오를 따라 어미의 곁을 떠났다.

금방이라도 쓰러질 것처럼 온몸으로 울음을 토해 내던 아이는 어미의 시신을 묻고 난 후 다시는 울지 않았다.

제1장
신월장의 여무사

 만월이 환하게 떠 있는 밤, 후원엔 꽃비가 내리고 있었다. 그리고 그 아래에선 꽃보다 어여쁜 여인이 검을 휘두르고 있었다.
 달이 뿌려 주는 은빛 가루와 흩뿌려지는 작은 꽃잎들 속에서 백색의 무복을 입고 긴 머리를 찰랑거리며 검무를 추는 듯한 모습에 무연은 그대로 걸음을 멈췄다. 그는 꿈꾸는 듯한 눈빛으로 흐트러짐 하나 없이 집중하는 여인을 가만히 바라봤다.
 검이 허공을 가를 때마다 사방으로 흩어지는 꽃잎들이 함께 군무를 추고 있었다. 마치 달밤의 마법에 홀린 것 같았다.
 자신의 기척을 눈치챈 여인이 검을 갈무리하며 돌아보자 그는 그제야 흠칫 정신을 차렸다. 여인의 서늘한 눈빛에 비밀스런 장면을 몰래 훔쳐보다 들킨 것 같아 그는 멋쩍은 표정으로 다가갔다.

"무슨 일이냐?"

"장주께서 부르신다."

"알았다."

여인이 긴 머리를 휘날리며 곁을 지나가자 무연은 심장이 두근거렸다.

"사민."

사민이 돌아보자 무연이 영견을 내밀었다.

"젖었다, 닦아라."

"고맙다."

사민이 피식 웃으며 영견을 받아 들고 땀을 훔치자 무연의 눈빛이 그녀의 얼굴에 박혔다.

그의 시선을 의식하고 사민이 툭 던졌다.

"얼굴에 뭐 묻었냐?"

"아니, 아니다. 그냥 봤다."

"실없긴, 할 일이 없으면 들어가서 잠이나 자라."

사민이 무심하게 돌아서서 가 버리자 뒷모습을 지켜보며 무연은 한숨을 내쉬었다. 도통 들어갈 틈을 내주지 않는 그녀에게 서운하면서도 그래서 더 빠져들었다. 무연은 소리 없이 미소를 지으며 사민을 따라갔다.

장주의 집무실로 들어가자 집사 재옥과 이야기를 나누고 있던 진오가 사민을 맞았다.

"부르셨습니까?"

"명일 백화상단에 일이 있다. 한 시진 거리로 물건을 가져다

줘야 한다는데 호송 호위를 청해 왔다."

"알겠습니다."

"무연과 함께 다녀와라."

사민이 돌아보자 무연이 눈에 힘을 주며 물었다.

"뭐냐, 그 표정은?"

"혼자서도 충분할 것 같아서."

"그럼 내가 다녀올 테니 너는 있어라."

"내 일이다."

"내 일이기도 하거든."

티격태격하는 두 사람 사이를 진오가 정리했다.

"싸우지 말고 둘 다 다녀와. 특별히 위험한 일은 없겠지만 혹시 모르니 조심해라. 다치면 혼을 내 주겠다."

"알겠습니다."

사민이 무연과 함께 밖으로 나가자 진오는 그녀가 나간 곳을 응시했다. 무슨 마음인지 알기에 재옥이 조심스럽게 물었다.

"걱정되십니까?"

"사민 저놈, 무연이 건드리지 않으면 하루에 몇 마디나 하고 사는지 모르겠단 말이야."

"그래서 함께 보내신 겁니까? 실력으로는 신월장 내에서도 손에 꼽을 정도이니 사민 혼자로도 충분할 겁니다."

"난 저놈이 죽기 살기로 검에 매달리는 것보다 좀 웃었으면 좋겠단 말이야. 웃는 걸 본 게 언젠지 기억도 나지 않는단 말이지."

"어린 나이에 어미가 죽는 걸 봤으니 쉽지 않겠지요."

"그래, 그게 문제지."

진오의 입에서 한숨이 새어 나왔다. 십이 년 전 어미를 묻고 신월장으로 온 후로 아예 말과 웃음을 잃어버린 그녀가 안타깝고 안쓰러워 계속 마음이 쓰였다.

"아직도 강치라는 놈을 찾고 있는 건가?"

"그런 줄 압니다. 어미의 원수를 갚기 전까지는 포기하지 않을 테지요."

"원수를 갚고 나면 좀 다른 사람이 될 건가. 저 아이 본모습은 이렇게 냉하지 않을 것 같은데 지금은 너무 차단 말이지. 이러려고 저 아이를 거둔 것은 아닌데. 난 저 아이가 스스로 닫아 버린 본모습을 끄집어내 주고 싶어. 내가 아니라도 저 아이를 웃게 해 줄 누군가가 나타났으면 좋겠단 말이야."

걱정이 묻어나는 말투에 재옥은 말없이 고개를 끄덕였다.

그가 사민의 사정을 지켜보고 직접 신월장으로 데리고 왔기에 마치 오라비처럼 그녀에게 신경 써 주는 것을 알고 있었다. 그 마음을 알기에 사민도 장주를 깍듯하게 모시면서 심적으로 의지하는 것이 보였다.

원통하게 죽은 어미를 땅에 묻은 이후로 사민은 그 독한 훈련을 악착같이 견디면서도 한 번도 울지 않았다. 그날의 충격이 아이의 감정에서 수분을 모두 앗아 가 버렸는지 아이는 극도로 건조해졌다.

신월장의 무사들 중 유일한 여인인 데다 멀리서도 눈에 띄는 미인의 용모를 갖췄기에 그녀를 다른 시선으로 보는 무사들도 있었다.

하지만 사민은 무연을 제외하고는 누구에게도 곁을 내주지 않았다. 그렇다고 다른 이들을 무시하거나 전혀 어울리지 않는 것은 아니었지만 늘 어느 정도의 거리를 유지하며 선을 그었다.

스스로 감정을 버린 아이를 보며 얼마나 깊이 상처를 받았는지 알 수 있었다. 처음 사민이 신월장에 왔던 표정을 떠올리며 재옥은 인상을 찌푸렸다.

다음 날 사민은 무연과 함께 아침 일찍 백화상단으로 건너갔다.

마지막으로 꼼꼼하게 마차에 실은 물건을 점검하던 부단주 연두가 다짜고짜 당부했다.

"조그만 흠이 나도 안 되는 귀한 물건이니 잠시도 경계를 게을리해선 안 됩니다. 물건이 잘못되면 장주님께 책임을 물을 거예요."

제 할 말만 하고 돌아서는 연두의 뒤통수에 대고 무연이 작게 투덜거렸다.

"노 단주의 딸이라고 저게 뵈는 게 없나. 어린것이 명령하듯 말하는 거 진짜 재수 없잖아. 저 싹퉁바가지, 아오!"

"아예 듣게 말하지 그러냐?"

"개인적인 일이었다면 진즉에 한판 떴지. 장주님 얼굴 생각해서 참는 거야."

"그럼 계속 참아."

사민은 무연의 가슴을 툭 치며 진정시켰다. 연두는 백화상단의 단주 자리를 운조에게 물려주고 일선에서 물러난 노 단주의 금지옥엽이었다. 어렸을 때부터 노 단주에게서 보고 배운 경험으로 어린 나이지만 상단 물건의 출입을 관리하는 상단의 부단주 자리를 꿰차고 있었다.

셈에 있어서는 독하다 싶을 정도로 에누리가 없었고 인정머리 또한 없는 전형적인 장사치의 표본이었다. 하나를 주면 꼭 하나를 돌려받아야 하고 결코 손해를 감수하지 않으려는 사고 때문에 독하고 정이 없다는 소리를 많이 듣지만 정작 당사자는 개의치 않았다.

서월국에서 가장 큰 규모를 자랑하는 백화상단은 중요한 물건의 호송 시 신월장에 호송 호위를 청했다. 상단 내에도 실력 있는 무사들이 있지만 매번 신월장의 무사들을 호출하는 것은 상단 초기에 무예를 전혀 모르던 노 단주를 지기인 문 장주가 호위를 해 주면서 생긴 불문율이었다.

그 후로 운조와 진오가 단주와 장주의 자리를 이어받은 후에도 백화상단과 신월장은 독자적인 활동을 하면서도 일이 있을 때는 긴밀하게 협조하는 공생의 관계가 되었다.

잠시 기다리니 곧 물건을 목적지까지 호송하는 상단 소속 상인 아치와 등오가 나왔다.

"갈 길이 머니 서두르자."

상단이 물건을 호송하는 동안 사민은 무연과 함께 상단의 앞 뒤에 서서 마차를 호위했다. 혹시 모를 기습에 대비해 가는 내내 잠시도 경계를 풀지 않았다.

별일 없이 목적지까지 가는가 싶더니 언덕 하나만을 남겨둔 지점에서 사민은 숲에서 수상한 기운을 감지하고 검을 꺼내 들었다.

"마차를 호위해!"

사민의 외침에 아치와 등오가 동시에 검을 꺼내고 마차에 붙었다. 그와 동시에 숲에서 둔기를 든 도적들이 몰려나왔다. 무연이 곧바로 사민의 곁으로 와서 그들과 대치했다.

사민이 물건을 노리는 자들을 향해 빛의 속도로 검을 휘둘렀다. 검을 든 계집이라 대놓고 비웃던 도적들이 사민의 실력에 크게 놀라 주춤했다.

자신들도 모르게 뒷걸음질 치다 도적들은 마차의 물건을 보고 눈이 돌아가 다시 달려들었다.

아치와 등오가 마차의 앞에서 버티고 사민과 무연의 검이 다시 허공에서 춤을 췄다. 둔기를 휘두르는 자들의 속도로는 검의 빠르기를 당해 낼 수 없었다.

덩치가 큰 도적들이 추풍낙엽처럼 하나둘씩 바닥에 나뒹굴자 아치와 등오는 경계를 풀고 두 사람이 마무리하는 것을 지켜봤다. 신월장의 무사들 중 떠오르는 실력자들인 두 사람의 실력을 익히 알기에 딱히 걱정이 되진 않았다. 오히려 그들은 여인의 몸으로 결코 무연에 뒤떨어지지 않는 사민의 실력에 감탄하며 감상했다.

이윽고 마지막 한 놈까지 곡소리를 내며 바닥에 나뒹굴자 무연이 우두머리로 보이는 사내의 가슴팍을 발로 밟고 경고했다.

"돌아오는 길에 다시 길을 막으면 그땐 목을 벨 것이다."

"어, 얼씬도 하지 않겠습니다."

두려움이 가득한 눈으로 굽실거리는 도적들을 두고 사민과 무연은 동시에 검을 갈무리하고 돌아섰다. 그리고 네 사람은 아무 일도 없었다는 듯이 다시 마차를 움직였다.

사민은 옆에 와 서는 무연을 힐끗 쳐다봤다.

"무슨 말이 하고 싶은 거냐?"

"같이 오길 잘했지?"

"혼자서도 충분한 일이다."

"뻣뻣하게 굴긴, 혼자보다는 둘이 수월하잖아."

"그렇다고 할 테니 그만 앞으로 가라. 목적지까지 아직이다."

"알았다."

무연이 피식 웃으며 앞으로 가자 사민은 다시 무심한 눈빛이 되었다.

원래는 물건을 가져다주고 그만큼의 비단을 받아 오기로 하였지만 폭우로 아직 비단이 도착하지 않아 명일 직접 전해 주겠다는 소리에 빈 마차로 돌아와야 했다.

덕분에 네 사람은 모처럼 홀가분한 마음으로 가볍게 담소를 나누는 여유를 가질 수 있었다.

"빈손으로 왔다고 성질 더러운 부단주가 펄펄 뛰는 거 아니냐?"

무연이 던진 농에 연두의 급한 성정을 잘 아는 아치와 등오가 동시에 웃었다.

"아마 오늘은 그냥 넘어갈 거다."

"그 성질에 그냥 넘어간다니 해가 서쪽에서 뜨겠다. 오늘이 특별한 날이라도 되는 것이냐?"

"오늘은 장 단주께서 돌아오시는 날이거든."

"장 단주께서 타국에서 돌아오신단 말이냐?"

"그래, 지율국과의 교역을 성공적으로 마무리하고 아주 돌아오신다."

"흐응, 그 성질 더러운 부단주가 장 단주님께 마음이 있는 모양이구나."

무연이 비아냥대자 등오가 경고했다.

"연두 앞에서는 아는 체하지 마라, 죽는다."

등오의 경고에도 무연은 피식 웃으며 사민을 돌아봤다. 듣고 있는 건지 도통 표정으로는 알 수가 없었다.

"사민, 들었냐? 장 단주께서 돌아오신단다."

"들었어."

"단주님을 본 적 있냐?"

"…한 번 있어."

짧게 대답하고 사민이 더 말하고 싶지 않다는 듯 시선을 돌려 버리자 무연은 더 묻지 못했다.

사민은 십이 년 전에 봤던 운조를 떠올렸다. 절박한 심정으로 무예를 가르쳐 달라는 자신의 말에 눈빛이 마음에 들지 않는다고 딱 잘랐던 기억이 떠올라 시선이 차가워졌다. 그날 장주님이 손을 잡아 주지 않았다면 어찌 되었을지, 생각하는 것만으로도 눈살이 찌푸려졌다.

그 후로는 그가 타국과 타지방을 돌아다니느라 한 번도 다시 만난 적이 없었다. 두 번 다시 만나고 싶지도 않았다.

살려 달라고 손을 내밀었다 매정하게 거절당했던 기억이 다시 떠올라 그녀는 미간을 찌푸렸다. 얼른 일을 마무리하고 신월장으로 돌아가고 싶었다.

하지만 그녀의 바람과 달리 운명은 얄궂게 인연을 잇고 있었다. 막 백화상단으로 돌아왔을 때 아치와 등오가 서둘러 누군가에게 다가갔다.

사민의 시선이 두 사람의 움직임을 따라갔다. 그러다 두 사람이 깍듯하게 인사를 하는 사내에게 시선이 닿았다. 한눈에도 그가 누군지 알 수 있었다. 백화상단의 단주 장운조.

짙은 눈썹과 강인한 눈매, 오뚝한 콧날과 단호해 보이는 입술까지. 십이 년이 지났지만 차가워 보이는 인상은 그대로였다.

"단주께서 오신 거 같은데 우리도 인사를 드려야 하지 않냐?"

무연이 물었지만 사민은 대답하지 않았다.

그때 시선을 의식했는지 운조가 고개를 돌려 사민을 응시했다. 사민은 그의 시선을 피하지 않고 똑바로 마주 봤다. 운조가 눈에 힘을 주며 눈빛으로 누구냐 묻고 있었지만 사민은 대답 대신 여전히 그를 도전적으로 쳐다보기만 했다. 마치 그 옛날의 매정함을 책망하듯 확실한 도발이었다. 서로를 응시하는 두 사람의 눈빛에서 불꽃이 이는 것 같았다.

"단주님! 돌아오셨어요!"

상단에서 튀어나온 연두의 호들갑에 팽팽하던 신경전이 끊어졌다. 연두가 와락 끌어안으려고 하자 운조가 손가락으로 이마를 툭 쳤다.

"까불지 마라."

"에이, 반가워서 그런데 너무하시네."

입술을 비죽 내밀며 투덜대다가도 연두는 이내 하얀 이를 드러내며 환하게 웃었다. 얼핏 보아도 그녀가 단주를 어찌 생각하는지 알 것 같았다.

"이제 아주 오신 거지요? 무탈해 보이셔서 다행입니다. 아버지께서 기다리고 계시니 얼른 들어가세요."

"그러지."

"그만 가자."

사민이 먼저 돌아서자 무연이 곧바로 그녀와 함께 움직였다.

운조의 시선이 날카롭게 사민의 뒤통수에 박혔다. 그는 이내 아치에게 물었다.

"누구지?"

"신월장에서 차출된 사민과 무연입니다. 오늘 상단의 호송 호위를 맡았습니다."

"신월장 무사들 중에 여인이 있었던가?"

"사민은 십이 년 전에 문 장주께서 친히 거두신 아이입니다."

십이 년 전이라는 소리에 운조의 시선이 멈칫했다. 옆에 있던 연살 역시 떠오르는 기억에 흠칫 놀랐다.

"십이 년 전이라면, 그때 담친왕부 숲에서 구했던 그 아이가 아닙니까?"

"그런 것 같군."

서늘한 대답이 흘러나왔다. 자신을 도전적인 눈빛으로 빤히 보던 좀 전을 떠올리며 그는 차가운 표정이 되었다. 무예를 익혀 복수를 하고 싶다던 아이의 분노에 찬 눈빛이 어제의 일처럼 생생하게 떠올랐다.

"결국 원대로 된 것 같군."

알 수 없는 말을 내뱉으며 그가 이미 사민이 사라진 곳으로 고개를 돌리자 아까부터 눈치만 보고 있던 연두가 얼른 그의 시선을 가로챘다.

"아이, 아버지 나오시겠습니다. 얼른 들어가세요."

거듭 재촉하는 소리에 운조가 상단으로 들어가자 연두는 사민이 사라진 쪽을 날카롭게 쏘아보다 안으로 들어갔다.

노 단주는 연두와 함께 들어오는 운조를 흐뭇한 미소로 맞았다.

운조는 노 단주에게 정중하게 고개를 숙였다.

"다녀왔습니다."

"무탈해 보이는구나. 잘 왔다."

노 단주는 양팔을 벌려 운조를 안아 주었다. 마치 부자지간처럼 다정해 보이는 모습에 연두의 입이 다물어질 줄 몰랐다.

노 단주의 처소로 들어가기 무섭게 운조는 타국에 다녀온 경과를 보고했다.

"지율국에서만 나는 희귀한 약재와 비단을 우리 상단과 독점으로 거래하기로 합의하였습니다."

"마비된 증상을 풀고 풍증을 가라앉히는 효능을 가졌다는 그 약재를 드디어 들여오는구나."

"맞습니다. 비싸고 귀한 약재인 만큼 황실에서만 사용되고 귀족들조차 구하기 힘든 약재입니다."

"하면 원하는 이들이 알아서 접근을 하겠구나."

"아마도 그럴 테지요. 가진 것이 많은 이들일수록 쥐고 있는 것들을 오래 누리고 싶을 것이니까요."

"돈이 문제가 아닌 자들에게 파는 것이니 원하는 대로 값을 부를 수 있겠구나."

노 단주는 흡족한 표정으로 미소를 지었다.

"수고했다. 이제 장 단주가 돌아왔으니 귀찮은 일에서 손을 뗄 수 있어 다행이다."

"아직 배울 것이 많습니다."

"무슨 소리, 넌 이미 오래전에 날 능가했다. 내 손에서 시작되었지만 백화상단을 서월국에서 가장 큰 상단으로 일으켜 세운 건 너다. 네가 바라는 대로 날고 기는 권세가들이 직접 찾아오게 상단을 키웠으니, 이제 그들을 손바닥에 놓고 마음껏 주물러 봐라."

운조의 표정이 사뭇 서늘해졌다.

"찾고자 하는 이들만 찾으면 됩니다."

"반드시 그리될 것이다."

그의 무심한 표정 뒤에 감춰진 울분과 그리움을 알기에 노 단주는 운조를 격려했다.

"곤할 테니 이제 그만 건너가 쉬어라. 일은 명일부터 시작해도 늦지 않다."

"그리하겠습니다."

"문 장주가 크게 반가워하겠구나."

진오를 생각하며 미소를 짓다 운조는 사민과 스쳤던 기억을 떠올렸다.

"신월장 무사들이 일을 마치고 돌아가는 것을 봤습니다."

"손끝이 야문 자들이다. 무엇보다 아직 어린데 언행이 가볍지 않은 것이 마음에 들어."

지난날을 책망하듯 도전적으로 빤히 보던 사민의 눈빛을 떠올리며 운조의 표정이 알 수 없다는 듯 변했다.

"이제 신월장과 상단을 하나로 합치는 것이 더 낫지 않습니까?"

다소 도발적인 의견에 노 단주가 고개를 저었다.

"그건 아니야. 신월장의 무사들을 불러 호송 호위를 시키고 있지만 신월장은 백화상단의 하위 조직이 아니다. 내가 숱하게 죽을 고비를 넘기고 지금까지 살아 있는 건 모두 죽은 문 장주 덕분이다."

 상단을 세우던 초기에 노 단주는 그를 견제한 이들로부터 숱한 위기를 맞았다. 그때마다 고비를 넘기게 지켜 준 이가 진오의 아버지였기에 운조는 노 단주의 말에 토를 달지 않았다.

"신월장과 백화상단은 같은 목표를 가지고 있지만 깊이 들여다보면 결이 다르다. 신속하고 은밀하게 정보를 모으는 것은 신월장을 따라갈 수 없고, 상단의 이름을 걸고 할 수 없는 일들을 그들이 은밀히 처리하고 있다. 그러니 신월장을 굳이 수면 위로 올려서 쓸데없는 이목을 받을 필요는 없다. 지금처럼 서로 공생하는 동등한 조직으로 각자 서 있는 것이 좋아."

"알겠습니다."

 운조는 쉽게 노 단주의 뜻에 수긍했다.

"장 단주의 실력에는 굳이 신월장의 무사들이 필요 없다 여기겠지만, 지내다 보면 도움을 청할 일이 생길 것이다."

"알겠습니다. 명일 진오와 회포를 풀겠습니다, 쉬십시오."

 운조가 밖으로 나가자 노 단주는 식은 차를 한 모금 삼켰다.

 그때 문이 열리고 연두가 들어왔다. 그녀의 눈빛이 기대감으로 가득 찼다.

"아버지, 오라버니께 말씀하셨어요?"

"무슨 말을 말이냐?"

"아이참, 오라버니가 돌아오시면 혼인 얘기를 해 주신다고 하셨잖아요."

"아! 아비가 깜빡했구나. 첫날부터 몰아붙이는 것은 좋지 않으니 다음 기회를 보자꾸나. 장 단주 같은 사내는 너무 몰아붙이면 더 어긋나는 수가 있어. 자고로 원하는 사내를 얻으려면 인내심부터 길러야 하는 법이다."

"힝, 알겠어요."

타이르는 소리에 연두가 입술을 비죽 내밀며 실망했다.

운조를 순수하게 바라보는 딸아이의 뒤통수를 바라보며 노단주는 인자한 미소를 지었다.

사민의 처소에 불이 꺼져 있자 무연은 당연하게 후원으로 걸음을 옮겼다. 역시 어둠 속에서 사민이 검을 휘두르고 있었다.

"고되지도 않냐? 야밤까지 무얼 그리 열심히 하는 거냐? 그렇게까지 하지 않아도 될 실력이면서."

"난 이게 편하니까 시비 걸지 말고 들어가."

"오늘은 무슨 일로 또 몸을 혹사시키는 건데? 답답한 일이 있으면 나한테 털어놓고 풀어. 혼자 꿍해 있지 말고."

사민이 검을 검집에 넣으며 무연을 쳐다봤다. 그는 바위에 걸터앉아 자신 한정 부드러운 미소를 짓고 있었다.

"끝났냐? 잘 생각했다."

"너 때문에 시끄러워서 집중할 수가 없잖아."

"이렇게 하지 않으면 또 밤새 휘두르고 있을 것 같아서 말이야."

사민은 자신을 너무 잘 알고 있는 그를 쏘아보다 말았다.

"아까 장 단주를 보자마자 연두 표정 달라지는 거 봤냐? 순간 다른 사람인 줄 알았다. 여우도 아니고 그런 얼굴이 있을 줄 몰랐다."

"반가웠나 보지."

"반가운 정도가 아니겠지. 척 보면 알 수 있잖아. 분명 장 단주에게 마음이 있는 거야. 얼굴이 폭삭 익었더라니까, 봤지?"

"아니."

"싱겁긴."

예상했지만 영 시원찮은 반응에 무연이 김빠지는 소리를 냈다. 그는 입을 다물고 물끄러미 허공을 응시하는 사민을 가만히 바라봤다. 그러다 곧 그녀를 건드렸다. 그대로 두면 꼭 어디론가 사라질 것만 같아 불안한 기분이 들었다.

"무슨 생각을 그리하는 거냐?"

"아무 생각도 안 해."

"거짓말."

사민이 돌아보자 무연은 그녀의 눈을 똑바로 응시했다. 자신을 보는 그녀의 눈빛에 공허함이 담겼다. 참 싫으면서도 가슴을 설레게 하는 그런 눈빛이었다.

"나중에라도 뭔가 말하고 싶을 때 그 상대는 반드시 나여야 한다는 걸 잊지 마."

"반드시 너여야만 하는 이유가 뭔데?"

"그야… 네게 가장 가까운 사람이니까."

얼굴을 똑바로 보며 하는 소리에 사민은 시선을 피하지 않고 그를 응시했다.

"누가 그래? 가장 가깝다고?"

"아니란 말이냐? 설마 나보다 장주님이 더 가깝다고 말하고 싶은 거야?"

그답지 않게 따지고 드는 소리에 사민은 대답 대신 피식 웃기만 했다.

"오늘따라 말이 많다. 너 원래 말 없는 놈 아니었냐?"

"너에게만 하는 거다. 이렇게라도 하지 않으면 하루에 한마디도 안 한다는 걸 아니까. 너 그러다 입에 거미줄 친다."

"애쓰지 마라, 생겨 먹은 대로 살면 되니까."

대화를 자르며 사민이 자리에서 일어섰다.

"너 그렇게 생겨 먹은 거 아니니까 그러지."

사민은 삐딱한 시선으로 무연을 내려다봤다.

"무슨 소리야?"

"너 아니잖아, 지금."

"알아듣게 말해."

"어릴 적 어머니를 잃은 상처로 마음을 닫아 버린 거잖아. 지금의 무심한 표정이 네 진짜 모습이 아니라는 거 알아."

사민의 눈빛이 조금 가늘어졌다. 언제부턴가 필요 이상으로 그가 너무 자신을 잘 안다는 기분이 들었다.

"네가 나에 대해 뭘 안다고 그래? 이것도 나야. 그러니까 함부로 까불지 마."

그녀는 찬 시선으로 경고하듯 주지시키고 돌아섰다.

"저 고집불통."

무연은 엷은 한숨을 내쉬며 멀어져 가는 그녀를 큰 보폭으로 따라잡았다.

곁눈질로 보자 사민이 짐짓 화난 척하며 쏘아보다 피식 짧게 웃으며 고개를 돌렸다. 그녀의 옆얼굴을 눈에 담으며 무연의 입가가 소리 없이 올라갔다.

아침 일찍 진오의 명을 받고 사민은 밖으로 나갈 채비를 했다. 검을 닦다 무연이 다가왔다.

"같이 가 줄까?"

"됐어."

"그럴 줄 알았다. 다치지 말고 조심히 다녀와라."

대답 대신 사민은 고개를 끄덕여 주며 신월장 밖으로 나가려다 이제 막 신월장으로 들어오는 사내를 보고 멈칫했다. 백화상단의 단주가 수행원도 없이 혼자 걸어오고 있었다.

달갑지 않은 사내와 정면으로 맞닥뜨리게 되자 평소답지 않게 그녀는 살짝 긴장했다. 썩 좋은 기억의 상대가 아니라 지금의 상황이 마음에 들지 않았다. 아주 순간 무연의 손길을 뿌리친 것이 후회되기도 했다.

서늘한 시선으로 응시한 채 운조가 다가와 서자 사민은 감정 없는 표정으로 그의 시선을 받았다.

"신월장주를 보러 왔다."

"장주님께서는 안에 계십니다."

짧은 인사를 건네고 그녀는 그대로 그를 지나쳤다.

곁을 스치는 그녀에게서 흘러나오는 은은한 백단향의 향이 그의 신경을 자극했다.

"내가 누군지 아는가?"

묻는 소리에 사민이 돌아섰다. 보는 표정에 조금의 경계가 담겼다.

"…압니다."

운조의 눈빛이 백색의 무복을 입은 그녀의 전신을 훑었다.

"원대로 무예를 배운 것인가?"

"그렇습니다."

"하면 이제 그 검은 누군가를 지키기 위한 것인가, 아니면 죽이기 위한 것인가?"

"둘 다입니다."

"왠지 그 검으로 널 지킬 생각은 없다는 말로 들리는군."

쉽지 않은 상대라는 생각은 했지만 마치 속내를 들킨 것처럼 파고드는 날카로움에 사민의 눈빛에 슬쩍 날이 섰다. 마치 약점을 잡힌 것 같은 기분이 썩 달갑지 않았다.

"그만 가 보겠습니다."

사민이 차가운 표정으로 돌아서자 운조의 눈빛이 날카롭게 벼려졌다.

"진오한테도 이렇게 불손하게 구나?"

책망하는 소리에 다시 걸음이 붙잡혔다. 그녀는 한숨을 삼키며 단도직입적으로 물었다.

"제게 하고 싶은 말씀이 있으십니까?"

운조는 감정을 눌러 참는 사민의 얼굴을 빤히 바라봤다.

"여전히 화가 나 있군. 십이 년 전의 그때처럼."

"무슨 말씀을 하시는지 모르겠습니다."

"그런데 왜 내게 화를 내는 것 같지? 그때 네 손을 잡아 주지 않아 화가 난 건가?"

"그런 적 없습니다."

사민이 부인하자 운조는 말없이 그녀를 응시했다.

빤히 보는 것이 불편해 사민은 슬쩍 그의 시선을 피했다.

"네 눈빛은 여전히 마음에 들지 않아."

직설적으로 치고 나오는 소리에 한 대 얻어맞은 듯 사민의 시선이 흔들렸다.

"더 하실 말씀이 없으시면……."

"꼭 예전의 나를 보는 것 같아서 말이야."

"……."

"그만 가도 좋다."

아무 일도 없었다는 듯 운조가 먼저 돌아서자 사민은 그의 뒷모습을 응시하다 돌아섰다. 무언가 색을 알 수 없는 감정에 기분이 이상해졌다.

하얀 술잔에 쪼르르 맑은 액체가 채워졌다. 진오가 술잔을 들어 보이자 찰랑이는 술잔을 보던 운조가 단숨에 잔을 비웠다.
"아주 돌아온 거냐?"
"그렇다고 봐야지."
"그럼 이제 본격적으로 사냥을 시작하는구나."
진오가 빈 잔에 다시 술을 채웠다.
"오랜 벗이 돌아온 기념으로 첫 사냥감은 내가 제공하지."
"기대되는군, 찾은 거냐?"
"물론, 하나는 서운할 것 같아서 셋을 준비했으니 첫 사냥감은 네가 골라잡아라."
"셋?"
"그날 밤 널 죽이려 했던 그 세 놈을 다 찾았다. 흔적을 지우라는 명을 받았는지 세 놈이 다 다른 지방으로 흩어져서 찾느라 고생 좀 했다. 그날 일로 한 재산씩 챙겼는지 어이없게 신분 세탁도 하고 배에 기름칠하면서 호의호식하고 있더라. 참 불공정한 세상이 아니냐?"
"진수성찬이군, 신세를 졌다."
운조의 인사에도 진오의 표정은 썩 밝지 못했다.
"우리 사이에 그런 인사는 맞지 않아. 또 정작 꼭 찾아야 할 사람은 찾지 못했으니 고맙다는 인사를 받기엔 아직 일러."
그 사람을 생각하며 운조의 표정이 급격히 어두워졌다. 그가 단숨에 술잔을 비우자 진오가 그를 위로했다.
"살아 있을 것이다. 아무도 찾지 못하게 어딘가에 꽁꽁 잘 숨어 있을 거야. 그러니 실망하지 마라."

"실망한 적도 포기한 적도 없다. 감히 그럴 수도 없어. 그저 어딘가에 살아 있기만 바랄 뿐이야. 내가 반드시 찾을 거니까, 그러니까… 살아만 있으면 돼."

원통한 과거가 다시금 극심한 고통으로 떠올라 운조는 차갑게 입을 다물었다. 그러다 이내 표정을 갈무리했다.

"조정은 어떠냐?"

"네가 떠나기 전과 딱히 큰 변화는 없어. 좌의랑 여사석은 여전히 목청이 크고 우의랑 사도원이 그를 견제하고 있는 정도야. 황제는 좌의랑의 눈치를 보느라 바쁘고."

"조 재상은?"

"그대로지. 성질 급한 여사석이 급발진을 할 때마다 그를 자제시키며 중도의 역할을 자처하고 있어."

"수가 틀리면 황제에게도 거침없는 여사석이 조 재상의 말은 잘 듣는 편인가 보군."

"온건적인 성향으로 따르는 이들이 많고 오랫동안 황제를 보필한 재상에게 함부로 할 수는 없겠지. 실질적으로 여사석이 급진파의 우두머리인 것 같지만 그 위엔 조 재상이 있는 것이니까."

오래전 기억에 남아 있던 재상 조자천의 모습을 떠올리며 운조는 말간 액체가 담긴 술잔을 내려다봤다.

"참, 황제가 일 년 전에 여사석의 강요에 못 이겨 새로 후궁을 들였는데 그 여인이 조 재상의 여식이다."

"아예 옆에서 감시를 하려는 속셈인가. 폐하께서 숨을 못 쉬겠군."

"제대로 봤다. 황궁에 심어 둔 세작의 말로는 황제께서 몹시도 조 비를 어려워하셔서 자주 찾지 않으신다고 하셨다."

"금지옥엽인 여식이 그런 대접을 받다니 조 재상이 달가워하지 않겠군."

"정작 당사자인 재상은 별 반응이 없는데 여사석이 펄펄 뛴다고 하더라. 제 손으로 재상의 여식을 후궁으로 밀어 넣었는데 정작 황제가 찬밥 취급을 하니 재상에게 낯이 안 서겠지. 참, 우리 폐하도 고충이 많으시겠더라."

"지금의 황제를 만든 것이 여사석이니 약점이 잡힐 수밖에 없겠지."

그리 대답하고 운조가 말이 없자 진오는 생각에 잠겨 있는 그를 응시했다.

"앞으로 어찌할 것이냐? 좌의랑이냐? 우의랑이냐?"

"어느 편과 손을 잡을 거냐고 묻는 거라면 둘 다 아니다."

"저들이 먼저 손을 내밀어 오기를 바라는 것이냐? 권세가에게 백화상단은 꿀단지를 쥐는 것과 같으니 마치 반응을 보며 즐기겠다는 소리로 들린다. 만일 좌의랑과 우의랑이 둘 다 손을 내민다면 어찌할 것이냐?"

"둘 다 잡든지, 둘 다 뿌리치든지 해야지."

"역시 도성에서 제일가는 상단의 단주답게 호락호락하지 않군."

"난 이문을 남기는 장사치니까 상단에 이로운 쪽으로 움직일 뿐이다."

"두 세력 중 어느 한쪽도 적으로 돌리지 않겠다는 발상이지만 자칫 저울질을 잘못하다간 역으로 두 세력에게 모두 표적이 될 수도 있다."

"상관없어. 상단은 그저 원하는 것을 제공하고 그 대가만 받으면 되니까. 그 과정에서 위험해지는 거야 어쩔 수 없는 일이지. 다만 누군들 함부로 상단을 치려고 하면 가만히 당하고만 있진 않을 것이다."

날아가는 새도 떨어뜨린다는 절대 권력을 쥔 자들에게도 철저하게 장사를 하겠다는 소리가 허황되게 들리면서도 그래서 믿음이 가 진오는 낮게 웃었다. 그 또한 황제를 쥐락펴락하는 여사석이라도 함부로 할 수 없는 서월국에서 가장 큰 상단의 단주이기에 가능한 배포일 것이다.

복수를 위해 오랜 세월 동안 지독할 정도로 자신을 채찍질하며 노력한 덕분에 세상을 휘두를 칼자루를 손에 쥐게 되었으니, 이제 그가 앞으로 어찌 칼을 휘두를지 지켜보는 재미가 있을 것이다.

"돌아온 첫날부터 너무 심각한 얘기만 했군. 아무튼 네 첫 사냥은 나도 함께한다. 혹시 더 필요하다면 신월장의 무사들을 내어 주겠다. 물론 너 혼자서도 충분하겠지만 다들 크게 도움이 될 것이니 언제든 원한다면 말해라."

"자신만만하군. 남 칭찬에 인색한 네가 그리 장담할 만한 자들인가?"

"입도 무겁고 그만큼 실력을 자부할 수 있는 이들이니까 자신 있게 말하는 거다."

진오의 제안에 운조는 신월장 앞에서 마주쳤던 사민을 떠올리며 나지막이 읊조렸다.

"사민."

"사민을 봤어?"

"오는 길에 나가는 걸 봤다."

"직접 봤다면 내 말에 토를 달지는 못할 거다. 사민과 무연은 내가 가장 아끼는 아이들이다. 신월장에서 가장 뛰어난 실력자들이기도 하지."

진오가 평소 그답지 않게 열을 올리며 두 사람을 칭찬했지만 운조는 가만히 듣기만 했다.

"기억하느냐? 사민이 십이 년 전에 담친왕부 근처 숲에서 구했던 아이다."

"알아."

"역시 기억하는군. 직접 보니 어떠냐? 잘 자라지 않았느냐?"

"그런 것 같더군. 그런데 그 아이, 어머니의 복수는 한 건가?"

"아직이다."

"의외군, 무예를 배우면 가장 먼저 원수를 찾아갈 줄 알았는데."

"찾고 있는 중이다."

"뭐?"

"그 자식이 사라져 버렸거든."

술잔을 비우려다 말고 운조가 눈으로 이유를 물었다.

"단순한 불한당인 줄 알았는데 무슨 일인지 그날 이후 종적을 감춰 버렸다. 그래서 아직 찾고 있어."

"그래서 눈빛이 아직도 그래 보였군."

그녀의 눈빛엔 아무런 감정도 보이지 않았다. 마치 일부러 비워 낸 것처럼 지독하게 건조해 보이기까지 했다.

살짝 마뜩잖아 보이는 눈빛에 진오의 시선이 닿았다.

"사민의 눈빛이 어떻게 보였다는 것이냐?"

"공허해 보였어."

"공허하다기보다는 무심하다는 것이 더 맞을 것이다."

"무심하다라……."

"아무래도 어린 나이에 어머니가 죽임을 당하는 것을 봤으니 충격이 컸겠지. 그 영향으로 얼굴에서 표정이 확 사라져 버렸지만 다행히 비틀어진 성정으로 자라지는 않았다. 말이 없고 좀처럼 감정을 드러내지 않는 편이지만 무연과 있을 때엔 곧잘 웃기도 한다."

"무연?"

"무연은 사민이 유일하게 편히 대하는 상대라고 할 수 있지. 두 사람이 서로를 보는 눈빛의 색이 다른 것 같긴 하지만 어쨌든 가장 가까운 사이인 건 확실해."

어제 사민과 함께 서 있던 젊은 사내를 상기해 낸 운조의 시선이 서늘하게 변했다.

"그렇군."

"사민이 돌아올 때가 됐는데 원한다면 정식으로 인사를 시켜 주겠다."

"됐다."

운조가 바로 자르자 진오는 그럴 줄 알았다는 듯이 웃었다.

"하여간 냉하게 굴긴, 가만히 보면 사민하고 닮았단 말이야."

"시답잖은 소리 지껄이지 마."

"시답잖은 소리가 아니야. 너랑 사민의 눈빛이 닮았거든. 비슷한 사연을 가지고 있어서 그런 건지……. 그래서 십이 년 전에 사민의 눈빛이 마음에 들지 않다고 한 거잖아. 양친을 잃었을 때의 널 보는 것 같아서 말이야."

"쓸데없이 좋은 기억력은 여전하군."

운조는 시큰둥하게 내뱉고 술잔을 비웠다.

"복수에만 눈이 멀어 정작 중요한 것을 잃어버릴까 걱정했는데 고맙게도 사민은 꽤나 반듯하게 잘 자라 주었어. 그리고 눈으로 봤으니 알겠지만 용모 또한 출중하지. 한 번씩 여인의 모습으로 임무를 수행하러 갈 때는 눈을 뗄 수 없을 정도로 곱단 말이야."

"여인의 모습도 하나?"

"썩 좋아하는 눈치는 아니지만 필요할 때는 어쩔 수 없이 받아들이는 눈치다."

운조는 여인의 모습을 한 사민을 상상해 봤다. 백색의 무복으로 몸을 꽁꽁 감싸고 있는데도 확연히 눈에 띄는 외모긴 했다.

색기라고는 전혀 없는 담백하고 건조한 표정에 여인의 의복이라니, 다른 여인들과는 다른 분위기일 것 같았다.

'보고 싶은 것이냐.'

문득 여인의 의복을 입은 사민의 모습을 궁금해하는 자신에게 어이가 없어 그는 헛웃음을 삼켰다. 백주에 마시는 술이 오른 때문인가. 갑자기 뭔가에 씐 것 같은 기분이었다.

운조는 단숨에 술잔을 비우는 진오를 가만히 응시했다. 아예 작정한 사람처럼 사민에 대해서 줄줄 털어놓는 것을 보니 그가 얼마나 사민을 아끼는지가 분명하게 보였다.

그날 모진 일을 겪고 세상이 무너진 듯한 눈빛이 걸렸었는데 그동안 혼자 외롭게 자라지는 않았을 거란 생각에 밑도 끝도 없이 안심이 되었다. 그날 그녀가 진오에게 가서 다행이었다.

"아무튼 사민이 여러모로 쓰임이 많을 테니 언제든 말해라."

"그럴 일 없어."

"어째서 그리 단번에 잘라 내는 거냐?"

"굳이 여인일 필요는 없으니까."

"너답지 않은데?"

다소 흥미로운 눈초리에 운조는 서늘한 시선으로 답을 물었다.

"사민을 마치 신월장의 무사가 아닌 여인으로 보고 있는 것 같잖아? 그게 너답지 않다는 말이다. 설마 사민을 여인으로 의식하고 있는 것이냐?"

"미친놈"

"역시 안 통하는군."

운조가 대꾸할 가치도 없다는 듯이 털자 진오의 입에서 웃음소리가 흘러나왔다. 장운조에게 시답잖은 농이 쉬이 통할 리 없었다. 그는 정겨운 눈빛으로 오랜만에 돌아온 벗을 지그시 응시했다.

오랜만에 만난 회포를 풀다 보니 신월장에 머무르는 시간이 꽤 되었다.

"가야겠다."

"노 단주님께 안부 전해 다오."

"알았다."

운조를 신월장 밖까지 배웅하려 두 사람은 함께 걸었다. 그때 저만치에서 사민이 무연과 함께 걸어가자 두 사람의 시선이 동시에 쏠렸다.

"사민이 지금 돌아온 모양이군."

진오의 말에 운조는 사민을 바라봤다. 앞만 보고 걷는 사민의 옆으로 사내 하나가 얘기를 하는 것이 보였다. 아마도 무연이라는 사내일 것이다.

말없이 듣기만 하던 사민이 무슨 소리를 들었는지 살짝 인상을 쓰며 무연을 돌아보는 것이 보였다. 사민의 대꾸에 무연이 환하게 웃었다. 멀리서 봐도 두 사람이 꽤 가까운 사이라는 것을 알 수 있었다.

운조는 사민이 엷게 미소를 짓는 얼굴에 시선을 고정했다. 표정이 한 가지밖에 없을 줄 알았는데 미소 짓는 모습이 새로웠다. 어울리지 않는 것 같으면서도 무척 어울렸다. 술이 과했는지 자꾸 시선이 그녀에게서 떨어질 줄을 몰랐다. 그녀를 보고 있으면 뭔가 기분이 좀 이상해진다.

"웃기도 하는군."

"사민 말이냐? 가까운 이들과는 잘 지낸다. 특히 무연과는 오래된 짝지라 할 수 있지. 서로 의지를 많이 하는 편이다."

"그런 것 같군."

자신에겐 찬바람이 일던 표정이더니 다른 사내에겐 편하게 웃는 걸 보니 어쩐지 속이 썼다. 웃기지도 않는 서운함이다. 역시 술이 문제인가.

"원한다면 돌아가는 길까지 저 둘에게 호위를 하게 해 주겠다."

"치워!"

바로 제안을 쳐내고도 어이가 없어 운조는 인상을 쓰며 돌아섰다.

"내가 호위가 필요할 사람으로 보이냐?"

"당연히 아니지. 하나 큰일을 도모할 사람이 이렇게 혼자 다니는 것도 바람직하지 않다. 앞으로 원치 않더라도 적이 많이 생길 텐데 너무 스스로를 맹신하지 마라. 돌발 상황은 늘 예기치 않게 일어나는 법이다."

"그 잔소리는 여전히 변한 게 없군. 오늘은 오래된 벗을 보러 오는 길이라 수고를 덜었을 뿐이니 염려 마라. 네 말대로 해야 할 일이 많으니 쉬이 당하고 있을 시간도 없다."

"그 장담 끝까지 책임져라."

"사내놈이 쓸데없이 다정하기는."

운조의 핀잔에 진오가 소리 없이 웃었다.

"내가 아무에게나 다 다정한 것은 아니지."

"간다, 더 나오지 마라."

"살펴 가라."

얼굴을 한번 보며 운조가 돌아서자 진오는 오랫동안 운조의 뒷모습을 지켜봤다. 지금을 위해 혹독하게 자신을 담금질해 왔을 그의 뒷모습이 유독 든든하고 강해 보였다. 그러면서도 쓸쓸해 보였다.

귀족가의 자제로 태어났으나 하루아침에 양친이 죽고 누이까지 잃어버렸으니 그의 넓은 등 뒤에 배인 깊은 슬픔과 분노가 선명하게 보였다.

누이를 찾고 복수하기 위해 오랫동안 와신상담해 왔기에 그의 앞날이 기대되면서도 걱정 또한 내려놓을 수 없었다. 부디 크게 다치는 일 없이 오랜 숙원을 이루기를 바랄 뿐이다.

운조에게서 등을 돌려 돌아오면서 진오는 무연과 진지하게 이야기 중인 사민을 돌아봤다.

"너 또한 마찬가지다."

비슷한 사연을 가진 이유 탓일까. 어딘가 다른 듯 닮아 보이는 두 사람을 나란히 떠올리며 그는 연민 어린 표정이 되었다. 두 사람 모두 하루라도 빨리 속에 담아 둔 응어리를 모두 풀어 버리고 마음 편히 살 수 있는 날이 왔으면 싶었다.

 오랜만에 담친왕이 찾아왔다는 소리에 황제는 반갑게 그를 맞았다.
 "어서 오세요, 숙부."
 황제의 환대에 웃으며 용안을 보는 담친왕의 표정이 밝지 않았다. 황제의 표정에 수심이 가득한 것이 눈에 보였다.
 "황공하오나 용안이 편치 않아 보입니다. 마음 쓰이는 일이 있으셨습니까?"
 "정사를 돌보는 일이 쉽지는 않은 일이지요."
 황제가 에둘러 대답했다.
 하지만 담친왕은 황제의 고충을 대충 알 것도 같았다. 다소 독불장군처럼 폭군의 성향을 보였던 선황을 끌어내리고 대신 황제의 자리를 꿰찼지만 뜻대로 할 수 있는 일이 거의 없었을 것이니 마음은 늘 가시밭이었을 것이다.
 "마음을 좀 편히 가지십시오, 폐하."
 "짐도 그러고 싶지만 마음처럼 쉽지가 않습니다."
 나인이 차를 내오자 두 사람은 잠시 대화를 멈췄다. 조심스레 차를 내려놓고 나인이 나가자 그제야 두 사람은 다시 대화를 이어 갔다.

"드십시오, 숙부. 차 맛이 좋습니다."

담친왕은 차를 들어 한 모금 마시고 내려놨다.

"제가 보기엔 조 비를 후궁으로 들이신 후로 더 용안이 어두워 보이십니다. 맞습니까?"

정곡을 찌르는 소리에 황제는 겸연쩍은 표정으로 웃기만 했다.

"조 비 때문에 좌의랑 여사석이 압박을 한다 들었습니다."

"담친왕부까지 소문이 들어간 모양입니다."

"여사석이 워낙 물불을 안 가리는 무지막지한 자라 폐하께서 고충이 이만저만이 아니시겠습니다. 정 힘이 드시면 조 재상께 은밀히 도움을 청해 보시는 것도 방법입니다. 여사석이 아무리 경우 없이 굴어도 조 재상의 말은 잘 듣지 않습니까?"

"그 또한 쉽지 않습니다."

황제는 잠시 어두운 표정으로 차를 들어 한 모금 마셨다. 그리고 담친왕을 쳐다보며 처음으로 속내를 꺼내 보였다.

"짐은 좌의랑보다 조 재상이 더 껄끄럽습니다."

뜻밖의 소리에 담친왕은 순간 말문이 막혔다.

"조 비가 재상가의 여식이라 어려우신 겁니까?"

"그 또한 이유이긴 하지요."

그렇다면 다른 중대한 이유가 더 있다는 말이다. 온화한 성정으로 조정의 양 세력을 조율하는 조 재상이라면 누구보다 황제에게 힘이 되어 줄 거라 여겼는데, 황제의 반응이 정말 의외였다.

"제가 모르는 다른 사연이라도 있는 겁니까?"

"딱히 사연이 있는 건 아닙니다. 조 재상은 숙부께서도 아시다시피 조용하고 온건적인 성향을 지닌 신하가 맞습니다. 짐에게도 깍듯하고 그를 따르는 신진세력들도 많지요. 한데도 이상하게 짐은 조 재상이 어렵습니다."

"아직은 좌의랑 무리들의 세가 너무 커서 그럴 겁니다. 비록 그들로 인해 황제로 추대가 되었지만 엄연히 이 나라의 천자는 폐하십니다. 그러니 위축되지 마시고 입지를 더 단단하게 만드십시오. 그렇다 보면 그 어려움도 결국 사라질 겁니다."

"그래야겠지요."

황제는 작은 소리로 대답하고 다시 차를 마셨다.

담친왕은 그늘진 황제의 표정을 가만히 주시했다. 여사석의 무리들이 선황을 밀어내고 지금의 황제를 황위에 올리면서 어리고 강한 성정이 아닌 황제가 자신들의 입맛에 맞게 움직여 주기를 원했을 것이다. 그들은 그동안 원하는 것을 얻기 위해 다소 무리한 요구와 압박도 가하며 황제를 휘둘렀다.

정당한 명분으로 황위를 차지하지 않은 약점이 있기에 황제는 초창기에 그들이 원하는 방향으로 움직일 수밖에 없었다.

황제가 조금씩 천자로서 입지를 굳히면서 가장 먼저 하려던 일은 과하게 균형이 맞지 않은 조정 판도의 개선이었다. 하여 상대적으로 위축되어 있는 우의랑 사도원에게 힘을 실어 좌의랑의 세력과 균형을 맞추려 하였으나 역시나 저들의 반대로 번

번이 좌절할 수밖에 없었다.

그러니 앞에서 큰소리로 떠드는 여사석은 물론 뒤에서 조용히 관망하는 재상까지 부담스러웠을 것이다. 황권을 위협하는 거대한 신권에 다소 위축되어 보이는 황제가 안쓰러워 보였지만 딱히 도와줄 일이 없는 것이 안타까웠다.

"폐하께서 황위에 오르실 때 폐하의 보령 겨우 열셋이었습니다."

"그래서 여사석이 숙부가 아닌 짐을 황제로 선택했겠지요."

황제가 자조적으로 웃었다. 명분상으로도 선황의 아우인 담친왕을 황위에 올리는 것이 더 타당했으나 저들이 어려서 맘대로 주무르기 쉬운 자신을 선택한 것을 모르지 않았다.

"그때 이후로 상황이 폐하께는 쉽지 않으셨을 겁니다. 하나 이 서월국은 폐하의 나라이옵니다. 서서히 힘을 기르시면서 훗날을 보시면 언젠가는 폐하께서 원하시는 세상을 만드실 수 있으실 겁니다. 그러니 조용히 때를 기다리십시오."

"언젠가는 그런 날이 오겠지요?"

"당연히 올 겁니다. 물이 차면 넘치기 마련이고 오래 고인 물은 썩기 마련입니다. 폐하께 큰 힘이 되어 줄 이가 반드시 나타날 것이니 조용히 때를 보십시오."

"고맙습니다, 숙부. 숙부께서 해 주신 말씀이 짐에게 큰 힘이 됩니다. 자주 오십시오."

"그리하겠습니다."

황제는 처음으로 조금 편해진 용안으로 희미하게 미소를 지었다.

 담친왕은 부드러운 눈빛으로 황제를 위로해 주었다.

 신월장에서 찾은 세 명의 위치를 파악하고 운조는 연살에게 그들의 움직임을 주시하게 했다.

 "명일 구수록이 첩들과 함께 주유를 떠난다고 합니다."

 운조의 눈빛이 한기로 가득 찼다. 그는 싸늘하게 냉소했다.

 "잘됐군."

 "움직이실 예정이십니까?"

 "첫 사냥감이 정해졌으니 당연하다. 날이 밝으면 은밀히 움직일 것이니 준비해라."

 "알겠습니다."

 연살이 밖으로 나가자 운조는 아직 취침 전인 노 단주를 찾아갔다.

 "명일 상단을 비워야 할 것 같습니다."

 "드디어 시작하는 것이냐?"

 "그렇습니다. 개인적인 원한을 갚는 것이니 상단에 누가 되지 않도록 다른 이들은 모르게 움직이겠습니다."

 "굳이 시끄럽게 할 필요는 없겠지. 연두에게도 말하지 않을 테니 조심히 다녀와라."

 "그리하겠습니다."

새벽까지 잠을 이루지 못하고 운조는 허공을 베듯 날카롭게 눈을 치켜떴다.

'기다려라, 세상 끝까지라도 뒤져서 남김없이 찾아내 줄 것이다.'

단 하루도 잊은 적 없었던 십칠 년 전의 일을 떠올리며 그는 이를 악물었다.

거의 뜬눈으로 밤을 새우고 동이 트기 전에 그는 연살과 함께 조용히 상단 밖으로 나왔다.

그러다 상단 밖에서 기다리고 있는 진오와 신월장의 무사들을 보며 깜짝 놀랐다. 보다 정확하게는 진오의 옆에 있는 사민을 보고 놀란 것이었다.

그의 시선이 무연과 함께 고개를 숙여 인사하는 사민에게 닿았다. 두 사람의 시선이 허공에서 잠시 얽혔다가 떨어졌다. 늘 그렇듯 시선이 부딪치면 이상하게 묘한 여운이 남는다.

의도치 않은 상황이 마뜩잖아 그는 여유 있게 웃고 있는 진오에게 한 소리를 던졌다.

"쓸데없는 짓을 하는군."

"이럴 줄 알고 기다리고 있었다. 내 누누이 말하지 않았느냐? 네 첫 사냥은 나도 함께한다고. 혼자는 못 간다."

"잡으려는 놈이 한 놈뿐이니 이렇게 떼로 올 필요 없는 일이야."

"그 잡아야 할 놈이 혼자 다니는 것이 아니니 문제지. 뭐, 정가 보고 나설 필요 없으면 우린 지켜보는 것으로 하겠다. 네 사냥을 방해하지 않겠단 말이다, 됐지?"

운조가 여전히 못마땅한 눈빛으로 쏘아봤지만 진오는 알면서도 그저 웃을 뿐이었다.

"걸리적거리지나 마. 분명히 경고했다."

"당연한 소리다."

사민은 두 사람의 대화를 가만히 듣고 있었다. 둘도 없는 지기라고 들었는데 십이 년 전 처음 봤을 때부터 함께였던 두 사람이라 서로를 위하는 마음이 느껴졌다.

장주께서 어지간한 일에는 나서지 않고 자신과 무연을 시켰을 텐데 직접 나서신 것만으로도 그 마음을 알 수 있었다.

그저 따르라는 명만 받고 온 걸음이라 어디로 가는지 알 수 없었는데 백화상단으로 올 줄 몰랐다. 설마 했는데 정말 그가 나와서 놀라긴 했다.

두 사람의 대화만으로는 장 단주의 용무인 것 같은데 첫 사냥이라는 말이 걸렸다. 뭔가 몹시 중요한 일이라는 것은 분위기만으로도 가늠이 됐다.

사민은 진오와 앞장서서 걷는 운조의 뒷모습을 응시했다. 새삼 저 무심하게 보이는 사내에게 무슨 사연이 있는지 궁금했다. 다른 이에 대해 궁금한 적이 한 번도 없었는데 참 이상한 심리의 변화다.

제2장
백화상단 白花商團

 구수록이 지날 거라 예상한 길목에 숨어 운조는 구수록의 일행이 나타나기를 기다렸다.
 이윽고 멀리서 요란하게 치장한 마차 두 대가 나란히 다가오자 그는 인상을 찌푸렸다. 귀족도 아닌 주제에 귀족 저리 가라 할 정도로 요란한 행렬이 우습기 짝이 없었다.
 당연히 누군가 뒤를 봐주지 않는다면 있을 수 없는 일이다. 그 누군가를 대신해 수도 없이 손에 피를 묻히고 늘린 재산일 것이다. 그 손에 자신과 누이의 피도 있기에 운조의 눈빛에 핏발이 섰다.
 구수록을 잡는 것은 시작에 불과하다. 정작 잡아야 할 이는 정체를 감추고 뒤에서 구수록을 부리는 자니까. 그자가 십칠 년 전의 일도 사주를 했을 것이니 반드시 정체를 밝히고야 말

것이다. 운조는 다가오는 마차를 노려보며 주먹을 움켜쥐었다.

진오가 구수록의 마차를 호위하는 자들의 수를 가늠하며 코웃음을 쳤다.

"퍽도 오래 살고 싶은 모양이다. 하찮은 목숨 지키려 들러리를 여덟이나 세우다니 보기 드문 미친놈일세. 이쯤 되면 내가 온 것이 다행이다 싶지 않냐?"

"연살과 나만으로도 충분해."

"그놈의 자신감은. 시간을 끌어서 좋을 것이 없으니 속전속결로 끝내면 좋잖아. 쓸데없는 들러리들은 우리가 정리해 줄 것이니 넌 잡을 놈이나 잡아. 사민, 무연, 우리는 주변을 정리한다. 장 단주의 밥상에 손대지 마라."

"알겠습니다."

사민과 무연이 동시에 대답했다.

운조는 힐끗 사민을 돌아봤다. 말은 들었지만 아직 그녀의 실력을 보지 못했기에 괜히 신경이 쓰였다. 어째서 그녀가 검객이라는 사실보다 여인이라는 사실이 더 크게 와닿는 것일까. 쳐야 할 놈을 앞에 두고도 그녀에게 신경이 가는 제 심리가 마음에 들지 않았다.

"신경 쓰기 싫으니 다치지 마라."

일부러 대상을 모호하게 던지는 소리에 진오가 피식 웃으며 주의를 주었다.

"내가 할 소리다. 구수록은 사람을 숱하게 죽인 놈이다. 어떤 비겁한 수를 쓸지 모르니 기습에 조심해라."

"나한텐 안 통해."

단호한 표정에 웃어 보이다 돌아서서 적을 주시하는 진오의 표정에서 웃음기가 사라졌다. 그는 어느새 신월장주가 되어 적들을 날카롭게 노려봤다.

매복된 사정거리 안에 마차가 들어오자 운조는 곧바로 구수록이 탄 마차를 노리고 달려갔다.

"웬 놈들이냐!"

갑작스런 기습에 깜짝 놀란 무사들이 곧장 검을 꺼내 들고 운조를 막았다.

"너희들의 상대는 우리다!"

진오의 뒤를 따라 사민과 무연이 튀어나오자 무사들이 흩어져서 그들을 막았다. 길이 열린 틈을 타 운조는 단숨에 구수록이 탄 마차의 문을 열었다.

그러나 밖의 소란을 감지한 구수록이 문이 열림과 동시에 검을 휘두르자 곧바로 뒤로 물러났다. 마차 안에서 나온 구수록이 매섭게 눈을 치켜뜨고 버럭 소리를 질렀다.

"어떤 놈이 감히 이 구수록을 건드리는 것이냐!"

"네 명줄을 끊을 자다."

"뭐야! 이놈이 간이 배 밖으로 나왔구나. 어디 해 볼 수 있으면 해 봐라."

구수록이 검을 공중으로 돌리며 위협했다. 그 모습을 보며 운조가 비웃자 그는 눈에 쌍심지를 켜고 달려들었다. 무수한 일을 처리하면서 한 번도 실패한 적이 없기에 제 앞에서 여유를 부리는 젊은 놈의 목을 꺾어 버리고 싶은 충동이 일었다.

하지만 그는 필살기로 공격해 들어가다 가공할 운조의 공격에 흠칫 놀라 물러섰다. 그의 눈이 유례없이 공포로 물들었다. 지금까지 한 번도 상대해 본 적이 없는 실력이었다.

구수록은 운조의 눈에 깃든 살기에 오금이 저렸다. 그의 눈에는 반드시 자신을 죽이고야 말리라는 의지가 깃들어 있었다.

성난 수컷들의 싸움에서 상대방의 기에 밀리면 어차피 이길 수 없는 싸움인 법. 운조의 기에 이미 눌려 구수록은 등골이 오싹해지며 소름이 돋았다. 하나 이대로 개죽음을 당할 수는 없기에 그는 죽을힘을 다해 운조를 향해 검을 휘둘렀다.

하지만 혼신의 힘을 다해도 이미 자신과는 같은 경지가 아닌 기술과 속도의 차이를 넘어설 수는 없었다. 그는 발악하듯 운조에게 검을 휘둘렀지만 악에 받친 공격 후 드러난 허점을 놓치지 않은 운조에게 일격을 당하고 한쪽 무릎을 바닥에 꿇었다.

운조는 멈추지 않고 그의 나머지 다리도 베어 버렸다. 그러자 구수록의 두 다리가 바닥에 떨어지고 완전히 무릎을 꿇은 형세가 되었다. 구수록이 마지막으로 발악하듯 검을 휘두르려 했지만 운조가 발로 걷어차 버리자 검이 저만치 날아가 버렸다. 땡그랑 소리를 내며 바닥에 나뒹구는 검과 함께 구수록의 자존심도 나동그라졌다.

운조는 구수록을 처리한 후 시선을 돌려 상황을 파악했다. 역시나 진오와 신월장의 무사들이 한 수 위의 실력을 보여 주며 구수록의 수하들을 처리하고 있었다.

그는 날렵하게 적의 검을 피하며 빠르게 역공으로 치고 들어가는 사민의 검술을 지켜봤다. 어느 정도 과장된 칭찬이겠거니 했는데 생각했던 것보다 뛰어난 실력이었다.

그만 시선을 돌려야 하는데 이상하게도 그녀에게서 시선을 뗄 수가 없었다. 그녀의 실력이라면 쉬이 당하지 않을 거란 확신이 있으면서도 눈길이 움직여지지 않았다.

'다칠까 걱정이 되는 거냐?'

그녀를 걱정하고 있는 자신이 우스웠지만 그러면서도 여전히 시선을 떼지 못했다. 스스로도 알 수 없는 반응에 당황스러워 그는 미간을 찌푸렸다.

그러다 문득 그 이유를 깨달았다. 그녀에게서 다른 이를 보고 있는 것이었다. 비슷한 나이, 살아 있다면 저런 모습으로 자랐을 고운 누이의 모습을 찾고 있었다. 한 번도 잊은 적이 없던 가슴에 피멍으로 맺혀 있는 어린 누이였다.

'소아야!'

순간 다른 수하 하나가 사민의 뒤를 치고 들어가자 운조는 반사적으로 몸을 날렸다.

뒤쪽에서 다가오는 검기를 느끼고 사민은 곧바로 몸을 틀었다. 그러다 사내가 운조가 휘두르는 검에 쓰러지자 흠칫 놀랐다. 뭐라 말할 새도 없이 자신을 향해 치고 들어오는 검을 받아치기 위해 사민은 다시 몸을 틀었다.

운조가 다시 도우려 했지만 사민은 그의 도움이 필요 없다는 듯 빠른 역공으로 상대를 쓰러트렸다. 그러고는 슬쩍 묵례로 감사를 표했다.

운조는 그녀에게 눈빛으로 화답했다. 그녀가 이내 진오와 무연을 도우러 멀어지자 운조는 한 걸음 물러서서 그녀를 지켜봤다. 정확히 상대의 허점을 찌르고 들어가면서도 급소가 아닌 다른 곳을 쳐 상대를 쓰러트리는 모습에 그의 시선이 가늘게 변했다.

마지막까지 발악하던 자들이 모두 쓰러지자 바닥에 널브러져 신음하는 자들을 한데 모아 묶어 놓고 진오가 운조의 옆에 섰다. 무릎이 꿇린 채로도 꼿꼿하게 버티는 구수록을 보며 그는 눈살을 찌푸렸다. 진 주제에 바락바락 소리를 지르는 모습에 그가 참다못해 경고했다.

"한 마디 떠들 때마다 한 번씩 베어 주겠다. 더 떠들어 봐라."

형형하게 눈을 치켜뜨는 진오의 겁박이 먹혀들었는지 구수록이 입을 다물었다.

운조는 찬 시선으로 그를 노려보다 입을 열었다.

"십칠 년 전 봄 새벽, 고석 고개를 기억하나?"

기억이 나는지 구수록의 눈동자가 일순 흔들렸다.

구수록이 입을 열지 않자 진오가 그의 뒤통수를 후려쳤다.

"묻는 말에 대답은 해야 할 거 아니야! 멍청한 놈아!"

구수록이 눈을 부릅뜨면서 눈알만 굴리자 운조가 추가로 물었다.

"그날 너희 세 놈이 죽이려고 했던 아이들을 기억하나? 사내

아이와 어린 여자아이였다."

"……."

"대답하지 않을 참인가?"

"누, 누구요? 누구기에 그날 일을 묻는 거요?"

"내가 누구일 것 같나?"

싸늘하게 묻는 소리에 살기가 묻어 있어 구수록은 마른침을 삼켰다. 그날 사내아이는 죽고 계집은 팔아 버렸다. 한데도 그 날의 일을 알고 있다면…….

"서, 설마!"

"내가 죽었을 거라 생각했군."

"그렇다면 자, 장판석 대감의!"

"그 이름을 더러운 입에 함부로 올리지 마라!"

설마 했던 일이 사실로 드러나자 구수록의 눈이 공포로 물들었다.

"나, 날 어쩔 참이오?"

"널 어쩔지는 네가 어떻게 나오는지에 달렸다. 그 여자아이는 어디에 있느냐? 살아 있느냐?"

묻는 음성이 초조했다.

"나, 난 모르오. 그 여자아이는 하숙주가 데리고 갔소."

"하숙주?"

"맞소. 시침녀로 팔면 돈이 될 거라고……."

거기까지 말하다 구수록은 더 말하지 못했다. 운조가 금방이라도 베어 버릴 듯 살기를 내뿜고 노려봤기 때문이었다.

운조는 그를 죽이고 싶은 마음을 누르느라 피가 나게 검을 움켜쥐었다.

"그날 날 죽이라 명한 자가 누구냐?"

"그, 그건!"

"그자가 누군지 밝히면 숨은 붙여 줄 수도 있다."

"나, 나는 모르오."

"발뺌을 하시겠다? 그 말이 내게 통할 거라 생각하나?"

운조가 냉담하게 빠져나갈 길을 차단해 버리자 달아날 곳이 없어진 구수록의 눈빛이 돌변했다. 그는 운조를 차갑게 노려봤다.

"내게서 아무것도 알아내지 못할 것이다."

그 말을 끝으로 그는 재빨리 입으로 무언가를 집어넣었다. 순식간에 벌어진 일이라 놀란 연살이 그를 제지하려 하였지만 이미 늦었다.

입에서 붉은 피를 토해 내며 고꾸라지는 모습에 운조는 찬 시선을 치켜떴다. 연살이 구수록의 맥을 확인하고 고개를 저었다.

"죽었습니다."

"죽을지언정 밝힐 수 없다는 건가?"

진오의 표정 역시 심상찮게 변했다.

"담보계약을 한 모양이군."

"담보계약?"

"이런 일이 있을 때 목숨을 버려 입을 다무는 대신 남은 식솔들을 평생 거두어 주는 조건으로 계약을 했을 것이다. 별로 좋은 조짐이 아니군. 구수록 같은 자가 목숨을 걸고 함구할 정도면 보통 인물이 아니라는 말이다."

그토록 별러 왔던 일인데 구수록이 너무 허망하게 자진해 버리자 운조는 답답함을 느꼈다.

"풍성해야 할 첫 사냥에 그럴싸한 수확이 없게 되어 유감이구나."

"아직 두 놈 남았다."

"당연히 두 번째 표적은 하숙주겠지? 이곳과 떨어진 곳에 있지만 혹여 구수록이 당했다는 소문이 먼저 퍼져 나간다면 잠적해 버릴 수도 있다."

"그러니 더 빨리 움직여야겠군. 그만 돌아가야겠다."

돌아서다 말고 그는 진오의 곁에 선 사민을 살폈다. 다행히 상한 곳이 없어 보였지만 저들과 싸우느라 더럽혀진 무복이 걸렸다. 그는 자신을 빤히 보는 사민의 눈을 응시하며 진오에게 말했다.

"여기서 갈라지자. 오늘 고마웠다."

"오랜만에 몸을 풀어 좋았으니 인사는 됐다. 연살, 장 단주를 모셔라!"

"예, 장주."

연살이 운조의 옆에 서자 진오는 운조에게 눈인사를 건네고 먼저 돌아섰다. 사민과 무연 역시 그에게 인사를 건네고 진오와 함께 돌아섰다.

운조는 멀어지는 사민의 뒷모습을 길게 응시했다. 자꾸 그녀의 모습이 소아와 겹쳐 보여 쉬이 눈을 뗄 수 없었다.

"단주님."

"돌아가지."

생사도 알 수 없는 누이 생각에 가슴이 도려내지듯 아파 그는 착잡한 심정으로 돌아섰다.

신월장으로 돌아오는 동안 약속이나 한 듯 세 사람은 말이 없었다.

"오늘 수고했다. 들어가서 쉬어라."

진오가 안으로 들어가자 사민은 무연과 처소로 돌아왔다.

"장 단주님 표정이 좋지 않던데 상심이 크시겠지?"

"아마도 그렇겠지."

"뭔지 몰라도 심각한 사연이 있어 보이는데 귀족이었다는 사실에 놀랐다."

"그러게."

사민이 담담하게 대답했다. 무연이 힐끗 그녀를 돌아봤다. 기분 탓인가. 어쩐지 오늘따라 그녀의 기분 역시 처져 보였다.

"동질감을 느끼는 것이냐?"

"무슨 뜻으로 하는 소리야?"

"너와 장 단주님 사연이 비슷한 것 같아서 말이다. 듣자니 어린 누이와 도망가다 화를 당한 것 같은데, 아마 노 단주님께 발견되어서 목숨을 부지하신 것이겠지. 그리 죽을 고비를 넘기고 살아났으니 힘을 키워서 원수를 찾는 중이고. 너 역시 어머니를 죽인 강치라는 자를 찾는 중이니까 장 단주의 심정이 어떨지 알 것 같아서 말이야."

사민은 말이 없었다. 구수록의 자결에 화가 나 보이는 운조의 표정이 뇌리에 남았다. 자신을 그리 만든 자를 그토록 어렵게 찾았는데 허망하게 기회를 놓쳐 버렸으니 그가 얼마나 상심할지 자꾸 신경이 쓰였다. 역시 동질감을 느끼는 건가.

"근데 장 단주님 누이 말이다. 살아 있기는 한 걸까?"

"…모르지."

"설령 살아 있다고 해도 험한 세월을 겪었을 텐데 멀쩡하게 지내고 있을지도 걱정이다. 찾아도 걱정이고 참 어렵네."

무연의 걱정에도 사민은 아무런 대꾸가 없었다. 새삼 신월장 앞에서 그와 마주쳤을 때 그가 예전의 자신을 보는 것 같다고 했던 말이 떠올랐다. 그가 무슨 뜻으로 그런 소리를 했는지 어렴풋이 알 것도 같았.

"그래도 찾아야지."

늦은 대답을 흘리고 막 처소로 들어가려던 사민의 등에 대고 무연이 물었다.

"기분이 좋아 보이지 않는데 술이나 한잔할 테냐?"

"생각 없다."

"그럴 줄 알았다. 곤할 테니 들어가 쉬어라."

무연이 자신의 처소로 들어가자 사민은 들어가다 말고 어둠이 깔린 하늘을 올려다봤다. 부지런한 초저녁별 하나가 구름 사이로 외로이 반짝거리고 있었다.

생각을 하지 않으려고 했는데도 자꾸 운조가 떠올랐다. 누이의 소식을 들으려 오늘을 무척 기다렸을 텐데 연기처럼 사라져 버린 기회에 허탈해할 그가 자꾸 걸렸다. 무연의 말처럼 비슷한 처지라 계속 마음이 쓰이는 걸까. 답답한 기분이 들어 그녀는 신선한 공기를 채우듯 일부러 길게 숨을 내쉬고 안으로 들어갔다.

운조 일행이 상단으로 돌아오기 무섭게 연두가 따라붙었다.
"오라버니, 하루 종일 어딜 다녀오시는 거예요?"
"볼일이 있었다."
"또 멀리 가신 건가 싶어 식겁했잖아요. 무슨 볼일이 있으셨던 건데요? 상단 일이면 저도 알아야지요."
연두가 떨어지지 않고 계속 중얼거렸지만 운조는 대꾸 없이 단주실을 향해 걸었다.
"돌아왔느냐?"
연두가 떠드는 소리에 밖으로 나온 노 단주가 운조의 표정을 살폈다.
"다녀왔습니다."
노 단주는 예리한 눈빛으로 가라앉은 그의 기분을 간파했다.
"수고했다. 상단엔 아무 일 없었으니 들어가 쉬어라."

"쉬십시오."

운조가 정중히 인사를 건네고 단주실로 들어가려 하자 연두가 그를 따라 들어가려 했다.

"장 단주도 쉬어야 하니 연두는 이리 오너라."

"아버지!"

"이리 오라 하였다."

엄하게 부르는 소리에 연두가 입술을 비죽 내밀며 돌아섰다.

"아비가 내준 과제를 다 한 것이냐?"

"아직 다 하지 못했어요."

"명일 조반을 마친 후 바로 볼 것이니 들어가 마저 하도록 해라. 지금 이후로 단주실에 얼씬거린다면 혼을 내 줄 것이다."

노 단주가 안으로 들어가면 몰래 운조를 보러 갈 생각이었기에 연두는 이만저만 실망한 표정이 아니었다. 어떻게든 아버지를 구슬려 보려 했지만 씨도 먹힐 것 같지 않은 표정에 이내 체념했다.

"알았어요."

뚱한 표정으로 연두가 안으로 들어가자 연살이 다가와 섰다.

"구수록을 잡았으나 자진하는 바람에 배후를 알지 못했습니다."

"장 단주가 실망이 크겠군. 누이의 행방도 찾지 못한 건가?"

"예."

"첫술에 배부를 수는 없겠지. 기회야 또 있으니 다음을 기약하는 수밖에."

운조의 집무실을 바라보다 노 단주는 안으로 들어갔다. 그에 대한 확고한 믿음이 있기에 큰 걱정은 하고 싶지 않았다.

단주실로 들어온 운조는 한동안 어둠 속에서 서 있었다. 소아가 걱정되어 가슴이 터질 것 같았지만 애써 가슴을 차갑게 식혔다.

그는 쓰러지듯 의자에 깊숙이 몸을 실었다. 밤새 한잠도 못 잔 데다 구수록이 자진하는 것을 막지 못한 자책감으로 피로감이 몰려왔다.

터질 것같이 끓어오르는 머리를 식히려 그는 눈을 감았다. 그리고 온몸을 잠식하는 수마 속으로 끌려 들어갔다.

"일어나라, 하운아."

잠결에 누군가 어깨를 잡아 흔들며 깨우는 소리에 하운은 겨우 눈을 떴다.

"어머니?"

"쉿!"

조용히 하라 주의를 주는 소리에 하운은 이상한 기운을 감지했다.

"집에 자객이 들었으니 급히 몸을 피해라. 성진과 함께 조자천 대감 댁으로 가라. 대감께서 너희들을 안전하게 숨겨 줄 것이다."

"어머니는요?"

"나는 네 아버지와 함께 있을 것이다. 내 말 잘 들어라. 넌 우리 가문의 희망이다. 그러니 반드시 살아남아야 한다. 그리고 소아를 꼭 지켜야 한다, 알겠느냐?"

"어머니."

"대답해라. 시간이 없다. 약조할 수 있겠느냐?"

다그치는 소리에 하운은 눈물을 닦으며 고개를 끄덕였다.

"예, 어머니, 소아를 꼭 지키겠습니다. 하오니 어머니께서도 꼭 살아 주십시오."

"그래, 알았다. 어서 움직여라."

잠이 든 소아를 품에 안고 성진이 들어오자 하운은 그를 따라나섰다. 그는 마지막으로 어머니를 돌아봤다. 눈물을 흘리며 고개를 끄덕여 주던 어머니의 마지막 모습이 심장에 깊숙이 박혔다.

하운은 그길로 조자천의 집으로 갔다. 조자천은 아버지와 어릴 적부터 동문수학한 둘도 없는 지기였다. 그는 당연히 화를 피해 찾아온 하운과 소아를 안전하게 숨겨 주었다.

아버지들의 연을 따라 벗이 된 조자천의 아들 태문이 달려 나와 하운을 위로해 주었다.

"걱정 마라, 장 대감께서도 별일 없으실 것이다. 아버지께서 비밀리에 상황을 파악 중이시니 곧 소식을 알 수 있을 것이다."

태문이 어른스럽게 다독여 주었지만 하운은 불안한 마음이 사라지지 않았다. 그리고 불길한 예감은 현실이 되어 가슴에 대못을 박았다.

"장판석 대감 내외께서 돌아가셨습니다."

태문과 함께 조자천에게 찾아갔다가 수하가 그에게 아뢰는 소리를 전해 듣고 하운은 억장이 무너지는 절망과 분노를 느꼈다.

"그자들이 장 대갑의 아이들을 찾고 있습니다. 이곳에 있다는 소리가 들어가면 대감께서도 위험해지실 수 있습니다."

조심스레 처소로 돌아온 하운은 막 깨어나 울음을 쏟아 내는 소아를 끌어안고 통곡했다.

"저들이 여기로 오진 못할 것이다."

태문이 위로했지만 귀에 들어오지 않았다. 아버지와 어머니를 죽이고 집안을 풍비박산 낸 자들에게 두려움과 분노가 동시에 치밀었다.

"가만두지 않을 것이다. 아버지와 어머니를 죽인 자들을 찾아 반드시 복수할 것이다."

열 살 어린 소년의 눈에는 원통함과 분노가 가득 찼다.

"들어가겠다."

밖에서 듣고 있었는지 조자천이 착잡한 표정으로 들어와 자리에 앉았다.

"아비의 소식을 들었을 것이다. 내 비록 소중한 지기를 비통하게 보냈지만 너희들은 반드시 지켜 줄 것이니 안심해라."

조자천이 인자하게 타일렀지만 하운은 고개를 저었다. 이미 자신들이 이곳에 있다는 것이 알려지면 조자천도 위험해진다는 말을 들은 이후였다.

"저희들 때문에 대감과 태문이 위험해지는 것을 원치 않습니다. 소아와 제가 다른 안전한 곳으로 피할 수 있게 도와주십시오."

"그럴 수는 없다. 그냥 이곳에 있어라. 내가 지켜 주겠다."

"아닙니다. 대감께 폐를 끼칠 수는 없습니다. 아비와 어미의 목숨을 해한 자들입니다. 대감께도 예외는 아닐 겁니다. 저희가 다른 곳으로 가는 것이 맞습니다. 다른 곳을 찾아 주십시오."

어린 나이답지 않게 하운이 완강하게 주장하자 조자천은 더 말릴 수 없었다.

"하면 보다 안전한 곳으로 옮길 수 있게 해 주겠다. 네 아비도 잘 아는 자이니 믿을 만하다."

"고맙습니다, 대감. 이 은혜는 평생 잊지 않겠습니다."

"가당치 않다. 판석의 아들이니 넌 내게도 아들이나 진배없다. 꼭 무사히 화를 피해라. 안전해지면 조용히 찾을 것이니 잘 숨어 있어라."

조자천의 다짐을 받고 하운은 손으로 눈물을 훔쳤다. 그는 옆에서 놀란 눈으로 보고 있는 소아의 손을 잡았다. 세 살밖에 안 되는 어린 누이를 지켜야 한다는 생각에 애써 슬픔을 가라앉히려 애썼다.

밤새 뜬눈으로 지새우다 하운은 동이 터 오기 전에 밖으로 나왔다. 성진이 잠든 소아를 안은 채였다. 역시나 한숨도 못 자고 하운이 갈 곳을 찾은 조자천과 태문이 밖으로 나왔다.

"수하들이 너희들을 안전한 곳으로 안내할 것이다."

"알겠습니다. 보중하십시오, 대감."

"곧 다시 볼 수 있을 것이다."

"하운아, 무사해야 한다."

하운은 걱정이 가득한 눈빛으로 보는 태문의 손을 잡아 주었다.

"다시 보자."

고개를 크게 끄덕이는 태문의 손을 놓고 하운은 곧바로 수하들을 따라 조자천의 집을 떠났다.

날이 밝기 전에 조금이라도 더 멀리 가야 했기에 숨이 턱에 막혔지만 멈추지 않았다. 그러면서도 간간이 성진의 품에서 잠든 소아를 확인했다. 부디 안전한 곳에 도착할 때까지 소아가 깨지 않기를 바랐다.

얼마쯤 달렸을까. 갑자기 앞서 길을 잡던 수하가 외마디 비명을 내지르며 앞으로 고꾸라졌다. 그는 어디선가 날아온 둔기에 피를 흘린 채 절명했다. 놀란 수하들이 바짝 경계를 했지만 그들 역시 어디선가 날아든 암기를 맞고 추풍낙엽처럼 쓰러졌다.

하운은 숲속에서 세 명의 장정들이 모습을 드러내자 바짝 경계했다.

"아기씨와 달아나십시오."

성진이 소아를 건네주고 검을 꺼내 들며 앞을 막아섰다. 하운은 곧바로 어린 소아를 업고 달리기 시작했다. 뒤에서 검이 부딪치는 소리가 들렸지만 돌아볼 겨를도 없었다. 부디 성진이 오래 버텨 주기만을 바랄 뿐이었다.

그러나 이내 검 소리가 멈추고 사내들이 뒤쫓아오는 소리가 들리자 그의 눈이 공포로 물들었다.

'아버지! 제발!'

소아만이라도 살려야 했기에 하운은 소아를 풀숲에 숨겨 두고 반대쪽으로 달렸다. 하지만 얼마 못 가 사내들이 휘두르는 검에 등을 맞고 쓰러졌다. 점점 희미해져 가는 의식 속에서 잠에서 깬 소아의 울음소리가 귓가에 울렸다. 그리고 의식이 아득해져 가는 속에서 사내들이 지껄이는 소리가 들렸다.

"뭐 하는 짓이냐! 다 죽이라는 말 못 들었어?"

"죽였다고 고하면 될 것이 아니냐? 계집은 쓸데가 있으니 내가 데리고 갈 것이다."

"하여간 미친놈이 밝히긴."

저들의 소리가 멀어져 가자 하운은 한없이 가라앉는 의식을 부여잡고 애타게 소아를 불렀다. 소아를 구해야 하는데 몸이 전혀 움직여지지 않았다. 소아에게 가야 하는데 시야는 점점 희뿌옇게 변해만 갔다. 소아를 지키겠다고 어머니께 약속했는데, 누이를 이렇게 잃을 수는 없는데 아무것도 할 수 없는 처지가 서글프고 분해 미칠 것 같았다. 이렇게 죽을 수는 없는데 야속하게 의식은 점점 희미해져만 갔다.

"누가 어린아이에게 이런 몹쓸 짓을 한 것인가."

누군가의 목소리가 희미하게 들리는 순간 하운은 그대로 의식을 잃었다.

그날 이후로 눈을 감으면 소아의 울음소리가 들렸다. 애절하게 자신을 찾으며 울던 그 소리를 하루도 잊은 적이 없었다.

"오라버니!"

"오라버니!"

누군가 어깨를 잡고 부르는 소리에 눈을 뜨고 그는 잠시 정신이 멍했다. 소아인가 싶어 확인하던 눈빛이 이내 차갑게 식었다. 그는 댕그랗게 놀란 눈으로 보는 연두에게 인상을 찌푸렸다.

"내 몸에 함부로 손대지 마라."

평소와는 너무도 다른 무서운 모습에 연두는 꿀꺽 마른침을 삼켰다.

"송구하여요. 석반도 물리셨다는 소리에 걱정이 되어서 찾아왔는데……."

"앞으로는 이리 불쑥 들어오는 일도 안 했으면 좋겠다."

찬 소리에 연두는 불퉁하게 입술을 내밀었다. 그가 본디도 다정한 성정은 아니었지만 오늘따라 더 매정하게 자르는 소리에 서운해져 눈물이 나오려고 했다. 그가 조금만 부드럽게 달래 준다면 금방 풀어질 것 같은데 그는 여전히 시린 표정으로 다른 곳을 보고 있었다.

"그만 나가 봐라."

끝내 찬바람이 이는 축객령에 서러워져 그녀는 토라져서 밖으로 나갔다. 악몽을 꾼 탓인지 표정이 몹시도 좋지 않은 시기에 잘못 찾아온 탓이라고 해도 다정하게 대해 주지 않은 그가 미웠다.

운조는 곧바로 창가로 가서 창문을 활짝 열어젖혔다. 제법 서늘한 밤바람이 뺨을 다독여 주었지만 답답한 속이 풀리지 않았다.

괜히 연두에게 화풀이한 것이 미안했지만 지금은 다른 사람의 마음을 살필 때가 아니었다. 하숙주가 소아를 데리고 갔다는 소리가 끊임없이 머릿속에 맴돌았다.

'살아 있기만 하면 된다. 다른 건 상관없어. 살아 있기만 해.'

바람에 실려서라도 어딘가에 있을 누이에게 자신의 말이 전해지기를 바라며 그는 허공에 간절한 바람을 전했다.

쓸쓸한 마음에 한참 동안 머리를 식히며 서 있는데 밖에서 아치의 기척이 느껴졌다. 그는 창문을 닫고 돌아서서 자리에 앉았다.

"자리를 비우시는 동안 좌의랑댁에서 다녀갔습니다."

"좌의랑이 상단에 무슨 볼일이지?"

"좌의랑께서 은밀히 단주님을 뵙기를 원한다고 하였습니다."

"그래서 알아서 찾아오라 이 말인가?"

"그런 뜻이 아니겠습니까?"

운조는 잠시 말이 없다 이내 희미한 미소를 지었다.

"전일 들어오기로 한 비단은 어찌 됐지?"

"들어왔습니다. 그렇지 않아도 소식을 들었는지 좌의랑께서 비단을 구입하기를 원한다고 하였습니다."

"잘됐군, 신월장주에게 명일 좌의랑에게 찾아갈 것이라 연통을 넣어라."

"신월장주님과 함께 가십니까?"

"여사석을 가까이에서 한번 보고 싶다고 하더군. 조반을 먹고 건너오라고 해."

"그리 전하겠습니다."

아치가 나가자 운조는 엄지와 중지로 눈두덩을 눌렀다. 며칠 잠을 자지 못했더니 눈알에 이물이 낀 듯 불편했다.

그는 여사석에 대해 생각했다. 성정도 급하고 탐욕도 심해 별로 상종하고 싶지 않은 자였지만 현 조정의 실세이니 필히 가까이에 둬야 할 인물이기도 했다.

정사를 휘두르려면 그를 뒷받침할 수 있는 막대한 재산 역시 필요한 법. 어쨌거나 여사석이 먼저 손을 내밀어 온 것 자체가 나쁜 조짐은 아니었다.

'무슨 소리를 지껄이는지는 가 보면 알겠지.'

그는 오래도록 눈을 감고 있다 탁자 위에 놓인 장부를 펼쳤다.

다음 날 조반을 마치자마자 운조는 여사석을 찾아가기 위해 밖으로 나왔다. 기다리고 있던 연살이 가까이 다가왔다.

"신월장주는 아직인가?"

"장주 대신 다른 이가 왔습니다."

누구냐고 물어보려다 그는 무연과 함께 다가오는 사민을 보고 입을 다물었다.

"장주께서 급한 용무가 있으셔서 저희를 대신 보내셨습니다."

운조는 짝처럼 함께 움직이는 사민과 무연을 가만히 쳐다봤다. 무언가 마뜩잖은 기분인데 정확히 원인을 알 수 없었다.

"좌의랑에게 인사를 하러 가는 길이라 둘 다 갈 필요는 없을 것 같군."

"하면 제가 가겠습니다."

무연이 먼저 선수를 치고 나섰다. 그러고는 돌아보는 사민에게 씨익 웃었다. 사민이 눈을 가늘게 뜨며 눈으로 한 소리 했다.

운조의 시선이 차갑게 두 사람의 분위기를 응시했다.

"따로 물을 것이 있으니 사민이 움직이는 것이 낫겠군."

운조에게 지목을 당하자 사민은 난감한 표정으로 무연을 쳐다봤다. 무연이 양어깨를 들어 올리며 부드럽게 말했다.

"다녀와라."

"그래, 먼저 돌아가 있어."

"조심해라."

사민은 고개를 끄덕이며 먼저 앞서 걷는 운조를 따라갔다.

당연히 연살이 함께 움직일 거라 생각했는데 운조가 혼자 앞서가자 사민은 살짝 그의 뒤에서 걸었다. 한동안 약속이나 한 듯 두 사람은 말이 없었다.

얼마쯤 걸었을까. 그에게서 중저음의 듣기 좋은 목소리가 흘러나왔다.

"원래 말이 없는 편인가?"

"그런 소리를 많이 듣습니다."

"무연과 있을 때를 제외하고는 웃는 걸 본 적도 없는 것 같군."

"그 소리도 많이 듣습니다."

운조가 힐끗 돌아보더니 이내 시선을 거둬들였다.

"간단해서 좋군."

무언가 그의 기분을 거슬리게 한 것인가 알 수 없어 사민은 슬쩍 그의 옆모습에 시선을 던졌다. 깎아지른 듯 오뚝한 콧날하며 날렵한 턱선이 강인하고 힘 있어 보여 시선을 붙들었다.

그녀는 홀린 듯 그를 계속 쳐다보다 운조가 돌아보자 이내 시선을 돌렸다. 운조의 시선이 계속 따라붙었으나 돌아보지 않았다. 왜 보냐고 묻는다면 할 말이 없을 것 같아 그의 시선을 받기 싫었다.

무언가 무연하고 있을 때와는 확연히 다른 기분에 그녀는 살짝 당황했다. 왜 이 사내를 의식하고 있는지 모를 일이다. 그의 사연 때문인가. 하여간… 이 사내는 불편했다.

다시 말없이 걷다 좌의랑의 거대한 저택이 보이자 사민은 눈으로 저택을 훑었다. 십이 년 전에 어머니 심부름으로 한 번 온 적이 있었다. 어린 눈에 어마어마하게 크다고 여겼었는데 지금 다시 봐도 여전히 으리으리했다.

저 안에서 길을 잘못 들어 이상한 소리를 들었던 기억을 떠올리며 사민은 씁쓸한 웃음을 삼켰다. 어머니와 함께했던 그때의 기억이 다시 상처가 되어 가슴을 후벼 파는 듯했다.

그때, 막 사냥을 하고 온 모양인지 한 여인이 말을 타고 저택으로 돌아오는 것이 보였다. 한눈에 보아도 질 좋은 비단으로 몸을 감싸고 있는 것으로 보아 아마도 좌의랑의 여식인 듯 보였다. 때마침 부리는 이들이 나와 고개를 숙이자 사민은 자신의 추측이 맞았음을 감지했다.

그리고 사고는 한순간에 일어났다.

여인이 말에서 막 내리려던 그때, 무언가가 휙 지나가자 놀란 말이 날뛰기 시작했다.

"아악!"

하마터면 그대로 낙마를 할 뻔한 여인이 고삐를 틀어쥐고 말을 진정시키려 했지만 놀란 말은 앞발을 높게 치켜들며 흥분을 가라앉히지 못했다. 당황한 여인이 바닥으로 고꾸라지기 직전이었다.

그대로 두면 여인이 크게 다칠 수 있기에 사민은 본능적으로 뛰어가려고 했다.

하지만 운조가 더 빨랐다. 분명 옆에 있었는데 어느새 그가 귀신과 같은 속도로 뛰어가 날뛰는 말을 진정시켰다.

히히히힝! 울음소리와 함께 흥분했던 말이 온순해지며 푸르르거렸다.

"괜찮으십니까?"

운조의 목소리에 반쯤 혼이 나가 보이던 여인이 고개를 들었다. 그러고는 운조를 홀린 듯 바라봤다. 그녀는 말에서 내릴 생각도 하지 않고 잘생긴 얼굴을 멍하니 보고만 있었다. 그러다 정신이 드는지 얼굴을 붉히며 얼른 인사를 건넸다.

"아! 고맙습니다. 덕분에 큰 화를 면했습니다."

나긋나긋하게 흘러나오는 목소리가 사뭇 수줍게 들렸다. 운조가 부축해 주자 말에서 내려 그녀는 큰 키와 넓은 가슴을 지닌 운조를 품평하듯 훑어 내렸다. 그러고는 이내 음전한 규수처럼 홍조를 물들인 채 그를 보며 미소를 지었다.

사민은 한발 떨어져서 여인이 운조를 보는 시선을 응시했다.

"소녀는 여가 가진이라고 합니다."

"좌의랑댁 아씨셨군요. 저는 백화상단의 단주 장가 운조라고 합니다. 좌의랑 영감께 용무가 있어 찾아왔습니다."

"아버지를 찾아오셨군요."

가진은 다시 운조를 조목조목 뜯어봤다. 귀족이 아닌 것이 양에 차지 않았지만 서월국에서 제일가는 백화상단의 단주라는 말에 놀랐다. 백화상단의 단주가 이렇게 건장하고 젊은 미남자일 줄이야.

그때 다가온 수하 하나가 그녀의 감흥을 깨트렸다.

"아씨 괜찮으십니까?"

눈치 없이 끼어든 상대를 날카롭게 보다 가진은 얼른 표정 관리를 했다.

"괜찮아. 한데 뭐가 튀어나온 거였지?"

"괭이입니다."

수하가 가리키는 곳에 아직은 어려 보이는 검은 괭이가 담장 화초 사이에 숨어 있었다. 괭이를 본 가진이 매섭게 눈을 치켜떴다.

"겨우 저까짓 것 때문에 내가 죽을 뻔했다는 거야!"

사민은 운조를 보던 표정과 확연하게 달라지는 가진을 서늘한 눈빛으로 지켜봤다. 말을 놀라게 하여 떨어질 뻔하게 했던 괭이에게 분노를 표출하는 그녀의 표정에서 평소의 성정이 보였다.

"감히 날 위험하게 하다니!"

권세가의 여식답게 보통 성정이 아닐 거라 생각한 그때, 가진이 화살통에서 화살 하나를 꺼내 괭이를 조준하는 것이 보였다.

사민은 생각할 겨를도 없이 괭이가 숨어 있는 곳으로 몸을 날렸다. 그리고 어디를 다쳤는지 움직이지 못하는 괭이를 안고 바닥을 굴렀다.

막 자리를 피한 곳으로 화살이 그대로 날아와 꽂혔다. 설마 했는데 정말 화살이 날아오자 화가 치밀어 올라 사민은 찬 시선으로 가진을 노려봤다.

가진 역시 사냥을 방해한 사민에게 날카로운 눈을 치켜떴다.

"누군데 나서는 것이냐!"

"……."

"누구냐 물었다!"

"저와 함께 온 상단의 수행 무사입니다."

운조가 대신 나서서 대답했다. 그러면서 그는 사민의 상태를 살폈다. 괭이를 위해 몸을 날릴 때 심장이 철렁 내려앉았다. 하마터면 화살에 맞았을지도 모른다는 생각에 그녀를 보는 시선이 편치 않았다.

"감히 나를 놀라게 했으니 그 짐승은 죽어야 한다. 이리 내놔라."

"그럴 수는 없습니다."

"뭐라! 그럴 수가 없어?"

"이 아이가 아씨를 놀라게 한 건 사실이나 다행히 아씨께서 몸을 상하지 않으셨으니 이 아이에게 넓은 아량을 베풀어 주셨으면 합니다."

"내가 왜 그런 하찮은 것한테 아량을 베풀어야 한다는 것이냐! 잔말 말고 그 짐승을 내놔라."

"그럴 수 없습니다."

"건방진 것이 감히 누구의 말을 거역하는 것이냐! 너도 그 괭이와 함께 화살을 맞고 싶은 것이냐!"

가진이 분기탱천해서 소리쳤지만 사민은 물러서지 않았다. 품에서 괭이가 오들오들 떨고 있는 것이 느껴지자 그녀는 손으로 괭이의 머리를 쓸어 주었다.

그 모습이 가진의 화를 더 돋우었다. 가진은 사민을 향해 활을 당겼다.

"지금 내 앞에서 상단의 무사를 죽이겠다는 겁니까!"

운조가 싸늘한 소리로 경고하자 가진은 움찔 놀랐다. 낮은 중저음의 목소리에서 한기가 전해져 그녀는 힐끗 운조를 돌아봤다. 그가 찬 시선으로 빤히 쳐다보자 그의 눈빛에 순간 등골이 싸해졌다. 그녀는 사민을 노려보다 활을 내렸다.

그러면서도 속으로는 마뜩잖아 했다. 귀족도 아닌 사내인데 왜 그의 말에 움찔거리는지 스스로도 이해가 되지 않았다. 마치 너무 압도적인 기에 눌려 버린 기분인데 자존심이 상하면서도 이상하게 마냥 싫지만은 않다.

"아씨께 좌의랑이 계신 곳으로 안내를 청해도 되겠습니까?"

"그리하시지요. 따르십시오."

가진은 끝까지 사민을 노려보다 안으로 들어갔다.

운조가 따르려는 사민을 저지시켰다. 그의 차가운 시선이 그녀의 품에 얌전하게 있는 괭이에게서 사민의 얼굴로 옮겨 갔다.

"여기서 기다려라."

"알겠습니다."

운조가 차가운 표정으로 명하자 사민은 저택에서 조금 물러나 그를 기다렸다. 사위가 조용해지자 그녀는 기운 없어 보이는 괭이의 상태를 살폈다.

"아버지, 백화상단 장 단주께서 오셨습니다."

가진이 이르는 소리에 문이 벌컥 열리고 여사석이 밖으로 나왔다. 풍채 좋은 몸을 온통 비단으로 감싼 것이 여식과 다를 바 없었다.

"어서 오게, 장 단주. 이렇게 와 줘서 고맙네."

"좌의랑 영감께서 찾으셨다는 말씀을 들었습니다."

"맞네, 내 장 단주와 가까이 지내려고 보기를 원하였네. 신월 장주도 함께 왔으면 좋았을 걸 그랬네. 참, 이쪽은 내 딸 가진이라고 하네."

"밖에서 인사 나눴어요, 아버지."

"그래? 빠르구나."

"하마터면 낙마할 뻔했는데 장 단주께서 구해 주셨어요."

가진이 수줍게 대답했다. 사민을 보던 눈빛과는 또 완벽하게 달라져 있었다.

가진은 좌의랑인 아버지가 운조를 밖까지 나와 반기는 모습에 조금 놀랐다. 다른 상단의 상단주들이 귀한 물건을 바리바리 싸 들고 제 발로 찾아왔을 때도 크게 반가운 내색을 한 적이 없는 분이었다. 그런 아버지가 귀족도 아닌 사내를 귀빈 대하듯 하는 것이 신기했다.

 백화상단이 최근 몇 년간 괄목상대할 성장으로 제일 상단으로서의 입지를 확실하게 굳혔다고 하더니 그래서인지 운조라는 사내가 더 대단하게 보였다.

"차를 올리라 하겠습니다. 들어가십시오."

"그래. 자, 안으로 들어가세."

 여사석과 함께 운조가 안으로 들어가자 가진은 운조의 뒷모습을 길게 응시했다.

'아무리 봐도 미남자란 말이야. 귀족이 아닌 것이 걸리긴 해도 백화상단의 단주라면 봐줄 만하지.'

 돌아서는 그녀의 입가에 부드러운 미소가 걸렸다.

 여사석과 마주 앉아 운조는 화려한 그의 집무실을 눈으로 훑었다.

"저희 상단에서 비단을 구입하여 주셔서 감사합니다."

"백화상단에서 취급하는 비단이야말로 다른 곳과 질이 다른 최상급이라는 걸 알고 있네. 황실로 들어갈 것이니 당연히 최고의 비단이어야지."

"그리 말씀해 주시니 감사합니다, 영감."

"장 단주가 지율국과의 교역을 성공시켜 귀한 약재도 곧 들여온다고 들었네."

"맞습니다. 역시 소식이 빠르십니다."

"폐하를 보필하고 정사를 바로잡으려면 백방에서 들리는 소리를 모두 들어야 하는 법이지."

여사석이 우쭐대며 공치사를 했다.

"그래서 말인데, 지율국의 약재를 내게 주는 것은 어떠한가?"

"전량을 말입니까?"

"어차피 많은 양이 들어오는 것이 아닐 테니 전량이면 더 좋겠지."

"송구하오나 그건 곤란할 듯싶습니다."

운조가 정중하게 자르자 여사석의 미간에 골이 졌다.

"어째서 말인가?"

"영감의 말씀대로 지율국의 약재는 많은 양이 아니옵고 반은 이미 사고 싶다는 이가 있습니다."

"그게 누군가?"

자신보다 발 빠르게 움직인 이가 있다는 사실에 여사석의 인상이 구겨졌다.

"우의랑 영감이십니다."

"뭐! 우의랑? 사도원이 선수를 쳤단 말인가? 하여 팔겠다고 한 것인가?"

"물론입니다. 제값을 쳐주겠다는데 팔지 않을 이유가 없지요."

"아직 거래가 되지 않았다면 내가 웃돈을 얹어 줄 것이니 그 거래는 없는 것으로 하고 전량을 내게 넘기게."

"송구하오나 그럴 수는 없습니다."

다시 운조가 거절하자 여사석은 불편한 심기를 드러냈다.

"그럴 수가 없다니? 이 여사석이 직접 산다고 하여도 말인가?"

"영감께서도 아시다시피 소인은 장사치입니다. 장사는 신뢰가 바탕이 되어야 살아남습니다. 비록 계약이긴 하나 거래가 된 마당에 신뢰를 깨트릴 수는 없습니다."

"이거 장 단주가 하나는 알고 둘은 모르는군. 모름지기 장사는 크게 이문을 남기는 것이 가장 큰 목적일걸세. 하여 내가 웃돈을 얹어 주겠다는 것이 아닌가?"

"소인이 상단을 운영하는 가장 큰 목적은 이문을 남기는 것이 맞습니다. 하나 그보다 더 중요한 것은 사람을 남기는 것입니다. 하니 당장 눈앞의 이문을 위해 사람과의 신뢰를 저버릴 수는 없습니다. 송구합니다, 영감."

그 정도 눈치를 줬으면 수긍할 줄 알았는데 운조가 여전히 뻣뻣하게 버티고 나오자 여사석은 불쾌함이 치밀었다. 다른 상단이었으면 운을 떼자마자 알아서 상납을 했을 텐데 웃돈을 얹어 주고 사겠다는데도 팔지 않겠다는 것이 괘씸하기 짝이 없었다.

하지만 그는 겉으로 내색하지 않았다. 기껏해야 젊은 장사치 주제에 무얼 믿고 좌의랑인 자신에게 고분고분하지 않은 건지 그 배짱이 가소로우면서도 흥미로웠다.

황제를 쥐락펴락하고 조정을 휘어잡으려면 무엇보다 자금이 필요했고 그를 위해선 든든하게 뒤를 받쳐 줄 돈줄이 필요했기에 백화상단은 쉬이 잘라 낼 수 없는 패이기도 했다.

또한 백화상단은 세상의 모든 정보를 가장 빨리 모은다는 신월장과 불가분의 관계이니 가치가 더 큰 패였다. 그 사실을 알기에 여우 같은 사도원도 백화상단에 손을 내밀었을 것이다.

최근 몇 년간 타국과의 어려운 교역을 연거푸 성공시켜 황제께서도 상단을 눈여겨보고 있고 타국까지도 백화상단의 이름이 널리 알려진 참이었다. 이런 판국에 백화상단의 막대한 자금을 우의랑 패거리들에게 넘겨줄 수는 더더욱 없었다.

"상단뿐 아니라 정치를 하는데도 사람을 남기는 것은 중요하지. 하나 사람도 사람 나름이니 어떤 사람을 남기느냐가 더 중요한 것이 아닌가? 백화상단이 오랫동안 서월국에서 위상을 이어 가려면 정치가 필요하네."

"그 말씀은……."

여사석이 하는 말이 무슨 뜻인지 알기에 운조는 조용히 웃기만 했다.

"나와 손을 잡는다면 이 여사석이 상단의 뒤를 봐주겠네."

"그러려면 상단 역시 좌의랑 영감의 뒤를 봐 드려야겠지요."

역시나 호락호락하지 않은 대응에 여사석은 일순 표정 관리가 되지 않았다. 그의 왼쪽 윗입술이 미미하게 움찔거렸다.

"백화상단의 미래를 위해 누구와 손을 잡아야 할지 숙고하게, 장 단주."

"송구하오나 백화상단은 정사에 관여할 마음이 없습니다. 누구에게도 저희가 가진 것을 내어 드리고 그에 상응한 대가를 받을 뿐이옵니다."

"하여 계속 양다리를 걸치겠단 소린가?"

"양다리라니 당치 않습니다."

"지금 우의랑과 나 좌의랑 사이에서 줄타기를 하겠다는 말이 아닌가?"

"소인은 상인이니 그저 상인으로서 역할을 하는 것뿐입니다."

"어허, 이거 젊은 사람이 생각보다 꽉 막혔군. 앞길에 붉은 비단을 깔아 주겠다는데 굳이 돌아가려 하다니 이리 딱한 노릇이 어디 있단 말인가."

여사석은 불쾌한 감정을 실어 탄식했다. 자신의 힘을 빌려 세력을 키우려는 상단들이 줄을 서 있는데 싫다고 버티는 것이 어이없고 불쾌했다.

단박에라도 자신의 반대편에 서면 어떻게 되는지 보여 주고 싶지만 그러기엔 백화상단의 덩치가 너무 큰 것이 문제였다. 상단이 누구와 연결이 되어 있는지 알 수 없는 데다 자칫 상단이 우의랑 쪽으로 돌아서 버리면 그 또한 낭패기에 지금은 완급 조절이 필요했다.

"이 여사석의 적이 되면 상단의 앞날이 어찌 될지 생각하지 않을 참인가?"

"좌의랑 영감과 적이 될 생각은 당연히 없습니다. 소인의 뜻을 곡해하지 않으셨으면 합니다."

"하여 어느 편에도 서지 않고 장사만 하겠다는 말인가?"

"맞습니다."

"썩 양에 차지는 않지만 장 단주의 소신을 알아들었네. 하나 내 뜻이 무엇인지도 알아들었으리라 믿겠네. 내 뜻은 분명히 전달하였으니 앞으로의 거취를 다시 생각해 보게."

"영감."

운조가 반론을 펼치려 하자 여사석은 미리 말을 잘랐다.
"이에 대한 대답은 차후 다시 듣도록 하지. 그만 돌아가 보게."
"하면 이만 돌아가겠습니다."
"지율국의 약재를 어찌 처리할 건지 차후 다시 답을 받겠네."
"다시 뵙겠습니다."
운조는 서늘한 눈빛으로 그에게 인사를 건네고 밖으로 나갔다.

문이 닫히자 여사석이 매섭게 눈을 치켜떴다.
"기껏해야 장사치 주제에 감히 이 여사석을 저울질하겠다는 건가? 괘씸한!"

불쾌함이 치밀어 올라 그는 입술 끝을 부르르 떨었다. 백화상단을 손안에 넣으라는 조 재상의 지시가 없었다면 벌써 화를 내고 내쳤을 텐데 맘대로 하지 못하니 더 기분이 상했다. 그는 오랫동안 씩씩거렸다.

운조가 밖으로 나오자 기다리고 있던 사민이 앞으로 다가와 섰다.

운조는 그녀의 품에 안겨 있는 괭이를 내려다보다 그녀의 얼굴로 시선을 들었다.

"그놈은 어쩔 셈이지?"
"데리고 가야지요. 다친 짐승을 그냥 두면 죽습니다."

당연하다는 듯 주저 없이 나온 대답에 그는 마뜩잖은 표정으로 사민을 쳐다봤다.

"죽게 둘 생각이었으면 화살받이를 자초하지도 않았겠지."

그가 앞서 걷자 사민은 조용히 그 뒤를 따라갔다. 힐끗 본 그의 표정이 좋지 않아 보여서 마음이 편치 않았다. 자신의 돌발 행동 때문에 안에서 무언가 일이 잘 풀리지 않은 것인가 싶어 신경이 쓰였다.

"송구합니다."

운조가 멈춰 서더니 돌아섰다.

"왜 그런 말을 하지?"

"화가 나신 것 같아서……."

"왜 화가 났는지는 아나?"

"좌의랑댁 아씨를 화나게 했으니 곤란하셨을 줄 압니다."

"하나 다시 같은 상황이면 똑같이 그 아이를 구했을 테지?"

"…맞습니다."

운조의 입에서 짧게 한숨이 새어 나왔다. 모든 사람들에게 무심해 보이던 그녀가 사람들이 눈길조차 주지 않는 작은 꽹이를 구하기 위해 몸을 아끼지 않는 것이 의외였다. 그런데 이상하게도 마음 밑바닥에서는 그것이 더 그녀답다는 생각이 들었다.

"화가 났던 건 사실이다."

"송구합니다."

"하나 이유가 틀렸다. 내가 화가 나는 건 네가 좌의랑의 여식을 화나게 해서가 아니다. 여가진의 횡포는 나 역시 역겨웠다."

"하면?"

"내가 화가 나는 건 너의 무모함 때문이다."

"하지만 그땐 이 아이를 살려야 해서 어쩔 수 없었습니다."
"네가 죽을 수도 있었다."

 직설적인 지적에 사민은 말문이 막혔다. 그의 말이 틀린 것은 아니었다. 만일 조금이라도 늦었다면 여가진의 화살에 맞았을 것이다.

"널 볼 때마다 드는 생각이다. 왜 스스로를 아끼지 않는 것 같지?"
"조심하고 있으니 걱정하지 않으셔도 됩니다. 아직 어머니의 복수도 하지 않았으니 무모하게 다칠 생각은 없습니다."
"그 말은 어머니의 복수가 끝나면 어찌 되든 상관없다는 뜻인가?"

 몰아붙이는 소리에 사민은 대답 대신 그를 빤히 쳐다봤다. 어쩐지 이 사내에게 속내를 들킨 것만 같아 확 불편해졌다. 처음부터 밑도 끝도 없이 편치 않은 사내였는데 그 이유를 알 것 같았다. 이상하게 이 사내 앞에선 가면과 같은 표정 관리가 되지 않는다.

"아닙니다."
"확실한 것인가?"
"아시다시피 문 장주님이 아니셨다면 지금 저는 이 자리에 없었을 겁니다. 은혜를 갚아야 할 이가 있으니 절 함부로 할 생각 없습니다. 걱정하지 않으셔도 됩니다."

 운조는 말없이 그녀의 얼굴을 빤히 들여다봤다. 괭이를 쓰다듬는 그녀의 어깨를 잡아 흔들고 싶은 충동이 일었다. 진오

때문에 스스로를 함부로 하지 않겠다는 소리도 썩 마음에 들지 않았다.

사민이 고개를 들고 보자 그의 눈빛이 짙어졌다.

"왜 그렇게 보는 거지? 내가 걱정하는 것이 이상한가?"

"제 눈빛이 마음에 들지 않다고 하신 말씀을 기억하고 있습니다."

"쓸데없이 기억력이 좋은 것도 진오를 닮았군."

운조가 피식 웃었다.

"네가 싫어서가 아니었다."

"……."

"십칠 년 전 누군지도 모를 적들에게 양친이 살해당하고 누이까지 잃고 죽을 고비를 넘겼을 때 나를 구해 준 것이 노 단주셨다. 의식을 회복하자마자 나는 복수를 하겠다고 나섰고 그때 내 눈빛이 너와 같았다."

사민은 그가 털어놓는 그의 과거를 가만히 듣고 있었다. 구수록을 쳤을 때 그의 사연을 알았기에 그의 말이 더 와닿았다.

"그때 노 단주께서 나를 진정시켰다. 실력도 갖추지 못하고 복수심만 앞서 상대가 누군지도 모르고 나섰다간 아무것도 이루지 못하고 죽을 것이라 말리셨다. 적이 누군지도 모르면서 분노에 지배당해 개죽음당할 뻔했던 것을 구해 주신 것이 노 단주셨다. 그래서 무예를 가르쳐 달라 울분을 토해 내던 네게서 내 모습이 보였었다. 당연히 어린 네겐 탓하는 소리로만 들렸을 것이다."

"그땐 몰랐지만 이젠 알 것 같습니다."

"내게 꽤 서운했던 모양이군."

"아니라곤 못 하겠습니다."

사민이 솔직하게 대답하자 운조는 피식 웃음을 머금었다. 어쨌거나 그녀와의 의도치 않은 오해를 풀 수 있게 되어 다행이었다.

"네 입으로 스스로를 함부로 하지 않겠다고 하였으니 그 말이 진심이기를 바라겠다. 널 칭찬하느라 입에 침이 마른 네 장주를 위해서라도 그 말에 책임을 져라."

할 말을 마치고 그가 돌아서서 걷자 사민은 엷은 미소를 지으며 그를 따라갔다. 아닌 척 굴었지만 내내 그의 찬 눈빛과 더 차디찬 말이 얼음송곳처럼 마음에 박혀 있었던 모양이다. 이제야 겨우 든 한 줌의 따뜻한 볕에 얼음송곳이 녹아 사라지는 기분이다. 그의 앞에서 긴장했던 탓인지 살짝 속이 죄였다 풀어진 느낌이 들었다.

"냐앙."

사민은 품에서 꼼지락대며 보는 괭이의 머리를 다정하게 쓸어 주었다. 따뜻한 괭이의 온기를 느끼며 그녀는 단단하고 넓어 보이는 그의 등을 바라보며 걸었다.

제3장
위장 僞裝

갈림길에서 운조가 신월장으로 길을 잡자 사민이 슬쩍 물었다.
"상단으로 가시지 않으십니까?"
"진오에게 할 이야기가 있다."
그제야 사민은 출발하기 전 그가 자신에게 물을 것이 있다고 했던 말이 떠올랐다.
"제게 묻고 싶으신 것이 무엇입니까?"
운조가 그녀의 얼굴을 똑바로 보며 대답했다.
"차차 하도록 하지."
그는 잠시 멍한 표정으로 보는 그녀를 두고 다시 앞서 걸었다. 그는 바로 따라오는 사민의 기척을 느끼고 앞을 응시했다.
그녀에게 궁금한 것은 많았다. 하지만 꼭 오늘 묻기 위해서 함께 온 것은 아니었다. 무연이 가겠다고 나섰을 때 왜 그렇게 말했는지 스스로도 답을 구할 수가 없었다. 요즘 따라 말이 머리를 거치지 않고 바로 나가는 느낌이다. 그것도 한 사람에 대해서만.

따지고 보면 지금도 굳이 신월장까지 갈 필요가 없다는 생각을 하자 헛웃음이 흘러나왔다. 평소답지 않은 짓을 하는 걸 보면 확실히 이상한 징조다.

오는 내내 자신에게서 조금씩 거리를 두고 걷고 있는 사민의 존재를 의식하고 있었다. 그녀의 걸음과 숨소리, 한 번씩 괭이를 쓰다듬는 움직임을 모두 의식하고 있다는 사실이 당황스러웠다. 이상하게 그녀와 둘만 있으면 묘한 긴장감에 잠식되는 기분이 든다.

'소아 때문인가.'

그녀를 보면 소아가 떠올라서 신경이 쓰이는 건지, 아니면 비슷한 일을 겪어 연민을 느끼는 건지, 그것도 아니면 사민이라는 존재 자체가 신경이 쓰이는 건지 조금 혼란스러워 그는 미간을 찌푸렸다.

그런 생각으로 걷다 보니 어느새 신월장에 도착했다. 둘만 걷는 시간이 유독 짧은 기분이 들어 다시 실소가 나왔다.

신월장으로 들어가자 기다리고 있었는지 무연이 성큼 다가왔다. 운조의 눈에 서늘한 한기가 들어찼다.

"잘 다녀오셨습니까? 장주님은 안에 계십니다."

무연이 운조에게 인사를 건넸지만 그의 시선은 사민에게 가 있었다. 무연은 사민의 품에 안긴 작은 괭이를 보다 사민을 쳐다봤다.

"이번엔 괭이냐?"

별로 놀라지 않는 것을 보니 이런 일이 다반사인 모양이었다. 사민 역시 살짝 어깨를 들어 올릴 뿐 별다른 대답을 하지 않았다.

무연이 사민의 품에서 떨고 있는 괭이를 자세히 들여다봤다.

"기운이 없는 걸 보니 다친 모양이다."

"다리를 다친 것 같아. 치료를 해야겠어."

"그래야 사민이지. 들어가자."

두 사람의 친근한 모습에 운조의 시선이 가늘어졌다. 그의 눈빛이 무연을 보는 사민의 표정에 집중했다. 하지만 사민이 워낙 표정을 밖으로 드러내지 않기에 무연에 대해 어떤 마음인지 규정할 수 없었다.

겉으로 보이는 것과 다른 그녀의 본모습을 하나 알아서 좋았는데 다른 사내가 벌써 사민에 대해서 많은 것을 알고 있다는 사실이 썩 유쾌하진 않았다.

"그만 들어가라."

그는 사민에게 인사를 건넨 후 장주실로 걸어갔다. 그의 미간에 살짝 주름이 졌다. 돌덩이가 하나 얹힌 것처럼 답답한 것이 뭔가 마음에 들지 않았다.

사민은 멀어지는 그의 뒷모습을 보다 무연과 함께 처소로 걸어갔다.

운조가 들어오자 진오는 사과부터 했다.

"청화루에 급한 일이 생겨서 다녀오느라 약조를 지키지 못하였으니 이해해라."

"마음 쓸 것 없어."

진오가 자리에 앉자 운조는 여사석과 했던 대화를 그대로 들려주었다. 이미 그럴 거라 예측했는지 진오는 말없이 고개를 끄덕였다.

"그 비싼 약재를 전량 날로 먹으려다 좌절됐으니 여사석의 표정이 볼만했겠다."

"당연히 좋진 않았지. 그래도 끝까지 발톱을 드러내진 않더라."

"우의랑 쪽에서도 손을 내민 마당에 명색이 좌의랑이란 자가 백화상단과 등을 지는 것이 손해라는 것도 계산 못 할 등신은 아니겠지."

"네가 함께 왔으면 하는 눈치였다."

"이 신월장도 날로 쳐드시겠다? 그렇게 날것 좋아하다 배탈이라도 나면 어쩌려고 그러시나."

"백화상단과 신월장의 조합이 유혹적이긴 하지."

남의 말 하듯 여상하게 말하는 소리에 진오가 피식 웃었다.

"이제 어떡할 거냐? 좌의랑이 그렇게 나왔다는 건 결국 하나를 선택하라는 강압 아니냐?"

"난 이미 답을 주었어."

"그 답지가 마음에 들지 않으니 다시 시간을 준 것이 아니냐?"

"그런다고 바뀌는 건 없어."

운조는 더 논할 가치가 없다는 투로 털었다.

"여사석이 앞으로 어찌 나올지 기대가 된다. 백화상단이 먹을 것 많은 보물창고인 이상 쉽게 포기하진 않을 거다. 게다가 우의랑 세력과 가까이 지내는 것도 두고 볼 인물이 아니지. 괜찮겠냐?"

"괜찮지 않으면 어쩌겠냐? 난 정사엔 관심 없어. 상단을 권세가의 배만 불리는 도구로 대 줄 생각도 없고. 어느 쪽이든 정당하게 거래를 원하는 자들만 상대하면 돼."

"네 신념은 그렇지만, 욕심 많은 자들의 눈에 띄었으니 거친 풍파가 많을 것이 눈에 보여서 하는 소리다."

"그때그때 해결 방안이 생기겠지. 설령 차후 상단이 한쪽 편에 서게 될 일이 생긴다면 그건 저들의 뜻에 따라서가 아니라 내가 원해서야."

그 말이 무엇을 뜻하는 건지 알기에 진오는 고개를 끄덕거렸다. 아직 그의 식솔들을 해친 원흉이 누군지 알 수 없으니 섣불리 어느 편에도 서지 않겠다는 그의 판단이 이해가 갔다. 그러면서도 상단에 피해가 가는 선택을 하지 않을 것임을 알기에 그를 믿는 수밖에 없었다.

"조 재상은 찾아가지 않을 참이냐? 죽은 줄 알았던 네가 살아 있다는 것을 알면 무척 기뻐할 것이다."

"아직 생각 중이다."

"걸리는 것이 있는 거냐?"

"노 단주께서 복수를 할 때까지는 아무에게도 정체를 밝히지 않는 것이 좋겠다고 하셔서 그 말을 듣는 중이다. 원하는 것을 얻기 전까지는 아무도 믿지 말라고 하셨거든. 재상께 인사는 그 후에 할 수 있겠지."

장사치라 의심이 많고 과하다 싶을 정도로 철두철미한 노 단주의 성정을 알기에 진오는 토를 달지 않았다.

"조심해서 나쁠 건 없겠지. 일을 다 끝내고 홀가분하게 재회하는 것도 괜찮을 것이다."

어릴 적 위험을 무릅쓰고 쫓기는 소아와 자신을 숨겨 준 조자천과 태문을 떠올리며 운조는 엷게 미소를 지었다. 꼭 다시 만날 거라며 손을 잡아 주던 태문이 자신이 살아 돌아온 걸 알면 어떤 표정일지 궁금하기도 했다.

그때를 회상하니 다시금 소아가 떠올라 가슴에 통증이 일었다. 너무도 작고 소중했던 누이의 생사도 모르고 있다는 것이 비수가 되어 심장을 찔러 댔다.

진오는 가만히 생각에 잠겨 있는 운조의 딱딱한 표정을 보며 장난기가 발동해 일부러 그를 건드렸다.

"나보다 사민과 가니 좋았냐?"

난데없는 물음에 운조가 바로 대답하지 않고 뜸을 들이자 진오의 눈빛이 반짝거렸다.

"그 표정은 뭐냐?"

"일이 좀 있었다."

"일이라니?"

"여사석의 여식이 사민에게 활을 쏘았다."

"뭐라고! 사민에게 활을 쏴?"

진오의 표정에서 웃음기가 사악 가셨다. 그의 화난 눈빛에서 진오가 사민을 얼마나 아끼는지가 훤히 보였다.

"여사석의 여식이 낙마할 뻔했는데, 말을 놀라게 한 괭이를 죽이려고 화살을 겨냥하자 사민이 괭이를 구하려고 뛰어들었어."

"그래서 기어이 화살을 쏘았단 말이냐!"

"그래."

운조의 서늘한 대답에 진오의 표정이 험악하게 변했다.

"여사석의 여식이 제 아비의 성정을 그대로 닮은 모양이군. 사민은 괜찮은 것이냐?"

"괜찮아. 한데 좌의랑의 여식이 괭이를 내놓으라 호통치는데도 굽히지 않는 걸 보니 보통이 아니더군. 작은 짐승을 위해 좌의랑의 여식에게 맞서다니 의외였다."

"사민은 원래 그런 아이다."

"여인이라 그런가. 섬세한 구석이 있더라."

운조가 툭 던진 소리에 진오가 엷게 미소를 지으며 경고했다.

"사민을 여인으로만 봤다간 큰코다칠 것이다."

이번에도 운조에게선 바로 반응이 나오지 않았다. 그는 다만 잠시 허를 찔린 듯한 표정이었다. 사민을 여인으로만 보고 있었는지 스스로도 답을 찾을 수 없었다.

맹세코 장운조에 대해 가장 잘 안다고 자부하는 진오가 그의 표정을 그냥 지나칠 리 없었다. 그는 눈을 가늘게 뜨고 오랜 지기에게 물었다.

"네가 여인에게 관심을 보이는 건 처음인 것 같다. 사민이 다른 뜻으로 마음에 든 것이냐?"

"치워."

다소 날카로운 반응에 진오가 피식 웃었다. 어지간한 일에는 흥분하지 않는 장운조의 반응이 흥미로웠다.

"과민 반응하기는, 너답지 않다."

다시 일부러 건드려 놓고 진오는 운조의 반응을 살폈다.

옆에서 진오가 먹잇감을 노리는 늑대처럼 주시하고 있는 걸 알면서도 운조는 아무런 대답도 하지 않았다.

신월장의 무사이긴 하나 여인이니 여인으로 보는 것은 당연한 일이다. 한데 사민을 여인으로 보냐는 말에 왜 갑자기 허를 찔린 기분이 드는지 모를 일이다. 무언가 마음 한구석이 의도하는 대로 움직이지 않은 것 같은 기분에 그는 미간을 찌푸렸다.

늦은 밤 가진이 차를 가지고 들어오자 여사석이 환히 웃으며 반겼다.

"야심한데 어째서 아직 주무시지 않으십니까?"

"그러는 너 역시 잠을 이루지 못하는 모양이구나. 아비에게 할 말이 있어서 건너온 것이냐?"

"그저 아버지 처소에 불이 켜져 있어서 왔습니다."

가진은 가지고 온 차를 따라 여사석에게 건넸다.

"숙면을 도와주는 차입니다."

여사석이 차를 한 모금 마시고 찻잔을 내려놓았다.

"좋구나."

"아버지 안색이 곤해 보이십니다. 무슨 고민이라도 있으신 건가요?"

"신경 쓰이는 일이 있긴 하다만 괜찮으니 염려하지 마라."

"중한 일을 하셔야 하니 너무 무리하지 마십시오."

"그리하마."

딸의 걱정이 마냥 좋아 여사석은 인자한 눈빛으로 가진을 봤다.

"네 어머니가 곧 좋은 혼처를 찾을 것이다."

"저는 좋은 가문보다는 좋은 사내를 만나고 싶습니다."

"좋은 가문의 좋은 사내를 만나야지. 넌 이 여사석의 여식이니 당연히 그래야 한다."

"하온데 백화상단의 장 단주께서는 무슨 일로 찾아온 겁니까?"

운조의 이야기가 나오자 여사석은 살짝 미간을 찡그렸다.

"아비가 백화상단을 손에 줠 생각인데 장 단주가 호락호락하지 않구나."

"다루기 쉬운 사내였다면 백화상단을 운영할 수 없겠지요."

"그래 봤자 오래 버티지 못할 것이다. 이 서월국에서 내 눈 밖에 났다간 누구도 살아남지 못하는 걸 알 테니까 말이야."

가진은 가만히 여사석의 심기를 살폈다. 아무래도 아버지께서 늦은 시각까지 잠을 못 이루는 원인은 장운조에게 있는 것 같았다. 인상부터 쉬워 보이지 않은 사내였는데 역시나 그렇다는 소리에 묘하게 구미가 당겼다. 원래 잡기 어려운 사냥감을 잡았을 때 희열이 더 큰 법이다.

"아버지, 저는 장 단주가 마음에 듭니다."

"마음에 들다니. 무슨 뜻으로 하는 소리냐?"

"소녀 장 단주를 제 사내로 만들고 싶습니다."

놀란 여사석의 표정이 심각하게 변했다.

"뭐? 참으로 하는 소리냐? 장 단주가 아무리 능력이 뛰어나다고 해도 귀족이 아니다. 너완 맞지 않아."

"당연히 알고 있습니다. 혼인을 하겠다는 것이 아니라 그저 갖고 싶다는 겁니다. 또한 그가 귀족이 아니면 귀족으로 만들면 될 일이지요. 귀족은 아닐지라도 그는 대상 백화상단의 단주이고 잘생긴 미남자잖아요. 몸도 좋고 능력도 출중한 사내이니 욕심내지 않을 수 없지요."

"허허, 이거 참 난감한 일이구나. 어쩌다 장 단주를 눈에 들였단 말이냐? 그는 결코 만만치 않은 사내다."

"그래서 더 탐이 납니다. 쉬이 취할 수 있는 걸 얻는 건 재미가 없으니까요."

"그는 여인에게 다정한 사내가 아니야. 마음고생을 시킬 것이 뻔하단 말이다."

"그것은 소녀가 하기 나름입니다. 소녀 그를 제 사내로 만들어 아버지께 도움이 되고 싶습니다."

생각보다 가진이 강하게 나오자 여사석은 심히 당황스러웠다.

"그에게 도움을 받은 일 때문에 더 그가 마음에 든 것이냐?"

"물론 그것도 있습니다. 소녀는 장운조란 사내가 갖고 싶습니다. 그를 가지면 백화상단 역시 손에 들어오겠지요."

여사석은 가만히 생각에 잠겼다. 처음엔 너무 황당해서 어이가 없었는데 생각해 보니 가진의 생각이 마냥 나쁜 것만은 아니었다. 장운조가 귀족이 아니라는 사실보다 백화상단의 단주라는 사실이 더 구미가 당기는 것은 사실이었다. 또 원한다면 언제든 그를 귀족으로 탈바꿈시키는 것은 일도 아니었다.

"네가 정 그렇게 원한다면 생각을 좀 해 보자꾸나. 아비에게도 백화상단은 입맛이 당기는 먹잇감이다."

"그렇다면 손에 넣으셔야지요. 아버지께서는 이 나라의 좌의랑이 아니십니까?"

가진이 띄워 주는 소리에 여사석은 우쭐한 표정을 지었다. 어쨌거나 사도원을 견제하기 위해서라도 백화상단을 손에 넣는 일은 중요했다.

"우선 장 단주의 내력을 알아봐야겠다."

아비에게 원하는 대답을 듣고 가진은 밖으로 나와 제 처소로 걸어가면서 운조와의 짧은 만남을 다시 회상했다. 많은 사내들을 봐 왔지만 이렇게 눈길을 사로잡은 사내는 없었다.

자신을 구하려 위험 속으로 뛰어든 사내의 강인한 모습이 자꾸만 눈에 아른거렸다. 차가워 보이지만 한 여인에게만은 뜨거울 것 같은 눈빛과 중저음의 듣기 좋은 목소리, 그의 존재감을 받쳐 주는 건장한 사내다운 몸까지 모든 것이 양에 찼다.

한 부분도 빠짐없이 그동안 그려 왔던 이상적인 사내의 모습이었다. 살면서 이런 감정은 처음이었다.

'좀 더 길게 봤으면 좋았을 텐데 아쉽구나. 그때 그 계집만 아니었다면……'

괭이를 내주지 않은 사민 때문에 그가 찬 시선을 치켜뜬 것이 떠올라 가진의 눈초리가 매섭게 휘었다.

'하찮은 상단의 무사 따위가 감히 내게 맞서다니……'

건방지게 제 눈을 똑바로 보고 괭이를 내어 주지 않겠다고 버티던 모습을 떠올리니 다시 속에서 열이 끓어올랐다.

'다시 만나면 가만두지 않을 것이다.'

그녀는 사민을 노려보듯 허공을 노려보며 걸음을 옮겼다.

사민이 처소에 없자 무연은 자연스레 후원으로 길을 잡았다. 역시나 사민이 후원에 있자 그의 입술 끝이 올라갔다. 그는 쪼그리고 앉아서 무언가에 집중하는 그녀에게 조심스럽게 다가갔다.

"천천히 먹어."

다정한 그녀의 시선 끝에 며칠 전에 데리고 온 작은 괭이가 허겁지겁 밥을 먹고 있었다.

"처음 데리고 올 때는 뱃가죽이 달라붙어 살까 염려스럽더니 며칠 새에 완전히 딴 놈이 됐네."

"짐승들은 먹기만 해도 사니까."

"네가 그 괭이를 살리려고 좌의랑댁 여식에게 맞았다는 말 들었다. 다른 일에는 나서지도 않더니 그런 배짱을 부리다니 간이 배 밖으로 나온 거냐?"

"죄 없는 아일 죽이려고 하는데 두고 볼 수 없잖아."

"그런 세도가의 아씨가 비단 이런 짐승들에게만 그렇겠냐? 부리는 시비들의 목숨도 하찮게 여기겠지."

순간, 억울하게 죽임을 당한 어머니가 떠올라 사민의 표정이 불편하게 변했다.

"나는 힘이 세다고 하여, 또 신분이 다르다고 하여 남의 목숨을 함부로 빼앗아도 된다고 생각하는 것이 틀렸다고 본다."

"물론 나 역시 그렇다. 하지만 힘을 가진 자들이 그렇게 생각하지 않으니 문제지. 약육강식의 세상에선 신분이 높은 자가 가장 강자가 아니겠냐."

무연의 말이 마음에 들지 않았지만 어쩔 수 없는 현실이기에 사민은 말없이 그릇 바닥까지 싹싹 핥는 괭이의 머리를 손으로 쓸었다.

괭이가 머리를 사민의 손에 들이박으며 비비자 무언가 뭉클한 감정이 흘러들었다. 작은 괭이가 꼭 어릴 적 어미를 잃고 울던 제 모습처럼 작고 안쓰러워 보였다.

무연은 사민이 괭이를 보는 눈빛을 가만히 바라봤다. 상처 입고 홀로 된 어린 괭이를 지켜보다 어릴 적 자신의 처지가 떠오르는지 기분이 가라앉아 보여 그는 사민의 기분을 풀어 주려 했다.

"수컷이냐?"

"그런 것 같다. 어떻게 알았냐?"

"그놈이 널 보는 눈빛이 예사롭지 않아서."

어처구니가 없다는 표정으로 사민이 째려보자 무연은 그녀를 웃게 했다는 생각에 기분이 좋아졌다.

"질투 나니까 너무 가까이하지 마라. 너한테 가장 가까운 수컷은 나여야 해."

"꺼져."

"그 자리는 내가 장주님께도 양보하지 않는 거 알지? 너의 가장 가까운 자리는 내 것이다."

"수가 웃는다."

"수? 오래 살라고 벌써 이름까지 지어 준 것이냐? 더 질투 난다니까!"

"시끄러우니 계속 시답잖은 소리 지껄이려면 꺼져."

그제야 사민에게 찾아온 이유가 떠올라 무연은 얼른 용건을 꺼냈다.

"장주님께서 찾는다."

"그걸 왜 이제 얘기하나?"

"질투에 눈이 멀어서 깜빡했지 뭐. 얼른 일어나라."

사민은 무연을 한번 흘겨보고는 수를 품에 안고 일어났다. 겁도 많고 사람을 피하는 괭이가 사민을 의지하는 것이 다소 신기해 무연은 수를 가만히 지켜봤다.

"널 어미로 생각하는 것 같다."

"그럴지도."

사민이 처소의 문을 열고 수를 넣어 주자 무연이 살짝 인상을 찌푸렸다.

"동침까지는 곤란한데."

"제발 좀 닥쳐."

사민이 손으로 가슴을 툭 치자 무연의 입에서 기분 좋은 웃음소리가 흘러나왔다. 그는 앞서가는 사민의 옆얼굴을 보며 흐뭇한 미소를 지었다.

집사 재옥과 심각하게 이야기를 나누다 진오는 사민과 무연을 맞았다.

"찾으셨습니까?"

"청화루에서 연통이 왔다. 이틀 전 타지에서 사내 하나가 다녀갔다고 하는데 초설의 말로는 그자가 강치인 것 같다고 했다."

사민의 눈빛이 날카롭게 빛났다.

"행수께서 그리 추측하신 이유가 있을 테지요?"

"그 작자가 술이 떡이 되어 제 아우에 대해 지껄인 모양이다. 십이 년 전에 어떤 여인에게 허망하게 죽었다고 한 점과 그 여인을 자신이 죽여 복수했다는 점이 네 상황과 맞는 것 같다고 하였어."

사민은 소맷단 아래로 힘껏 주먹을 움켜쥐었다. 죄 없는 어미를 죽여 놓고 무용담처럼 떠들고 다니는 작자의 얼굴을 후려치고 싶은 충동이 일었다.

진오와 무연은 사민이 화를 눌러 참고 있는 것을 지켜봤다. 지독하게도 이성적인 그녀였지만 어머니의 원수를 찾았다는 소리에 동요하고 있는 것이 보였다.

"초설이 사내를 꼬드겨 다시 찾아오라 하였다는데, 갈 것이냐?"

"가겠습니다."

주저 없는 대답이 흘러나왔다.

"강치가 아닐 수도 있다."

"확인해 보면 알겠지요."

"무연과 함께 움직여라."

무연이 입을 열기도 전에 사민이 먼저 대답했다.

"기루로 잠입을 하는 거니 혼자가 편합니다."

"술을 파는 곳이다. 기루에선 어떤 돌발 상황이 일어날지 모르니 위험할 수 있다."

"이건 제 일입니다."

"네 일이니 곧 신월장의 일이기도 하다."

"개인적인 일로 폐 끼치고 싶지 않습니다."

그녀의 성정을 알기에 진오는 작게 고개를 저었다.

"좋다. 초설에게 연통을 넣을 것이니 직접 확인해라. 준비하고 있다 홍등이 걸리기 전에 찾아가면 될 것이다. 단, 조심해라."

"알겠습니다."

사민이 밖으로 나가자 무연이 곧장 따라 나갔다. 그는 입을 꽉 다물고 처소로 가는 사민의 표정을 살폈다. 오매불망 찾던 어머니의 원수를 드디어 찾은 그녀의 표정이 비장해 보였다. 장주에게 혼자 가겠다고 했으나 사민 혼자 보낼 수 없었다.

"함께 가겠다."

"기녀들을 끼고 술이라도 마시겠다는 거냐?"

"필요하다면 얼마든지."

"그럴 필요 없어. 나 혼자 간다."

"네 허락을 받고자 한 말이 아니다. 고관대작들을 주로 상대하는 청화루에서 술을 마시는 놈이라면 분명 수행하는 놈들이 있을 거다. 사람 죽이는 걸 벼슬처럼 자랑하는 놈들이니 너 혼자는 위험할 수 있어."

"혼자 해결할 수 있어."

"웃기지 마. 치마를 입고선 평소처럼 움직일 수도 없잖아. 너 손끝 하나 다치는 꼴은 못 본다."

무연이 끝내 완강하게 나오자 사민은 그를 돌아보며 인상을 확 찌푸렸다.

"마음대로 해!"

다른 일은 뭐든지 양보해 주면서 자신의 안위에 대한 일은 타협이 없는 그의 고집을 알기에 사민은 그를 쏘아보고 말았다.

사민이 돌아서자 무연은 그제야 가슴을 쓸어내리며 그녀를 따라갔다.

"구수록이 죽었단 말이냐!"

늦은 밤 소식을 전해 들은 하숙주의 얼굴이 하얗게 질렸다.

"그렇다고 합니다."

"백주에 주유를 가다 죽었다면 단순히 도적에게 당한 것이냐?"

"살아남은 자들의 말로는 단순한 도적이 아니라고 하였습니다. 한 사내가 십칠 년 전의 일을 누가 시킨 것이냐고 추궁하자 자진을 했다고 합니다."

"뭐! 그것이 사실이냐!"

십칠 년 전이란 소리에 하숙주의 낯빛이 창백해졌다. 십칠 년 전의 일이라면 장판석 대감의 아이들을 해치웠던 그 일이다. 구수록을 처리했다면 다음은 자신과 도술치가 될 가능성이 크다.

'아들은 죽었고 여식은 내가 데려와 처리했는데 대체 누구란 말인가.'

그날 일을 영원히 함구하고 흩어지라는 소리에 황도를 떠난 지 십칠 년이나 되었는데 얼굴도 모르는 누군가가 슬슬 목을 죄어 오는 것 같아 공포심이 차올랐다.

"즉시 도술치를 찾아가 뭔가 아는 게 있는지 확인해 봐라."
"알겠습니다."

수하가 밖으로 나가자 그는 초조하게 처소 안을 걸었다. 불길한 예감이 골수에 파고들어 진정이 되지 않았다.

설핏 잠이 들었다 목이 짓눌리는 답답함에 잠에서 깬 하숙주는 기절할 듯 놀랐다. 누군가 자신의 목을 발로 누르고 있었다.
"소리를 치면 죽일 것이다."

목소리만으로도 얼어붙을 것 같은 한기를 내뿜는 사내가 마치 저승사자 같아 하숙주는 꼼짝하지 못했다.

"누, 누구요!"
"닥치고 묻는 말에 대답이나 해. 십칠 년 전 데리고 간 여아를 어찌한 거냐?"
"여, 여아라면 자, 장판석 대감의 여식을 말하는 것이오?"
"어디에 있느냐?"

금방이라도 죽일 것 같은 표정에 하숙주는 오금이 저렸다. 설마 했는데 정말로 장판석 대감의 여식을 찾다니, 본능적으로 그는 운조의 얼굴을 쳐다봤다.

짧은 순간 하숙주의 머리가 바쁘게 돌아갔다. 금방이라도 죽일 것처럼 보는 운조의 눈초리에서 자신에 대한 깊은 원한이 보였다. 이립도 되어 보이지 않은 젊은 사내가 십칠 년 전에 처리한 장판석 대감의 여식을 찾는 것과 구수록의 갑작스런 죽음까지 연결하다 그가 죽었다고 여겼던 장판석의 아들임을 직감하고 하숙주는 귀신을 본 듯 눈이 휘둥그레 커졌다.

"그때 주, 죽은 줄 알았는데……."

"묻는 말에 대답이나 해. 네가 누이를 데리고 간 사실을 알고 있다. 누이를 어찌했느냐?"

추궁하는 소리에 하숙주는 자신이 한 짓이 있어 섣불리 대답하지 못했다. 하지만 운조가 발에 힘을 주자 그는 고통 속에 몸부림을 쳤다.

"파, 팔았소."

운조의 눈에 핏발이 섰다. 하지만 그는 최대한의 인내심을 끌어당겨 하숙주에게 물었다.

"어디에 판 거냐?"

"시침녀로 바친다고 거액을 부르는 자에게 팔았소. 처음 보는 자여서 누군지는 모르오. 맹세코 사실이오."

운조는 금방이라도 밟아 버리고 싶은 충동을 다시 억눌러야 했다.

"우리를 죽이라 명한 자가 누구냐?"

"그, 그건 말할 수 없소."

단호하게 답을 거부하는 사내에게 운조는 코웃음을 쳤다.

"눈물겨운 충정이군. 그자를 위해 구수록처럼 자진이라도 할 셈인가?"

운조에게 목을 밟힌 상태라 자진을 할 수도 없어 하숙주는 죽을 각오로 소리를 질렀다.

"밖에 누구 없……!"

쉬이익 소리와 함께 운조의 검이 어둠을 갈랐다. 하숙주가 눈도 감지 못하고 절명하자 운조는 숨통이 끊어진 그를 차갑게 노려보다 밖으로 나갔다.

밖에서 기다리고 있던 연살이 다가와 섰다. 그는 안에서 나눈 대화를 들은 후라 운조의 눈치를 살폈다. 역시 표정이 좋지 않았다.

"도술치에게 가던 수하 놈을 처리하였습니다."

"이제 하나 남았군. 돌아간다."

운조가 곧바로 지붕 위로 몸을 날리자 연살도 그를 따랐다.

상단으로 돌아온 운조는 주먹으로 탁자를 내리쳤다. 된서리를 맞은 탁자가 다르르 떨며 진저리를 쳤다.

그는 자리에 앉아 한 손으로 이마를 짚으며 한동안 죽은 사람처럼 앉아 있었다. 하숙주를 찾아가면서 소아의 행방을 찾을 수 있을 거라는 희망을 품었는데, 기대가 컸던 만큼 실망과 좌절 또한 컸다.

 귀하게 살아야 할 누이가 시침녀로 팔려 갔다는 소리에 억장이 무너졌다. 그 어린 것이 얼마나 무서웠을지 생각할 때마다 피가 거꾸로 솟았다. 그럴수록 그들을 부린 자에게 살기가 치솟았다. 반드시 죽여 버릴 것이다.

 '그래도 살아만 있어 다오.'

 지금까지 살아 있을지 알 수 없지만 누이의 생사를 확인하기 전까지는 결코 포기할 수 없다. 하지만 매일 밤 피를 한 움큼씩 토해 내는 것 같은 고통에 괴로웠다. 절대 누이의 손을 놓지 말라는 어머니의 마지막 청을 들어 드리지 못한 죄책감이 매일 밤 생을 갉아 먹었다.

 눈을 감은 채로 운조는 사민을 떠올렸다. 항상 상상 속에서 소아의 장성한 모습을 그려 봤다. 한데 사민을 만난 후로는 늘 사민이 소아의 얼굴을 대신하고 있었다. 사민과 같은 나이이기에 아마 자랐다면 그녀와 비슷한 모습이리라.

 갑자기 사민이 미친 듯이 보고 싶어졌다. 웃기지도 않게 그녀를 보면 위로받을 것 같았다.

 그러다 그는 이내 실성한 사람처럼 쿡쿡거리며 허탈하게 웃었다. 사민이 소아일 리 없는데 마치 그녀를 만날 핑계를 억지로 찾는 것 같아 어이가 없었다.

 머릿속이 뒤죽박죽인 채로 그는 창문을 활짝 열어젖혔다. 구름이 짓궂게 달을 가리자 암울한 제 마음처럼 심란했다. 그는 창을 닫을 생각도 하지 않고 그대로 침상에 누워 잠을 청했다.

 역시나 편치 않은 마음이 강박이 되어 꿈속을 헤집고 다녀 흉몽을 꿨다.

 다음 날 무거운 몸으로 잠에서 깬 그는 상단의 급한 일을 처리하고 신월장으로 찾아갔다.

 장주실로 걸어가다 그는 누군가 기다리며 서 있는 여인을 발견하고 의아한 표정이 되었다. 기루에서나 입을 법한 색감이 짙은 의복을 입었으나 머리는 화려하게 치장하는 대신 단정하게 뒤로 묶었다.

 검은빛이 도는 얇은 저고리에 짙은 쪽빛 치마의 강렬한 색감이 여인의 하얀 피부를 더 돋보이게 했다. 금을 들고 있는 것으로 보아 예인(藝人)인 것도 같았다.

 어딘가를 응시하는 여인의 옆모습이 낯이 익다고 생각한 순간 여인이 고개를 돌리자 운조는 그대로 굳었다. 놀랍게도 여인은 사민이었다.

 언젠가 필요한 일이 있을 때 사민이 여인의 모습으로 변한다고 했던 진오의 말이 떠올랐다. 그는 홀리듯이 사민에게 다가갔다.

 갑작스런 만남에 당황했는지 사민의 표정에도 난감한 기색이 역력해 보였다.

"오셨습니까?"

"기루에 가는 건가?"

"맞습니다. 확인해야 할 일이 있습니다."

사민이 담담하게 대답했다.

그의 시선이 사민이 들고 있는 금에 닿았다.

"금도 탈 줄 아는 건가?"

"배웠습니다."

"그렇군."

짧은 대답을 내뱉고 운조는 그녀를 보는 데 집중했다. 이런 모습은 처음이었다. 눈을 뗄 수 없을 정도로 고운데 무언가 마뜩잖았다. 일 때문이겠지만 다른 곳도 아니고 술에 취해 음심 가득한 사내들 앞에 그녀가 앉아 있어야 한다는 사실이 신경을 긁었다. 은근하게 속살이 비치는 얇은 저고리가 몹시도 거슬렸다.

"다양한 모습을 보여 주는군."

의도를 알 수 없는 소리에 사민은 표정의 변화 없이 서 있기만 했다. 하지만 운조가 들어가지 않고 빤히 보고만 있자 그의 시선이 불편했다. 이상하게 나쁜 짓을 하려다 들킨 것 같은 기분이 들었다.

한 번도 이런 적이 없었는데 왜 이 사내 앞에서 이런 모습으로 서 있는 것이 부끄러운지 모를 일이다. 둘만 서 있으려니 밖인데도 공기가 더워지려고 했다. 장주의 부름을 받고 들어간 무연이 얼른 나오기만을 기다릴 뿐이었다.

"장주님께 가지 않으십니까?"

"굳이 갈 필요가 없는 것 같군."

그가 고개를 돌리자 진오가 무연과 함께 걸어오고 있었다.

"왔으면 들어오지 왜 여기 있는 거냐?"

"오셨습니까?"

무연이 정중하게 인사를 건네고 사민의 옆에 서자 운조의 시선이 따라갔다.

사민은 이제야 숨통이 트이는 얼굴로 진오에게 인사했다.

"다녀오겠습니다."

"초설이 알아서 할 것이다. 일단 그자가 맞는지 확인부터 해라."

"그리하겠습니다."

"널 믿는다, 사민. 조심히 다녀와라."

"알겠습니다."

진오에게서 돌아서기 전에 사민은 그때까지도 자신에게서 눈을 떼지 않은 운조를 돌아봤다. 그가 눈빛으로 무언가 말을 하고 있었지만 알 수 없었다.

"가자."

재촉하는 무연과 함께 멀어지면서 그녀는 뒤통수에 따갑게 닿는 그의 시선을 내내 의식했다.

진오는 사민에게서 눈을 떼지 않는 운조를 실눈을 뜨고 살폈다.

"반하기라도 한 거냐?"

"뭐라는 거냐?"

예리한 지적에 운조는 미간을 찌푸렸다. 하지만 진오는 여유롭게 그를 다그쳤다.

"그 못마땅한 표정은 뭐냐? 사민이 기루에 가는 것이 싫은 것처럼 보인다."

"놀랐을 뿐이다. 기루까지 가는지 몰랐다."

"필요할 땐 어느 곳이든 움직이지. 사민은 훌륭한 무사지만 그에 못지않게 훌륭한 예인이기도 하다."

"재주가 많나 보군."

"내 말이 의심스러우면 청화루에 가서 사민의 재주를 직접 보게 해 주마."

"됐어."

대답은 그리했지만 솔직한 심정으로는 금을 타는 그녀의 모습이 몹시 궁금하기도 했다. 하지만 역시나 다른 사내들 앞에서 금을 타는 모습을 보면 속이 탈 것 같아 보지 않는 편이 나을 것 같기도 했다.

"정보를 빼내기엔 솔직히 기녀로 보내는 것이 더 나은데 저놈이 표정이 한 가지라 워낙 무뚝뚝하니 들키기 십상이라서 말이야. 행여 제 몸에 함부로 손을 댄 사내들 팔이라도 꺾어 버릴까 봐 저 선에서 적당히 타협한 거다. 그만 들어가자."

진오가 먼저 움직이자 운조는 그와 함께 걸었다. 가는 동안 내내 사민의 모습이 머릿속에서 사라지지 않았다. 그녀가 금을 타는 모습이 궁금하고 그 소리가 듣고 싶었다. 그 모습을 지켜볼 사내들을 생각하니 저절로 눈살이 찌푸려졌다. 그는 오른손으로 심장을 한번 만져 봤다. 정말 반하기라도 한 건가.

홍등이 걸린 청화루 앞에서 무연이 미리 주의를 주었다.
"이곳을 늘 드나드는 놈들 중에는 함부로 너한테 집적대는 놈들은 없겠지만 새로 온 뜨내기들이 희롱한다고 해서 턱을 걷어차면 안 된다."
지난번 술이 떡이 돼서 주사를 부리던 귀족 놈이 사민의 어깨를 잡으려 하자 사민은 그의 턱을 발로 차서 기절시켜 버렸다. 기함하듯 놀란 행수가 부랴부랴 수습을 했고 다행히 그 귀족 놈이 술에 푹 담가진 탓에 전혀 기억하지 못해 위기를 넘겼었다.
그 뒤로는 아예 행수가 사민의 내력을 속여 술에 취한 사내들이 그녀를 함부로 희롱하지 못하게 못을 박았다.
그때를 떠올리며 사민이 풋 웃음을 참았다.
"건드리면 찰 거다."
"야, 야, 그때 행수 뒷목 잡는 거 봤잖아. 좀 참아 봐."
"들어간다."
사민이 확 안으로 들어가 버리자 무연은 고개를 저었다.
"저 고집쟁이."
사민은 먼저 행수의 처소에 들러 초설에게 인사를 했다. 속이 비치는 붉은 저고리에 짙은 초록색 치마를 입은 초설이 그녀를 맞았다.

초설은 사민을 품평하듯 봤다. 훌륭한 재주와 고운 용모가 눈에 띄었지만 웃음기 없는 표정과 부드러움이라곤 전혀 없는 행동거지가 기녀로는 부적격이었다.

확실히 금보다는 검이 더 어울리지만 금을 타는 솜씨 또한 일품이라 아깝기도 했다. 사민이 오랫동안 어미를 죽인 원수를 찾고 있다는 사실을 알기에 그녀에게 더 마음이 갔다.

"그자가 기루에 온 지 일다경쯤 되었다. 적당한 때에 부를 테니 대기하고 있어라."

"알겠습니다."

"네가 찾는 자였으면 좋겠구나."

초설이 먼저 일어나 밖으로 나가자 사민은 그녀를 따라 움직였다. 초설이 강치가 있는 방으로 먼저 들어가고 사민은 그녀가 부를 때까지 옆방에서 기다리려고 했다.

그때였다.

"거기, 너 잠깐 서 봐라."

부르는 소리에 사민이 돌아섰다. 귀족가의 사내 하나가 다가오고 있었다.

금을 든 채 사민은 사내의 얼굴을 똑바로 쳐다봤다. 행색이 꽤 지체 높은 댁 자제인 것 같은데 아직 기루에 들락거리기엔 어려 보여 눈살이 찌푸려졌다.

사민의 바로 앞에 선 사내가 그녀의 위아래를 값을 매기듯 훑어 내렸다.

 어린 사내의 무례함에 불쾌한 기분이 치밀었지만 사민은 표정의 변화 없이 서 있었다.

 "흠, 제법 반반하게 생겼군. 새로 온 아이인가? 청화루에 이런 아이가 있었다니 내 어찌 그동안 보지 못한 것이지?"

 귀족 사내가 노골적으로 사민에게 호기심을 보이자 옆에 서 있던 초설이 얼른 사내의 앞으로 나섰다.

 "담 왕자께서 오셨군요. 이 아이는 기녀가 아니라 금을 타는 예인이옵니다."

 "기녀가 아니란 말인가? 이거 아쉽게 되었군. 하면 금을 타는 솜씨라도 보고 싶은데 어찌해야 하나?"

 "애석하게도 지금은 먼저 예약하신 손님이 기다리고 계셔서 다음을 기약하셔야 할 듯싶습니다. 송구하옵니다, 담 왕자님."

 "좋네, 하면 다음엔 내가 꼭 이 아이의 재주를 사겠네."

 "그리하십시오. 그럼 다른 방으로 드시지요. 얼른 담 왕자님을 모시지 않고 무얼 하고 있느냐?"

 초설의 명에 기다리고 있던 기녀 하나가 사내를 붙잡았다.

 "아이, 왕자님 얼른 안으로 드시어요."

 "그래, 그러자꾸나."

 귀족 사내는 기녀에게 팔이 붙들려 돌아서면서도 사민에게서 시선을 놓지 않았다.

 사민은 차디찬 눈빛으로 그를 쏘아봤다.

 "누굽니까?"

"담친왕부의 왕자 담세주다."

담친왕의 아들이라는 소리에 사민의 눈빛이 날카롭게 변했다. 담친왕의 아들이라면 자신에게는 친아우다. 그녀는 칼날과 같은 시선으로 담세주를 쏘아봤다.

사민은 검지로 느리게 금을 톡톡 건드리며 초설이 부르기를 기다렸다. 이윽고 술자리가 무르익자 초설의 부름을 받고 그녀는 옆방으로 옮겨 갔다.

그녀는 기녀들을 끼고 상석에 앉아 있는 사내에게 인사를 하며 인상착의를 살폈다.

"이 아이인가?"

사내의 목소리에 사민의 눈동자가 날카롭게 벼려졌다. 십이 년이 지났지만 그날 밤에 들었던 원수의 목소리는 귓가에 선명하게 박혀 있었다. 본능적으로 그녀는 앞에 앉아 있는 자가 강치임을 확신했다.

"인희라고 하옵니다. 청화루의 보물이지요."

초설이 소개를 하자 강치의 시선이 사민에게 박혔다.

"얼굴이 반반하군."

"얼굴보다는 저 아이의 금 타는 솜씨에 반하실 겁니다."

강치의 더러운 시선에 사민은 그를 죽이고 싶은 충동을 참느라 술대를 꽉 쥐었다. 당장이라도 어미의 원수를 갚고 싶지만 기루를 난장판으로 만들 수 없으니 참아야 했다. 그녀는 강치의 장송곡을 연주하듯 서늘하게 금을 타기 시작했다.

술잔을 입으로 가져가던 강치의 시선이 사민에게 꽂혔다. 생각했던 것보다 훌륭한 솜씨에 그의 시선이 집중됐다. 사민을 보는 그의 눈빛이 날카롭게 모였다.

사민의 연주가 끝나자 초설이 슬쩍 강치를 건드렸다.

"어떠십니까?"

"기루에서 썩기엔 아까운 실력이군. 저 아이를 원하는 귀족들이 있을 법한데 원한다면 내가 연을 대 줄 수 있네."

"송구하오나 그럴 수는 없습니다. 저 아이 때문에 청화루를 찾는 분들도 많거든요. 저 아이가 없으면 이곳도 큰 타격을 받는답니다."

"행수가 그리 아낄 만하군. 내 저 아이에게 술을 한잔 주지."

"송구하오나 저는 술을 마시지 않습니다."

사민이 찬 소리로 바로 거절하자 강치가 인상을 찌푸렸다. 나긋나긋하지 않은 말투가 거슬렸지만 초설이 그를 달랬다.

"예인은 함부로 술을 입에 대지 않는 법이지요. 저 아이가 워낙 자기 관리에 빈틈이 없는지라 금을 들고서는 한 방울의 술도 입에 대지 않는답니다. 이해하시어요."

"흥! 꽃은 고우나 제법 가시가 박혔구면."

사민에게 불쾌한 기색을 내비치며 강치가 술을 입 안에 털어 넣었다.

초설이 얼른 빈 잔을 채우며 그의 기분을 달랬다.

"황도엔 언제까지 머무시는 겁니까?"

"오늘이 지나면 떠나야 하네. 어째, 서운한가?"

"당연하지요. 이제 가면 언제 다시 오시는 겁니까? 아예 내려가지 않으시면 아니 됩니까?"

붙잡는 소리가 싫지 않아 강치는 기분이 풀렸다. 행수가 친히 대접하는 것도 우쭐한 기분이 들었다.

"실은 나도 내려가고 싶지 않지만 어쩔 수 없네."

"어쩔 수 없다니요?"

"사정이 있어."

"아이, 나리께서 남고 싶으면 남는 것이지 꼭 떠나야 하는 사정이 무어랍니까?"

초설이 간드러진 소리로 파고들자 강치는 다시 술잔을 비웠다. 그다지 많이 마신 것 같지 않은데 몸이 확 뜨거워지며 취기가 올랐다.

"어허, 황도에 와선 안 되는 사정이 있다니까 그러네."

"아이, 그럼 지금은 왜 오신 건데요?"

"아우 때문에 몰래 온 것이야."

"아우요? 하면 아우와 함께 오시지 왜 혼자 오셨습니까?"

"내 아우는 십이 년 전에 죽었네."

아우가 십이 년 전에 죽었다는 소리에 사민은 바닥을 찢어 버릴 듯이 노려봤다.

"아이고 저런, 슬픈 일이 있으셨군요. 상심이 크셨겠습니다. 아니, 어쩌다가 아우분은 그리 일찍 세상을 떠나셨습니까?"

"어떤 계집년에게 죽임을 당했네."

"계집요?"

"애 딸린 계집년에게 허망하게 죽어 버렸어, 젠장!"

"그래서 아우의 복수를 하셨습니까?"

"당연하지, 그날 밤 당장 아이와 함께 달아난 계집을 찾아 숨통을 끊어 버렸네. 한데 그 딸년을 놓쳐 버렸지 뭔가. 그 자그마한 년이 땅으로 꺼졌는지 갑자기 흔적도 없이 사라져 버려서 끝내 찾지 못했네."

초설의 시선이 죽은 사람처럼 미동도 없는 사민을 살폈다. 직감적으로 초설은 이자가 사민이 찾는 원수가 맞음을 알아차렸다. 그녀가 죽을힘을 다해 참고 있는 것이 그대로 보였다.

사민이 평소 무서울 정도로 감정을 누를 줄 아는 걸 알기에 큰 걱정은 하지 않지만 상대가 어미를 죽인 자이다 보니 돌발 상황이 생길까 봐 긴장을 늦추지 않았다.

초설은 사태 파악을 못 하고 술을 연거푸 들이키는 강치에게 속으로 혀를 찼다. 아무래도 그는 내일 떠오르는 해를 보지 못할 것이다. 초설은 비어 있는 강치의 잔에 다시 술을 채우며 물었다.

"아우께서 아이도 있는 여인과 안 좋은 일이 있으셨던 모양입니다."

"그 딸년이 화근이었어."

"딸이라니요?"

생각지도 않은 소리에 사민의 어깨가 굳었다. 그녀는 놀란 눈으로 강치를 쳐다봤다.

"내 아우가 그 어미를 찾아간 건 높으신 분의 명을 받아서였네."

"높으신 분께서 아우에게 그 어미를 죽이라 명했단 말입니까?"

"명확히는 그 딸을 죽이라 명하였네."

"이년은 잘 이해가 가지 않습니다. 그 높으신 분이 누구시기에 그 어린아이를 죽이려 한단 말입니까?"

"그분이 누군지는 알 필요 없고, 다만 내가 알기로는 그 딸년이 그 댁에서 듣지 말아야 할 이야기를 들었다 했어. 그래서 입막음이 필요했던 것이지."

'어떻게 이럴 수가!'

사민은 하마터면 소리를 지를 뻔했다. 단순히 아우라는 자가 어미를 희롱하다 우연히 일어난 불상사라 여겼는데 자신 때문이었다는 소리에 뒤통수를 돌로 얻어맞은 것 같았다. 어머니가 자신 때문에 돌아가셨다는 생각에 심장이 갈기갈기 찢기는 고통이 엄습했다.

소맷단 안으로 감춘 손이 덜덜 떨렸다. 그녀는 십이 년 전 그날이 있기 전 어머니의 심부름으로 찾아갔던 귀족의 이름을 떠올렸다.

'여사석!'

분명 지금의 좌의랑인 여사석의 집이었다. 그리고 그날 길을 잘못 들어서 우연히 듣게 되었던 여사석과 어떤 여인의 은밀한 대화를 떠올렸다.

'고작 그런 이유 때문에!'

바닥을 노려보는 그녀의 눈가에 살기가 돋았다. 자신의 불륜을 덮으려고 죄 없는 어머니를 죽이고 저까지 죽이려 한 여사석에게 분노가 치밀어 올랐다. 충격과 비통함이 뒤범벅되어 눈물이 터져 나오려는 것을 그녀는 입술을 피가 나게 깨물며 참았다.

"너는 그만 나가 봐라."

초설이 강치가 잠시 비틀거리는 사이 위태로워 보이는 사민을 내보냈다. 그녀는 얼굴이 하얗게 질려서 밖으로 나가는 사민을 걱정스런 눈빛으로 지켜봤다.

뛰는 가슴을 진정시키려 옆방으로 간 사민은 잠시 벽에 손을 대고 서서 눈을 감았다. 머릿속을 온통 헤집어 놓은 충격이 가라앉지 않았다.

'나 때문이었어. 내가 그 소리를 듣는 바람에… 어머니가 나 때문에…….'

끝내 꾹꾹 눌러 참았던 눈물이 볼을 타고 흘러내렸다. 어머니가 돌아가신 날 이후로 거의 울지 않았는데 그동안 참았던 눈물들이 죄다 쏟아져 나왔다. 끅끅 소리를 죽이며 울음을 쏟아내는 그녀의 가녀린 어깨가 잘게 떨렸다.

사민은 한참을 울다가 초점을 잃은 멍한 눈빛으로 벽에 기대앉아 있었다.

그녀는 얼마 전 운조와 함께 여사석의 집에 갔던 기억을 떠올렸다. 자신에게 화살을 쐈던 가진을 떠올리고 찬 시선을 치켜떴다. 그때 두 사람의 입에서 회자됐던 아이는 아마 가진일 것이다.

감정을 추스르고 눈물이 마르자 사민은 금을 들고 밖으로 나왔다.

복도를 지나가려는데 앞에서 기녀 하나가 벽을 의지한 채 서 있었다. 사민은 그녀에게 가까이 다가가 안색을 살폈다. 술에 취해 몸을 가누지 못한 것인가 싶었는데 술 냄새는 나지 않았다. 그럼에도 안색은 몹시 좋지 않았다.

"괜찮으세요?"

"아, 괜찮아요."

여인이 눈을 뜨고 사민을 마주 봤다. 처음 보는 얼굴인데 눈망울이 참으로 맑아 보였다.

사민은 여인이 걱정되어 자리를 뜰 수 없었다.

"갑자기 어지럼증이 돌아서……."

"나한테 기대요. 처소까지 부축해 줄게요."

"그래도 될까요?"

"한결 나을 거예요."

"그럼 신세 좀 질게요."

여인이 사민에게 몸을 기대자 사민은 여인을 붙잡고 그녀의 처소까지 걸었다. 가녀린 여인의 몸이 뜨끈했다.

"열이 있네요. 감모 기운이 있는 듯합니다."

"그런 것 같네요."

문득 사민의 시선이 날카롭게 뒤쪽으로 향했다. 한 귀족 사내가 지켜보고 있었다. 아마도 이 여인을 보는 것 같았다. 힐끗 본 사내의 눈빛에 적의는 없었다. 오히려 걱정이 가득한 눈빛이었다. 사민은 일부러 모른 척하며 여인을 처소까지 데려다주었다.

"고마워요."

"안색이 좋지 않으니 무리하지 말고 쉬는 것이 좋겠습니다."

여인이 사민을 가만히 바라봤다. 얼굴이 꽤 고왔다. 그런데 표정은 무척이나 건조해 보였다.

"금을 든 것을 보니 예인인가요?"

"지금은요."

여인이 창백한 얼굴로 조용히 웃었다.

"본모습이 따로 있다는 말로 들리는군요. 난 여희예요. 이곳의 기녀죠."

"사민이에요. 이곳에선 인희라고도 불리죠."

"우리 또 볼 수 있겠죠?"

"연이 닿는다면요, 쉬어요."

사민은 걱정하는 눈빛으로 여희와 마주 보다 밖으로 나갔다. 그녀의 눈망울에 슬픔이 배어 있는 듯 야릇한 기분이 들었다.

몇 보 걷기도 전에 한 사내가 앞으로 다가왔다. 좀 전에 지켜보던 사내였다. 인상이 기루에 들락거릴 사내로는 보이지 않아 궁금증이 일었다. 사내에게서도 술 냄새가 나지 않았다.

"여희, 혹시 어디가 아픈 것이냐?"

사민은 대답 대신 사내를 빤히 쳐다봤다. 나쁜 의도로 묻는 것은 아닌 것 같았다. 오히려 걱정이 묻어 있었다. 사내의 존재가 더 궁금해졌다.

"공자님은 뉘십니까?"

"나는 조태문이다. 여희는 괜찮은 것이냐?"

사내가 거듭 묻는 표정에 여희에 대한 마음이 묻어나와 사민은 솔직하게 대답했다.

"감모 기가 있습니다."

사내의 안색이 어두워지는 것을 지켜보다 사민은 조용히 멀어졌다. 어느 가문의 귀족인지는 모르나 사내가 여희에게 마음이 있는 건 확실했다. 여희라는 기녀도 그걸 알고 있는 걸까.

'쉽지 않구나.'

기루 밖으로 나와 사민은 먼 하늘을 응시하며 한숨을 내쉬었다. 기녀에게 마음을 준 귀족 사내의 근심 어린 뒷모습이 인상에 남았다.

밖에서 기다리고 있던 무연이 가까이 와 섰다. 그는 사민의 표정부터 살폈다.

"어찌 되었냐?"

"찾았다."

"그래? 잘됐구나. 바로 처리할 거냐?"

"오늘은 기루에서 뺄 것 같다."

"이승에서 자는 마지막 잠이 되겠구나. 일단 돌아가자."

무연은 원수를 찾았는데도 여전히 표정이 좋지 않은 사민을 걱정스런 시선으로 지켜봤다. 그렇게 기다렸던 복수의 순간이 코앞으로 다가왔으니 얼른 모든 것을 마무리하고 그녀가 편해지기를 바랐다.

제4장
의식 意識

 태문이 돌아왔다는 소리에 여사석과 이야기를 나누고 있던 조자천이 밖으로 나갔다.

 "어딜 다녀오는 것이냐?"

 묻는 소리에도 태문은 바로 대답하지 않았다. 기루에 들른 걸 알면 분명 좋은 소리가 나올 리 없다는 걸 알기 때문이다. 하지만 말을 하지 않는다고 하여 모를 아비가 아니라는 것 또한 알고 있었다.

 "술을 마시는 것도 아니고 기루는 언제까지 들락거릴 것이냐?"

 역시 예상이 맞아떨어지자 태문의 입가에 냉한 웃음이 감돌았다.

 "소자를 감시하시는 겁니까?"

"네가 엉뚱한 짓을 저지를까 봐 지켜보는 것이다."

"소자로 인하여 지체 높으신 아버지의 명성에 금이 갈까 봐 두려우십니까? 하긴 재상가에 기루에나 드나드는 아들이라니 치욕적이긴 하겠습니다."

조자천은 삐딱하게 구는 태문을 지그시 노려봤다.

"들어가 쉬어라."

조자천이 탁 소리가 나게 문을 닫고 안으로 들어가 버리자 태문은 찬 시선으로 문을 노려봤다.

밖에서 하는 대화를 들은 여사석이 조자천의 눈치를 살폈다.

"조 공자의 방황이 너무 긴 것 같습니다."

"그러게 말일세."

"저러는 연유를 모르십니까?"

"도통 말을 하지 않으니 알 수가 있어야지."

"모진 성정은 아니니 금방 정신 차리겠지요."

"그러길 바라야지."

조자천은 착잡한 심정으로 입을 굳게 다물었다.

"혹 청화루에 있는 기녀를 마음에 품고 있는 것이라면 더 골치 아프기 전에 미리 처리하시는 것이 좋을 겁니다."

"내가 알아서 하겠네. 그 전에 아들을 믿고 싶네."

대화를 더 끌어가고 싶어 하지 않는 심정이 보여서 여사석은 대화의 주제를 바꿨다.

"백화상단의 장 단주가 보통이 아니었습니다. 쉬이 손아귀에 들어올 것 같지 않습니다."

"그러니 젊은 나이에 단주 자리를 차고앉았겠지."

"사도원이 발 빠르게 상단에 손을 뻗은 것 같습니다."

"우의랑의 눈치가 빠르군."

"상단이 먹을 것이 많은 고기임을 알아차린 거지요. 사도원이 괜히 그 자리에 있는 게 아닙니다."

"장 단주가 현명한 선택을 하길 바라야겠군."

여사석은 조용히 차를 음미하는 조자천을 지켜봤다. 태문의 일로 속이 시끄러운지 표정이 여전히 어두워 보였다.

"폐하께서 여전히 조 비 마마를 자주 찾지 않으신 듯 보이니 조금 더 압박을 해야겠습니다."

"너무 밀어붙이면 역효과가 날 수 있네."

"다른 분도 아니고 영감의 여식입니다. 다른 후궁들과 같게 대하셔서는 아니 되지요."

"황제와 후궁의 문제이기도 하나 사내와 여인의 문제이기도 하니 관여하기가 좀 난감하네. 폐하의 성심을 붙들지 못한 조 비에게도 문제가 있다고 봐야겠지."

"그리 생각할 일이 아닙니다. 폐하께서 영감을 봐서라도 조 비 마마를 그리 홀대하시면 안 되지요. 제가 아니었다면 감히 그 자리에 앉아 있기나 하겠습니까?"

"어허, 이 사람 말이 과하구먼. 너무 과격한 언사는 삼가시게."

"답답해서 하는 말입니다."

"폐하께선 성심이 여린 분이시네. 강한 압박보다는 부드러운 회유가 더 통하는 분이셔. 그러니 너무 몰아붙이지 말게나."

"알겠습니다."

여사석이 마지못해 대답했다. 썩 마음에 드는 상황은 아니었지만 늘 침착하고 냉정하게 사태를 파악하는 조자천의 판단을 믿기에 따라야 했다.

일인지하 만인지상의 자리에 있어 모두의 부러움과 추앙을 받으면서도 정작 당사자는 자식들 때문에 편할 날이 없으니 늘 얼굴에 그늘이 보였다. 그러면서도 황제에게 싫은 내색 한번 하지 않고 충심을 지키니 당연히 본받을 만했다.

늦은 시각까지 진오와 이야기를 나누다 운조는 신월장을 벗어났다.

그의 눈이 신월장으로 돌아오는 사민을 찾고 안도했다. 기녀복을 벗고 무복을 입은 모습이 보기 좋았다.

그는 새삼 지금까지 상단으로 돌아가지 않고 사민을 기다렸다는 사실을 깨달았다. 그녀가 기녀 행색으로 기루에 간 일이 자꾸 걸렸다. 거기에 그녀의 원수를 확인하러 갔다는 말을 들은 탓에 걱정이 되었다. 그는 사민이 가까이 다가오자 안색부터 살폈다.

"어째서 혼자 오는 것이지?"

"무연은 잠시 장주님이 시키신 일을 처리하러 갔습니다."

그는 예리한 눈빛으로 그녀의 얼굴을 살폈다.

"울었나 보군."

그가 콕 집어내자 사민은 허를 찔린 표정으로 살짝 고개를 돌렸다.

"원수를 찾았나?"

"찾았습니다."

"그런데도 기분이 가라앉아 보이는군. 기쁘지 않은가?"

"잘 모르겠습니다. 살펴 가십시오."

사민은 운조를 지나쳐 가려 했다. 하지만 그가 팔을 잡자 깜짝 놀라 돌아봤다.

그의 눈빛이 채근하듯 시선을 붙들었다.

"너, 괜찮은가?"

"괜찮습니다."

"거짓말을 하는군. 전혀 괜찮지 않아 보인다. 기루에서 무슨 일이라도 있었나?"

운조는 자신이 그녀를 붙잡고 왜 이런 소리들을 하고 있는지 이해가 가지 않았다. 그런데도 그녀의 표정에 너무 울분이 보여 지나칠 수 없었다.

"놓아주십시오."

사민이 정중히 청했지만 운조는 놓아주지 않았다. 머리는 팔을 놓아주라 말하는데 이상하게 손에 힘이 풀어지지 않았다.

"널 보면 누이가 떠오른다."

"……"

"그러니까 무슨 일인지 모르나 기운 빠져 있지 마라."

그제야 사민은 다소 무례한 그의 행동이 조금 이해가 됐다. 자신을 통해 누이를 보는 그의 마음이 어떤지 알 것도 같았다.

"걱정해 주셔서 감사합니다. 실은 어머니가 돌아가신 이유가 저 때문이었다는 소리를 듣고 충격을 받았습니다."

"무슨 소리지?"

"어머니를 노리는 자들이라 생각했습니다. 한데 그날 저들이 죽이려고 했던 건 저였습니다. 제가 듣지 말아야 할 소리를 들었다는 이유로 말입니다. 어머니는 저를 지키다 돌아가셨습니다. 어머니는… 제게 온 세상이셨는데……."

남아가 아니라는 이유로 자신을 버린 친부모를 대신해 애지중지 아껴 주던 이였기에 그 비통함은 이루 말할 수가 없었다.

눈물이 터져 나오려고 하자 사민은 눈을 꾹 감고 감정 조절을 했다. 다른 한편으론 자신의 이야기를 그에게 술술 털어놓고 있다는 사실이 놀라웠다. 갑옷을 모두 벗고 전장 한복판에 서 있는 것처럼 불안했는데, 그가 팔을 붙들어 주자 묘하게 보호받는 느낌이 들었다.

운조는 말없이 사민을 지켜보기만 했다. 그녀가 괴로워하는 건 보고 싶지 않다는 생각이 들어 그의 미간이 좁혀졌다.

순간 그녀를 안고 위로해 주고 싶다는 생각이 들자 그는 흠칫 놀랐다. 사민의 가녀린 팔을 붙잡은 손에 힘이 조금 더 들어갔다.

"무슨 사연인지는 모르나 그때 넌 어렸다. 자책하지 마라. 어머니는 본래 자식을 위해서라면 무슨 짓이라도 하는 존재다."

"……."

"네 탓이 아니다."

운조가 다정하게 이르는 소리에 사민은 기어이 꾹꾹 눌러 참았던 눈물샘이 터졌다.

그녀가 서럽게 울자 운조는 더 참지 못하고 사민의 팔을 끌어당겨 품에 안았다. 사민이 놀라 떨어지려고 했지만 그는 놓아주지 않았다. 대신 등을 부드럽게 다독여 주며 그녀가 진정되기를 기다렸다.

버둥거리던 사민이 어느새 조용하게 안겨 있었다.

그렇게 얼마가 지났을까. 사민은 스르르 그의 품에서 빠져나왔다. 운조는 잡지 않았다.

눈시울이 젖은 얼굴로 사민은 그를 똑바로 봤다. 그녀의 얼굴에 홍조가 물들어 있었다.

"송구합니다."

"송구할 건 없다."

"고맙습니다. 단주님의 누이도 꼭 찾으실 겁니다."

운조는 말없이 그녀를 보기만 했다.

"먼저 가겠습니다."

사민이 옆을 지나칠 때 운조의 목소리가 들렸다.

"이건 분명하게 해야겠군. 널 보면 누이가 떠오르는 건 맞지만 널 누이로 보고 있지는 않다."

사민의 걸음이 멈칫했다. 무슨 뜻으로 하는 소리인지 헷갈렸지만 이상하게 가슴이 두근거려 그녀는 그를 보기만 했다. 꼭 듣지 말아야 할 소리를 들은 것처럼 심장에 이상 반응이 생겼다.

"살펴 가십시오."

겨우 끄집어낸 소리로 인사를 건네고 그녀는 신월장으로 들어갔다.

운조는 그녀를 끝까지 지켜보다 걸음을 옮겼다. 사민을 품에 안았던 손을 가만히 쥐어 보았다. 온기를 잃어버린 상실감에 여운이 가득 남았다. 무언가 혼돈이 시작된 느낌에 그는 미간을 찌푸렸다.

두 사람이 사라진 휑한 공간에 무연이 걸어와 섰다. 그는 멀어지는 운조를 쏘아보다 신월장으로 들어갔다. 그의 표정이 딱딱하게 굳어 갔다.

다음 날 기루에서 나와 강치는 집으로 길을 잡았다.

"고것들 대접에 며칠 시간 가는 줄 몰랐네."

청화루에서 거한 대접을 받은 터라 뭐라도 된 것마냥 기분이 좋았다. 머지않은 시일에 꼭 다시 찾으리라 다짐하며 그는 걸음을 서둘렀다.

한적한 산길로 접어들던 그때, 누군가 앞을 가로막고 서자 강치는 경계 태세가 되었다.

"누군데 길을 가로막는 것이냐!"

소리를 지르다 강치는 흠칫 놀랐다. 검을 든 여인의 얼굴이 낯이 익었다.

"너는 어제 기루에서 본 아이가 아니냐?"

금을 타던 예인이라던 여인이 무사복을 입고 매섭게 눈을 치켜뜨자 강치는 어안이 벙벙했다. 하지만 사민이 점점 가까이 다가오자 이내 그녀의 눈빛에서 심상치 않은 분위기를 느끼며 그는 검에 손을 가져갔다.

"무슨 일로 내게 이러는 것이냐!"

"십이 년 전, 아이를 죽이라 명한 자가 좌의랑 여사석인가?"

"누, 누구냐!"

강치가 눈알에 힘을 주며 소리쳤다.

"대답해라, 여사석인가?"

검을 쥐며 강치는 사민을 노려봤다. 그리고 믿을 수 없다는 표정이 되었다.

"너, 너는 그때 그 계집이냐?"

그날 밤 온 숲을 뒤졌어도 사라진 계집을 찾지 못했는데 이렇게 살아 있을 줄이야.

순간 그는 여사석에게 모녀를 죽였다고 거짓말을 했던 사실을 떠올리며 눈에 살기가 일었다. 계집이 살아 있다는 사실이 여사석의 귀에 들어가면 죽을 것이 뻔했다.

어쨌거나 계집이 제 발로 무덤을 찾아왔으니 사생결단을 내는 수밖에 없다. 무예를 익힌 것이 보였지만 혼자이니 산전수

전 다 겪은 자신의 힘을 감당하지 못할 것이다.

"이년! 겁도 없이 제 발로 찾아왔구나. 오늘에야말로 네 어미 곁으로 보내 주마."

"할 수 있으면 해 보시든가."

"뭐야! 이 계집년이 어디서 함부로 기어오르는 것이냐!"

"닥치고 죽어!"

사민이 검을 휘두르자 강치가 힘으로 맞섰다. 그러나 팔에 찌르르 울리는 통증에 그는 속으로 깜짝 놀랐다. 계집의 내공이 보통이 아니었다. 계집이라고 함부로 얕봤다간 큰코다칠 것 같은 불안함에 그는 혼신의 힘을 다해 사민을 치고 들어갔다.

하지만 필살의 검을 휘두를 때마다 사민이 요리조리 피하며 역공을 펼치자 진땀을 흘렸다.

'이 계집! 내가 상대할 실력이 아니다. 여기서 개죽음을 당할 수는 없어.'

강치는 얼른 바닥의 흙을 한 움큼 집어 사민에게 뿌렸다. 사민이 슬쩍 피하는 사이 강치는 죽어라 달리기 시작했다.

사민이 전력 질주로 그를 따라잡았다. 정확히 십이 년 전 밤과 반대의 상황이 펼쳐지고 있었다.

사민이 끈질기게 쫓아오자 강치는 산길을 타고 올라갔다. 그러다 갑자기 욕설을 내뱉으며 돌아섰다. 끝없이 이어질 것 같은 산의 마지막에 깎아지른 절벽이 버티고 있었다.

그새 사민이 다가와 섰다. 그녀는 쥐를 몰듯 그를 몰며 대치했다.

사민의 표정에 피곤한 기색이 전혀 보이지 않자 강치는 처음으로 두려움을 느꼈다.

"나, 나는 시키는 대로 했을 뿐이다."

말 같지도 않은 변명에 사민의 표정에 살기가 치솟았다.

"시키는 대로? 네 아우는 어머니와 나를 희롱하려다 죽었어. 네가 죽여야 할 사람은 나였어. 어머니가 아니라!"

분노가 이성을 잠식할 것처럼 터져 나와 사민의 숨이 거칠어졌다. 금방이라도 베어 버릴 것 같은 무서운 모습에 강치는 숨을 죽이고 서 있었다.

"내가 어머니의 심부름을 갔던 곳은 여사석의 집이었다. 그가 맞는지 물었다."

"그, 그래. 나는 좌의랑이 시키는 대로 했을 뿐이다. 그러니까 어머니의 복수는 좌의랑에게 하는 것이 맞다."

"당연히 좌의랑을 죽일 것이다. 그리고!"

이를 악물고 하는 소리에 강치는 마른침을 삼켰다. 사민이 똑바로 쳐다보자 그는 흠칫 놀랐다.

"너 또한 죽는다."

잇새로 내뱉는 소리에 강치는 사민이 물러나지 않을 것임을 직감했다. 그렇다면 이 자리에서 사생결단을 내야 한다. 아무리 실력이 뛰어나다고 해도 사내와 여인은 근본적인 힘이 다르니 잘만 노리면 해치울 수 있을 것이다.

그는 검을 치켜들고 사민에게 덤벼들었다. 그리고 일부러 사민을 절벽 쪽으로 밀어붙였다. 사민이 힘에 밀려 절벽 끝까지 몰리자 그는 회심의 미소를 지으며 그녀에게 일격을 가했다.

하지만 사민이 재빨리 몸을 틀어 피하자 그는 순간 사민의 속임수에 속았다는 것을 눈치챘다. 멈추려 했지만 이미 때는 늦었다. 그는 달려들던 제 속도를 이기지 못하고 그대로 절벽 아래로 추락했다.

"으아아아악!"

긴 비명 소리와 함께 강치는 그대로 절명했다.

사민은 절벽 끝에 서서 머나먼 하늘을 응시했다.

"어머니……."

순식간에 눈시울이 젖으면서 눈물이 흘러나왔다. 어머니를 죽인 자를 드디어 죽였지만 복수는 끝나지 않았다. 아니, 시작도 하지 않았다. 그녀는 찬 시선으로 오랫동안 서 있었다.

사민을 찾아 올라온 무연이 벼랑 끝에 위태롭게 서 있는 그녀를 발견하고 그대로 섰다.

"거기서 뛰어내릴 생각은 아니지?"

무연의 목소리에 사민은 그를 돌아봤다. 그러고는 곧바로 무연에게 다가갔다.

무연은 안도의 한숨을 내쉬며 사민의 표정을 살폈다.

"복수를 하고도 개운치 않은 표정이다."

"그자가 끝이 아니었다."

"뭐? 단순한 부랑자들이 아니었단 말이냐?"

"그래, 처음부터 저들의 표적은 나였다. 그리고 이제부턴 그자가 내 표적이다."

"이해가 안 간다. 십이 년 전에 넌 고작 여덟 살이었다. 어린 널 표적으로 삼을 이유가 무엇이란 말이냐?"

"내가 아주 재미난 소리를 들었거든."

싸늘하게 내뱉는 표정에 상대에 대한 분노가 보였다.

"돌아가자."

사민이 앞서 걷자 무연은 살짝 눈살을 찡그렸다.

"…어젯밤에 말이다."

어렵게 운을 뗐지만 막상 사민이 돌아보자 무연은 머뭇거렸다.

"아, 아니다. 내려가자."

"싱겁긴."

사민이 앞서 걷자 무연은 조금 더 찡그린 표정으로 그녀를 따라갔다.

문이 탁 열리고 초설이 들어오자 여희는 억지로 몸을 일으키려 했다.

"일어날 것 없다."

식은땀을 흘리는 여희의 얼굴을 보며 초설이 혀를 찼다.

"아주 반쪽이 되었구나. 그러게 왜 미련을 떨고 버티는 게야!"

나무라는 말투에 걱정이 묻어 있어 여희가 엷게 웃었다.

"아프면 아프다고 말을 해야지. 미련하게 병을 키워 좋을 게 뭐냔 말이다."

"송구합니다. 이제 괜찮으니 염려하지 않으셔도 되어요. 곧 훌훌 털고 일어날 수 있어요."

"송장 같은 얼굴로 기루 말아먹을 일 있어? 국으로 엎어져 있어. 너 아니어도 이 청화루에 내로라하는 기녀들은 차고도 넘쳤으니 말이야."

거친 화법에도 여희는 지그시 웃기만 했다. 그 모습에 초설이 곱게 눈을 흘겼다.

"조 공자께서 오늘도 다녀가셨다."

"…예."

"걱정을 많이 하더라."

"그러셨군요."

여희의 입에서 감정을 알 수 없는 대답이 흘러나왔다.

"조 공자께는 전혀 마음이 없는 것이냐?"

"마음이 있다고 한들 무슨 소용이겠습니까?"

자조적인 대답에 초설이 한숨을 내쉬었다.

"하긴 네 말이 맞다. 다른 이도 아니고 재상가의 자제시니 언감생심이지. 묻는 내가 반편이다."

그럼에도 불구하고 재상가의 자제께서 정신을 못 차리고 여희의 주변을 떠나지 않는 것이 문제였다.

"기루에 와서 술을 마시는 것도 아니고 기녀를 안는 것도 아니고 저리 오매불망 너만 보고 있으니 문제구나."

"송구합니다."

"네가 송구할 일이 무엇이냐? 괜히 높으신 귀족 자제 때문에 네게 불똥이 튈까 봐 그것이 걱정인 게지."

"저러다 그만두시겠지요."

"그렇다면 다행이지만 쉬이 그럴 것 같지 않아서 염려스럽다. 조 공자께서 널 보러 오는 것이 하루 이틀 일이 아니잖으냐."

초설의 걱정에 여희는 불편해 어쩔 줄 몰랐다.

태문을 처음 만난 건 여희가 청화루에서 처음으로 기녀로 머리를 올리는 날이었다.

지기들에게 마지못해 끌려온 듯한 태문의 표정이 한눈에도 어색하고 불편해 보였다. 기루는 처음인 것이 분명했다. 반면에 함께 온 귀족 자제들은 기루 출입이 너무도 자연스러워 보였다.

"이 아이가 오늘 머리를 올려 줄 분을 찾고 있습니다."

초설이 여희를 소개하자 귀족 자제들이 눈을 붉히며 서로 차지하려고 나섰다.

"저 아이의 머리는 내가 올려 주겠소."

입이 붙은 사람처럼 한마디도 하지 않던 태문의 선언에 방 안에 일순 정적이 돌았다. 여희는 그때 처음으로 태문과 마주 봤다.

"뭐야, 자네 이 아이가 마음에 든 건가? 그렇다면 양보하지 않을 수 없구먼."

지기들이 흔쾌히 양보해 준 덕분에 여희는 그날 밤 태문과 한방에 들었다.

 방 안에 처음 본 사내와 단둘만 남겨지자 어쩔 수 없이 긴장이 됐다. 기녀가 되겠다고 마음을 굳게 먹었지만 몸이 떨리는 것은 어쩔 수 없었다.

 그런데 사내가 한마디도 하지 않고 술잔만 비우자 긴장감과 불안함이 더 커져만 갔다. 밤이 깊어지자 여희는 슬쩍 사내를 쳐다봤다.

 "저기, 공자님."

 "괜찮다. 그대로 있어라."

 "하지만."

 "널 안으려고 선택한 것이 아니다."

 "하면 어째서 그러신 겁니까?"

 "네가 떨고 있어서 그랬다. 지금도 그렇고."

 "……."

 태문은 술잔을 비운 뒤 여희를 빤히 쳐다봤다.

 "어째서 기녀가 된 것이냐?"

 "저도 잘 모르겠습니다. 어쩌다 보니 여기까지 오게 되었습니다."

 "다른 길은 없었던 것이냐?"

 여희가 자조적으로 웃었다.

 "이곳에 있는 기녀들 중 원해서 기녀가 된 이는 없을 겁니다. 저희들에겐 다른 길이 없는 경우가 더 많지요."

 "그래, 그렇구나. 내가 쓸데없는 소리를 했구나."

 그러면서 태문은 여희를 지그시 응시했다.

 여희 또한 사내를 조심스럽게 쳐다봤다. 평소 술을 많이 마시는 편이 아닌 듯 보이는데 오늘은 과한 듯도 보였다.

"널 보니 어릴 적 잃어버린 지기의 누이가 떠오른다."

여희의 눈빛이 사내에게 머물렀다. 그의 눈빛이 쓸쓸하고 회한으로 가득 차 보였다.

"그렇습니까. 오래도록 마음에 담아 두셨나 봅니다."

"그런 모양이다."

태문이 남은 술을 털어 넣고 이불에 누웠다.

"지금 나가면 의심을 할 것이니 불편하더라도 이곳에 있다가 아침에 나가거라."

자신에게 손끝 하나 건드리지 않고 태문이 누워 버리자 여희는 잠이 든 그를 보며 밤을 샜다.

그리고 그날 이후로 초설은 어느 사내가 원한다고 해도 여희가 수청을 들게 허락하지 않았다. 다들 여희의 앞에서 아는 척을 하진 않지만 태문이 초설에게 특별히 청했을 것이라 추측할 뿐이었다.

때로 술에 취해 여희를 내놓으라 소란을 피우던 사내들도 있었지만, 그녀의 뒤에 재상의 자제가 있다는 소리를 들은 후로는 누구도 여희를 함부로 대하지 않았다.

태문은 그 후로도 가끔씩 기루에 들렀지만 그저 여희를 지켜보다 갈 뿐 그녀를 따로 부르지는 않았다.

초설은 초췌해 보이는 여희의 낯빛을 살폈다.

"내 눈이 맞다면 조 공자께서 널 달리 생각하시는 건 확실하다. 다만 어찌할 건지는 아직도 생각 중인 것 같구나. 아니면 네가 먼저 마음을 내어 주기를 기다리고 있는 건지도 모를 일이지."

여희를 보는 조태문의 눈빛은 누가 봐도 확실해 보였다. 하지만 감히 누구도 입 밖으로 내지 못할 뿐이었다. 감히 황제까지도 어려워하는 재상의 자제가 천한 기녀를 지켜 주는 것을 어느 누가 믿을 수 있을까.

초설은 대답 없이 생각에 잠겨 있는 여희를 두고 자리에서 일어났다.

"쉬어라. 사민이 내게 특별히 청했으니 오늘은 밖으로 나올 생각 하지 마라."

초설이 밖으로 나가자 여희는 자신을 방까지 부축해 데려다준 사민을 떠올리며 엷게 미소를 지었다.

늦은 밤 운조는 노 단주와 마주 앉았다.

"이제 도술치 하나 남았구나."

"그렇습니다."

"두 놈들에게 큰 수확이 없었으니 반드시 도술치에게서 뒷배가 누군지 답을 들어야 할 것이다."

"저도 그리 생각하고 있습니다."

"전일엔 어디를 급히 다녀온 것이냐?"

"소아와 닮았다는 여인이 있다는 소리를 들어서 급히 다녀왔습니다."

 노 단주는 운조의 표정으로 결과를 알아차렸다.

"실익이 없었구나."

"…예."

"포기하지 않으면 반드시 찾게 될 것이다. 지치지 마라."

"포기할 수도 없고 지칠 수도 없습니다."

 그의 심정을 누구보다 잘 알기에 노 단주는 안쓰러운 시선으로 그를 지켜봤다.

 십칠 년 전 검에 맞아 의식을 잃은 그를 의원에게 데리고 갔을 때 피를 너무 많이 흘려 살 수 없다고 하였다.

 하지만 아이가 숨이 멎지 않았기에 손을 놓으려는 의원을 겁박하여 기어이 아이를 살렸다. 그대로는 죽을 수 없다는 듯 아이는 기적적으로 눈을 떴고 빠른 속도로 회복했다.

 하지만 몸의 상처가 아무는 동안도 마음의 상처는 조금도 아물지 않았는지 아이의 눈엔 분노와 원망만이 가득했다. 당장이라도 자신을 죽이고 누이를 데려간 자들을 찾아 복수하려고 울부짖었지만 귀히 얻은 생명을 잃게 할 수 없어 그를 진정시키려고 부단히 애썼다.

 고비를 넘긴 아이는 누구보다도 냉정하고 이성적인 사내로 장성했다. 그리고 무섭게 상단의 일을 배워 나갔다. 결코 복수를 포기하지 않으면서 때를 위해 인내하는 법을 배운 것이다.

 조용히 자신을 단련시키며 내공을 키워 가는 아이를 지켜볼 때마다 운조를 살리길 잘했다 생각했다. 그리고 그 아이는 지금 서월국에서 가장 큰 상단의 주인이 되어 복수를 시작했다.

노 단주는 생각에 잠겨 있는 운조를 슬쩍 쳐다봤다.

"연두가 걱정을 많이 하고 있다."

"알고 있습니다."

"네가 자주 상단을 비우는 일 때문에 혹여 다시 타국으로 나갈까 봐 불안한 모양이다. 그놈이 어미를 일찍 잃은 탓에 제멋대로에 천방지축이긴 해도 널 걱정하는 마음은 진심인 듯싶다."

의도가 분명한 소리에도 운조는 별 반응을 보이지 않았다.

그가 여전히 다른 생각에 몰두하자 노 단주는 속으로 한숨을 내쉬었다. 아쉽지만 연두를 누이 이상으로는 생각하지 않는 것이 확연하게 보였다. 하긴 지금 시점에 한가로이 여인을 마음에 들일 여유도 없을 것이다.

연두를 설득해 헛된 마음을 잘라 내라 하고 싶지만 한 가지에 꽂히면 절대 포기하지 않는 여식의 성정을 알기에 벌써 답답했다. 어차피 승산이 없는 외사랑이니 여식의 마음만 다칠 것 같아 노 단주는 마음이 편치 않았다.

"도술치는 언제 칠 생각이냐?"

"구수록과 하숙주가 당했다는 사실이 전해지면 사라져 버릴 수 있기에 명일 바로 움직일까 합니다."

"쇠뿔도 단김에 빼는 것이 좋겠지. 이번에도 신월장의 도움 없이 연살과 둘만 움직일 것이냐?"

운조는 잠시 머뭇거리다 대답했다.

"이번에는 함께 갈 생각입니다."
"조심해서 나쁠 건 없지. 잘 생각했다. 마지막 놈에게서 꼭 원하는 답을 찾아라."
"그리될 겁니다."
노 단주가 고개를 끄덕여 주며 밖으로 나갔다. 운조는 곧바로 연살에게 명을 내렸다.
"신월장에 연통을 넣어라."
"알겠습니다."
연살이 사라지자 운조는 허공을 응시하며 생각에 잠겼다. 품에 안겨서 울던 사민의 표정이 뇌리에서 떠나지 않았다. 밀어내지도 않고 안겨 있던 따뜻한 몸의 감촉이 아직도 남아 있는 듯 심장은 여전히 조금 들떠 있었다.

'여인의 눈물에 이런 기분이 들다니.'

비슷한 사정을 가져서 동병상련의 마음이 큰 것인가. 가슴 아파하는 그녀의 모습이 긴 여운이 되어 심장에 박혔다.

문득 그는 가만히 감정을 정리해 봤다. 이상할 정도로 그녀에게 마음이 쓰이는 것이 정녕 소아가 떠올라서가 맞는지 의문이 들었다. 다른 이유가 있을 리 없는데 가슴은 그것이 전부라는 이성의 소리를 부인했다.

'더 보면 확실히 알 수 있겠지.'

그리 결론을 내리면서도 실소가 터져 나왔다. 그런 이유로도 그녀를 더 보고 싶어 하는 심리에 헛웃음이 나왔다.

'사민, 너는 내게 무엇이냐?'

답을 알 수 없는 물음을 허공에 던져 놓고 그는 눈을 감았다.

"백화상단으로 가서 장 단주를 도와라."

진오의 호출에 일찍 장주실로 간 사민은 담담하게 고개를 끄덕였다.

"저 혼자 갑니까?"

"운조가 너만 필요하다고 하였다. 무연은 다른 할 일이 있다."

"알겠습니다."

사민은 더 묻지 않고 돌아섰다.

진오는 사민의 표정이 좋지 않은 것이 걸려 보는 시선에 걱정이 실렸다. 강치를 해치우고 난 후로 그녀가 웃는 걸 본 적이 없다. 어미의 복수를 끝내면 그녀가 조금 편해질까 싶었는데 그 배후에 여사석이라는 산이 있었다니 놀라운 일이었다.

하필이면 재수 없게 어릴 때 여사석의 표적이 된 그녀가 가엾고, 겨우 여덟 살밖에 되지 않은 어린아이를 기어이 죽여 입막음을 하려고 했던 여사석의 잔인한 성정에 이가 갈렸다.

"사민, 조심해라. 다치는 건 허락하지 않겠다."

"명심하겠습니다."

"그리고 노파심에 미리 주의를 주겠다. 여사석은 함부로 건드릴 수 있는 인물이 아니다. 그를 수행하는 이들도 많거니와 그의 저택에도 수많은 무사들이 깔려 있다. 그러니 행여 복수를 하려고 그에게 혼자 찾아가는 일은 없어야 한다."

"…알겠습니다."

자신을 너무 잘 알고 걱정하는 눈빛에 확답을 주고서 사민은 밖으로 나왔다. 곧장 신월장 밖으로 나가려는데 무연이 다가왔다.

"백화상단으로 가는 거냐?"

"맞아."

"장 단주께서 또 너만 부른 것이냐?"

"둘 다 부를 필요는 없는 일인 모양이다."

"하면 나를 불러도 됐을 거다. 장 단주께선 왜 꼭 너를 부르는 거냐? 네게 혹 다른 의도가 있는 건 아니겠지?"

사민이 살짝 인상을 쓰며 대꾸했다.

"무슨 소리를 하는지 모르겠다. 알아듣게 말해."

뭔가 말하려다 무연은 목구멍까지 올라온 말을 꾹 눌러 참았다.

"같이 가고 싶어서 투덜거린 것뿐이다. 네 곁에는 늘 내가 있어야 하니까. 너랑 자꾸 떨어지니 심통이 나서 말이야."

"장주님께서 네가 할 일은 따로 있다고 하셨다. 그리고 나 애 아니니 싸고돌려고 하지 마라. 너한테 보호받아야 할 정도로 약하지 않아."

"애가 아니니까 더 걱정하는 거다."

오늘따라 살짝 삐딱하게 나오는 그에게 사민이 나무라듯 인상을 찌푸리자 무연이 피식 웃었다. 지금은 여기까지가 적당하다.

"그럴 리는 없겠지만 장 단주와 너무 가까이 지내지 마라. 질투 난다."

"미친놈."

더 대꾸할 필요도 없다는 표정으로 사민이 신월장을 떠나자 무연은 그녀를 지켜보다 작게 고개를 저었다.

"난 진심으로 장 단주가 거슬리는데 저게 내 마음도 몰라주고 저러네. 사내의 눈빛은 사내가 잘 아는 법인데 말이야."

신월장 앞에서 운조의 품에 안겨서 울던 사민의 모습이 떠오르자 무연은 다시 고개를 흔들며 털어 냈다. 사민을 안고 위로해 줄 수 있는 건 자신만이 할 수 있는 영역인데 다른 사내에게 뺏긴 것 같아 영 기분이 좋지 않았다. 사민이 장 단주를 쳐내지 않고 안겨 있었던 것도 눈을 의심하게 했다.

여인에게 마음 써 줄 것처럼 보이지 않던 장 단주가 사민에게 마음을 쓰는 것 같아 조금씩 골이 나려고 했다. 사민을 안아 주던 장 단주의 눈빛이 어땠는지를 떠올리며 무연의 눈에 경계의 날이 섰다.

사민이 상단으로 들어오자 물목을 확인하고 있던 연두가 인상을 찌푸렸다.

"거참, 자주 보이네. 오늘은 무슨 일로 온 거예요?"

"단주님께서 불러서 왔어요."

"단주님께서요? 에이, 또 어딜 가시려고 그러시지? 요즘따라 내가 모르는 출타가 잦으시네."

연두는 노골적으로 사민의 위아래를 훑어 내렸다. 사내처럼 무복을 입고 있지만 그녀가 여인이라는 사실이 거슬렸다.

꾸미지도 않았는데 충분히 눈이 갈 정도로 고운 용모를 지닌 것도 마음에 들지 않았다. 얼굴엔 사내를 홀리는 색기라고는 찾아볼 수 없는데 운조의 취향을 알 수 없으니 그 또한 마뜩잖았다. 어쨌거나 운조가 여인과 함께 자신이 모르는 일을 보러 나간다는 사실 자체가 마음에 들지 않았다. 그러니 당연히 사민이 예뻐 보일 리 없었다.

"오라버니는 잠깐 출타 중이시니 예서 기다려요."

연두는 심통이 나 사민에게 괜히 퉁명스럽게 대했다.

그때 시비 하나가 다가와 좌의랑의 여식이 찾아왔다고 하자 연두는 부랴부랴 밖으로 나갔다. 한눈에도 좌의랑의 여식임을 알 수 있게 온갖 치장을 한 여인이 마차에서 내리고 있었다.

"아이고, 어서 오십시오, 아씨. 저는 상단의 부단주 연두라고 합니다."

연두는 사민에게 했던 것과는 완전히 다른 태도로 가진을 맞았다.

하지만 가진은 연두를 쳐다보지도 않았다. 그녀는 상단을 휘둘러보고 눈으로 운조를 찾았다.

"장 단주께서는 어디 계시느냐?"

"단주님께서는 잠시 출타 중이십니다."

운조가 없다는 소리에 실망한 가진의 표정이 노골적으로 변했다. 연두가 그녀의 기분을 살피며 조심스럽게 아뢰었다.

"노 단주님께선 계시는데 말씀 올릴까요?"

"필요 없다. 난 장 단주를 보러 온 것이다."

'목 부러지겠네. 뻣뻣하게 굴기는.'

아랫것들하고는 길게 말을 섞기가 싫은지 불퉁한 태도에 연두는 기분이 상했다.

명색이 상단의 부단주인데 자신을 시비 대하듯이 막 대하는 것이 거슬렸지만 참을 수밖에 없었다. 그녀는 부글부글 끓는 속을 가라앉히고 가진의 뒤를 따랐다.

그때 급히 노 단주를 찾아가던 어멈이 모퉁이를 돌아 나오다 미처 가진을 보지 못하고 부딪쳤다. 휘청거리며 땅바닥에 주저앉은 가진의 눈썹이 대각선으로 치켜 올라갔다.

"아씨! 괜찮으십니까?"

연두가 화들짝 놀라 가진의 팔을 붙잡아 주려고 했다. 하지만 가진은 연두의 팔을 거칠게 뿌리쳤다.

"감히 어디에 더러운 손을 대는 것이냐!"

벌레를 털어 내듯 뿌리치는 손길에 연두는 기가 막혔다.

'뭐 이런 거지 같은 게 다 있지? 좌의랑의 딸이면 다야!'

다시 속이 부글부글 끓어올랐다.

그러거나 말거나 가진은 놀라서 입도 다물지 못하는 어멈을 매섭게 추궁했다.

"네 이년! 감히 나를 밀어뜨리다니 죽고 싶은 것이냐!"

"송구합니다, 아씨. 급한 마음에 미처 보질 못했습니다. 부디 용서해 주십시오."

"용서? 날 이 꼴로 만들어 놓고 감히 용서를 빌어?"

눈이 뒤집힌 가진은 그대로 어멈을 밀어 버렸다. 힘을 못 이긴 어멈이 흙바닥으로 나뒹굴 듯이 주저앉았다.

그래 놓고도 분이 풀리지 않는지 가진은 어멈이 주섬주섬 일어나자 오른손을 치켜들었다. 뺨이라도 후려갈겨 분풀이를 할 셈이었다.

하지만 갑자기 누군가 손목을 낚아채자 가진은 비명을 질렀다.

"악! 누구야!"

가진은 제 손목을 잡고 있는 사민을 죽일 듯이 노려봤다.

"뭐야! 넌 그때 그 계집이 아니냐!"

그렇지 않아도 운조 앞에서 괭이 일로 대치했던 일 때문에 벼르고 있던 참이었기에 더 화가 났다. 운조만 아니었다면 버릇없이 군 대가를 치르게 할 셈이었는데 그냥 보낸 것이 분한 참이었다.

바닥에 쓰러진 어멈을 일으켜 주던 연두는 눈을 댕그랗게 뜨며 사민을 다시 봤다. 그녀는 언제 툴툴댔냐 싶게 속으로 사민을 열렬하게 응원했다. 좌의랑댁 여식의 횡포에 눈이 뒤집히기 직전이었지만 차마 나설 수 없었는데 사민이 그녀를 제지해 주니 속이 다 시원했다. 그러는 와중에 재수 없는 가진을 한 손으로 제압하는 사민이 멋져 보였다.

"감히 네년이 누구 손을 잡는 것이냐. 얼른 이 손 놓지 못해!"

"이미 연세 많으신 분을 밀어 넘어뜨리셨으니 그만하셔도 될 것 같습니다."

"네가 뭔데 내게 이래라저래라 하는 것이냐!"

"이곳은 상단이고 저분은 상단의 식솔입니다. 아씨께서 상단의 식솔을 함부로 하신 것을 아시면 단주님께서 좋아하지 않으실 겁니다."

분기탱천해 있던 가진이 순간 멈칫했다. 하지만 이내 사민에게 눈을 치켜떴다.

"지난번부터 사사건건 건방을 떠는구나. 정녕 죽고 싶은 것이냐! 이 손 놓으라 했어!"

가진이 소리치자 사민은 그녀의 손을 놓아주었다. 하지만 가진이 어멈에게 가지 못하게 앞을 막고 서 있었다.

"네까짓 게 감히 나를 가르치려 들어!"

분에 받친 가진이 사민의 뺨을 후려치려 했다. 하지만 그 손목은 다시 누군가에게 잡혔다.

"또 뭐야!"

가진이 성난 얼굴로 소리치며 제 손목을 잡은 이를 돌아봤다. 그러다 그녀는 화들짝 놀랐다. 뜻밖에도 운조가 자신의 손목을 잡고 있었다.

"좌의랑댁 아씨께서 상단엔 무슨 용무십니까?"

싸늘한 목소리가 흘러나왔다. 표정과 눈빛 역시 싸늘했다.

위축될 필요 없는데 가진은 그에게 잘못하다 들킨 것처럼 부끄러운 기분이 들었다.

"아랫것들이 버릇없이 굴어 다그치고 있는 중이었습니다."

운조는 서늘한 시선으로 어멈을 보호하고 선 사민을 봤다. 그리고 연두에게 부축을 받으며 서 있는 어멈에게 시선을 옮겼다. 그의 눈에 힘이 들어갔다.

"상단에서 일어난 일은 모두 제 소관이니 제가 대신 사과드리겠습니다."

운조가 정중하게 사과를 하자 가진은 그제야 분이 좀 풀렸다.

"뭐, 단주께서 그리 말씀하시니 저도 참도록 하겠습니다."

가진이 전혀 다른 얼굴로 나긋하게 웃자 연두가 가증스럽게 쳐다봤다. 연두는 운조를 보는 가진의 표정에 주목했다. 귀하신 좌의랑댁 여식이 친히 상단까지 발걸음을 한 이유가 훤히 보였다. 당연히 곱게 보일 리가 없었다.

사민 역시 운조가 가진을 어찌 보는지 주시했다. 달갑지 않은 조합에 그녀는 살짝 미간을 찌푸렸다.

운조는 사민의 표정을 흘깃 보다 가진에게 집중했다.

"한데 상단엔 무슨 일로 찾아오신 겁니까?"

"듣자니 상단에 타국에서 들여온 희귀하고 귀한 물건들이 많다고 하여 찾아왔습니다."

"그러셨군요. 하면 안내해 드릴 테니 천천히 둘러보십시오. 등오! 아씨를 모셔라."

"예, 단주."

당연히 운조가 친히 안내를 해 줄 거라 믿고 미소를 짓고 있던 가진이 노골적으로 미간을 찌푸렸다.

"단주께서 직접 해 주셨으면 합니다."

"송구하오나 저는 급한 용무가 있습니다."

"그러시다면 어쩔 수 없겠군요. 하면 다음에 다시 오는 것이 좋겠습니다."

어차피 그를 보러 온 것이 목적이었기에 상단에 더 머물 이유가 없었다.

"그리하시지요. 그럼 살펴 가십시오."

운조가 미련 없이 돌아서자 가진은 자존심이 상했다. 다른 사내들이었다면 만사를 제쳐 두고 자신을 우선으로 대했을 텐데 문전박대를 당한 것 같아 기분이 썩 좋지 않았다. 그의 처사가 괘씸하면서도 마냥 밉지만은 않으니 마음이 참 어수선했다.

"따라와라."

운조를 따라 사민이 밖으로 나가자 가진이 눈에 불을 켰다. 사사건건 고분고분하지 않은 사민이 거슬렸다. 거기다 운조가 자신을 두고 사민을 선택한 것 같아 더 곱게 보이지 않았다. 귀족도 아닌 계집한테 한 수 진 것 같은 기분에 짜증이 치밀어 올랐다.

"아씨, 가시지요."

"혼자 갈 수 있으니 되었다."

가진은 성질을 이기지 못하고 홱 돌아서 가 버렸다.

어멈과 함께 그 광경을 지켜보던 연두가 얼른 반빗간으로 건

너가 소금을 한 바가지 퍼 왔다. 그러고는 가진이 나간 곳에 팍팍 뿌려 댔다.

"재수가 없으려니까 별 거지 같은 게 와서 설치고 가네. 다신 오지 마라! 에잇, 퉤!"

안하무인인 가진에게 질릴 대로 질린 참이라 연두는 씩씩대며 욕설을 해 댔다.

"어멈, 괜찮으세요?"

"난 괜찮다."

"괜찮긴요. 사민이 아니었으면 큰 욕을 볼 뻔했는데. 그나저나 오늘 사민을 달리 봤네요. 늘 있는 듯 없는 듯 조용해서 남의 일엔 좀체 나서지 않을 것처럼 보이던데 어멈을 구하려고 저 성질 더러운 여가진에게 맞서다니 말이에요."

"그러게 말이다. 그 아이의 덕을 크게 봤구나."

'진짜 좀 의외긴 했어.'

운조가 돌아온 후 늘 그의 옆에 있어 좋게 보지 않았는데 좀 전의 모습으로 연두는 사민에 대한 인상이 확 바뀌었다. 싸움이라면 어지간한 일에는 물러서지 않은 자신도 좌의랑댁 여식의 막무가내식 횡포엔 차마 나서지 못했는데 사민이 지지 않고 맞서는 것이 신선한 충격으로 다가왔다.

"흥! 쌤통이다, 여가진."

사민에게 손목이 잡혀 길길이 날뛰던 가진의 얼굴을 떠올리며 연두는 크게 비웃었다.

마구간으로 가는 동안 운조는 굳은 표정으로 한마디도 하지 않은 사민을 돌아봤다. 무언가 깊이 생각에 잠긴 듯한 모습에 그 생각이 궁금해졌다.

"어디로 가는지 묻지 않는 건가?"

"도술치를 잡으러 가는 것이 아닙니까?"

"맞다. 눈치가 빠르군."

"둘만 갑니까?"

늘 그를 그림자처럼 따르던 연살이 보이지 않는 것이 이상했다.

"둘만 간다. 걱정이 되나?"

"아닙니다."

짧게 대답하고 사민은 다시 입을 다물었다. 그러다 다시 정적을 깬 것은 운조였다.

"지난번의 일로 네게 앙금이 남았을 텐데 좌의랑댁 여식에겐 왜 또 나선 것이냐?"

"어멈을 밀친 것으로 끝나지 않을 것 같아서 그랬습니다."

"하마터면 너까지 화를 당할 뻔했다. 그런 생각은 안 들었나?"

"어쩔 수 없다 생각했습니다."

"칭찬할 만한 의기군."

썩 마음에 들진 않았지만 그녀가 나서 준 덕분에 어멈이 화를 면한 것이라 그는 고개를 끄덕였다.

"어멈은 내게 어머니와 같은 분이다. 먼저 나서 줘서 고맙다."

그러다 그는 사민이 다시 말이 없자 무슨 생각을 하는지 궁금했다.

"무슨 생각을 그리 골똘히 하는 거지?"

대답을 하려다 말고 사민은 잠시 멈칫했다. 가진이 어멈에게 손찌검을 할 때 그녀의 손목을 낚아챘던 건 당연히 머리보다 손이 앞섰기 때문이었다. 하지만 그 내면에는 가진이 좌의랑댁 정실부인의 여식이 아니라는 사실이 깔려 있었다.

여사석의 딸을 보자 울분이 터져 나왔다. 세상 물정 모르는 어린 나이에 무슨 사연인지도 모르고 들었던 그 진실 때문에 어머니를 처참하게 잃어야 했던 그날이 떠올라 참을 수가 없었다. 그래서 손이 먼저 움직였다.

순간 여가진이 상단으로 온 이유가 운조 때문일지도 모른다는 생각에 사민은 운조를 똑바로 응시했다. 그가 가진을 어찌 생각하는지 궁금했다.

여사석에게 복수를 할 생각이기에 그가 만일 여가진을 마음에 둔다면 껄끄러운 사이가 될 수밖에 없다. 최악의 가정이지만 여가진이 운조를 보는 눈빛에서 가능성이 아주 없는 것도 아니었다.

"두 사람, 어울리지 않습니다."

생각지도 않은 대답에 운조의 눈동자가 그대로 정지됐다. 그러다 이내 피식 웃었다. 그녀의 입에서 나올 법한 소리도 아니었고 표정은 더 아니었지만 묘하게 기분이 간질거렸다.

"두 사람이란 나와 좌의랑댁 여식을 말하는 것인가?"

"맞습니다."

"질투하는 것인가?"

"아닙니다."

사민이 바로 부인했지만 운조는 그녀를 빤히 쳐다봤다.

"질투였으면 좋겠다."

놀란 사민이 저도 모르게 돌아보자 운조와 시선이 엉켰다. 그가 이런 반응으로 받아칠 줄 몰랐기에 그녀 역시 당황했다.

그녀의 동요를 지켜보며 운조가 다시 한 방을 날렸다.

"순간 떨렸다. 네가 질투하는 것이 좋아서."

도저히 그의 입에서 나오는 소리라고는 믿을 수 없어 사민은 한 대 얻어맞은 표정이 되었다. 그러는 와중 볼이 붉어지는 것이 당황스러웠다. 제 안에서 일어나는 반응이 마뜩잖아 그녀는 얼른 표정을 차갑게 식혔다.

"그러지 마십시오. 저는 사내를 좋아하지 않습니다."

"무엇 때문이지?"

"제 어미가 사내들에게 죽었기 때문입니다. 또 제 아비가 저를 버렸기 때문입니다."

쉴 새 없이 쏟아 내는 말에 운조는 말없이 사민을 보기만 했다. 금방이라도 눈물을 쏟아 낼 것처럼 위태로워 보이는 그녀의 표정에 그의 시선이 집중됐다.

어미의 죽음은 알고 있었지만 아비에게 버림받았던 사실은 처음이라 미간이 좁혀졌다. 대체 어린 나이에 얼마나 아픈 일을 겪은 건지 마음이 좋지 않았다.

순간 그의 손이 꿈틀거렸다. 그녀를 다시 품에 안고 위로해 주고 싶은 충동이 해일처럼 밀려왔다.

※

세주가 돌아왔다는 소리에 진 왕비는 그를 찾아갔다. 문을 열자마자 확 풍겨 나오는 술 냄새에 그녀는 인상을 찌푸렸다.

"아니, 이게 뉘십니까? 왕비 마마가 아니십니까?"

술에 거하게 얻어맞았는지 얼굴에 붉은 꽃이 핀 세주가 활짝 웃으며 진 왕비를 맞았다.

허구한 날 술독에 절어 사는 아들에게 진 왕비는 한숨을 내쉬었다.

"대체 무슨 술을 이리 마신 것이냐?"

"소자, 마음이 허해서 한잔한다는 것이 좀 과했나 봅니다."

"무슨 일이기에 그리 오래도 마음이 허하다는 게야? 그 속 좀 내게 털어놓아 봐라."

"어머니께선 모르시는 것이 좋습니다."

늘 같은 물음에 늘 같은 대답이 반복됐다. 본디 밝고 활달했던 아들이 어느 날부터 확 달라져 버린 모습이 이해가 가지 않았다. 분명 무언가 큰 충격을 받은 것 같은데 왜 그러는지 도통 입을 열지 않으니 그 원인을 알 수 없어서 답답했다.

"어머니, 소자가 기루에서 썩 마음에 드는 아이를 봤습니다."
"기루에 간 것이 뭐 자랑이라고 떠드는 것이냐?"
"뭐 어떻습니까? 기루엔 소자뿐 아니라 다른 귀족 자제들도 많습니다. 사내가 꽃을 찾아가는 것이 잘못은 아니지요."
"기녀들을 꽃에 비유하지 마라. 사내들에게 웃음을 팔고 몸을 내어 주는 기녀들을 가까이해서 좋은 끝을 본 사내들을 본 적이 없다. 어미가 네 짝으로 좋은 가문의 규수들을 알아보고 있으니 얼른 정신을 차려야지."

세주가 푸시시 바람 빠지는 소리를 내며 웃었다.

"소자더러 혼인을 하란 말씀이십니까?"
"당연히 그래야지. 사내로 태어났으니 일가를 이루고 아들을 낳아 대를 이어야 할 것이 아니냐?"
"아들요? 이를 어쩝니까? 어머니, 소자는 여식이 더 좋습니다."
"여식은 대를 이을 수 없으니 아들을 낳아야 한다."
"그것이 뜻대로 되는 일도 아니고 삼신할망이 아들을 점지해 주셔야 가능하지요. 딸을 점지해 주시면 그 또한 어쩔 수 없는 일이지요. 아들이 아니라고 하여 제 자식을 버릴 수는 없지 않습니까?"

술에 취해서 한 소리라지만 저지른 짓이 있어 진 왕비는 크게 움찔거리며 표정이 바뀌었다. 그녀는 사발의 물을 들이켜는 세주를 날카롭게 응시했다. 술에 취해 별 뜻 없이 지껄인 소리가 분명한데도 괜스레 지난날이 떠올라 체기처럼 명치끝이 답답했다.

"아버지께서 아시면 또 경을 치실 것이니 밖으로 나오지 말고 쉬도록 해라."

"알겠습니다. 소자도 아버지는 무서우니 일찍 눕겠습니다."

세주가 너스레를 떨며 침상으로 걸어갔다.

진 왕비는 그가 눕는 것을 지켜본 후 밖으로 나갔다.

문이 닫히자 세주는 곧바로 몸을 일으켜 앉았다. 그는 진 왕비가 나간 문을 쳐다보다 잔뜩 인상을 찌푸린 채 도로 누워 버렸다.

처소로 돌아가다 진 왕비는 밖에 나와 있는 담친왕을 보며 깜짝 놀랐다. 하지만 이내 표정을 갈무리하며 다가갔다.

"바람이 찬데 어찌 나와 계십니까?"

"아들놈이 사람 구실을 못하는데 이까짓 찬 바람이 대수겠소!"

화가 난 표정이다 싶었는데 역시나 세주의 일거수일투족을 모두 알고 있는 눈치였다.

"곧 정신을 차릴 겁니다. 세주에게 조금만 더 시간을 주십시오."

"저놈에게 도대체 얼마나 많은 시간을 주어야 한단 말이오?"

"본디 성정이 저러지 않다는 걸 잘 아시잖습니까? 세주를 믿어 주십시오. 머지않아 다시 본모습으로 돌아올 겁니다."

"부인께서 그리 싸고만 도니 저놈이 정신을 못 차리는 것이 아니오! 에잇! 고약한 놈 같으니!"

담친왕이 화를 내며 들어가 버리자 진 왕비는 찬 시선으로 그의 뒤통수를 쏘아봤다.

세주에게 유독 박하게 대하는 담친왕에게 서운함이 날로 살을 찌우고 있었다. 세주가 겉도는 것이 담친왕 때문인가 싶어 더 마음이 좋지 않았다.

몇 해 전 병으로 죽은 송 비의 소생 세록이 호시탐탐 세주의 자리에 눈독을 들이고 있는 마당이라 세주의 방황이 길어질수록 살얼음 위를 걷는 기분이었다.

"네 어미를 따라가지 않으려면 세주의 자리를 탐하지 않는 것이 좋을 것이다."

그녀는 애꿎은 세록에게 독설을 내뱉으며 안으로 들어갔다.

제5장
공동의 적

 칠흑같이 어둠이 내려앉은 밤, 도술치는 두 명의 수하들과 함께 서둘러 집으로 돌아가고 있었다. 과부를 겁간했다는 이유로 관아에 붙들려 있다 증거 불충분으로 겨우 풀려난 길이었다.
 '하마터면 제대로 걸릴 뻔했잖아, 젠장. 상처한 과부 주제에 겁간을 당했다고 고변을 하다니 재수가 없었어. 수치스러운 줄도 모르는 계집 같으니.'
 뉘우치는 기색 하나 없이 짜증을 내며 걷던 그는 누군가 앞을 막아서자 눈을 부릅 치켜떴다.
 "웬 놈인데 길을 막는 것이냐!"
 "계집입니다."
 "뭐? 계집?"

수하가 알려 준 소리에 평소 시력이 좋지 않은 도술치는 눈을 크게 뜨고 다시 봤다. 신형이 확실히 사내가 아닌 여인의 것이었다.

"나한테 무슨 용무가 있는 것이냐!"

"용무가 있는 건 나다."

뒤에서 들리는 소리에 세 사람이 흠칫 놀라 돌아섰다. 운조가 싸늘한 눈빛으로 노려보자 도술치는 바짝 긴장했다. 검을 쥐고 서 있는 것만으로도 그의 내공이 느껴졌다.

"내게 무슨 용무인가?"

"십칠 년 전, 고석 고개에서 남매를 죽이라 사주한 이가 누군지 말해라."

"뭐, 뭐라!"

도술치는 귀신을 보듯 낯빛이 하얗게 변했다. 그는 검에 손을 대며 운조를 노려봤다. 그 일을 아는 이는 극소수였기에 사내의 정체가 더 궁금했다.

"누구냐!"

"내가 누군지 알고 있을 것이다."

"장판석 대감의 아들은 그때 분명히 죽었다. 귀신이라도 된단 말이냐!"

"그럴 수도 있겠군."

운조가 차갑게 받아치자 도술치는 장판석의 아들이 죽지 않았음을 직감했다. 사람이 지나다닐 리 없는 산에서 치명상을 입고 쓰러졌는데 어떻게 살아났는지 이해가 가지 않았다.

"저자를 막아라!"

운조가 자신을 살려 줄 리 없다는 것을 본능적으로 느끼고 도술치는 수하에게 명을 내리고 냅다 사민에게 덤벼들었다.

자신을 공략해 달아나려는 의도를 알고 사민은 일부러 길을 내주었다. 도술치를 치는 건 어렵지 않았으나 그는 운조의 사냥감이었다.

사민의 뜻을 정확히 간파한 운조가 곧바로 몸을 날려 도술치를 쫓았다.

놀란 수하들이 그를 막으려고 했으나 사민이 그들을 막아서며 운조에게 길을 터 주었다. 곁을 스쳐 가는 운조와 그녀의 시선이 허공에서 잠시 조우했다.

당황한 수하들이 협공하여 사민을 치고 들어갔다. 그들은 빨리 사민을 처리하고 도술치를 따라가려고 했으나 도리어 사민의 공격에 밀렸다. 둘이서 여인 하나를 어찌하지 못하는 것이 기가 막힐 노릇이었지만 도저히 사민의 빠르기와 정교함을 당해 낼 수 없었다.

사민은 두 사람의 급소를 피해서 검을 휘둘러 바닥에 나뒹굴게 했다. 그리고 곧바로 운조를 찾아 달려갔다.

죽어라 도망갔지만 바람 소리와 함께 몸을 날린 운조가 앞을 가로막고 서자 도술치는 기절하듯 놀랐다. 돌아선 운조의 눈빛에 금방이라도 베일 것 같아 그는 극도의 공포감을 느꼈다.

"내 물음에 답하지 않았다. 그때 사주한 이가 누구인가?"

"내가 순순히 말할 거라 생각하면 오산이다."

"순순히 말할 거라 생각하지 않는다. 하나 결국 말하게 될 것이다."

"뭘 믿고 그리 자신하는 것이냐!"

"네놈은 구수록처럼 자진할 배짱도 없는 놈인 걸 아니까."

"뭐라 지껄이는 것이냐!"

허를 찔린 도술치가 바락바락 소리를 질렀다. 어떻게 달아날까 눈알을 굴리고 있다 뒤에서 사민이 나타나자 그는 오만 인상을 찌푸렸다.

"누군지 말하면 살려 주겠다고 약조해라. 그러면 말하겠다."

"말해도 죽고 말하지 않아도 죽는다."

"그럼 내가 말해야 할 이유가 없다."

"누군지 말하면 너만 죽겠지만 말하지 않으면 너와 네 아들들까지 죽는다."

"뭐, 뭐라! 아이들이 무슨 죄란 말이냐!"

발악하는 도술치에게 운조가 싸늘하게 냉소했다.

"우습군. 십칠 년 전 내가 묻고 싶은 말이다. 그때 내 누이는 겨우 세 살이었다!"

살기를 내뿜으며 하는 소리에 도술치는 뒤로 물러났다.

"조, 좋다. 말을 하면 아들들을 해치지 않겠다고 약조해라."

"약조하지."

"…좌의랑이다."

운조의 미간이 급격히 모였다.

"좌의랑 여사석이란 말이냐?"

"맞다. 좌의랑께서 장판석 대감은 물론 아이들까지 모두 죽이라 명했다."

운조의 한쪽 눈썹이 하늘로 치켜 올라갔다. 자신의 아비를 죽이고 소아와 자신까지 죽이라 명한 자가 여사석이었단 사실에 그는 분노를 감추지 않았다.

사민 역시 놀랐다. 운조와 자신의 생을 지옥으로 만든 이가 같은 인물이라는 사실에 기가 막혔다. 그녀는 충격을 받은 듯한 그를 걱정스런 시선으로 지켜봤다.

그때 도술치가 잠시 충격을 받아 멈칫하는 운조를 향해 검을 휘둘렀다.

하지만 그의 움직임을 간파하고 있던 운조가 몸을 피하며 곧바로 검을 휘두르자 외마디 비명 소리와 함께 피를 토하며 바닥에 나뒹굴었다.

사민은 조용히 운조의 곁으로 가 섰다.

"괜찮으십니까?"

운조는 대답 대신 사민의 얼굴을 보기만 했다. 그 얼굴에서 사민은 그의 심정이 어떤지를 읽었다. 애당초 괜찮을 리가 없었다.

얼마 전 강치에게서 진실을 들었을 때의 자신의 모습과 겹쳐 보여 그의 기분이 어떨지 너무 잘 알 것 같았다. 배후가 누군지 알았다는 후련함과 분노가 뒤섞여 머릿속이 복잡할 것이다. 그 혼돈을 경험했기에 그녀는 그가 감정을 추스를 때까지 가만히 옆을 지켜 주었다. 동병상련의 감정인지, 만일 아니라면, 왜 그에게 감정이입이 되는지 알 수 없었다.

"신월장으로 간다."

운조가 조용히 움직이자 사민은 그의 표정을 살폈다. 어느새 무서울 정도로 평정을 찾고 있었고 그의 눈빛은 차가운 겨울 바다처럼 깊게 가라앉았다. 사민은 복잡한 심정으로 그의 뒤를 따라갔다.

신월장으로 돌아오는 동안 두 사람 사이에 대화는 없었다. 그런데도 이상하다 싶을 정도로 서로를 의식하고 있었다.

사민은 걷는 내내 그를 쳐다보는 자신에게 놀랐다. 무의식중에도 그가 괜찮은지 자꾸 확인하고 있었다.

비슷한 사연을 가진 그에게 동질감을 느껴서 그런 거라 생각하면서도 표정 없이 걷고 있는 그가 자꾸만 의식이 되었다. 이럴 때 나긋나긋한 성격이었다면 그를 위로해 줄 수 있지 않을까 하는 이상한 생각까지 들자 그녀는 미간을 찌푸렸다. 확실히 이상하다.

신월장 앞에 도착하자 다시 시선이 그를 찾았다. 기다렸다는 듯이 돌아본 그가 시선을 붙잡자 그녀는 나쁜 짓을 하다 들킨 것처럼 동공이 흔들렸다.

"왜 그렇게 보는 거지?"

눈치채지 못했을 거라 생각했는데 직접적으로 묻는 소리에 사민은 말문이 막혔다. 상대의 허를 찌르는 데 도가 튼 사내다.

"그냥 좀……."

"내가 걱정이 되나?"

"…네."

"솔직하군. 그 대답이 마음에 든다."

이 사내는 왜 이런 눈빛으로 자신을 보는 걸까. 오롯이 자신만을 향하는 직설적인 눈빛에 온몸이 옭아매지는 기분이 든다.

"네가 곁에 있어서 다행이었다."

그가 그렇게 생각할 줄 몰랐기에 사민은 조금 놀랐다. 도통 놓아주지 않는 그의 눈빛에 심장이 두근거리며 이상 반응을 일으켰다. 제 안에서 일어나는 반응이 놀라워 그녀는 얼른 흔들리는 정신을 바로 잡았다.

"여사석을 치실 생각이십니까?"

"당연히 그렇다."

"상대는 좌의랑입니다."

운조가 빤히 그녀의 눈빛을 바라봤다.

"걱정이 되나?"

"그보다는… 저도 함께할 수 있게 해 주십시오."

"이유는?"

"저 역시 여사석을 칠 계획이니까요."

"이해가 가지 않는다. 네 복수는 강치를 처리한 것으로 끝난 것이 아니었나?"

"그자가 끝이 아니었습니다."

"하면."

"강치에게 저를 죽이라 명한 자가 여사석입니다."

운조의 미간이 좁혀들었다. 귀족도 아닌 사민이 여사석과 어떻게 원한 관계가 있을 수 있는지 연결이 되지 않았다. 문득 청화루에 다녀오던 날 자신을 대신해 어머니가 죽었다며 울던 그녀의 모습이 떠올랐다. 그래서 여사석이 굳이 연결점도 딱히 없어 보이는 어린 사민을 죽여야 할 연유가 무엇인지 더 궁금했다.

"여사석이 널 죽여야 하는 이유가 무엇이지?"

"제가 여사석의 치부를 엿들었기 때문입니다."

운조의 눈빛이 흥미로운 듯 반짝거렸다.

"여사석의 치부가 무엇이지?"

대답을 하려다 말고 사민은 잠시 주춤거렸다.

"그 전에 먼저 묻고 싶은 것이 있습니다."

"말해라."

"좌의랑댁 여식을 어찌 생각하십니까?"

다소 의외인 질문이라 운조는 미간을 찌푸렸다. 사민이 가진을 의식해서 묻는 것이 아님을 알면서도 순간 심장이 덜컹 흔들렸다.

"왜 그런 것을 묻는 거지? 여가진이 여사석의 치부와 관련이 있는 건가?"

정확한 추리에 사민은 속으로 감탄했다.

"맞습니다."

"재미있군."

운조는 순간 허탈한 표정이 되었다. 당연한 대답인데 혹시 다른 대답을 듣기를 원했는지 실망하는 마음이 우스웠다. 찰나지만 사민이 가진을 질투해 묻는 것일지도 모른다 생각했던 스스로를 비웃었다.

"네가 나와 같은 적을 가지고 있으니 당연히 함께하는 것이 맞다."

"고맙습니다."

신월장으로 먼저 들어가려다 말고 그가 갑자기 돌아보자 사민은 하마터면 그와 부딪칠 뻔했다. 돌발 상황에 놀란 심장이 빠르게 두근거렸다. 사민의 볼이 도홧빛으로 물들자 그가 놀라 커다래진 눈동자를 지그시 응시했다. 그의 눈빛에 사민은 숨이 막혔다.

"그 이유가 아니었어도 처음부터 너와 함께할 생각이었다."

"어째서……."

놀라서 이유를 묻는 그녀를 뚫어지게 보다 그가 자조적으로 웃었다.

"네가 다른 사내들 앞에서 여인의 모습을 하는 것이 거슬려서 말이야. 더는 봐줄 생각이 없었거든."

의미가 가득한 말을 흘려 놓고 그가 돌아서 가 버리자 사민은 그대로 굳어 섰다. 그녀는 멀어지는 그의 입술 끝이 올라가는 것을 보며 오른손을 왼쪽 가슴에 대 보았다. 오늘 여러 번 심장이 이상 반응을 일으킨다. 순간 그녀는 그와 함께하는 것이 맞는 일인지 의심이 들었다.

운조가 진오에게 가는 것을 지켜보다 밖으로 나온 무연이 멍하게 서 있는 사민에게 다가왔다.

"왜 그렇게 얼이 나가 있어?"

"아니다."

"뭔데? 혹 장 단주와 무슨 일이라도 있었냐?"

"일이 있을 리 없잖아."

"사내와 여인인데 일이 있을 리 없는 건 아니지."

무연이 정곡을 찌르자 사민은 순간 표정 관리를 하지 못했다.

"헛소리 그만하고 들어가기나 해."

"아니, 근데 너 얼굴이 왜 그렇게 붉은 거냐? 어디 아픈 거야?"

"아니라니까!"

사민이 정색하고 들어가 버리자 무연은 가느다랗게 실눈을 뜨고 중얼거렸다.

"뭐지? 이 달갑지 않은 기운은."

운조와 마주 앉아서 진오는 한동안 말이 없었다. 장주실 안에 무거운 공기가 흘렀다.

"여사석이 배후였다니 의외군. 네 아버지와 무슨 일이 있었던 걸까?"

"그때가 반정이 일어나기 직전이었으니 그 일과 관련 있지 않겠냐?"

"좀 이해가 가지 않는다. 내가 알기로 네 아버지는 조정에서 중도를 지키셨고 조 재상과는 막역한 지기였는데 조 재상과 뜻을 같이하는 여사석이 네 아버지를 해쳤다는 말이잖아. 하면 조 재상도 네 아버지의 죽음에 관련이 있다는 말이냐?"

진오의 지적에 운조는 눈을 가늘게 뜨고 지난 기억을 되짚었다.

"그건 아닐 것이다. 그 당시 조 재상과 여사석은 전혀 친분이 없었어. 반정을 주도한 것은 여사석이었고 그 후에 명분 없는 반정에 조정의 분위기가 좋지 않게 흐르자 분위기를 중화시키려고 여사석이 온건파인 조 대감을 재상으로 추대한 것이거든. 조 재상은 아버지의 둘도 없는 지기셨으니 아버지를 배신했을 리 없어. 그때 조 재상은 위험을 무릅쓰고 나와 소아를 숨겨 주셨어."

"그 말대로라면 여사석이 네 아버지를 죽이고 뻔뻔하게 그 지기인 조 재상을 자신의 편으로 끌어들였단 말인데 참으로 교활한 자가 아니냐?"

"반정의 정당성을 주장할 명분이 필요했겠지. 두루 적이 없는 조 재상의 평판을 이용해 물타기를 했을 것이다."

"조 재상이 여사석에게 이용을 당하고 있는 것일 수도 있겠군. 조 재상이 진실을 알면 어찌 나올지 궁금하다. 둘도 없는 지기를 죽인 자가 뻔뻔하게 자신을 이용하고 옆에서 측근 노릇을 하고 있다는 사실을 알면 소름이 끼칠 것이다. 여사석의 실체를 조 재상에게 알려 줘야 하는 것이 아니냐?"

"아직은 아니야."

운조가 바로 자르자 진오는 그를 다그쳤다.

"왜 아니라는 것이냐? 이 기회에 조 재상에게 정체를 밝히고 도움을 받는 것이 좋지 않겠냐? 네가 살아 있다는 걸 알면 무척 기뻐하실 것이다. 비록 뜻을 같이하고는 있지만 여사석이 네 아버지를 죽인 걸 알면 그를 응징하는 데 힘을 보태 주실 것이다."

"아버지의 복수는 오롯이 내 힘으로 한다. 그러기 위해선 내가 살아 있다는 사실을 최대한 숨기는 것이 좋아. 조 재상께 알렸다가 자칫 여사석이 눈치를 챌 수도 있고 십칠 년의 세월이 흘렀으니 두 사람의 관계가 지금은 어떤지도 알 수 없어."

운조가 얼마나 오랜 세월 복수를 기다려 왔는지를 알기에 돌다리도 두들겨 보는 그의 조심성에 진오는 고개를 끄덕였다.

"노 단주의 조심성이 물들었군. 네 생각도 일리가 있다. 일을 아는 사람이 적을수록 좋긴 하지."

"이제 저들은 나를 모르고 나는 저들을 알고 있으니 칼자루는 내가 든 셈이다."

"그 칼자루를 어찌 휘두를지 기대하겠다. 죽였다고 생각한 네가 살아 있는 줄 알면 여사석이 어떤 표정일지 벌써 궁금해진다. 아주 재미있겠어."

진오가 냉소했지만 운조는 웃지 않았다.

"한데 조 재상에게 가지 않겠다면 그때의 상황에 대해서 알아볼 곳이 없잖아."

"한 명 있어."

"그게 누군데?"

"담친왕."

"뭐, 담친왕?"

"그래, 내 기억으로는 아버지께서 담친왕과 몹시 가까운 사이셨다. 그러니 담친왕께선 무언가 알고 계실 것이다. 또 근래 들어 황제께서 담친왕을 자주 찾으신다고 하니 그를 한번 만나 보는 것이 좋을 듯싶다. 담친왕을 통해서 황실과 조정의 판세를 읽을 수 있을 것이다."

"담친왕이라면 그럴 수 있겠군."

여사석과 뜻을 같이하는 조 재상보다는 정사에 관여하지 않은 담친왕을 상대하는 것이 더 나을 거란 운조의 생각에 진오는 고개를 끄덕였다.

"지율국에서 들여온 약재는 어찌할 셈이냐? 우의랑에게 반을 팔았다는 말을 듣고도 여사석이 전량을 내놓으라고 했다던데 미친 척 여사석이 내민 손을 잡고 그를 속일 셈이냐?"

"장사치가 신의를 잃어서야 되나. 약재의 절반은 이미 우의랑과 거래가 됐으니 달라질 건 없어."

"여사석이 노발대발하는 모습이 그려지는군. 워낙 시기심이 많고 탐욕스런 자니 분명 상단에 압력을 가할 것이다, 괜찮겠냐?"

얼마 전 자신의 편에 서라고 반 겁박을 섞어 회유하던 여사석을 떠올리고 운조의 눈빛이 싸늘하게 변했다.

"타격은 있겠지만 그렇다고 무너질 정도는 아니야."

"하긴 우의랑께서 방어를 해 주겠지. 아마 상단이 우의랑과 손을 잡는 꼴을 막기 위해서라도 네 손을 쉽게 뿌리치지 못할지도 모르겠군. 밟아 버릴 수도 없고 손을 놓아 버리기엔 백화상단은 너무 큰 떡일 테니까 말이야."

진오는 말없이 생각에 잠긴 운조를 지켜봤다. 아마도 머릿속에서 판을 짜고 있을 것이다. 쳐야 할 적을 알았으니 이제부터 그가 어떤 행보를 보일지가 사뭇 궁금했다.

"이제 어떻게 할 생각이냐?"

"아무래도 조정이 한쪽으로만 몰리는 것보다는 균형이 잡히는 것이 더 좋겠지."

"하면 우의랑 사도원에게 힘을 실어 줄 생각이냐?"

"힘을 실어 준다기보다 그저 약간의 방도를 알려 준다는 것이 맞겠다."

"그 묘책이 궁금하군."

"곧 알게 될 것이다."

운조의 입가에 차가운 웃음이 걸렸다.

"좋아, 기대하고 있겠다. 도움이 필요하면 말해라."

"사민을 데려가겠다."

기다렸다는 듯이 하는 말에 진오는 살짝 놀란 표정이 되었다.

"사민을 데려간다니 그게 무슨 소리냐?"

"복수가 끝날 때까지 사민을 곁에 두겠다는 말이다."

"사민은 신월장에도 꼭 필요한 아이다. 꼭 사민이어야 하는 이유가 있는 것이 아니면 아주 데려가는 건 곤란해."

"꼭 사민이어야 해."

단호한 대답에 진오의 눈동자가 커졌다.

"이유를 말해."

"여사석의 목숨을 노리는 것은 나뿐만이 아니거든."

운조가 사민의 사연을 알고 있다는 사실에 진오는 놀란 표정을 지었다.

"사민에게 들은 것이냐?"

"달리 내게 해 줄 사람이 있겠냐?"

"사민이 네게 그런 이야기를 했다는 것이 좀 충격이어서 말이다. 강치를 치고 와서도 내가 묻기 전에는 먼저 말하지 않던 놈이거든. 이거 좀 서운하려고 하네."

"서운해할 필요 없다. 죽여야 할 놈이 같으니까 그랬겠지."

"공동의 적이라니. 여사석이 골고루 죄를 쌓고 있었군. 여사석이 사민의 어머니가 아닌 사민을 죽이려 했다는 사실이 충격적이었다. 뒤가 구린 짓을 저질러 놓고 그 어린아이를 기어이 죽이려 한 걸 생각하면 치가 떨려. 그자는 사람도 아니다."

진오의 분노에 운조 역시 분노를 느꼈다. 여사석이 겨우 여덟 살이었던 사민뿐 아니라 세 살이었던 소아를 기어이 죽이려 했던 일에 치가 떨렸다. 그 역시 여식을 둔 아비면서 세상 물정도 모르는 어린아이들에게 어찌 그리 매정하고 잔인할 수 있는지 이해가 되지 않았다.

"대충 알아들은 것 같으니 사민을 데려가겠다."

"뭐, 그런 이유라면 어쩔 수 없지. 하나 사민은 신월장의 무사다. 일이 끝나면 바로 돌려보내야 한다."

"본인이 그러길 원한다면 잡을 이유 없다."

잠시 뜸을 들인 후 흘러나온 대답에 이상한 기류를 감지한 진오의 눈이 예리하게 빛났다.

"꼭 사민이 돌아오지 않을지도 모른다는 소리로 들리는군. 뭐냐? 내가 아는 이유 말고 사민을 원하는 다른 이유라도 있는 거냐?"

대놓고 묻는 소리에 운조는 살짝 미간을 찌푸렸다. 그 이유를 자신도 알고 싶었다.

"넘겨짚지 마."

운조가 털어 냈지만 진오는 의심을 풀지 않았다. 그는 표정을 단속 중인 운조에게 눈을 가늘게 뜨고 뭔가를 캐내려 했지만 그가 허점을 보일 리 없었다.

"너도 알다시피 사민은 내게 특별한 아이다. 그리고 십이 년 전 내가 선수를 치긴 했지만 너 또한 그 아이를 외면하지 않았을 것임을 안다. 그러니 그 아이가 다치지 않게 잘 지켜 줄 거라 믿겠다."

"오라비처럼 굴지 말고 일 절만 해."

못마땅하게 자르는 소리에 진오가 피식 웃으며 툭 던졌다.

"오라비처럼 구는 것이 차라리 나을 것이다. 그나저나 무연이 좋아하지 않겠군."

사민의 곁에 꼭 붙어 있던 무연을 떠올리며 운조는 서늘한 눈빛이 되었다.
"사민을 불러 주겠다."
"됐어. 내가 직접 얘기하겠다."
운조가 밖으로 나가자 진오의 고개가 살짝 기울어졌다.

사민을 찾아 후원으로 간 운조는 그녀를 찾아 놓고 멈칫했다. 그는 바닥에 앉아서 무언가에 집중하는 그녀를 가만히 지켜봤다. 그녀의 앞에는 여사석의 집 앞에서 구했던 작은 괭이가 있었다.
운조는 괭이를 보는 사민의 눈빛을 지그시 바라봤다. 평소 볼 수 없는 부드러운 눈빛에 그의 시선이 고정됐다. 사민이 괭이의 머리를 쓰다듬으며 미소를 짓자 심장이 빠르게 두근거렸다. 순간 괭이가 부럽다는 생각을 하는 자신이 우스워 그는 실소했다.
"사람보다는 짐승에게 후한 편인가?"
갑작스런 그의 등장에 사민이 깜짝 놀라 일어났다. 역시나 놀란 괭이가 순식간에 어디론가 달아났다. 그가 가까이 다가오는 줄도 몰랐다는 사실에 사민은 속으로 놀랐다.
"여긴 어떻게 오신 겁니까?"
"널 보러 왔다."
"제게 무슨 용무가 있으십니까?"
"짐을 챙겨서 나와라. 백화상단으로 갈 것이다."
"예? 갑자기 무슨 말씀이십니까?"

"넌 오늘부터 백화상단에서 지내게 될 것이다."

"…대체 왜?"

아닌 밤중에 홍두깨도 아니고 다짜고짜 백화상단으로 가자는 소리에 사민은 어안이 벙벙했다. 그가 갑자기 나타난 것도 당황스러운데 상단에서 함께 지내야 한다는 소리에 심장이 쿵 하고 내려앉았다.

"어머니의 복수를 하겠다고 하지 않았나?"

"그렇다고 해도 제가 굳이 상단으로 갈 필요는 없을 것 같습니다. 이곳에 있어도 찾으시면 바로 달려갈 수 있습니다."

"시간 낭비하기 싫으니 허락할 수 없다. 이미 진오와 얘기가 끝난 일이다."

"하지만."

"두말하게 하지 마라. 난 내가 원할 때 네가 늘 곁에 있기를 원한다. 원치 않으면 무연을 대신할 수도 있다."

사민은 바늘귀 하나 들어갈 틈도 주지 않는 그에게 벽을 느꼈다. 그러면서 상단으로 가는 것을 왜 내켜 하지 않은지 스스로에게 질문을 던졌다. 신월장보다 편하진 않겠지만 복수를 위해서 감수하지 못할 정도도 아니다. 그럼에도 주저되는 이유가 궁금했다.

그녀는 산처럼 앞에 버티고 선 사내를 똑바로 응시했다. 그리고 문득 그 이유를 깨달았다.

'이 사내 때문이다.'

진오와 달리 마주 서 있는 것만으로도 바짝 긴장하게 만드는 사내가 의식되기 때문이었다. 그와 같은 공간에서 늘 얼굴을 마주하는 것이 어쩐지 위험해 보여 주저되는 것이었다. 어머니의 복수를 앞에 두고 이런 이상한 감정이 들다니. 혹여 생각을 들키기라도 할까 봐 그녀는 그를 외면했다.

운조는 그녀에게 마지막 통첩을 던졌다.

"정 가고 싶지 않다면 강요하지 않겠다."

"가겠습니다."

원하는 대답을 듣고 막 돌아서려던 그의 입가에 희미하게 미소가 걸렸다.

"왜 생각이 바뀐 거지?"

"어머니의 복수가 가장 중요하니까요."

그 이유 외에는 없다고 사민은 애써 마음을 다잡았다. 그가 자신을 상단으로 데리고 가는 이유는 복수를 하기 위함이니 다른 걱정은 할 필요가 없는 것이다. 그 역시 같은 생각일 테니 그에게 흔들릴 일은 없을 것이다.

갑자기 운조가 뚫어지게 보자 사민은 생각을 들키기라도 한 듯 당황했다.

운조는 살짝 열이 올라 보이는 사민의 뺨을 뜨거운 시선으로 응시하며 입을 열었다.

"준비하고 나와라. 사민, 너는 이제부터 내 사람이다."

갑자기 사민이 상단으로 거처를 옮긴다는 소리에 무연은 뒤통수를 얻어맞은 기분으로 달려왔다.

"굳이 상단에서 지내야 하는 이유가 뭐야?"

"단주님과 할 일이 있어."

그는 사민이 짐을 들고 돌아서자 문을 막아섰다. 사민이 인상을 찌푸렸다.

"왜 그래?"

"마음에 안 든다. 어쩐지 그래. 널 뺏길 것만 같은 느낌이 들어."

"실없는 소리 하지 말고 비켜."

"장 단주가 널 보는 눈빛, 거슬렸어."

무연이 비킬 생각을 않자 사민은 미간을 찌푸리며 그를 쏘아봤다.

"적당히 해. 단주님과 내가 쳐야 할 적이 같으니 같이 움직일 뿐이야. 시간을 벌기 위해서 상단에서 머물기로 한 것이고."

"정말 그것이 다라고 믿는 거냐?"

"그 외에 다른 게 있을 리 없잖아. 너답지 않게 왜 그래?"

"네가 나 아닌 다른 사내와 가까이 있는 것이 싫으니까."

무연이 정색하며 대답하자 사민은 뭉근하게 그를 노려봤다.

"내가 누구와 가까이 지내든 네가 상관할 바 아니야."

"이게! 세상 사람 서운하게 하네."

"무연 네가 나와 가장 가까운 사람인 건 맞지만 그건 어디까지나 같은 일을 하는 동료로서야. 그리고 지금도 장주님 명으로 나는 일을 하러 가는 것뿐이다."

혹시나 그녀도 자신과 같은 마음일까 기대했는데 단칼에 무자르듯 잘라 내는 소리에 무연은 내상을 입었다.

"그럼 일만 하고 와라."

"안 비킬 것이냐?"

"장 단주와 아무것도 하지 말고 일만 하고 와. 장 단주를 사내로 보지 말란 말이다."

"사내로 보든 여인으로 보든 그 또한 내가 알아서 할 거니까 관심 꺼."

"사민!"

"일 절만 하라고 했지? 한 마디만 더 하면 죽는다."

사민이 눈에 힘을 주고 경고하자 무연은 뚱한 표정으로 비켜섰다. 하지만 사민이 문을 열자 기어이 숨겨 둔 속내를 드러냈다.

"넌 장 단주를 어찌 생각하느냐?"

사민은 움찔 놀랐지만 내색하지 않고 인상을 쓴 채 무연을 쏘아보다 밖으로 나가 버렸다.

"아무 생각 없다고 하면 될 걸 저게 불안하게 끝내 답을 안 주고 가네."

사민이 나간 처소에 서서 그는 한숨을 내쉬었다. 사민이 신월장에 없다는 사실만으로도 기운이 빠졌.

신월장 앞에서 장 단주의 품에 안겨 있던 사민의 모습이 떠오르며 자꾸 불안한 기운이 스멀스멀 뇌리에 파고들었다. 자신에게는 한 번도 안겨서 운 적 없던 그녀였기에 충격이 컸다.

그 뒤로는 사민을 보는 장 단주의 눈빛이 거슬렸다. 짐승 같은 수컷의 촉으로 장 단주가 사민을 신월장의 무사가 아닌 여인으로 보고 있다는 것을 알 수 있었다. 그래서 사민을 상단으로 데리고 가려는 그에게 반감이 생겼다.

"사민, 그에게 흔들리지 마라. 부탁이다."

사민이 나간 열린 문을 보며 무연은 주문을 외듯 중얼거렸다.

상단으로 돌아오는 내내 운조는 사민을 의식했다. 굳이 대화가 오가진 않았지만 그녀가 옆에 있다는 사실만으로도 몸이 긴장했다. 일정한 간격을 두고 걷고 있는 그녀의 팔을 바짝 당겨 옆으로 끌어오고 싶은 충동이 오는 내내 일었다.

소아 때문에 계속 의식이 되는 것이라고 억지로 규정지었는데 누이를 생각하는 것과는 확연히 다른 감정이었다. 무조건 그녀를 곁에 두고 싶은 충동에 어깃장을 부려 상단으로 데리고 오긴 했지만 잘한 판단인지는 확신할 수 없었다.

그는 힐끗 사민의 품에 안겨 있는 작은 괭이를 쳐다봤다. 짐을 싸서 나오라는 소리에 괭이를 안고 나오자 웃음이 나왔다.

"이름이 있나?"

"수입니다. 오래 살라는 뜻으로 지어 주었습니다."

"죽을 고비를 넘기고 주인을 얻었으니 극적인 묘생 역전이군."

말을 하다 보니 사민을 처음 봤을 때와 비슷한 것 같아 사민이 괭이를 소중히 여기는 것이 이해가 됐다.

제 이야기를 하는 줄 아는지 수가 눈을 동그랗게 뜨고 보자 운조는 수를 지그시 쏘아봤다. 그러면서 그는 실소했다. 사민의 품에 안긴 작은 괭이가 부럽다는 생각에 어처구니가 없었다.

상단으로 들어가자 아치와 이야기를 나누고 있던 연두가 뛰어왔다.

"오라버니!"

활짝 웃던 연두는 운조의 옆에 선 사민에게 눈을 가늘게 떴다.

"어째서 사민과 같이 오는 거예요?"

"사민은 오늘부터 이곳에서 지낼 거다. 사민에게 지낼 곳을 내어 주어라."

"예? 아니, 어째서요?"

"당분간 함께 해결해야 할 일이 있어서 그런 것이니 시키는 대로 해."

연두가 불퉁한 표정으로 쳐다봤지만 운조는 그녀를 쳐다보지도 않은 채 사민에게 집중했다.

"명일 바로 갈 곳이 있으니 일찍 자 두어라."

"알겠습니다."

운조가 안으로 들어가 버리자 연두는 마뜩잖은 표정으로 사민을 쏘아봤다.

"그것도 같이 지낼 거예요?"

"그럴 거예요."

"왜 더럽게 짐승을 안에서 키운다는 거야? 따라와요!"

연두는 일부러 사민이 듣게 큰 소리로 중얼거리며 앞장섰다.

사민은 심통이 가득한 연두의 뒤통수를 지그시 쏘아보며 그녀를 따라갔다. 반기지 않는 분위기를 느낀 수가 머리를 품으로 더 들이밀었다.

연두는 사민을 일부러 운조의 처소에서 가장 떨어져 있는 후원의 후미진 곳으로 데리고 갔다.

"짐승도 있으니 이곳이 좋겠네요. 이곳엔 찾아오는 사람이 없으니 그 괭이한테도 좋을 거예요."

사민은 처소로 들어가 불을 켜고 안을 살폈다. 오랫동안 사용을 하지 않았는지 냉기가 가득한 처소엔 단출한 침상 하나만 덜렁 있을 뿐 아무것도 없었다.

연두가 자신을 엿 먹이려고 일부러 이곳을 내어 준 것이 읽혔지만 어차피 오래 머물지 않을 것이니 크게 상관하지 않았다. 또 문을 열면 바로 후원이니 수가 놀기에도 괜찮아 보였다.

"불을 넣으면 냉기는 곧 가실 거예요."

"알았어요."

사민이 예상외로 흔쾌히 대답한 후 수를 침상에 내려놓고 문을 닫자 연두는 도리어 머쓱해졌다.

'뭐야, 정말 괜찮은 거야? 다른 곳으로 바꿔 달라고 징징거릴 줄 알았는데.'

생각했던 반응이 아니라 놀리고도 개운치가 않은 기분이었다. 불만이 없는 것이 더 불만스러웠다.

돌아가는 연두의 입이 한일자로 다물렸다. 신월장의 무사라지만 엄연히 여인인데 운조가 직접 상단으로 데리고 온 것이 곱게 보일 리 없었다. 여가진에게 맞서 어멈을 보호해 줬을 때와는 또 다른 마음으로 그녀에게 경계심이 생길 수밖에 없었다.

"무연도 있는데 왜 하필 사민이야."

연두는 달갑지 않은 표정으로 구시렁거렸다.

다음 날 사민은 아침 일찍 조반을 마치고 운조를 찾아갔다.

단주실 밖에서 기다리고 있던 연살이 그녀를 맞아 주었다. 어릴 적에 봐서 그런지 사민에게 정이 갔다.

"잠깐 기다려라. 단주께서 곧 나오실 것이다."

"무사님은 함께 가시지 않으십니까?"

"나는 따로 단주께서 시키신 일을 해야 한다. 단주께선 늘 소수로 움직이시기 때문에 앞으로도 둘만 동행할 가능성이 크다."

혹시라도 연살이 같이 가면 그가 덜 의식될 것 같았는데 기대감이 초장부터 산산이 깨졌다.

"처소가 마음에 들지 않으면 바꿔 줄 수 있다."

"괜찮습니다."

"먼 곳에서 오는 상단의 객들이 하룻밤 잠만 자기 위해 만든 방이라 외지기도 하고 갖춰진 게 없어 불편할 것이다. 다른 처소도 비어 있는 곳이 있으니 언제든 이야기해라."

"한시적으로 지내는 것이니 딱히 상관없습니다."

연살이 뭐라 말하려는 순간 문이 열리고 운조가 나오자 두 사람의 대화가 자연스럽게 끊겼다.

운조는 사민의 얼굴을 가만히 들여다봤다. 늘 그렇듯 백색의 무복에 길게 하나로 묶은 까만 머리카락이 단정해 보였다. 표정 역시 흐트러짐이 하나도 없어 때때로 흐트러트리고 싶은 못된 충동이 일었다.

"잘 못 잤나 보군."

"아닙니다."

"미련하게 참는 놈들을 별로 좋아하지 않는다. 검을 쥔 자들은 항상 좋은 몸 상태를 유지해야 하니 불편한 점은 그때그때 말해라. 그래야 정작 중요할 때 실수하지 않는다."

"알겠습니다."

"좋다, 출발하자."

"다녀오십시오."

연살의 배웅을 받으며 사민은 운조와 함께 상단 밖으로 나갔다.

가는 내내 두 사람은 늘 그렇듯이 말이 없었다. 하지만 예민하게 서로를 의식하며 묘한 긴장감을 느꼈다.

한참을 따라가다 익숙한 길로 접어들자 사민의 미간이 찌푸려졌다. 그곳은 어미가 묻힌 곳이었고 담친왕부로 이어지는 길이기도 했다. 설마······.

"어디로 가는 겁니까?"

처음으로 묻는 소리에 운조는 사민의 안색을 살폈다. 그녀에게는 이곳이 아픔만 가득한 곳이라 달갑지 않은 장소일 것이다. 그래서 신경이 쓰였다.

"담친왕부로 가는 길이다."

설마 했는데 담친왕이라는 소리에 사민의 표정이 얼음처럼 싸늘해졌다. 어미가 죽기 전에 알려 준 출생의 비밀은 가슴에 묻은 지 오래였다. 어차피 자신에게는 죽은 어미가 전부였기에 담친왕의 여식이라는 사실을 밝힐 생각도 없었다.

아들이 아니라는 이유로 버린 그들을 부모라 인정하지 않기에 평생 보지 않고 살면 그만이다 싶었는데 담친왕부로 갈 일이 생기다니 내키지 않았다. 그저 평생 우연히라도 스치지 말기를 바랐건만…….

"기분이 좋지 않은 모양이군."

"아닙니다."

운조의 예리한 지적에 사민은 이내 표정을 갈무리했다. 누구에게도 자신이 담친왕의 버려진 여식이라는 사실이 알려지기를 원치 않았다. 그러니 이렇게 싫은 티를 낼 필요도 없는 것이다.

사민이 어미가 묻힌 곳으로 시선을 길게 주자 운조는 그녀를 처음 봤던 때를 떠올렸다. 십이 년이나 지난 일이지만 그날의 일은 선명하게 뇌리에 남았다. 제 옷자락을 꽉 붙잡고 도움을 청하던 어린아이의 간절한 눈동자가 눈앞에 보이는 듯했다.

그때의 기억을 소환하던 그의 시선이 사민에게 그대로 옮겨 갔다. 십이 년의 세월을 훌쩍 넘어 여인이 된 아이가 보였다. 그때나 지금이나 맑은 눈망울이 그대로인 아이. 그 아이가 여인이 되어 심장을 흔들고 있다.

운조가 가만히 보기만 하자 그의 시선을 느끼고 사민은 목이 타는 것 같아 마른침을 삼켰다. 그가 한 번씩 왜 갑자기 이렇게 사람을 빤히 보는지 모를 일이다. 못된 취향을 가진 사내다. 그녀는 시선을 살짝 비틀어 다른 곳에 주었다.

"긴장하는군."

"……."

"나와 함께 있으면 긴장이 되나?"

대놓고 허를 찌르는 소리에 사민은 크게 당황했다. 그가 무슨 의도로 묻는지 알 수 없어 그녀의 아미가 좁혀졌다.

"단주님이시니까 아무래도……."

"그런 의도로 묻는 것이 아니다."

"하면."

"날 사내로 의식하는지 묻는 것이다."

얼굴을 빤히 보며 직설을 내리꽂는 그에게 사민의 심장이 덜컥 내려앉았다. 담친왕부를 찾아가다 갑자기 대화가 왜 이리 흘렀는지 모를 일이다. 그녀는 얼른 조각조각 흐트러진 마음들을 주워 담고 표정 관리를 했다.

"생각해 보지 않았습니다."

"그럼 이제부터라도 생각해 봐라."

"저에게 왜 이런 말씀을 하시는 겁니까? 누이와 닮아서입니까?"

"널 누이로 보고 있지 않다고 분명하게 말한 거 같은데. 누이를 생각하며 설레는 미친놈은 없다."

"하면 어째서……."

"네가 우는 모습을 다른 사내에게 보이고 싶지 않아서. 또 네가 보이지 않으면 불안해서. 그래서 널 곁에 두기로 한 것이라 해 두지."

이 사내가 이렇게 감정을 표현할 줄 아는 사내였던가. 갑자기 감정 폭격을 맞은 것처럼 사민은 정신을 차릴 수가 없었다. 그의 말 한마디에 속에서 몽글몽글한 감정이 뭉게구름처럼 불어났다.

"네가 내 옆에 있는 것이 한시적일지는 두고 보면 알 것이다. 그러니 신월장을 그리워하지 마라."

연살과 했던 소리를 들은 것인가. 작정하고 옆에 있으라 선언하는 그에게 사민은 아무런 답도 할 수 없었다.

마음을 있는 대로 흔들어 놓고 아무 일도 없는 것처럼 그가 앞만 보고 걷자 사민은 그의 뒤통수를 지그시 쏘아봤다. 어느 누구 앞에서도 쉬이 동요하고 흔들린 적 없었는데 그에게만은 자주 흔들바위가 된 것 같아 마음에 들지 않았다.

그러는 동안 담친왕부의 거대한 모습이 눈앞에 드러나자 사민은 찬 시선을 치켜떴다.

집사장을 따라 담친왕의 처소로 가는 동안 사민은 냉랭한 눈빛으로 앞만 응시했다.

그러다 담친왕의 처소에서 나오는 진 왕비를 발견하고 찬 시선으로 쏘아봤다. 그녀의 뒤에 선 나이가 지긋해 보이는 여인에게 사민의 시선이 고정됐다. 아마도 그녀가 유모일 것이다.

십이 년 전에 담친왕부의 유모를 찾아가라고 했던 어미의 말을 끝내 듣지 않았었다. 왕부에서 자신을 버린 이유가 너무도 하찮아서이기도 했지만 몰래 자신을 살려 준 유모를 난처하게 하고 싶지 않았다. 어쨌거나 죽이라는 주인의 명을 속인 것이니 자신의 존재가 껄끄러웠을 것이다.

진 왕비가 갑자기 운조에게 다가오자 사민은 그녀를 차게 쏘아봤다.

"백화상단에서 왔다고 들었네만."

"맞습니다. 백화상단의 단주 장운조가 왕비 마마를 뵙습니다. 이쪽은 사민이라고 합니다."

운조의 소개에도 진 왕비는 사민에게 시선을 주지도 않고 운조에게만 집중했다.

"백화상단의 명성이 자자한 이유가 있었군. 이리 젊고 준수한 단주라니. 내게 여식이 없는 것이 아쉬울 지경이야."

사민은 운조에게 거짓말을 하며 호감을 드러내는 진 왕비의 위선에 토악질이 나오려고 했다.

"과찬이십니다. 귀족도 아닌 장사치가 왕부의 공주님과 어울릴 리 없지요."

"그만큼 탐이 난다는 말이라네."

진 왕비는 운조에게 노골적으로 호감을 드러내며 웃었다. 그럴수록 사민의 표정은 무서울 정도로 차가워졌다.

문득 사민은 자신을 빤히 보는 누군가의 시선을 느끼며 고개를 돌렸다. 유모와 눈이 마주치자 그녀는 무표정한 얼굴로 시선을 돌렸다. 그런 후에도 계속 보는 유모의 시선이 느껴졌지만 돌아보지 않았다.

"백화상단에 아국에선 볼 수 없는 진귀한 물품이 많다고 들었네. 다음에 다시 왕부로 찾아올 때 직접 볼 수 있었으면 하네."

"그리하겠습니다. 오늘은 왕부에 어울릴 만한 자기를 가지고 왔사오니 받아 주십시오."

"오! 역시 장 단주군. 왕부에 어울릴 만한 자기라니 단주의 정성을 귀하게 받겠네. 담친왕께서 기다리시니 어서 들어가 보게."

진 왕비가 인심 쓰듯 물러나자 운조는 정중하게 인사를 건네고 안으로 들어갔다.

걸음을 옮기는 진 왕비의 입가에 만족스런 미소가 걸렸다.

"아직 이립도 되지 않은 사내가 저리 큰 상단의 단주라니 대단한 능력이군. 세주가 반만 따라가도 좋으련만."

장 단주에 대한 칭찬이 세주에 대한 아쉬움으로 흐르며 진 왕비는 한숨을 내쉬었다.

"세주는 무얼 하고 있는가?"

"잠시 출타하셨습니다."

"친왕부의 왕자가 날마다 어디를 그리 쏘다니는 것이야? 또 기루에 간 것인가!"

방금 전까지 평화롭던 진 왕비의 얼굴에 다시 불편한 기색이 역력했다. 갑자기 엇나가기 시작한 아들의 행보에 하루가 다르게 지쳐 가고 있는 실정이었다.

심란한 표정으로 앞서 걷는 진 왕비를 따라가며 유모의 표정 또한 좋지 않았다.

'왜 이런 생각이 드는 거지? 하지만 이상하게 닮았어.'

장 단주의 뒤에 서 있던 사민을 우연히 본 이후로 시선을 뗄 수 없었다. 그녀의 눈매와 입가가 묘하게 낯설지 않았다.

순간 왜 십팔 년 전에 덕이에게 보낸 아기씨가 떠오르는지 모를 일이다. 덕이에게서 갑자기 소식이 끊겨서 생사도 확인이 되지 않은 아기씨가 장성했다면 저런 모습일 것이다.

혼자 상상을 펼치다 유모는 고개를 저었다.

'그럴 리가 없잖아.'

그러면서도 유모는 사민이 들어간 문으로 다시 고개를 돌렸다.

지난날을 회상하는 유모의 얼굴에 짙은 그늘이 졌다. 덕이에게 소식이 끊긴 후로 귀한 아기씨가 어디서 어떻게 지내고 있는지, 혹 변이라도 당한 건 아닌지 걱정이 됐기 때문이었다. 아기씨의 운명이 얄궂어 자신도 모르게 한숨이 흘러나왔다.

"어찌 한숨을 쉬는 겐가?"

진 왕비가 묻는 소리에 유모는 놀라서 얼른 표정을 달리했다.
"아닙니다."
진 왕비는 떨떠름한 표정으로 유모를 보다가 걸음을 옮겼다. 유모는 착잡한 심정으로 그녀를 따라갔다.

담친왕의 집무실로 들어가자마자 사민은 자리에 앉아 있는 담친왕을 발견했다. 그가 친부라는 사실이 비현실적으로 느껴졌다. 담친왕의 시선이 운조에게서 자신에게 옮겨 오자 사민은 고개를 돌려 버렸다.
담친왕은 살짝 경계하는 눈빛으로 운조를 맞았다.
"백화상단에서 내게 무슨 볼일이 있는가?"
"황실의 어른이시니 그저 인사차 들렀습니다."
운조의 설명에도 담친왕은 쉬이 경계를 풀지 않았다. 상단에서 그저 인사차 들렀을 리가 없을 것이다.
"내 비록 친왕이긴 하나 조정의 일에는 관여를 하지 않네. 소식에 능한 백화상단의 단주가 그 사실을 모를 리는 없겠지."
"물론입니다. 소인은 그저 궁금한 것이 있어 여쭙고자 찾아왔습니다."
"내게 말인가? 어디 날 찾아온 진짜 용건을 얘기해 보게."
"혹 장판석 대감을 기억하십니까?"
생각지도 않은 이름에 담친왕의 표정이 확 변했다. 그는 더 의심 가득한 눈초리로 운조를 똑바로 응시했다.
"장 단주가 장판석 대감을 어찌 아는가?"

"대답을 하기 전에 먼저 한 가지 약조를 해 주십시오."

"무엇인가?"

"소인의 정체를 누구에게도 밝히지 않겠다 약조해 주십시오."

"도통 모르는 소리만 하는군. 좋네, 내 약조하지. 그럼 이제 대답하게. 오래전에 죽은 장판석 대감을 어찌 아는 건가?"

"장판석 대감이 소인의 아비이옵니다."

"뭐, 뭐라!"

담친왕의 눈동자가 귀신을 본 듯 커졌다.

"장 대감의 아들은 십칠 년 전에 죽었다 들었는데 이게 무슨 해괴한 소린가? 장 단주가 감히 친왕인 내게 거짓부렁을 할 리는 없을 테고, 단주가 장 대감의 아들이라는 입증을 해 보게."

운조는 품에서 무언가를 꺼내 탁자 위로 올렸다.

"이게 무엇인가?"

"아버지께서 제게 주신 패이옵니다. 제가 일곱 살이 되던 해에 아버지께서 친히 만들어 주신 것입니다."

담친왕은 반신반의하며 패를 들고 꼼꼼하게 살폈다. 그러다 패에 새겨진 이름을 확인하고 그대로 굳었다. 장가의 문양이 박혀 있고 하운이라는 이름이 새겨진 필체는 분명 장판석의 필체였다. 그는 패를 든 채 놀란 눈으로 운조에게 다시 확인했다.

"정말 장 대감의 아들인가?"

"맞습니다. 제 본래 이름은 장가 하운이옵고 십칠 년 전 누이와 함께 달아나다 적들에게 공격을 당하여 쓰러졌지만 상단의 노 단주님을 만나 요행히 목숨을 건졌습니다."

"이럴 수가!"

죽었다고 생각했던 장판석의 아들이 살아 있다는 사실에 담친왕은 눈물이 날 것처럼 기뻤다.

"장 대감의 아이들까지 죽었다는 소리를 듣고 하늘이 원망스러웠는데 역시 하늘이 무심하지는 않으셨구나. 그래, 날 찾아온 이유가 무엇이냐?"

"아버지와 좌의랑의 관계에 대해 알려 주십시오."

"좌의랑? 여사석을 말하는 것이냐?"

"맞습니다."

"한데 여사석에 대해선 어찌 묻는 것이냐?"

"아버지와 어머니를 죽이고 저와 소아까지 죽인 자들의 배후에 여사석이 있었습니다."

"그게 정말이냐!"

담친왕은 크게 놀란 만큼 분개했다.

"여사석 그자가 정말 미쳤구나! 무슨 철천지원수라고 아이들까지 그리 잔인하게 해칠 수 있단 말이냐."

"그 이유를 아실까 하여 찾아왔습니다."

담친왕은 살짝 미간을 모으며 지난 기억을 회상했다.

"내가 알기로 네 아버지와 여사석은 접점이 없었다. 친분이 있었던 것도 아니고 조정에서 대립한 일도 없었다. 네 아버지에게서 여사석에 대해서 들은 기억도 없다. 그런 여사석이 네 아버지를 죽였다면 둘만의 문제가 아니었을 수도 있다."

"다른 이가 또 있다는 말씀입니까?"

"그렇게 생각해 볼 수도 있다는 말이다."

운조는 담친왕의 말을 곱씹었다. 충분히 가능성이 있는 말이었다.

"다방면으로 가능성을 두고 알아봐야겠습니다."

"혹시 내 도움이 필요하면 언제든지 말해라. 네 아버지는 내게는 둘도 없는 동무였다. 언제든 내가 힘이 되어 주겠다."

"고맙습니다."

운조는 진심으로 담친왕이 고마웠다. 비록 원하는 정보는 얻지 못하였지만 대신 담친왕을 얻었으니 헛걸음은 아니었다.

담친왕은 운조의 곁에서 한마디도 하지 않고 앉아 있는 사민을 처음으로 바라봤다.

"둘만 다니는 것이냐?"

"맞습니다."

"무복을 입은 여인이라……. 위험하지 않겠느냐?"

"사민은 훌륭한 무인입니다. 걱정하지 않으셔도 됩니다."

"네가 그렇다면 그렇겠지."

담친왕이 다시 쳐다보자 사민은 그의 시선을 외면했다. 당장이라도 자리를 박차고 나가고 싶은 마음을 누르고 두 사람의 대화가 끝나기를 기다렸다.

담친왕의 배웅을 받고 담친왕부를 벗어나자 그제야 시끄러운 속이 진정되고 숨을 쉴 것 같았다.

"안색이 좋지 않다. 불편한 것이냐?"

"괜찮습니다."

"괜찮다는 말이 입에 배었군. 그렇게 말하면 안 괜찮은 게 괜찮아지기라도 하나?"

"정말 괜찮습니다."

 운조의 시선이 더 가늘어졌다. 하나도 괜찮지 않은 얼굴인데 잘도 괜찮다고 되풀이한다.

 운조의 시선을 피해 정면을 응시하던 사민은 앞에서 세주가 성큼 걸어오는 것을 보고 인상을 찌푸렸다. 그녀는 낮술을 마셨는지 비틀거리며 다가오는 세주를 외면했다. 기루에서 부딪친 기억이 있기에 얼굴을 들키고 싶지 않았다.

 두 사람을 힐끗 쳐다보며 지나가던 세주가 갑자기 멈춰 서서 고개를 돌렸다. 그의 시선이 사민의 작은 뒤통수에 머물렀다.

"넌 청화루에서 봤던 예인이 아니냐?"

 기어이 자신을 알아보는 세주에게 사민은 찬 시선으로 응수했다.

"잘못 보셨습니다."

"그래? 그런데 이상하게도 닮았구나. 정말 그 아이가 아니냐?"

"아닙니다."

"아니면 됐다. 하긴 그 아이가 이곳에 있을 리 없지."

 사민이 거듭 단호하게 부인하자 세주는 오른손을 털며 멀어졌다.

"청화루에서 담 왕자를 만났었나?"

"우연히 스쳤습니다."

짧게 대답하는 표정이 너무 가라앉아 보여 운조는 더 묻지 않았다. 이상하게 오늘 내내 그녀의 기분이 좋지 않아 보이는 것이 걸렸다. 하지만 묻는다고 이유를 말해 줄 것 같지 않아 그는 침묵을 선택했다.

제6장
동주 同舟

"어머니… 아, 안 돼… 아악!"

외마디 비명 소리와 함께 상체가 튕겨져 일어났다. 사민은 식은땀을 흘리며 숨을 거칠게 몰아쉬었다.

"왜 또 그런 꿈을……."

담친왕부에 다녀온 후로 신경이 예민해진 모양이다. 원통하게 죽은 어미를 안고 오열하던 기억이 생생하게 떠올라 가슴이 답답했다.

억지로 잠을 청해 봤자 다시 잠이 오지 않을 것 같아 사민은 후원으로 나갔다. 맑은 공기를 마시며 걷고 싶었다. 모두 잠들 시각이고 외진 곳이라 아무도 오지 않는다고 하였으니 그녀는 머리를 묶지도 않고 자다 일어난 가벼운 옷차림으로 밖으로 나갔다.

야행성인 수가 신이 나서 몸을 비비며 다리 사이를 지나가자 사민은 수의 턱과 이마를 긁어 주었다. 골골거리는 괭이의 소리가 듣기 좋았다.

그녀는 차가운 밤공기를 흠뻑 들이마셨다. 제법 시원하게 불어오는 바람이 길게 흘러내린 까만 머리카락을 한껏 찰랑이게 했다.

밤에 더욱 짙어지는 청신한 나무 향을 들이마시며 그녀는 눈을 감았다. 시원한 바람과 맑은 공기가 어지러워졌던 기분을 차곡차곡 정돈해 주는 것 같았다.

한동안 마음을 진정시키며 눈을 뜬 그녀는 운조가 서 있는 것을 발견하고 그대로 굳었다. 그가 이곳에 나타난 사실이 믿기지 않았다.

순간 무복도 입지 않고 머리를 풀어 헤친 자신의 모습을 상기하고 사민은 크게 당황했다. 단지 무복을 벗었을 뿐인데 마치 발가벗고 서 있는 기분이었다. 도대체 언제부터 보고 있었던 걸까. 달아오른 볼이 식을 줄 몰랐다.

운조의 시선이 사민의 긴 머리카락과 바람에 하늘거리는 얇은 차림을 훑어 내렸다. 무복 차림일 땐 틈새라고는 찾아볼 수 없이 단정한 모습이었는데 지금은 전혀 다른 모습이었다. 얇은 천 사이로 슬쩍 드러난 쇄골과 투명하게 비치는 살결이 시야를 어지럽히고 있었다.

"의외의 모습이군."

"들어가겠습니다."

그의 앞에서 너무 무방비한 상태로 서 있는 것 같아서 사민은 곧바로 몸을 돌렸다.

"서라."

운조가 들어가려던 사민을 불러 세웠다. 그는 사민의 앞에 서서 그녀의 눈을 똑바로 들여다봤다.

"내가 의식되는가?"

"무슨 말씀이십니까?"

"지금 달아나려는 것이 아닌가?"

"아닙니다."

"하면 그대로 서 있어라."

"……."

"낭패한 표정이군. 그런 모습으로 내 앞에 서 있는 것이 불편한가?"

"편친 않습니다. 그러니 그만 들어가겠습니다."

사민이 다시 움직이려 했지만 운조는 허락하지 않았다.

"미안한데 나는 전혀 불편하지 않다. 그러니 움직이지 마라. 움직이면 확 잡아챌 것이다."

"단주님."

"널 자극하고 싶어진다."

그가 가까이에 서자 사내의 체취가 훅 밀려들었다. 순식간에 밤의 공기가 바뀌고 있었다. 사민은 그의 시선을 마주 볼 자신이 없어 살짝 외면했다. 그러나 운조가 갑자기 턱을 붙잡자 그녀의 눈동자가 달덩이처럼 커졌다.

"네가 나를 똑바로 보지 않을 때마다 더 네 눈이 나만 찾게 만들고 싶어져."

꼼짝없이 붙들린 눈동자가 크게 일렁이며 사민은 살짝 인상을 찡그렸다. 무방비 상태에서 얻어맞은 심장이 제멋대로 쿵쾅거리기 시작했다.

운조는 바람결에 살짝 흩날리는 사민의 까만 머리카락을 바라봤다. 머리카락이 흩날릴 때마다 은은하게 청신한 향이 느껴지는 것 같았다.

색기라고는 하나도 없는 무표정한 얼굴이지만 이상하게도 그 건조함이 더 남심을 건드린다. 짙은 화향이 아닌 은은한 죽향처럼 서서히 취해 가게 만든다.

그가 말없이 보기만 하자 사민은 더 불편해졌다. 그러는 한편 궁금했다. 이 늦은 밤에 그가 이곳엔 왜 온 것일까.

"이곳까진 어찌 오신 겁니까?"

"널 보러 왔다."

"어째서……."

"그냥 네 안색이 좋아 보이지 않아서 마음에 걸렸다."

사민은 살짝 눈썹을 찡그렸다. 갑옷처럼 챙겨 입던 무복을 벗어서 그런지 이 밤 모든 것이 이상했다. 그가 앞에 서 있는 것도, 그의 말에 자꾸 심장이 널을 뛰는 것도, 하물며 밤의 공기마저도 달라진 것 같았다.

제 안의 동요를 들키고 싶지 않아 그녀는 최대한 담담한 표정으로 그를 마주 봤다.

"단주님께선 생각보다 섬세하신 것 같습니다."

"섬세하다라……. 왜 그렇게 생각한 거지?"

"제 표정이 좋아 보이지 않는다고 이렇게 친히 찾아와 주시니 말입니다. 상단의 식솔들을 이렇게 살뜰히 챙기시는 분인 줄은 몰랐습니다."

갑자기 운조가 소리 없이 웃자 사민의 눈동자가 그에게 고정됐다. 그러고 보니 그의 웃는 모습은 처음인 것 같다. 사내의 웃는 모습에 이렇게 감정이 출렁이는 것도 처음이었다. 대체 몸 어디가 고장이 난 걸까.

"날 오해하고 있군."

운조는 하얀 얼굴과 더욱 대조적으로 까만 그녀의 눈동자를 홀린 듯이 바라봤다.

"처음이다."

"무슨……."

"안색이 좋지 않은 것이 걸려 미친놈처럼 이 시각에 이곳까지 찾아온 것은 네가 처음이라는 말이다."

그의 노골적인 감정 표현에 사민은 뭐라 답해야 할지 몰라 입을 다물었다. 확실히 이 밤이 이상한 마법을 부리고 있었다. 밤이 속임수를 부리는 것이 분명했다.

"괜한 걱정을 끼쳐 드렸나 봅니다. 저는 정말 괜찮습니다."

사민이 거듭 괜찮다고 했지만 운조는 여전히 그 말을 믿지 않았다.

"혹 일전에 담친왕부에 간 적이 있나?"

"오늘이 처음입니다."

"하면 담친왕부와 엮인 일이 있었나?"

"없습니다. 한데 어째서 그리 물으시는 겁니까?"

"담친왕부에서 넌 평소와 조금 달랐다. 어떤 상황에서든 감정을 싣지 않았는데 그곳에서 네 눈빛에 감정이 실린 것이 보였다. 네 어머니가 죽은 곳이어서 그렇다고 생각하기에도 분명 다른 것이 있어 보였다."

그의 날카로운 추리에 사민은 속으로 무척 놀랐다. 그녀는 그의 앞에서 동요하는 모습을 보이지 않으려고 주먹을 움켜쥐었다.

"잘못 보셨습니다."

"아니, 잘못 보지 않았다. 내 눈은 늘 너를 보고 있었으니까."

단호한 대답에 사민은 마른침을 삼켰다. 이상하게 그와 대화를 주고받을수록 더 늪에 빠져드는 기분이다. 그래서 한 발 내딛기가 더 겁이 난다.

"담친왕부와 제가 감히 연이 있을 리가 없지요. 그저 두통이 조금 일어서 표정이 좋지 않았나 봅니다. 걱정을 끼쳐 드려 송구합니다."

운조의 미간이 좁혀들었다. 분명 다른 이유도 있는 것 같지만 그녀를 더 추궁한다고 말을 할 것 같지 않았다.

"네 말을 믿겠다. 대신 한 가지만 분명하게 해 두겠다. 너와 내가 같은 배를 탄 이상 서로에게 숨기는 일은 없어야 한다. 나는 네게 내 목숨을 맡길 것이다. 그리고 너 역시 내게 너를 맡

겨야 할 것이다. 그래야 함께 갈 수 있다."
"…알겠습니다."
"좋다, 들어가 쉬어라."
그가 놓아주자 사민은 달아나듯 안으로 들어갔다.
운조는 그녀의 뒷모습을 놓치지 않고 바라봤다. 그녀가 사라진 곳에선 아직도 그녀의 체취가 남아 마음을 심상하게 했다.
순간 신기루처럼 사라지는 그녀를 놓치고 싶지 않다는 감정이 밑바닥에서 솟구쳤다. 그녀를 다시 붙잡고 싶은 충동을 억지로 누르며 그는 힘겹게 걸음을 옮겼다.

다음 날 무복을 꼼꼼히 챙겨 입고 길게 흘러내린 머리카락도 한데 묶어 올리며 사민은 마음을 다졌다.
어젯밤 꿈처럼 그를 만난 후 한숨도 잘 수 없었다. 하지만 그 전까지 괴롭게 일렁이던 담친왕에 대한 분노는 잠시 잊을 수 있었다.
단주실로 걸어가면서 사민은 그의 얼굴을 어찌 대해야 할지 머리를 굴렸다. 그러다 반빗간에서 나오는 어멈과 마주쳤다.
사민을 기억하는 어멈이 웃으며 먼저 인사를 건넸다.
"지난번엔 고맙다는 인사도 제대로 못 했구나. 네가 아니었다면 큰 화를 당할 뻔했다."
"아니에요. 다치시지 않아서 다행입니다."

"당분간 이곳에서 지낸다는 말은 들었다. 혹 먹고 싶은 것이 있으면 언제든 말하여라. 상단의 먹거리는 내 소관이다."

"고맙습니다. 혹 괜찮으시다면 남은 음식 중 괭이가 먹을 만한 것을 챙겨 주십시오."

"그것뿐이냐?"

"네, 저는 아무것이나 잘 먹습니다."

사민이 편히 웃으며 돌아서자 어멈이 인자한 눈빛으로 그녀를 지켜봤다.

"볼수록 마음에 드는 아이야."

"뭐가 마음에 든다는 거예요?"

연두가 볼에 바람을 넣으며 나타나 투덜거렸다. 그녀는 멀어지는 사민을 째려보며 입술을 내밀었다.

"소탈하고 반듯해 보이잖아. 단주께서 곁에 두고 싶어 하실 만해."

"어멈은 무슨 말씀을 하는 거예요! 사민은 여기 일하러 온 거라고요."

연두가 한 자 한 자 강조하며 주지시켜 주자 어멈은 웃고 말았다. 그녀의 눈에 질투라는 이름의 횃불 두 개가 이글이글 타고 있었다.

"그냥 그렇다는 거다."

어멈이 슬쩍 돌아서서 가 버리자 연두는 괜히 사민이 사라진 곳을 불퉁하게 노려봤다.

"단주께 여우짓만 해 봐. 가만 안 둬."

연두가 째려보는 것을 알 리 없는 사민은 단주실 앞에서 숨을 크게 들이마셨다.

"사민입니다."

"들어와라."

그의 목소리에 다시 심장이 두근거렸지만 예의 그 무심한 표정으로 중무장하고 안으로 들어갔다.

기다렸다는 듯이 운조가 사민의 얼굴을 쳐다봤다.

"역시 못 잔 얼굴이군."

다른 사내들의 시선은 아무 동요 없이 잘만 받아쳐 놓고 왜 이 사내의 시선에는 이리 속수무책이 되는 걸까. 제 속에서 일어나는 반응이 달갑지 않아 사민은 미간을 찌푸렸다.

운조는 다시 틈새 하나 없이 그녀를 무사로 만들어 버린 백색의 무복을 마뜩잖은 눈빛으로 쳐다봤다.

"무복을 입으니 또 다른 사람이 됐군."

"이게 원래 접니다. 제가 이곳으로 온 이유는 어머니의 복수를 하기 위함입니다. 다른 곳에 신경을 분산하고 싶지 않습니다. 그러니 흔들지 말아 주십시오."

역시나 서늘한 경고에 운조는 낮게 한숨을 내쉬었다.

"어젯밤에 본 모습 또한 네 본모습이겠지. 나는 그 모습이 더 마음에 든다."

"단주님."

"그렇게 딱딱하게 굴 때마다 그 무복을 벗겨 버리고 싶어져."

동요하지 말자고 마음을 굳히고 들어왔는데 그가 너무도 간

단히 흔들어 버리자 사민은 골이 났다. 그에게 약점을 잡힌 것처럼 그의 한마디에 속에서 큰 파도가 일렁이는 것이 마음에 들지 않았다.

"일전에 네가 여사석의 치부를 알아서 그가 널 죽이려 했다고 하였다."

언제 흔들었냐는 듯 완벽하게 다른 표정이 된 그에게 사민은 얼른 표정을 정리했다.

"맞습니다."

"여가진과 관련이 있다고 했는데 정확하게 무엇이지?"

"여가진이 여사석의 핏줄임은 맞으나 정실부인의 핏줄은 아닙니다."

운조는 잠시 생각을 정리했다.

"외도로 낳은 자식이라. 여사석이 널 죽여 입막음하려 한 것으로 보아 그 정실부인은 그 사실을 모르고 있겠군."

"그럴 겁니다."

"여가진 역시 사실을 알 리 없겠군."

"그럴 테지요."

자신의 핏줄에 한 치의 의심도 없으니 그리 안하무인으로 나올 수 있을 것이다.

"고작 그런 이유로 어린 널 죽이려 하다니 어처구니가 없군."

"제가 알기로 좌의랑댁 부인의 성정이 괴팍해서 좌의랑이 첩을 두는 것을 참지 못한다고 하였습니다. 부인의 가문 덕에 좌의랑이 그 자리에 오를 수 있었기에 다른 이와 사통하여 자식까지 낳은 사실이 밝혀질까 두려웠을 겁니다."

"그래서 더더욱 입막음이 필요했겠군."

"저는 그날 아픈 어미의 심부름을 갔을 뿐입니다."

사민이 울분을 토해 내자 운조는 미간을 모은 채 그녀를 지켜봤다.

"여가진의 친모는 누구지?"

"모릅니다. 얼굴을 보지 못했습니다. 다만 목소리가 가늘고 특이했으며 색기가 가득했습니다. 가벼운 말투와 억양이 귀족가의 여인은 아니었습니다."

"가관이군. 어쨌든 여사석의 약점을 알았으니 우리에게 나쁠 건 없다. 여가진의 패는 나중을 위해 아껴 두는 것이 좋겠다. 발뺌을 하지 못하게 친모를 찾는 것이 좋겠군. 그때 네 어머니의 복수를 할 수 있을 것이다."

사민은 굳은 표정으로 고개를 끄덕였다.

"오늘 함께 갈 곳이 있다."

막 자리에서 일어나려다 운조는 연살이 급히 들어오자 그에게 주목했다.

"무슨 일인가?"

"소아 아씨일지도 모르는 여인을 찾았습니다. 어릴 적에 납치를 당해 시침녀로 팔려 갔다는데 극적으로 도망쳤다고 합니다."

"어디인가!"

운조는 곧바로 자리에서 일어났다.

사민은 운조의 표정이 무섭게 변하는 것을 지켜봤다. 누이에 대한 애타는 마음이 그대로 보였다. 부디 이번에는 누이를 꼭 찾을 수 있기를 바랐다.

"사민, 급히 갈 곳이 있으니 금일 일정은 명일로 미룬다. 쉬고 있어라."

"저도 함께 가겠습니다."

운조가 나가려다 말고 그녀를 돌아봤다.

"좋을 대로."

그가 곧바로 연살을 따라 나가자 사민도 재빨리 움직였다.

활을 떠난 화살이 포물선을 그리며 날아가 과녁에 꽂혔다.

"명중이오!"

부리는 사내가 외치는 소리에 가진의 입가가 의기양양하게 올라갔다.

"역시 낭자의 궁술은 타의 추종을 불허할 정도로 뛰어나오."

손뼉을 치며 등장하는 사내를 보고 가진은 속으로 욕설을 내뱉었다. 그는 근래 들어 아버지와 친분이 두터워진 황염문 대감의 아들 황이필이었다.

황이필이 가진에게 반하여 노골적으로 환심을 드러냈고 여사석의 입에서 그와의 혼담까지 거론됐지만 가진이 학을 떼듯 털어 냈다.

가진은 겉만 번지르르하게 꾸미고 실상 머릿속에 든 것은 없어 보이는 황이필을 속으로 경멸했다. 하지만 황염문과의 관계가 틀어지는 것을 우려한 아버지의 청으로 황이필에게 속내를 드러내진 못했다.

기분이 잡쳐 그녀는 활을 내려놓고 성큼 걸어갔다. 눈치 없는 황이필이 그녀를 졸졸 뒤따라갔다. 가진은 치밀어 오르는 짜증을 눌러 참고 시큰둥하게 물었다.

"아버지를 찾아오신 것이 아닙니까?"

"낭자를 찾아온 것이오."

"제게 무슨 용무십니까?"

"벌이 꽃을 찾는데 꼭 이유가 필요한 것은 아니지요."

가진은 하마터면 소리를 지를 뻔했다. 가볍기 그지없는 움직임과 품격을 떨어뜨리는 경박한 말투가 모두 마음에 들지 않았다.

'장 단주와 너무 비교되잖아.'

운조를 만난 이후로 황이필이 더 싫어진 것은 사실이었다. 비록 귀족은 아니지만 황이필과는 비교도 할 수 없을 정도로 과묵하고 신중한 운조의 남자다움에 무작정 끌렸다. 그가 귀족이었다면 더할 나위 없었을 것이다.

그러다 보니 가진 것이라고는 귀족이라는 이름밖에 없는 황이필이 더 부족하고 모자라 보였다. 당연히 그와의 혼인은 죽었다 깨어나도 어림없는 일이 되었다.

가진의 속을 알 리 없는 황이필이 눈치 없이 수작을 걸었다.

"풍광 좋은 곳에서 차를 마시는 것은 어떻소?"

"송구하오나 제가 지금 너무 바빠서 짬을 낼 수가 없습니다."

가진이 칼처럼 자르자 황이필은 실망을 감추지 않았다.

"내가 날을 잘못 잡은 모양이오."

"하면 다음에 뵙겠습니다."

가진이 매몰차게 핑 가 버리자 황이필은 못마땅한 표정으로 그녀의 뒤통수를 지켜봤다.

"본디 아름다운 꽃은 가시가 있는 법이지."

자신을 은근히 무시하며 차게 구는 것까지도 마음에 들었다. 처음 봤을 때부터 그녀만 눈에 들어왔기에 다른 여인들은 보이지도 않았다.

아버지들과의 관계를 이용해서라도 반드시 그녀를 지어미로 삼을 것이다. 그는 가진에 대한 욕망을 드러내며 음흉하게 웃었다.

산길로 접어드는 외진 곳의 한 허름한 민가 앞에서 연살이 멈췄다.

"이곳입니다."

운조는 금방이라도 쓰러질 것 같은 민가를 보며 미간을 찌푸렸다. 하지만 어쨌거나 이런 곳에서나마 살아 있어 주어서 다행이란 생각이 더 컸다. 제발 소아가 맞기를 간절히 바라며 그는 사민을 돌아봤다.
"이곳에서 기다려라."
"알겠습니다."
 운조가 연살과 함께 안으로 들어가자 사민은 바깥을 지켰다.
 민가를 보니 예전 어미와 함께 살던 기억이 떠올랐다. 바느질감을 가지고 돌아오는 어미에게 달려가면서 까르르 웃던 아이의 웃음소리가 생생하게 들리는 듯했다. 가진 것이 없었어도 행복했던 시절이었다. 다시는 돌아갈 수 없는…….
 감상에 젖어 벽에 기대서 있던 그때, 안에서 운조와 연살이 나왔다. 한 식경도 채 되지 않은 시간이라 사민은 운조의 표정부터 살폈다. 역시나 안색이 어두웠다. 그가 그토록 찾았던 누이가 아니었던 것이다.
 사민은 한마디 말도 하지 않고 앞서 걷는 운조를 따라 걸었다. 그의 넓은 어깨가 유독 처져 보여 마음이 좋지 않았다. 누구의 앞에서도 위축되지 않고 당당한 사내였지만 누이의 일에서만큼은 그의 상처받은 민낯이 보이는 것 같았다. 그래서 위로라도 해 주고 싶어진다.
 혼자 삭이는 중인 그에게 손을 뻗고 싶은 충동을 누르며 사민은 착잡한 표정을 지었다. 약속이라도 한 듯 상단으로 가는 동안 세 사람은 침묵을 지켰다.

 상단으로 들어가자 마당에서 노 단주와 이야기를 하고 있던 연두가 운조에게 달려오려고 했다. 하지만 운조의 표정을 간파한 노 단주가 그녀를 말렸다.

단주실 앞에서 운조가 사민에게 돌아섰다.

"그만 들어가 쉬어라."

"쉬십시오."

사민은 돌아서는 운조의 얼굴을 끝까지 살폈다.

처소로 걸어오다 사민은 오른손으로 심장을 쓸어 봤다. 가슴에 뭉근하게 통증이 번지는 것 같았다.

원초적인 궁금증이 일었다. 왜 저 사내의 통증이 전이되는 걸까. 마치 자신의 일처럼 마음이 아프다.

'이럴까 봐 가까이하고 싶지 않았는데.'

그와 처음으로 재회했던 그날부터 담담해지지 않은 심장이 수상했었다. 그래서 가급적 가까이 가고 싶지 않았다. 어쩐지 심장을 도둑맞을 것 같은 불안한 기분에 거리를 두려 했었다.

하지만 그렇게 꾸역꾸역 그와의 간격을 넓혀 가는 동안 미처 결계를 다 치지 못한 심장이 야금야금 그에게 자리를 내주고 있었던 모양이다.

"냐앙!"

수의 울음소리에 사민은 혼란스러운 상념에서 벗어났다. 수가 동그란 눈으로 올려다보고 있었다. 그녀는 수를 들어 품에 안았다. 보드랍고 따사로운 아이의 온기가 울적해진 기분을 달래 주는 듯했다.

수를 안고 처소로 들어가며 그녀는 운조가 있는 곳을 돌아봤다. 그가 너무 크게 실망하지 않기를 간절하게 바랐다.

"세주가 아직 돌아오지 않았다는 게야!"

진 왕비의 짜증 섞인 소리가 터져 나왔다. 혹여 불똥이 튈까 봐 부리는 아이들이 모두 눈치를 봤다. 진 왕비는 옆에 선 유모를 닦달했다.

"혹 또 기루에 간 것인가? 왕부를 벗어나지 못하게 막으라 하지 않았는가!"

"송구합니다."

속상함에 유모에게 쓴소리를 했지만 자신도 어쩌지 못하는 아들을 유모라고 막을 재간이 없다는 걸 알기에 진 왕비는 인상만 찌푸렸다.

"대체 어쩌자고 이리 속을 썩인단 말인가. 저러다 친왕께서 노하셔서 세록이를 가까이 두실까 걱정이구나."

"왕자님께서 저리 어긋나게 된 계기가 있을 겁니다."

"그걸 모르니 이러는 것이 아닌가. 부족한 것 하나 없이 다 해 주는데 대체 뭣 때문에 저러는지 그 이유나 알았으면 좋겠네. 저렇게 기루나 들락거리다 천박한 기녀에게 씨라도 뿌리고 다닐까 봐 그것이 걱정이야."

진 왕비는 초조한 마음에 손가락으로 탁탁탁, 탁자를 두들겼다. 그러다 인상을 찌푸리며 유모에게 명했다.

"청화루를 잘 감시하게. 세주에게 꼬리를 치는 천한 것들이 있는지 잘 살피란 말일세. 세주가 자주 찾는 계집이 있는지 알아야 해. 혹여 문제가 될 성싶으면 미리 싹을 잘라 내야 한다 이 말이야, 알겠는가?"

"이미 사람을 붙였습니다."

유모가 안심시켜 주었지만 진 왕비의 일그러진 표정은 펴지지 않았다. 세상 밝고 순종적이던 아들의 급작스런 변화가 너무 당황스러웠다.

"세주의 방황이 너무 길어져선 안 돼."

모든 애정을 쏟아부었던 윤이 죽은 후 이상하게도 담친왕은 세주와 세록에게 큰 정을 쏟아붓지 않았다.

그토록 간절하게 기다렸다 얻었던 아들이기에 윤이 그에게 얼마나 소중한 존재였는지 모르지 않으나, 세주에게는 그만큼의 애정을 보여 주지 않는 것이 늘 서운했다. 제 손으로 친딸을 버리면서까지 지킨 아들이었기에 담친왕의 처사가 더 아쉬웠다.

이런 판국에 세주가 실망스러운 짓을 거듭하고 있으니 담친왕의 마음이 세주에게서 영영 멀어질까 두려워 진 왕비는 골이 지끈거렸다.

이런 진 왕비의 마음도 모른 채 세주는 청화루에서 기녀들을 끼고 술을 마시고 있었다.

세주가 찾는다는 소리에 초설이 인상을 쓰며 자리에서 일어섰다. 진 왕비의 성정이 어떤지 잘 알고 있기에 세주의 방문이 썩 달갑지만은 않은 판이었다. 하지만 방문이 열리자 그녀는 완벽하게 다른 표정으로 세주를 대했다.

"이년을 찾으셨다지요?"

"잘 왔네, 행수. 실은 내 이곳에서 찾고 싶은 아이가 하나 있네."

"청화루의 아이입니까? 어떤 아이를 원하시는지요?"

"지난번 이곳에서 행수와 함께 봤던 아이를 기억할 것이네. 금을 들고 있던 예인 아이였네."

초설의 입가가 미세하게 움찔거렸다. 세주가 찾고 있는 아이가 누군지는 굳이 생각할 필요도 없었다. 그녀는 그때도 사민을 붙잡으려는 그를 떼어 놓았었다.

"그 아이는 기녀가 아니라 이곳에서 지내지 않습니다."

"기녀로 그 아이를 부르는 것이 아니네. 그 아이가 타는 금 소리가 듣고 싶은 것이네."

"하오나, 사정이 있어서 그 아이를 매일 청화루로 부를 수는 없습니다."

"하면 언제 그 아이의 솜씨를 볼 수 있는 것인가? 난 꼭 그 아이를 다시 봐야겠네. 그 아이에게 확인할 것도 있네."

세주가 집요하게 물고 늘어지자 초설은 난감해졌다. 담세주가 왜 하필 사민에게 눈길이 꽂혔는지 모르겠지만 상황이 고약하게 돌아가고 있었다.

"그 아이에게 연통을 넣어 보겠습니다."

"좋네, 내 행수만 믿고 기다리겠네."

"하면 이년은 나가 보겠습니다."

자리에서 일어서면서 초설은 인상을 찌푸렸다. 사민을 궁금해하는 담세주의 관심이 가벼운 호기심으로 끝나기를 바라며 그녀는 길게 한숨을 내쉬었다.

 사민은 툇마루에 앉아 다리에 몸을 기대고 자는 수의 머리를 쓰다듬으며 생각에 잠겨 있었다.
 갑자기 무슨 기척을 느꼈는지 수가 고개를 들더니 잽싸게 어디론가 숨어 버리자 그녀는 기척이 느껴지는 곳으로 고개를 돌렸다.
 운조를 발견하고 사민은 곧바로 자리에서 일어났다. 갑작스런 그의 등장에 평온하던 심장이 다시 달음박질을 하려고 했다.
"잠이 오지 않는가?"
"바람도 시원하고 달빛도 고와서 나왔습니다."
 운조가 꽉 차게 살이 오른 달을 올려다봤다.
"만월이군."
"저에게 하실 말씀이라도 있으십니까?"
"왜 왔는지 궁금한 모양이군. 그냥 걸음이 이쪽으로 향하였다."
"아무래도 제가 처소를 옮기는 것이 낫겠습니다."
"어째서지?"
"혹 저 때문에 불편하실까 하여. 단주님께서 후원에 자주 나오시는 줄은 몰랐습니다."

"그럴 필요 없다. 후원을 찾은 건 너 때문이다."

사민이 살짝 의아한 눈빛으로 보자 그가 기다렸다는 듯이 사로잡았다.

"널 보러 온 것이다."

사민은 살짝 공허해 보이는 그의 눈빛을 가만히 들여다봤다. 심해처럼 짙은 눈동자에 쓸쓸함이 일렁이고 있었다. 왜 이런 것까지 보이는지 모를 일이다.

"누이가 아니어서 많이 실망하셨습니까?"

"그래 보이나?"

사민이 고개를 끄덕이자 운조는 길게 한숨을 내쉬었다.

"매번 되풀이되는 일이지만 여전히 무뎌지지 않는다."

사민은 그를 위로해 주고 싶은 충동을 느꼈다. 하지만 어쩐지 그에게 손을 댔다간 돌이킬 수 없는 일이 벌어질 것만 같아 머뭇거렸다.

"찾으실 겁니다."

"그리 말해 주니 힘이 되는군."

"포기하지만 않으면 언젠가는 만나게 될 거라 믿습니다."

"살아 있다면… 그럴 수 있겠지."

"살아 있을 겁니다."

"확신하는군. 날 위한 것인가?"

"제 느낌입니다. 그리고 바람이기도 합니다. 간절히 원하면 이루어질 거라 믿습니다."

운조가 속을 꿰뚫을 듯이 빤히 보기만 하자 사민은 다시 긴장했다. 아무리 마음을 다잡아도 이상하게 이 사내 앞에선 무장이 되지 않았다. 냉정하지 못한 제 반응이 마음에 들지 않아 그녀는 아랫입술을 지그시 물었다.

사민의 아랫입술을 홀리듯이 보던 운조가 손가락으로 사민의 입술을 만졌다.

사민이 화들짝 놀라 달덩이처럼 큰 눈동자로 그를 쳐다봤다. 여인도 아닌 사내의 손이 입술에 닿은 적이 처음이라 더 파장이 컸다.

"한 대 칠 것 같은 표정이군. 왜 그랬냐고 묻고 싶은 건가?"

사민이 충격을 받은 얼굴로 보기만 하자 그는 그녀의 눈을 똑바로 응시했다.

"만지고 싶어서 그런 것이다."

"……."

"하지만 괜한 짓을 한 것 같군. 갖고 싶어지니 말이야."

볼이 달아올라 그런 건지 시원하던 바람이 열기를 담고 있었다. 그보다 더 뜨거운 그의 눈빛에 바사삭 타 버릴 것 같아 사민은 주먹을 힘껏 움켜쥐었다. 어쨌거나 지금은 이 자리를 피하는 것이 상책이었다.

"늦었으니 그만 들어가겠습니다."

그에게서 돌아섰으나 그가 손목을 붙잡아 버리자 꼼짝할 수 없었다. 무례한 그를 탓하고 싶었지만 손목과 함께 심장도 붙잡혀 버린 건지 가슴이 제멋대로 쿵쾅거려 아무 말도 할 수 없었다. 그 와중에 볼은 더 뜨겁게 달아오르고 있었다.

"내게서 돌아서지 마라."

"놓아주십시오."

"겁이 나는가?"

"무슨……."

"내게 흔들릴까 봐 겁이 나냐고 물었다."

제대로 어지러워진 속을 그가 정확히 간파하자 사민은 크게 당황했다. 만일 무연이 그랬다면 바로 정강이를 걷어차 그를 제압했을 텐데 그의 앞에서는 왜 이렇게 등신이 되는지 미칠 지경이었다. 그녀는 죽을힘을 다해 냉정을 유지하려고 애썼다.

"저는 지금 일을 하러 이곳에 와 있습니다."

"그래서?"

"다른 일로 흔들리고 싶지 않습니다. 그러니 저를 함부로 대하실 생각이 아니시라면 이 손 놓으십시오."

제법 힘을 실어서 한 말에도 운조는 손을 놓아주지 않았다. 그에게 잡힌 손목이 불에 덴 듯 화끈거렸다.

"…애석하게도."

그가 잠시 말을 멈추자 사민은 운조의 눈빛을 홀린 듯이 바라봤다. 그의 눈빛에 열기가 가득했다. 주체할 수 없는 긴장감에 심한 갈증이 일어 사민은 자신도 모르게 아랫입술을 혀로 쓸었다.

그의 눈빛이 위태롭게 흔들렸다.

"내가 널 진오에게 달라고 한 것은 복수만을 위한 것은 아니었다."

"하면……."

"여사석을 잡고… 너 또한 잡기 위함이었다."

"그게 무슨!"

"널 다시 신월장으로 돌려보내지 않을 거란 말이다."

"하지만 전 신월장의 무사입니다."

"넌 신월장의 무사였고 지금은 백화상단에 있다. 그리고 이곳의 사람이 될 것이다. 아니, 보다 정확하게 말하면 이 장운조의 사람이 될 것이다."

이미 정상이 아닌 가슴의 두근거림을 애써 누르며 사민은 그에게 반박했다. 그가 마구 헤집어 놓은 마음이 속수무책으로 어지럽혀졌다. 사민의 마음속 깊은 곳에서 경고음이 울렸다. 이 밤에 마주 서 있기엔 그는 너무 위험한 사내였다.

"듣지 않은 것으로 하겠습니다."

사민은 있는 힘껏 그의 손을 뿌리쳤다. 그에게서 벗어나려 했지만 운조는 끝내 놓아주지 않았다. 오히려 그가 손목을 힘껏 잡아당기자 끌려온 사민의 몸이 그의 가슴에 닿았다.

크게 놀란 사민이 그의 품에서 빠져나오려고 버둥거렸다.

"이게 무슨 짓……!"

운조가 갑자기 입술을 덮어 버리자 사민은 뒷말을 하지 못했다.

벌어진 입술 사이로 거침없이 사내의 혀가 들어오자 그녀의 눈동자가 달덩이처럼 커졌다.

침략자처럼 들어온 사내의 혀가 놀라 달아나는 사민의 혀를 낚아챘다. 그는 저항하는 사민의 혀를 힘껏 빨아 당겼다.

'아!'

사내의 혀가 주는 원색적인 자극에 사민은 혼이 나갈 것 같았다. 그를 밀치려고 올렸던 손이 허공에서 갈 길을 잃고 흔들렸다. 그를 밀어내야 하는데 난생처음 접하는 사내와의 접문에 제대로 고장 난 몸이 말을 듣지 않았다.

사민이 벗어나려고 크게 바르작거릴수록 그녀를 붙잡은 그의 손에 힘이 더 들어갔다. 그의 커다란 손이 그녀의 허리를 바짝 당겨 조이자 사민은 저항하기를 포기했다.

그러자 거짓말처럼 그 역시도 힘을 뺐다. 거칠게 입 안을 유영하던 혀가 부드럽게 그녀의 입 안에 첫 낙인을 찍었다.

사민은 예민하게 그의 혀가 주는 감각을 느꼈다. 무례한 사내의 행동에 화가 나야 하는데 머리와 달리 심장은 완전히 다른 반응을 보이고 있었다. 강압적인 그의 행동에 당연히 불쾌해야 하는데 놀람이 더 컸다. 그리고 말도 안 되게⋯ 떨렸다. 아무래도 온몸의 감각이 모두 고장이 난 모양이다.

사민이 결코 잊지 못하도록 진하게 첫 발자국을 남기고 운조가 그녀를 놓아주었다.

사민은 거친 숨을 몰아쉬며 그를 쏘아봤다.

"이게 무슨 짓입니까!"

운조는 말없이 화를 내는 그녀를 보기만 했다. 상기된 얼굴을 보니 다시 끌어당기고 싶은 충동이 일었다. 늘 단정하던 모습과 달리 평정을 잃고 흐트러진 모습이 더 유혹적이었다.

운조는 속으로 자신을 조소했다. 이렇게 자제를 못 하는 인간이었나 한심하기까지 했다.

"절 함부로 대하지 말아 주셨으면 합니다."

"함부로 대한 것이 아니다."

"저는 어미의 복수를 하러 단주님께 왔습니다. 여사석을 무너뜨리는 일 외에는 다른 생각을 할 여유도, 마음도 없습니다. 그러니 저를 흔들지 말아 주십시오."

"마치 그 이후의 삶은 없는 것처럼 말하는군."

"……."

"그래서 더 흔들고 싶은 것이다."

"단주님!"

"그런데 우습게도 정작 흔들린 건 나다."

"저는 단주님을 흔든 적이 없습니다."

사민이 단호하게 부정했지만 운조는 인정하지 않았다.

"네가 의도한 것은 아니었을지 몰라도 널 다시 만난 그날부터 내 마음을 흔들고 있었다. 날 이렇게 만든 건 너다."

"그런 억지가……."

"그래서 난 네가 내게 흔들리기를 바란다. 네가 날 단주가 아닌 사내로 봐 주길 바란다."

작정하고 흔들어 대는 소리에 사민은 물색없이 날뛰는 심장을 들키지 않으려고 입술 속살을 피멍이 들도록 깨물었다. 입으로는 흔들지 말라고 하면서 속으로는 그의 말 한마디에 설레고 떨리는 감정이라니 이런 모순이 없다.

"널 원한다, 사민."

심장이 왈칵 피를 쏟아 내는 것처럼 크게 두근거려 사민은 살짝 한쪽 눈을 찡그렸다.

"그래서 널 얻기 위해 내가 할 수 있는 모든 걸 할 것이다."

"쉽지 않을 겁니다."

"쉬울 거라 생각한 적 없다. 하지만 난 네 마음을 반드시 갖고야 말 것이다. 그러니 내가 싫으면 끝까지 밀어내라."

운조는 사민의 얼굴을 똑바로 보면서 선전포고를 하고 돌아섰다.

멀어져 가는 그의 뒷모습을 지그시 쏘아보며 사민은 진정시키듯이 손으로 심장을 달랬다. 그가 싫으면 밀어내라고 했지만 애당초 승산 없는 싸움이었다. 그녀는 아직도 그와의 강렬한 접문의 여운이 남아 있는 혀로 아랫입술을 쓸었다.

밤새 한숨도 못 자고 사민은 다음 날 조반을 먹자마자 단주실로 건너갔다.

막 단주실에서 나오던 연살이 사민의 안색을 보고 미간을 찌푸렸다.

"푹 못 잔 얼굴이군. 아무래도 처소를 옮기는 것이 낫지 않겠느냐?"

"아닙니다. 간밤에 생각할 일이 있어서 잠을 설쳤습니다."

"불편하면 언제든 주저 말고 말해라."

"신경 써 주셔서 고맙습니다."

사민은 연살에게 부드럽게 웃었다. 투박하지만 정이 느껴지는 그의 염려가 고마웠다.

문이 열리고 운조가 밖으로 나오자 사민의 얼굴에서 웃음이 사라졌다. 그녀는 재빨리 그에게 인사를 건네고 시선을 회피했다. 그가 보는 것이 느껴졌지만 돌아보지 않았다. 얼굴을 보면 아무렇지 않게 대해야 한다고 다짐을 하고 왔건만 막상 얼굴을 보니 쉽지 않았다.

"따라와라."

운조가 성큼 밖으로 나가자 사민은 연살에게 눈으로 인사를 하고 그를 따라 나갔다.

한참을 걷다 운조가 옆으로 고개를 돌렸다.

"아직 화가 나 있군."

"……."

"거칠었던 건 인정한다. 하지만 미안하지는 않다."

그가 친절하게 일깨워 주자 사민은 어젯밤의 일이 다시 눈앞에 펼쳐지는 듯했다.

"전일도 말씀드렸지만 저는 단주님과 같은 일을 하러 이곳에 와 있습니다. 그러니 하고자 하는 일에만 집중했으면 합니다."

"다른 감정들은 모른 척하라 이 말인가?"

"…예."

"내가 왜 모른 척해야 하지? 난 그럴 생각이 없다. 너에 대한 감정을 모른 척할 것이었다면 널 이곳으로 데리고 오지 않왔다. 널 극구 곁에 두는 건 네 모든 것에 관여하기 위함이야."

"하지만 지금은 복수에만 신경을 쓸 때입니다. 자칫 신경을 분산하다가는 실수를 범할 수 있습니다."

"걱정은 고마우나 네게 집중한다고 하여 다른 일을 허술하게 하진 않는다."

사민은 자신만만해하는 그를 힐끗 쳐다봤다. 앞을 응시하는 강인한 눈빛과 굳게 다문 입술이 그가 괜한 자신감에 취해 자만하는 것이 아니란 믿음을 주었다.

그의 입술에 시선이 머물자 사민은 마른침을 삼켰다. 그 안에 있는 무자비하면서도 뜨거운 사내의 혀를 떠올리자 다시 호흡이 빨라지려고 했다. 다소 난폭하고 거칠었지만 싫지만은 않았던 기억이 생생하게 떠올라 그녀의 혀가 꿈틀거렸다. 제정신이 아니다.

"열이 있어 보이는군."

그가 살짝 미간을 접으며 보자 사민은 나쁜 짓을 하다 들킨 것처럼 당황했다.

"아, 아닙니다."

사민이 얼른 표정을 없애고 앞을 응시했지만 운조는 무언가를 찾는 것처럼 오랫동안 그녀의 얼굴을 응시했다.

"미친놈처럼 들릴지 모르지만 난 네 열 오른 얼굴이 좋다."

달빛에 홀린 것 같은 밤의 중심에 서 있는 것도 아니고, 맑은 햇살이 내리쬐는 백주에 그에게 이런 이야기를 듣는 것은 전혀 다른 느낌이었다. 어둠에 의지할 수 있는 밤과 달리 표정을 그대로 그에게 들켜야 했기에 마치 아무것도 걸치지 않고 서 있는 기분이었다. 결국 제 의지와 상관없이 조금씩 달아오르는 볼을 어쩌지 못했다.

"제가 어쩌길 바라십니까?"

"날 밀어내지 마라."

"……."

"네 안에 들어가는 건 내가 하겠다. 그러니 네 감정을 부정하지 마라. 물론 정말로 내가 싫다면 강요하지 않을 것이다. 약조하지."

사민은 대답 대신 그의 말을 곱씹었다. 어째서 그의 마지막 말이 걸리는지 모를 일이다. 지금 당장 싫다고 말하면 그에게서 자유로워질 수 있다고 이성이 설득했지만 입술은 열릴 줄 몰랐다. 혹여 그렇게 말했다가 그가 정말로 돌아서 버릴까 저어하는 자신의 이중성에 신물이 나려고 했다.

"알겠습니다."

"좋다. 그럼 이제 네가 원하는 일을 하러 간다."

운조가 유유히 앞서 걷자 사민은 말없이 그의 곁에서 걸었다.

사민은 그의 옆얼굴을 슬쩍 훔쳐봤다. 기분 탓인가. 살짝 그가 웃는 것처럼 보였다. 어쩐지 뭔가 손해를 본 듯한 기분에 그녀는 고개를 저었다.

"그런데 지금 어디로 가는 겁니까?"

"우의랑에게 간다."

백화상단의 단주가 친히 지율국의 귀한 약재를 가지고 왔다는 소리에 사도원이 밖으로 나와 운조를 맞았다.
"내 장 단주에게 차를 한잔 내어 주겠네."
"거절하지 않겠습니다."
"저는 밖에서 기다리겠습니다."
사민이 조용히 물러나려 하자 운조가 말렸다.
"그럴 필요 없다. 함께 들어간다."
결국 사민은 운조와 함께 사도원의 집무실로 들어갔다. 시비가 차를 내려놓고 나갈 때까지 사민은 바삐 눈으로 주변을 훑었다. 우의랑이라는 관직이 말해 주듯 집무실은 넓었고 한눈에도 귀한 가구들이 많이 있었다.
"좌의랑이 나와 계약했던 약재까지 모두 달라고 했다는 소리를 들었네. 하여 장 단주가 어떤 결정을 내릴지 궁금했다네. 한데 내게 이리 직접 가지고 와 주니 좋군."
"이미 계약이 된 건인데 당연히 약조를 지켜야지요. 그게 상도덕이며 순리가 아니겠습니까?"
"모두가 아는 그 순리를 멋대로 따르지 않는 이들이 있으니 늘 문제지. 좌의랑이 필시 가만히 있지 않을 것이네. 상단에 압박을 가하려 들 것이야."
"예상하고 있습니다. 하나 상단의 원칙은 변함이 없습니다. 또한 원칙은 예외 없이 누구에게나 동등하게 적용해 왔습니다. 그 원칙을 지켜 왔기에 지금의 백화상단이 있는 겁니다."
운조에 대한 입소문을 듣기는 했지만 실제로 보니 상상 이상이라 사도원의 눈에 호의가 다분히 담겼다. 거대한 상단을 끌어가기엔 다소 나이가 적어 보이는데도 당찬 언변이나 형형한 눈빛은 그가 백화상단의 단주임을 의심할 여지가 없었다.

무엇보다 귀족들조차도 고개를 숙이는 여사석의 위세에도 자신의 뜻을 굽히지 않는 점이 마음에 들었다.

"자네가 좌의랑이 내민 손을 잡지 않고 날 찾아온 것을 좌의랑은 자신의 반대편에 섰다고 여길 것이네. 하면 나 역시 자네가 내 손을 잡은 것으로 여겨도 되겠는가?"

사민은 운조가 어떤 대답을 내놓을지 궁금했다. 우의랑이 던진 패를 그가 잡고 여사석과 정면 승부를 펼칠 것인지 그의 생각을 알고 싶었다.

"송구하오나 영감, 저는 장사치입니다. 장사치는 가지고 있는 물건을 원하는 곳에 팔고 그 값을 받는 것이 다입니다. 지율국의 약재를 영감께서 먼저 원하셨고 정당한 값을 지불하셨기에 가지고 온 것뿐입니다. 백화상단은 정사에는 관여하지 않습니다. 오해 없으셨으면 좋겠습니다."

"장 단주의 뜻을 잘 알겠네. 하나 좌의랑이 상단에 손을 뻗은 이상 단주의 뜻대로만 되지는 않을 것이네. 여사석은 자신이 갖지 못하면 상단을 망하게 만들고도 남을 인물이야."

"백화상단을 문 닫게 하려면 좌의랑께서도 그만큼의 손실을 각오하셔야 할 겁니다. 백화상단의 오늘이 저 혼자만의 힘으로 되지 않았다는 것은 좌의랑께서도 잘 아실 겁니다. 저만 상대해야 하는 것이 아니란 말이지요."

"단주의 배짱이 마음에 드는군. 좋네, 백화상단의 앞날을 지켜보겠네. 하나 여사석을 만만히 봐선 아니 될 걸세. 그자는 상식이 통하지 않는 인간이야."

"제가 어찌 감히 좌의랑 영감을 만만히 볼 수 있겠습니까? 저는 좌의랑에게 대적할 생각이 없습니다. 하나 누구든 상단을 위험에 빠트린다면 어쩔 수 없이 그에 맞서 상단을 지켜야겠지요."

사도원은 여사석을 겁내 하지 않는 운조의 배포를 높이 샀다. 비록 그가 자신이 내민 손을 잡지는 않았지만 여사석과도 손을 잡지는 않을 것이기에 그 또한 그림이 나쁘지 않았다.

"영감께서 이리 주의를 주신 것을 보면 좌의랑 영감의 입지가 대단하신가 봅니다."

운조는 일부러 사도원에게 미끼를 던졌다.

"반정 공신이니 그 위세가 대단하고도 남지. 이 서월국에서 그를 저지할 수 있는 사람은 조 재상이 유일하네."

"좀 이상하군요. 그 유일한 분이 재상이 아니라 황제셔야 하는 것이 아닙니까?"

"여사석의 손으로 황위에 오르셨으니 폐하께도 그가 함부로 하기가 껄끄러운 신하인 셈이지. 여사석이 하다못해 재상의 여식을 후궁으로 집어넣고 폐하께서 잘 찾지 않는다고 불만을 터뜨렸다고 하니 더 무슨 할 말이 있겠나?"

"좌의랑의 도가 많이 넘치는군요."

"도가 넘치는 일이 어디 그일 뿐이겠는가. 조 재상이 아니었다면 이미 더 큰 사달을 냈을 것이네."

운조는 잠시 생각에 잠겼다가 물었다.

"좌의랑과 조 재상의 사이가 각별한가 봅니다."

"조 재상은 조정의 가장 큰 어른이고 노소를 막론하고 두루 따르는 이들이 많으니 망나니 같은 여사석도 감히 함부로 할 수 없는 사람이지."

"그렇군요. 그래서 재상께 잘 보이려고 좌의랑께서 재상의 따님을 후궁으로 천거하신 것이군요."

사도원이 냉소했다.

"재상에게도 잘 보이고 내명부도 손에 넣을 생각이었겠지. 하나 의도는 그러했지만 정작 폐하께서 조 비를 가까이하지 않으시니 난감한 지경이 되었지."

"폐하께선 어찌 조 비를 찾지 않으시는 걸까요?"

"아마도 재상의 여식이라 부담을 느끼시는 것일지도 모르지. 그렇지 않아도 조정에서도 여사석과 재상의 눈치를 봐야 하실 텐데 정사 후에도 조 재상과 여사석을 보는 것 같아 피로감을 느끼셨을 것이네."

"아니면 조 비가 여인으로서 사내를 끌어당기는 매력이 없어서일지도 모르지요."

다소 과감한 지적에 사민이 놀란 눈으로 운조를 힐끔거렸다. 하나 사도원은 그리 놀라지 않은 눈치였다.

"그럴 수도 있지."

"하면 폐하께서도 숨 쉴 곳이 필요하시겠군요."

운조가 툭 던진 소리에 사도원의 눈빛이 예사롭지 않게 빛났다. 그는 운조에게 확인하듯 물었다.

"어쩐지 뼈가 있는 소리 같군."

"이럴 때 우의랑 영감께서 폐하께 힘이 되어 주셔야 하지 않을까 생각했을 뿐입니다."

"어떻게 폐하께 힘이 되어 주라는 말인가?"

"지금 폐하께 가장 급한 것이 후사가 아닐는지요?"

"그렇긴 하지. 황후 폐하께서 환후 중이시고 후궁들에게서도 후사가 없으시니……!"

그제야 운조의 의도를 눈치챈 사도원이 그를 똑바로 응시했다.

"내게 후궁을 넣으라 이 말인가?"

"맞습니다."

"하나 좌의랑이 알면 가만히 있지 않을 거네. 폐하께서도 좋아하지 않으실 것이야."

"황실의 후사를 위한 것이니 그보다 더 확실한 명분이 없고, 영감의 세가 아닌 황후 폐하와 뜻을 같이하는 가문의 규수를 선출하면 좌의랑도 크게 반발하지는 못할 겁니다. 제가 알기로는 폐하께서 황후 폐하를 애틋하게 여기신다고 하니 황후 폐하와 성품이 비슷한 규수가 제격일 것 같습니다."

사도원은 곰곰이 생각에 잠겼다. 무모해 보이는 것 같지만 생각보다 악수는 아니었다.

후사를 위한 일이라면 반대할 리 없는 태후가 좌의랑이 길길이 날뛰는 것을 막아 줄 것이고, 자신의 세력이 아닌 황후의 세력 중에서 후궁을 뽑는다면 황제께서도 반발하지 않을 것이다.

만일 후궁을 이용해 황제의 어심을 끌어올 수만 있다면 극심하게 불균형한 조정의 판도를 바꿀 수도 있다. 새로운 후궁이 황제의 용종을 잉태한다면 그보다 좋은 수는 없다.

생각을 마치고 사도원은 차를 음미하는 운조를 흡족한 표정으로 봤다.

"이제 보니 장 단주가 친히 날 찾아온 이유가 있었군."

"저는 그저 약재를 가져다 드리러 온 것뿐입니다."

운조가 웃으며 부인했지만 사도원은 의미심장하게 미소를 지었다.

"내 조정의 앞날을 생각하는 장 단주의 충언을 새겨듣도록 하지."

"상단에 혜화국에서 들여온 차가 있습니다. 과히 쓰지 않고 깔끔한 뒷맛이 입 안을 개운하게 해 주는 명차이지요."

"장 단주가 추천하는 차니 그 맛이 궁금하군. 언제 내 친히 상단으로 찾아가 차 맛을 보도록 하겠네."

"하면 저는 이만 돌아가 보겠습니다."

운조가 자리에서 일어나자 사도원은 그를 문밖까지 배웅했다.

멀리 상단이 보이자 사민은 운조를 힐끗 쳐다봤다. 그러나 기다렸다는 듯이 그가 돌아보자 흠칫 놀랐다.

"할 말이 있으면 해라."

"아닙니다."

"오는 내내 날 본 걸 알고 있다."

거침없는 지적에 사민의 얼굴이 확 달아올랐다. 그가 알지 못하게 슬쩍 보기만 해서 당연히 알지 못할 거라 여겼기에 민망함에 얼굴이 화끈거렸다.

"말하지 않았던가? 내 모든 신경이 널 의식하고 있다고."

"특별히 할 말이 있어서 본 건 아니었습니다. 그냥……."

"그냥?"

"상단은 정사에 관여하지 않는다고 하셨지만."

"실상은 그것이 아니다 이것이군."

"상단의 돈으로 정치를 하려는 자들이 많으니 어쩔 수 없다 생각합니다."

"나는 우의랑의 편에 선 것이 아니다."

사민은 진지하게 답하는 그의 얼굴을 마주 봤다.

"하지만 여사석은 그리 생각지 않을 겁니다. 위험해지실 수도 있습니다. 상대는 좌의랑입니다."

"여전히 걱정이 많은 표정이군."

"아니라곤 못 합니다."

"나쁘지 않군."

"단주님이 건재하셔야 여사석에게 복수를 할 수 있으니까요."

"그것이 다인가?"

"예?"

"날 걱정하는 이유가 그것이 다이냐고 묻고 있다."

얼굴을 빤히 보며 답을 재촉하는 그에게 사민은 입을 앙다물었다.

"나는 네가 내게 솔직해지기를 원한다."

"저는……."

"사민!"

갑자기 부르는 소리에 사민의 고개가 돌아갔다. 무연이 성큼 다가오고 있었다.

중요한 순간을 방해받은 운조의 시선이 차갑게 불청객을 쏘아봤다. 그의 냉랭한 시선을 받으며 무연이 정중하게 인사를 건넸다.

"여긴 무슨 일이냐?"

"장주님 명으로 네게 전할 말이 있어서 왔다."

"무슨 일이 생겼냐?"

"청화루에서 초설 행수가 도움을 청해 왔다. 청화루에서 널 찾는 이가 있다고 한다."

운조의 한쪽 눈썹이 급경사를 그리며 올라갔지만 그보다는 사민의 반응이 빨랐다.

"그게 무슨 소리야! 날 찾는다고 나더러 청화루에 다시 가란 말이냐?"

"상대가 막무가내라 행수께서 난감하신 모양이다."

"대체 어떤 자가 날 찾는단 말이냐!"

"담세주다."

"뭐?"

"담친왕부의 담세주가 널 찾고 있다 하였다."

운조와 사민의 표정이 동시에 일그러졌다. 청화루와 담친왕부에서 세주와 스쳤던 기억을 떠올리며 사민은 욕지거리가 목구멍까지 치밀어 올랐다.

운조는 화를 눌러 참는 사민을 보며 무연에게 대신 답했다.

"사민은 지금 상단에 매여 있으니 진오에게 사민을 보낼 수 없다고 전해라."

무연이 난감한 표정으로 사민을 봤다. 사민을 청화루에 보내고 싶지 않은 마음은 자신이 더 컸다. 하지만 사안이 사안인지라 어쩔 수 없어 온 걸음이었다. 당연히 운조가 사민의 보호자라도 되는 양 답하는 것이 마뜩잖았다.

"가겠습니다."

사민이 가겠다고 나오자 운조는 차가운 눈빛으로 그녀를 쏘아봤다.

"내가 보내지 않는다고 했다."

"행수님과 장주님 선에서 해결할 수 있는 일이었다면 제게 굳이 무연을 보내지 않았을 겁니다."

"그래도 소용없다. 난 널 보내지 않는다."

"저는 기녀가 아닙니다. 담친왕부의 왕자께서 예인을 함부로 하지는 않으실 거라 믿습니다."

사민이 고집을 꺾지 않자 운조는 무서운 표정으로 그녀를 쏘아봤다. 하지만 사민은 그의 시선을 똑바로 받으며 그에게 허락을 구했다.

"다녀오겠습니다. 허락해 주십시오."

"이미 보내지 않겠다는 내 말을 듣지 않겠다 했으면서 굳이 내 허락을 받는 이유가 뭐지?"

"단주님의 허락을 받고 가고 싶습니다."

그녀의 진심 어린 표정에 운조는 칼날처럼 날카로운 심기가 조금 누그러졌다.

"정말 제멋대로군. 좋다, 허락하겠다."

"고맙습니다."

"단, 조건이 있다. 나도 함께 간다."

"말도 안 됩니다."

"내 인내심을 시험하지 마라. 난 이미 크게 양보했다. 같이 간다는 조건이 아니면 넌 아무 데도 갈 수 없다."

사민이 어이가 없다는 표정으로 빤히 보자 운조는 단호한 표정으로 안으로 들어가 버렸다.

'이건 뭐지?'

두 사람을 가만히 지켜보던 무연의 눈가가 가늘게 휘었다. 뭔가 미묘하게 흐르는 두 사람의 기류가 거슬려 그는 미간을 찌푸렸다.

제7장
삼 인의 남자

 사민이 나오기를 기다리던 운조는 금을 들고 나타난 사민의 행색에 미간을 모았다.

 무복 차림일 땐 늘 백색만 고집하던 그녀였지만 기루에 갈 때는 반대로 검은빛을 띠는 짙은 색을 선호했다. 엷게 분을 바르고 검붉은 빛의 의복으로 단장한 그녀의 평소와는 완벽하게 다른 모습에 운조의 시선이 박혔다.

"딴 사람 같군. 마음에 들지 않아."

 꿰뚫을 듯이 보는 그의 눈빛에 사민은 목덜미까지 화끈거렸다.

"지금이라도 혼자 가게 해 주시면……."

"한 입으로 두말하게 하지 마라."

 운조는 잔뜩 못마땅한 시선으로 먼저 움직였다. 어느새 옆에서 걷는 사민에게서 얇은 천이 부딪쳐 사각거리는 소리가 났다. 그럴 때마다 은은하게 전해지는 향기가 마음을 심상하게 했다. 당장이라도 손목을 낚아채고 아무도 없는 곳으로 데려가고 싶은 충동이 일었다.

그는 말없이 걷는 사민을 힐끗 봤다. 앞을 응시하는 눈빛이 차가워 보였다. 어쩔 수 없는 걸음이긴 하지만 자신 못지않게 그녀도 내키지 않아 하는 것이 보였다.

"약관도 되지 않은 아들이 기루 출입이 잦으니 담친왕께서 걱정이 많으시겠군."

사민은 대꾸하지 않았다. 담친왕에 대해선 아무 소리도 듣고 싶지 않았다. 그러면서도 속으로 그를 비웃었다. 아들이 아니라고 자신을 버린 그가 그토록 애지중지한 아들 때문에 마음고생을 하는 것이 시원했다. 천벌을 받아 마땅하다고 여겼다. 담세주를 망가뜨려 복수를 하고 싶은 충동도 일었다.

"무슨 생각을 그리 골똘히 하는 것이지?"

운조의 목소리가 들리자 사민은 상념에서 깨어나 그를 쳐다봤다.

운조의 눈빛이 날카롭게 그녀의 안색을 살폈다.

"무서운 표정을 하고 있군. 담세주를 때려눕힐 생각이라도 하고 있나? 그건 좀 곤란한데."

그답지 않은 농에 사민의 입에서 피식 바람 빠지는 소리가 났다.

"단주님께 농은 어울리지 않습니다."

"그 표정이 한결 낫군."

그가 엷게 웃으며 앞으로 고개를 돌리자 사민은 그의 옆모습을 곁눈으로 봤다. 어딘가가 따스해지는 느낌이 들었다.

어느새 청화루의 홍등이 보이자 운조의 표정이 딱딱하게 굳었다. 어쩔 수 없는 일이라고 해도 사민이 다른 사내 앞에 앉는 것이 거슬렸다. 그는 청화루로 막 들어가려는 사민의 팔을 붙잡고 경고했다.

"반 시진 주겠다. 마무리하고 밖으로 나와라."

"그럴 수 없을 수도 있습니다."

"네가 나오지 않으면 내가 들어간다."

"단주님!"

"선택은 네가 해라. 난 조금도 더 참아 줄 용의가 없으니."

단단한 바위처럼 꼼짝도 하지 않는 그를 설득시키는 것이 불가능하다고 판단하여 사민은 낮게 고개를 저었다. 그러면서도 모순되게 그가 이러는 것이 좋았다.

"알겠습니다."

"약조했으니 지켜라."

운조가 다시 다짐을 주자 사민은 고개를 끄덕이며 안으로 들어갔다.

사민을 기다리고 있던 초설이 운조를 보더니 반갑게 다가왔다.

"이게 뉘십니까? 장 단주께서 이곳엔 무슨 볼일이십니까?"

"잠시 용무가 있어서 왔습니다."

눈치가 백 단인 초설은 사민과 함께 온 운조를 수상한 눈빛으로 살폈다.

"담 왕자께서 기다리고 계시니 들어가 봐라."

"알겠습니다."

사민은 운조가 보는 시선을 느끼며 걸음을 옮겼다. 뒤통수가 뜨거워 녹을 것만 같았다.

세주가 있는 방에 들어가려다 말고 사민의 시선이 복도 끝에 머물렀다. 기녀 하나가 사내에게 붙들려 있었다. 그녀는 기녀의 얼굴을 찬찬히 쳐다봤다. 분명 지난번 부축해 주었던 그 기녀였다. 이름이 여희라고 했었다. 혹시 사내에게 괴롭힘을 당하고 있나 싶어 사민은 성큼 여희에게 다가갔다.

그런 사민의 움직임을 운조가 지켜보고 있었다. 운조의 시선이 여희와 사내에게 닿으며 가늘어졌다.

사민이 다가오자 그녀를 알아본 여희가 엷게 웃었다.

"다시 보네요. 내게 할 말이 있는 건가요?"

"혹시 도움이 필요한 상황인가 해서요."

그제야 사민이 자신을 도우러 온 것임을 알고 여희가 더 밝게 웃었다.

"아니에요."

여희가 사내를 물러가게 하자 사민이 피식 웃었다.

"내가 오해를 한 것 같군요. 별일 아니라니 다행입니다."

"고마워요."

사민은 여희의 안색을 살폈다. 지난번보다는 혈색이 돌았지만 여전히 야윈 몸은 금방이라도 툭 치면 쓰러질 것처럼 보였다. 사민은 여희에게 눈인사를 건네고 다시 담세주가 있는 문 앞에 섰다.

사민이 안으로 들어가자 운조의 미간이 잔뜩 접혔다. 그는 사민과 이야기를 나누고 돌아서는 여희에게 눈길을 주었다.

"저 기녀는 이곳과는 어울리지 않는 것 같군요."

초설이 운조의 시선 끝에 있는 여희를 보며 웃었다.

"기녀인 듯 기녀가 아닌 아이이니 그 말도 맞겠군요."

"재미있군요. 기녀인 듯 기녀가 아니라니. 특별한 사연이라도 있습니까?"

"저 아이의 뒤를 봐주고 있는 이가 워낙 거물이라서 그렇답니다. 저 아이를 원하는 사내들은 많으나 감히 나서지 못하는 것이지요. 하여 저 아이는 이름만 기녀란 것이 맞겠군요."

"흥미롭군요. 기녀의 뒤를 봐주는 거물이라니 누군지 궁금합니다."

"그의 아비를 이 서월국에서 모르는 이가 없다고 봐야지요. 바로 재상가의 공자시니까요."

호기심 어린 시선으로 멀어지는 여희를 보고 있던 운조의 얼굴에서 웃음기가 사라졌다.

"재상가의 공자라면……."

"맞습니다. 태문 공자가 여희의 뒤에 있습니다."

조 재상을 찾아간 여사석은 운조가 자신의 경고를 무시하고 약재를 사도원에게 넘겼다는 소리에 노발대발했다.

"너무 젊어서 겁이 없는 건지, 생각이 없는 건지 장 단주가 선을 넘는군요. 기어이 나와 해보자는 것이 아닙니까?"

조 재상은 부르르 수염을 떨며 흥분하는 여사석을 진정시켰다.

"너무 예민하게 받아들이지 말게. 장 단주 입장에서는 우의랑과 먼저 계약이 되었으니 그리할 수밖에 없었을 것이네."

"선계약 따위가 무엇이 중하단 말입니까? 내가 면전에서 다 달라고 했으니 우의랑에겐 대충 둘러대고 내게 다 가져와야 맞는 것이 아닙니까. 한데 보란 듯이 친히 우의랑을 찾아갔다니 장 단주가 이 좌의랑을 도발하고 있는 것이 아니고 뭐란 말입니까?"

"장 단주의 선택이 아쉽긴 하지만 애당초 상단의 원칙대로 하겠다고 선언하였으니 어쩔 수 없다 생각하게."

"흥! 쉬이 손에 들어오지 않은 것들은 차라리 뭉개 버리는 것이 낫지요. 이 기회에 이 좌의랑에게 잘못 보이면 어떤 꼴을 당하는지 한번 보여 줘야겠습니다."

조 재상은 길길이 날뛰는 여사석에게 피로감을 느꼈다.

"흥분하지 말고 자중하시게. 백화상단이 그 누구도 해내지 못한 지율국과의 교역을 성공시킨 지금 상단을 치는 것은 시

기적으로 좋지 않아."

"향후 지율국과의 교역권을 다른 상단으로 넘기면 되지 않습니까?"

"그럴 수가 없는 실정이네. 지율국에서 백화상단이 아니면 아국의 어느 상단과도 교류를 하지 않겠다고 못을 박았거든."

"설마 장 단주가 그리 손을 쓴 겁니까?"

"그랬을 가능성이 크지 않겠는가? 결코 가벼이 볼 자가 아니네. 백화상단을 압박하는 것은 국가적으로도 손실이 크니 조정에서도 큰 반발에 부딪힐 것이야. 우의랑 세력에게 굳이 물어뜯을 빌미를 만들어 줄 필요는 없어."

성질대로 하지 못한 것이 분해 여사석은 콧김을 내뿜으며 씩씩거렸다.

"이만한 일로 버리기엔 백화상단은 너무 아까운 만찬일세. 그러니 역으로 장 단주를 구슬러 상단을 묶는 수를 쓰는 것이 더 나을 것이네."

"하나 장 단주가 보통 단수가 높은 것이 아닙니다."

"장 단주의 내력에 대해서 뒷조사를 한다고 하지 않았는가?"

"뒤를 캐 봤는데 이렇다 할 특징은 없었습니다. 어릴 적에 우연히 노 단주의 눈에 띄어서 재능을 인정받아 후계자가 되었다고 하더군요."

"어릴 적부터 상술이 뛰어났다면 장 단주의 아비 역시 상인인가?"

"그것은 모르겠습니다. 그가 노 단주를 만나기 직전의 일에 대해서는 알려진 바가 없었습니다."

"좀 이상하군."

조 재상의 검지가 느릿하게 탁자를 톡톡 쳤다. 갑자기 운조에 대해서 궁금증이 일었다. 여사석의 겁박에도 뜻을 굽히지 않는 강단이 마음에 들기도 했다.

"태문과 비슷한 연배로 보이는데 백화상단의 단주 자리를 꿰차고 있다니 장 단주를 한번 만나 보고 싶군."

"그가 궁금하십니까?"

조 재상은 느리게 고개를 끄덕였다.

"젊은 인재를 가까이 두는 것은 늘 신선한 자극이 되지. 한 분야에서 앞서가는 자들은 비록 귀족이 아닐지라도 배울 것이 많을 것이니 늘 열린 자세가 필요한 법이네."

조 재상이 공자 같은 소리를 늘어놓자 여사석은 입술을 한일자로 굳게 다물며 듣기만 했다.

문이 열리고 사민이 들어오자 기녀들을 끼고 술을 마시고 있던 세주가 반색을 했다. 이미 술이 많이 올라 보였다.

"왜 이리 늦은 것이냐? 오매불망 기다렸다. 너희들은 그만 나가 봐라."

"아이, 왕자님."

"나가라고 하였다."

술에 취해서도 제법 엄하게 내치는 소리에 기녀들이 입술을 비죽거리면서 밖으로 나갔다.

세주는 금을 들고 서 있는 사민에게 손을 내저으며 앉으라 명했다. 사민이 자리에 앉자 그는 눈을 가늘게 뜨고 그녀를 감상했다.

"아무리 생각해도 닮았단 말이야."

그가 무슨 소리를 하는지 알 것 같기에 사민은 그를 무시하고 금을 켤 준비를 했다.

"이름이 무엇이냐?"

"인희라고 합니다."

"내 너와 닮은 아이를 본 적 있는데, 일전에 담친왕부에 온 적이 없느냐?"

"없습니다."

칼처럼 딱 자르는 대답에 세주는 고개를 갸웃거렸다. 부인하는 차가운 말투까지도 똑 닮았다.

하지만 당사자가 아니라고 하니 우길 수도 없었다. 술잔을 들다가 세주는 사민의 표정이 나긋하지 않자 살짝 미간을 찌푸렸다.

"내가 부른 것이 달갑지 않은 표정이구나."

사민이 입을 다물며 부인하지 않자 세주는 눈에 힘을 주며 그녀를 쏘아봤다. 그러다 그는 술잔을 단숨에 털어 넣고 피식 웃었다.

"배짱이 큰 것이냐, 무모한 것이냐? 내가 누군지 모르지 않을 텐데 어찌 나를 그런 표정으로 보는 것이냐?"

"……"

"지금 내가 한심해 보인다는 눈빛이지 않으냐?"

"소리를 들려 드리겠습니다."

더 말을 섞고 싶지 않아 사민이 술대를 금에 대자 세주가 만류했다.

"됐다. 소리를 듣고자 부른 것이 아니다."

"하면 소인을 어찌 찾으신 겁니까?"

"그냥 처음 봤을 때 날 보던 네 눈빛이 걸렸었다."

"소인이 청화루에 온 것은 소리를 들려 드리기 위함입니다. 소리를 원치 않으시니 더 머물 이유가 없습니다. 다른 볼일이 없으시면 그만 일어나겠습니다."

사민은 주저 없이 금을 들고 일어서려고 했다.

"참 이상하단 말이야."

사민이 똑바로 보자 세주가 눈을 가늘게 뜨고 그녀를 마주 봤다.

"왜 그리 날 싫어하는 것처럼 느껴지는 거지? 혹 나를 알고 있느냐?"

"담친왕부의 귀한 왕자님이신 건 압니다."

세주가 고개를 저으며 부인했다.

"아니야, 그것과는 좀 결이 달라. 그 눈빛은 날 아주 한심하게 보는 것 같단 말이야. 탓하지 않을 테니 솔직하게 말해 봐라. 그렇지 않으냐?"

술에 취했어도 관찰력은 예사롭지 않아 사민은 그를 똑바로 응시했다.
"송구하오나 한심하게 보이는 것은 사실입니다."
"그렇게 본 이유가 무엇이냐?"
"누구도 갖지 못한 귀한 자격을 타고났으면서 귀히 여기지 않으시니까요."
"귀한 자격이란 무얼 말하는 것이냐?"
"담친왕부의 대를 이을 귀한 아드님이 아니십니까? 모름지기 계집이 아닌 사내로 태어났으면 사내의 값을 하셔야지요. 이리 기루에서 허송세월을 보내시면 안 된다 생각합니다."
 다소 감정이 실린 직설적인 공격에 사민은 그가 크게 화를 낼 것이라 생각했다. 담친왕부에서 아들이 아니어서 버림을 받은 자신의 눈에 아들이라고 떠받들어져서 자랐을 세주의 방황이 곱게 보일 리 없는 것은 당연했다.
 하지만 세주는 그런 사정을 알 리 없으니 한낱 기루에서 금이나 타는 자신의 쓴소리가 곱게 들릴 리 없을 것이다.
 당연히 크게 난리를 칠 거라 각오하고 있었는데 뜻밖에도 세주가 쿡쿡거리며 웃자 사민은 미간을 찌푸리며 그를 응시했다.
"귀한 아들이라……."
 어쩐지 되뇌는 그의 표정이 쓸쓸해 보여 사민의 미간의 골이 더 깊어졌다.
"네 말이 맞다. 누구나 부러워하는 담친왕부의 귀한 아들로 태어났으니 이렇게 멋대로 살면 아니 되는 것이지. 표정만큼이

나 내뱉는 말도 제법 맵구나. 하나 내가 무슨 짓을 해도 가식적으로 웃기만 하는 아이들보다 한결 마음에 든다."

"……."

"한데 말이다, 나는 남들이 다 부러워하는 담친왕부의 그 귀한 아들로 태어난 것이 싫으니 어쩌면 좋으냐?"

"무슨 말씀을 하시는지 모르겠습니다."

그의 투정을 받아들일 정도로 마음이 열리지 않아 사민은 퉁명하게 대답했다.

세주는 가득 찬 술잔을 단숨에 비웠다.

"내가 그 잘난 아들로 태어나지 않았다면 내 어머니께서 그리 모진 짓을 하지는 않으셨을 것이다. 내가 아들이 아니었다면… 잃지 않았을 것이야."

차곡차곡 털어 넣은 술이 확 오르는지 세주가 그대로 정신을 잃고 쓰러졌다.

사민은 잔뜩 일그러진 표정으로 잠이 든 그를 쏘아봤다. 충격을 받은 그녀의 동공이 크게 흔들렸다.

'설마…….'

그가 술김에 내뱉었던 마지막 말들이 가시처럼 목에 걸렸다. 분명 자신의 얘기를 하는 것이었다. 그가 자신의 존재를 알고 있는 것이 확실했다.

'하지만 어떻게…….'

담세주의 나이가 자신보다 두 살이 어리니 자신의 존재를 기억하는 것은 불가능하다. 담친왕부에서 버린 자신의 존재를 그에게 알려 줬을 리도 만무하다.

하지만 취중에 하는 그의 말로는 분명 자신의 존재를 알고 있었다. 만일 그가 정말로 모든 사실을 알고 있는 것이라면, 그래서 이렇게 방황하는 거라면…….

사민의 눈빛이 혼란스러운 색으로 흔들리며 그를 내려다봤다. 분명 조금 전과는 확연히 다른 눈빛이었다.

그녀는 의식을 잃은 세주를 오랫동안 지켜보다 조용히 밖으로 나갔다.

사민을 기다리며 초설과 담소를 나누던 운조는 사민과 약조한 시각이 되자 자리에서 일어서려 했다.

"가 보겠습니다."

"설마 단주께서 친히 사민을 감시하느라 오신 겁니까?"

초설이 농을 던졌지만 운조는 진지하게 대답했다.

"맞습니다."

그의 눈빛에서 웃음기가 하나도 없는 것을 보고 초설은 속으로 크게 놀랐다. 백방으로 할 일도 많은 백화상단의 단주가 일개 무사인 사민이 걱정되어 기루까지 쫓아왔다는 사실이 곧이들리지 않았다. 그러나 기루에서 사내들이라면 산전수전 공중전까지 다 겪은지라 초설은 이내 미소를 지었다.

"이제 사민의 남자가 단주까지 셋이군요."

"무슨 소립니까?"

"사민이 의도한 것은 아니겠지만 냉해 보이는 그 아이에게 의외로 사내들을 끌어당기는 마력이 있는 모양입니다."

"셋이라……."

"그녀의 뒷배를 자처하는 문 장주와 둘도 없는 지기 무연에 이번엔 장 단주까지 내로라하는 준수한 사내들이 그녀에게서 눈을 떼지 못하니 말입니다. 삼 인의 남자들 중 과연 진정한 사민의 남자가 될 이가 누구일지 궁금해지는군요."

초설의 말이 마음에 들지 않았지만 실제로 사민의 마음을 알 수 없기에 운조는 미간을 찌푸렸다.

"그 답은 곧 알게 될 겁니다."

"이제 보니 단주께서 사민을 보는 마음이 꽤 깊으시군요. 한데 괜찮으시겠습니까? 남녀를 막론하고 사람을 숱하게 상대해 봤지만 사민은 쉬이 사내에게 마음을 열 아이가 아닙니다. 단주께서도 물론 쉽지 않을 겁니다."

"여인의 마음을 얻는 일이 쉬워서는 아니 되겠지요."

생긴 대로 농이라고는 찾아볼 수도 없이 매사에 진지한 사내였다. 그만큼 자신이 있다는 건가. 자신의 마음을 숨기지 않는 사내의 당당함이 마음에 들었다. 역시 괜히 젊은 나이에 백화상단의 단주가 된 것이 아니다.

"사민의 선택을 지켜보도록 하지요."

"만일 내가 사민의 남자가 된다면 사민이 청화루에 다시 올 일은 없을 겁니다."

"그 또한 어쩔 수 없겠지요."

초설은 여유 있게 웃으며 술잔을 입 안에 털었다. 사민에 대한 소유욕을 강하게 드러내는 그에게 강한 수컷의 자신감이 보였다.

"담세주를 조심하십시오."

"조심하라……."

"불운하게 사민이 담 왕자의 눈에 든 것 같으니 말입니다. 채 여물지 않은 사내의 무모한 욕심이 때때로 의외의 화를 불러오기도 하지요."

의미심장한 초설의 경고에 운조는 찬 시선으로 담친왕부에서 스치듯이 봤던 담세주를 떠올렸다. 그때도 그는 사민을 한눈에 알아봤었다. 기루에 있었을 때와는 완전 다른 모습이었는데 눈썰미가 대단했다.

"담세주는 담친왕의 성정을 닮지 않은 모양이군요."

"이년이 지켜본 담 왕자는 성정이 모질거나 악한 사내는 아닙니다. 그저 일부러 자신을 괴롭히며 방황하는 것 같은 느낌이 강했지요."

"뜻밖이군요. 무슨 사연이라도 있는 건가."

"귀하신 왕부의 왕자께 무슨 사연이 있는지는 이년이 알 수 없지요. 하나 그 불똥이 엄한 사람에게 튈 수 있으니 신경이 쓰이는 게지요."

"사민이 위험해질 수도 있단 말입니까?"

"역시 눈치가 빠르시군요. 사실 담세주는 크게 위협적인 인물은 아닙니다. 기루에서 기녀들을 끼고 취해 있지만 기녀에게 함부로 하지도 않습니다. 하나 진 왕비께서는 다르지요."

운조의 한쪽 눈썹이 슬며시 올라갔다.

"진 왕비."

"이년이 알기로 진 왕비께서는 그다지 너그러운 사람이 아닙니다. 큰아들이 죽고 남은 귀한 아드님의 방황을 이해하시지 못할 겁니다. 담 왕자가 관심을 보이는 기루의 여인이 당연히 곱게 보일 리 없겠지요."

"문제는 아들에게 있는데 엄한 사람에게 화풀이를 하시겠다?"

"어미의 눈에는 그저 아들은 고귀하고 순수하게만 보이는 법이니까요. 물론 그 지경까지 이르지 않기를 바라지만 고삐가 채워지지 않은 사내의 과한 열정이 때때로 화를 불러오기도 하니 주의해서 나쁠 건 없겠지요."

"사민을 위한 충고 고맙게 듣겠습니다."

사민을 걱정하는 초설의 마음이 그대로 느껴져 운조는 진심으로 그녀에게 고마움을 전했다.

"이제 정말 일어나야겠습니다."

운조가 일어서자 초설이 따라 일어섰다. 그녀는 운조의 뒤에 대고 나지막이 이야기했다.

"실은 삼 인의 남자 못지않게 저 역시 사민을 아낀답니다."

생각에 잠긴 채 운조가 기다리고 있는 곳으로 걷던 사민은 앞에서 한 사내가 술에 취해 비틀거리며 다가오자 차갑게 눈을 떴다.

"뭐야? 새로 온 계집인가? 제법 반반하구나."

사내가 다짜고짜 어깨를 잡으려고 하자 사민은 벌레를 보듯 뒤로 물러났다. 얼마나 처마셨는지 역겨운 술내가 확 풍겨 왔다.

"이년이 지금 내 손을 피한 것이냐?"

거부당한 사내가 다시 사민에게 손을 뻗었다.

그렇지 않아도 기분이 좋지 않던 차에 사내의 희롱에 화가 난 사민은 그대로 사내를 제압하려 했다.

그러나 그녀가 손을 쓰기도 전에 갑자기 나타난 운조가 먼저 사내의 팔을 꺾어 버리자 그녀는 멈칫했다.

"으아악! 내 팔!"

술에 떡이 되어도 통증은 느껴지는지 사내가 죽는다고 소리를 지르자 초설이 장정들과 함께 나타났다. 익히 아는 인사라 초설은 사내를 보며 한숨을 쉬었다.

"여긴 제가 알아서 정리할 테니 갈 길 가시지요."

운조가 고개를 끄덕이며 먼저 밖으로 나가자 사민도 그를 따라 나갔다.

"고맙습니다. 하지만 혼자서도 할 수 있었습니다."

"혼자서도 할 수 있는 걸 알기에 나선 것이다. 그런 차림으로 사내를 패는 것은 어울리지 않는다."

사민이 잠시 대답이 없자 그는 살짝 인상을 썼다.

"치마를 입고도 검을 휘두르나?"

"필요할 때는요."

"그 필요할 때가 몇 번이나 있었는지 모르나 별로 달갑진 않군."

"저는 신월장의 무사니까요."

"여인이 먼저다."

그가 똑바로 보며 주지시켜 주자 사민은 다시 가슴이 찌르르 울렸다. 그녀는 일부러 그의 시선을 외면한 채 말없이 걷기만 했다. 왜 그의 말에 마음이 싱숭생숭해지는지 모를 일이다.

사민이 대꾸도 하지 않고 걷기만 하자 운조는 그녀의 표정을 주시했다.

"기분이 좋아 보이지 않는군. 담세주가 널 희롱했나?"

"아닙니다."

"하면 왜 그러지? 몹시 화가 난 사람처럼 굳어 보인다."

"별일 아닙니다. 신경 쓰지 마십시오."

"관심 끄라 이 말인가?"

"맞습니다."

"그러고 싶지 않다면?"

사민이 찬 시선으로 돌아보자 운조는 기다렸다는 듯이 그녀의 시선을 묶었다.

"난 너에 대해서 전부 알고 싶다. 너의 사연, 너의 감정 그리고… 무복 안에 가려진 네 본모습까지."

"그러지 않으셨으면 좋겠습니다."

"어째서지?"

"다른 곳에 신경을 분산하고 싶지 않습니다."

"오늘따라 더 까칠하군. 역시 담세주가 문제인가?"

세주 때문에 신경이 예민해진 것은 맞았기에 사민은 반박하지 않았다. 하나 그녀의 침묵이 운조의 오해를 불러일으켰다.

"금일까지만이다."

"무슨 말씀이십니까?"

"다시는 그 모습으로 사내들 앞에 보내지 않을 것이다."

"담친왕부의 왕자께서는 제게 무례하게 굴지 않았습니다."

사민이 세주를 두둔하고 나오자 운조는 인상을 찌푸렸다. 분명 담세주를 만나기 전과 후로 그녀의 기분이 많이 달라졌는데 그 이유를 알 수 없으니 답답했다. 하지만 사민이 쉬이 털어놓을 것 같지 않기에 그는 더 묻지 않았다.

돌아가는 두 사람 사이에 무거운 침묵이 내려앉았다.

여사석이 돌아오자 가진은 밖으로 나가 그를 맞았다.

"아버지 요즘 안색이 좋지 않으십니다. 어디 편찮으십니까?"

"아니다. 두루 신경 쓸 일이 많으니 곤해서 그런 것이다."

"그러다 몸 상하실까 걱정입니다. 부디 몸부터 생각하십시오."

걱정이 가득한 딸아이의 눈빛에 여사석은 날이 섰던 마음이 조금 누그러졌다. 그는 눈에 넣어도 아프지 않을 귀한 딸을 찬찬히 봤다.

"널 차라리 후궁으로 넣었다면 좋았을 걸 그랬구나."

"후궁요?"

"그래, 조 재상의 여식은 영 사내를 흡족하게 하는 능력이 없어 보이니 말이야. 어째서 폐하의 마음도 붙들지 못하는지, 원."

여사석은 조자천에게는 차마 내보이지 못하던 속내를 드러냈다. 조 비가 황제의 마음을 확실히 잡아 주었다면 여러모로 일이 쉽게 풀렸을 텐데 아쉽기 짝이 없었다. 조 비가 적극적이지도 않고 사내를 붙잡는 매력도 없으니 기다리던 회임은커녕 황제와의 합방도 쉬워 보이지 않아 답답했다. 조 재상의 얼굴을 봐서 크게 탓할 수도 없으니 그야말로 벙어리 냉가슴 앓듯 속만 끓이고 있었다.

"하지만 아버지, 저는 후궁은 싫사옵니다."

"후궁으로 시작한다고 하여 평생 후궁으로 살란 법은 없다."

"그런다고 하여도 제 사내를 다른 여인들과 나누며 살고 싶지는 않습니다."

딱 부러지는 거부에 여사석은 흡족하게 가진을 보며 웃었다. 자고로 여인이란 이렇게 사내에 대한 욕심이 있어야 하는 법인데 맹숭맹숭한 조 비는 그런 것이 없다.

그가 흐뭇하게 웃으며 안으로 들어가자 가진이 따라 들어왔다.

"아비에게 할 말이 있는 것이냐?"

"한 가지 청이 있습니다."

"무엇이냐?"

"황가의 이필 공자께서 집으로 찾아오지 않게 해 주셨으면 합니다."

자리에 앉은 여사석이 살짝 미간을 찌푸렸다.

"이필이 영 마음에 들지 않는 게냐?"

"네, 그렇습니다."

"어떤 점이 가장 부족해 보이는 것이냐?"

"사내가 되어 너무 가벼워 보이는 것이 싫습니다. 그리고 저를 보는 느글거리는 눈빛도 싫습니다."

"허허, 정말 큰일이구나. 네 마음도 모르고 이필은 네가 무척 마음에 드는지 매일 혼담을 넣어 달라 제 아비를 볶는다고 하니 말이다."

"아버지, 저는 정말 싫습니다."

여사석은 이필을 벌레 털듯 털어 내는 가진의 얼굴을 찬찬히 살폈다.

"이필이 싫은 이유가 혹 다른 사내 때문인 것이냐?"

가진은 잠시 멈칫하다 대답했다.

"물론 그런 것도 있습니다만 장 단주를 떠나서도 황가의 자제는 마음에 들지 않습니다."

"겉으로 보이는 것만이 능사는 아니다. 비록 이필이 외양은 네 양에 안 찰지 몰라도 그가 가진 모든 조건은 장 단주와 비교할 바가 아니다."

"소녀의 생각은 다릅니다. 장 단주가 비록 귀족이 아닌 것이 큰 결격 사유지만 가진 능력이나 진중한 성품이 황가의 자제보다는 훨씬 낫습니다. 저는 가문만 믿고 무능력한 사내보다는 스스로 성공한 사내가 더 마음을 끌어당깁니다."

생각했던 것보다 가진이 운조에게 빠져 있는 것이 보이자 여사석은 입이 썼다. 고분고분하지도 않고 괘씸한 놈이 금이야 옥이야 키운 여식의 마음까지 빼앗아 가다니 고약하기 짝이 없었다.

어쨌거나 백화상단을 건드리지 말라는 재상의 충고도 있었기에 차라리 가진을 통해 장 단주를 회유하는 방법도 괜찮지 않을까 싶었다.

그렇다고 해도 황염문과의 관계를 위해서 황이필을 완전히 잘라 낼 수는 없기에 고심이 깊어졌다. 한번 결심하면 원하는 것을 손에 넣기까지 쉬이 포기할 줄 모르는 딸아이의 성정을 잘 알고 있기에 여사석은 에둘러 그녀를 설득했다.

"뭐든 섣불리 결정하지 마라. 이필을 털어 내지 말란 말이다."

"아버지, 하오나 소녀는!"

가진이 반박했지만 여사석은 그녀를 설득했다.

"아비에게는 황염문의 힘이 필요하다. 그러니 이필과 적당히 거리를 두면서 지켜봐라."

"내키지 않습니다."

"감정적으로 굴지 말고 전략적으로 굴어라. 그를 네 사람으로 받아들이란 말이 아니다. 그저 적당히 쓰임이 있는 곳이 있는지 찾으란 말이다."

가진의 눈이 번뜩거렸다.

"아버지 말씀은."

"큰일을 하려면 자고로 사람을 잘 이용할 줄 알아야 하는 법이다. 향후 무슨 일이 벌어질지는 아무도 모르는 법이니 그가 소용이 있을 수도 있다. 굳이 내 손에 흙을 묻힐 필요는 없으니 말이다."

여사석의 뼈가 담긴 설득에 가진은 진지한 표정이 되었다.

"아버지의 말씀 새겨듣겠습니다."

말귀를 알아듣는 총명한 아이가 마음에 들어 여사석이 인자하게 웃었다.

"장 단주를 원한다면 네 방식대로 그를 가져 봐라. 장 단주를 손에 넣으면 백화상단이 절로 수중으로 굴러들어 올 것이니 그를 어찌 잡을지 지켜보겠다."

"아버지를 실망시키지 않도록 하겠습니다."

가진이 웃는 낯으로 제 처소로 돌아가자 여사석은 일찍 잠자리에 들 준비를 했다. 백화상단과 조 비의 일로 골머리를 썩으니 두통이 일었다.

그때 밖에서 집사장 관수가 들어오자 그는 인상을 찌푸렸다.

"무슨 일인가?"

"아무래도 좀 이상한 일이 생겨서 말입니다."

"이상한 일이라니?"

짜증 섞인 말투가 터져 나왔다.

"지난번 구수록이 주유 중에 죽었다는 소식을 들었는데 말입니다."

"첩들을 끼고 주유를 가다 화적떼를 만나 죽었다고 하지 않았는가?"

"하온데 며칠 후에 하숙주도 죽었다고 합니다."

여사석의 미간에 골이 깊게 팼다. 구수록의 죽음에 큰 의문을 갖지 않았는데 하숙주가 바로 죽었다는 소리에 신경이 곤두섰다. 무언가 예감이 좋지 않아 그는 신경질적인 소리로 관수를 닦달했다.

"설마 도술치도 잘못된 것은 아니겠지?"

"그렇지 않아도 확인했사온데 도술치 역시 변사체로 발견됐습니다."

"뭐야!"

우려했던 일이 현실로 나타나자 여사석은 크게 충격을 받았다.

"세 놈이 갑자기 죽다니 이 무슨 해괴한 짓이란 말인가! 대체 누구의 소행인가!"

"셋 다 같은 수법으로 당한 것이 아니라 같은 자의 소행인지 알 수 없지만, 비슷한 시기에 죽은 것으로 보아 서로 연관이 있어 보입니다."

"그걸 말이라고 하는 게야! 각자 흩어져 있는 세 놈이 시간차를 두고 죽임을 당한 것이면 분명 십칠 년 전의 일을 아는 자의 짓이 아닌가!"

"하나 그때의 일을 아는 자는 없지 않습니까?"

관수가 조심스럽게 지적하자 여사석은 머리를 굴리며 씩씩거렸다. 아닌 게 아니라 그때의 일을 아는 자는 죽은 세 놈을 제외하고는 없었다. 그런데도 나란히 보란 듯이 죽임을 당한 것이 걸렸다. 마치 보복을 당한 것과 같지 않은가.

'설마 내가 사주한 일임을 밝힌 건 아니겠지?'

죽어서도 입을 다물면 식솔들을 끝까지 책임지겠다는 약조를 받은 터라 셋 다 섣불리 입을 놀리진 않았을 것이다. 그렇다면 대체 누가 그들을 죽였단 말인가.

실체를 알 수 없는 누군가가 목을 죄어 오는 것 같아 여사석은 오만 인상을 찌푸렸다.

청화루에서 돌아온 이후로 사민이 좀체 밖으로 나오지 않자 운조는 그녀를 찾아 후원으로 건너갔다.

하지만 사민의 처소에 불이 꺼져 있자 그는 인상을 찌푸렸다. 후원에서 나와 그는 지나가는 아치와 등오를 불렀다.

"사민은 어디 있지?"

"한 식경쯤 전에 잠깐 다녀올 곳이 있다고 나갔습니다."

"내게 말도 없이 말인가?"

되묻는 말에 살얼음이 끼어 있어 아치는 조금 긴장했다. 운조가 찬 표정으로 안으로 들어가 버리자 아치는 등오와 시선을 주고받았다.

"사민 혼나는 거 아니냐?"

"그러게 말이다. 단주님 기분이 영 좋아 보이지 않으신다."

"근데 단주님도 모르게 사민은 어딜 간 거냐?"

"그걸 내가 어찌 아냐? 갈 곳이 있으니 갔겠지."

아치가 물었지만 등오 역시 답을 알 리 없었다. 실없는 짓을 하지 않는 사민의 성정을 잘 알기에 하던 일을 계속하면서 그들은 사민이 무사히 돌아오기를 바랐다.

같은 시각, 담친왕부에서도 세주를 찾는 담친왕의 화난 목소리가 문밖으로 들렸다. 늦은 시각까지도 세주가 돌아오지 않았다는 소리에 담친왕은 진 왕비에게 크게 화를 냈다.

"왕비께서 그리 두둔하기만 하니 세주 놈이 더 어긋나는 것이 아니오! 왕부의 자제가 허구한 날 기루 출입이라니 이 무슨 창피한 일이란 말이오!"

"곧 돌아올 겁니다. 부디 화를 가라앉히십시오."

"내가 지금 진정하게 생겼소? 이놈이 이렇게 왕부에 먹칠을 하고 다니는 꼴을 더 이상 어찌 보란 말이오!"

그동안 차곡차곡 쌓여 갔던 화가 터져 나온 것이기에 진 왕비가 말려도 역부족이었다.

"세주 놈이 계속 이리 어긋난다면 왕부를 세록이에게 물려 줄 수밖에 없소."

"무슨 말씀을 하시는 겁니까! 제 눈에 흙이 들어가기 전에는 절대 그럴 수 없습니다."

"그러길 바라지 않는다면 부인께서 책임지고 세주 놈을 정신 차리게 만들면 될 것이오. 그렇지 않으면 그 눈에 흙이 들어가기 전에 못 볼 꼴을 보게 될 것이오."

담친왕이 으름장을 놓고 돌아서자 진 왕비는 입술을 깨물었다.

"윤이만 살아 있었어도……."

담친왕이 돌아서면서 하는 말에 진 왕비는 심장이 철렁 내려앉았다. 첫정이 무서운 법이라더니 죽은 윤을 잊지 못하는 그에게 진 왕비는 불안함과 서운함을 동시에 느꼈다.

그녀는 당장 수하들을 불러 닦달했다.

"세주를 호위하는 놈들은 대체 뭘 하고 있단 말이냐! 당장 가서 세주를 데리고 와라. 당장!"

불호령이 떨어지자 왕부의 무사들이 빠르게 밖으로 나갔다.

처소를 오가며 진 왕비는 초조하게 손을 떨었다.

어두운 밤길을 세주가 비틀거리며 혼자 걷고 있었다. 오늘따라 귀찮게 구는 왕부의 무사들을 따돌린 참이었다.

청화루에서 초설에게 사민을 다시 불러 달라고 청했지만 거절당했다. 타지로 떠나서 당분간은 돌아오지 못한다는 답만 들은 상태였다.

'그때 정신을 잃지 않았어야 했어.'

술에 취해 그녀에게 많은 말을 한 것 같은데 무슨 말을 했는지 도통 기억이 나지 않았다. 정신을 차려 보니 이미 그녀는 떠난 후였다. 기루에 있는 아이의 눈빛이 너무 차고 도전적이라 인상에 깊게 남았는데 다시 볼 수 없다니 아쉽기 짝이 없었다.

세주는 취기가 오른 눈으로 하늘을 올려다봤다. 구름에 달이 가려 잔뜩 흐린 날이라 주변은 더 칙칙하고 어두웠다.

터덜터덜 담친왕부를 향해 걷고 있던 그때, 어디선가 험상궂게 생긴 사내들이 나타나 그의 앞을 가로막았다.

"웬 놈들이냐!"

"그것까지는 아실 것 없고. 보아하니 인사불성으로 술을 드신 것 같으니 그저 가지고 있는 돈이나 패물을 내어 주시면 험한 꼴은 안 당할 겁니다."

"이놈들이 감히 왕족에게 강도짓을 하려 함이냐!"

세주가 소리쳤지만 사내들은 자기들끼리 눈짓을 주고받으며 피식피식 웃을 뿐이었다.

"왕족이고 나발이고 어차피 우리를 기억도 못 할 거면서 참 말이 많네."

"네 이놈들! 가까이 오지 마라."

세주가 경고했지만 사내들은 가소롭다는 듯이 세주에게 손을 뻗었다. 툭 건드리면 그대로 넘어질 것처럼 약해 보이는 왕족 하나쯤 터는 것은 그야말로 식은 죽 먹기와 같았다.

세주가 매서운 눈초리로 쏘아보자 사내 하나가 그의 멱살을 잡더니 주먹으로 면상을 후려치려고 했다. 어차피 술에 취해 자신을 기억하지도 못할 것이니 왕족에게 분풀이라도 할 셈이었다.

하지만 어디선가 날아온 돌멩이가 그의 이마에 명중하자 그는 비명을 지르며 세주를 놓았다.

"아악!"

"누구냐!"

다른 사내들이 놀라 소리를 지르며 일제히 무기를 꺼내 들었다. 그리고 그들은 세주의 앞을 가로막고 나타난 사민을 죽일 듯이 노려보며 포위했다. 여인의 몸이었지만 검을 쥔 자세가 결코 함부로 볼 수 없는 고수임을 알 수 있었다.

"그대로 물러나면 목숨은 부지할 수 있을 것이다."

"기껏해야 계집 따위가 무슨 헛소리를 하는 것이냐!"

사내 하나가 소리치자 다른 사내들이 일제히 사민을 향해 돌진했다. 아무리 출중한 실력을 가졌다 하더라도 힘에서 밀리는 여인인 데다 혈혈단신이었으니 자신들에게 승산이 있다고 계산했기 때문이었다.

그러나 사민은 크게 몸을 움직이지도 않고 세주의 앞에 서서 힘으로 밀어붙이는 사내들의 공격을 빠르게 피하면서 정교하게 역공을 펼쳤다. 사내들이 세주를 공략하려 하였으나 사민이 틈을 주지 않자 번번이 실패했다. 결국 예상대로 사내들이

곡소리를 내며 바닥을 나뒹굴자 사민은 그들에게 마지막 경고를 날렸다.

"당장 사라지지 않으면 죽고 싶은 것으로 생각하고 원을 풀어 주겠다."

그 말이 끝나자마자 다리를 절뚝거리면서 사내들이 꽁지가 빠져라 달아났다. 사민은 그들의 모습이 완전히 사라지기 전까지 경계를 풀지 않았다.

"뉘신지 은인의 얼굴을 보여 주십시오."

등 뒤에 서 있던 세주의 목소리가 들리자 사민은 돌아보지 않았다.

"밤길은 위험하니 혼자 다니지 마십시오."

세주가 얼굴을 보려 하였으나 그녀는 끝내 세주를 돌아보지 않고 엄지와 검지를 입가로 넣어 세게 휘파람을 불었다. 잠시 후 혼이 빠져 세주를 찾아 헤매던 왕부의 무사들이 달려오는 소리가 들렸다. 사민은 그들이 오기 전에 자리를 뜨려고 했다.

"잠시만! 누군지 이름을 알려 주십시오. 사례를 하고 싶습니다."

"원치 않으니 신경 쓰지 마십시오."

사민이 끝내 얼굴을 보여 주지 않고 어디론가 사라져 버리자 세주는 어쩔 줄 몰라 했다.

"그 목소리 분명 내가 아는 목소리였어. 설마……."

세주는 앞에 선 여인의 모습을 기억하려 애썼다. 오늘따라 밤이 유난히 어두워 얼굴은 제대로 보지 못하였지만 신형이 낯이 익었다. 인희라는 아이일 리 없는데 이상하게 환영이 겹쳤다.

"왕자님! 괜찮으십니까!"

세주를 놓치고 미친 듯이 찾고 있던 무사들이 세주를 발견하고 단숨에 달려왔다. 그들은 세주가 무사한 것을 확인하고서야 안도의 숨을 내쉬었다.

세주는 말없이 그들의 호위를 받고 걸음을 옮겼다. 아쉬움에 그는 사민이 섰던 곳으로 고개를 돌렸다.

그의 일행이 저만치 멀어지자 사민이 어둠 속에서 모습을 드러냈다. 그녀는 무사들의 호위를 받으며 담친왕부로 돌아가는 세주를 서늘한 시선으로 지켜보다 다시 어둠 속으로 사라졌다.

마당에 나와서 초조하게 세주가 돌아오기를 기다리던 진 왕비는 수하들이 세주를 부축하고 돌아오자 한달음에 달려갔다.

"아니, 대체 술을 얼마나 마신 것이냐!"

한 소리 내뱉고는 혹여 담친왕이 알까 무서워 그녀는 얼른 세주를 처소로 옮기라 명했다.

"분명 내가 아는 목소리인데……."

침상에 눕혀지면서 술김에 중얼거리는 소리에 진 왕비는 인상을 찌푸렸다.

"이 아이가 대체 뭐라고 하는 것이냐. 누굴 찾는 것이야?"

그녀는 세주가 완전히 의식을 잃고 잠에 빠져드는 것을 지켜보다 긴 한숨을 내쉬었다. 착한 아들이 갑자기 엇나가기 시작한 이유를 알 수 없으니 답답할 노릇이었다.

진 왕비는 밖으로 나와 세주에게 붙여 놓은 수하들을 불렀다.

"세주가 오늘도 청화루에 들렀던 것이냐?"

"그렇습니다."

"청화루에서 혹 누굴 만나는 이가 있느냐?"

"만나는 이는 없었습니다. 늘 왕자님 혼자 술을 드시고 나오셨습니다."

혼자 술을 마시기 위해 청화루를 계속 찾는다는 것도 이해가 되지 않아 진 왕비의 눈이 실눈처럼 가늘어졌다.

"혹여 세주가 청화루에서 늘 부르는 계집이 있느냐?"

"기녀를 말씀하시는 겁니까?"

"그렇다."

"신이 보기엔 딱히 눈에 담아 두신 기녀는 없어 보였습니다. 늘 그때그때 다른 기녀들이 들어가는 걸 봤습니다."

"하면 세주가 일부러 찾는 계집은 없다는 말이렷다?"

그나마 기녀에게 정신이 팔려 청화루를 찾는 것은 아니라는 생각에 진 왕비는 안도했다.

"왕자님께서 따로 부르신 계집은 하나 있었습니다."

진 왕비의 눈썹이 확 치켜 올라갔다.

"그 계집이 누구냐?"

"기녀는 아니고 예인이라고 하였는데 왕자님께서 행수를 채근하여 특별히 불러 달라 청하셨습니다."

"예인? 흥! 기루에서 소리나 파는 것들이 기녀들과 무엇이 다르단 말이냐? 사내들을 후려잡아 한밑천 노리는 천박한 것들일 뿐이지. 그 계집의 이름이 무엇이냐?"

"인희라고 하였습니다."

"그 계집이 세주와 밤을 보냈느냐?"

"아닙니다. 왕자님께서 다른 기녀들을 다 내보내고 그 여인과 독대를 하였지만 반 시진도 되지 않아 여인이 나왔고 들어가 보니 왕자님께선 술에 취해 주무시고 계셨습니다."

"그렇단 말이지."

진 왕비의 눈초리가 매섭게 변했다. 세주가 기루에 출입을 하고 있었지만 기녀들을 끼고 술을 마실 뿐 정작 기녀들과 밤을 보내지는 않았다.

물론 행수에게 기녀들이 쥐도 새도 모르게 죽어 나가는 꼴을 보고 싶지 않으면 취침 시중을 들지 말라 으름장을 놓기도 하였지만, 정작 세주가 어느 하나의 기녀에게 정을 주지도 않았기에 지켜보고만 있었던 참이었다.

그랬기에 세주가 행수에게 특별히 청해 불렀다는 인희라는 계집이 더 거슬렸다. 방황을 끝내기 전에 천한 계집에게 씨라도 뿌리면 큰일이기에 더 민감해질 수밖에 없었다.

"세주에 대해서 잠시도 한눈을 팔아선 아니 될 것이다. 혹 세주가 다시 그 인희라는 계집을 찾으면 몰래 그 계집을 내게로 끌고 와라."

"알겠습니다."

수하들에게 단단히 다짐을 시키고 진 왕비는 천천히 처소로 걸었다.

세주가 인희라는 계집을 왜 찾았는지가 궁금했다. 술에 허송세월을 보내는 것은 용인할 수 있지만 계집에게 빠지는 것은 용납할 수 없는 문제였다. 천한 것들을 첩실로라도 왕부에 들일 수는 없었다.

'화근이 될 싹이라면 초장에 잘라 버리는 것이 좋아.'

아무래도 골치가 아파질 일은 미리 차단하는 것이 좋을 것이다. 그렇지 않아도 담친왕의 눈 밖에 났는데 계집 문제까지 불거지면 아예 세록이에게 모든 걸 빼앗길 수가 있다. 위기에 처할수록 더 악랄한 빛을 발하는 진 왕비의 눈이 어둠 속에서 무섭게 빛났다.

늦은 밤 조용히 상단으로 돌아온 사민은 제 발소리에 튀어나온 수의 턱을 손으로 긁어 주었다. 기분이 좋아 갸르릉거리는 소리를 들으니 마음이 평온해지는 기분이었다.

그러다 갑자기 수가 기척을 느끼며 달아나려고 하자 그녀도 반사적으로 튕겨져 일어났다.

운조가 가까이 다가오자 사민은 살짝 난감한 표정이 되었다.

"요즘 들어 출타가 잦군. 어딜 다녀온 거지?"

"잠시 다녀올 곳이 있었습니다."

"그곳이 어딘지 묻고 있다."

"개인적인 용무입니다."

사민이 딱 잘라 대답하자 운조의 눈썹이 대각선으로 경사를 그리며 올라갔다.

"그러니 알 필요 없다 이 말인가?"

"송구합니다. 단주님께서 제 사정을 다 아실 필요는 없다고 생각합니다."

"그러고 싶지 않다면 어쩔 셈이지?"

"예?"

"너에 대한 모든 것을 다 알고 싶다고 하였다."

바짝 다가서서 단호하게 주장하는 소리에 사민은 잠시 멈칫했다.

"송구하오나 저는 지금 좌의랑에게 복수를 하기 위해 이곳에 와 있습니다. 그러니 그 외적인 것들은……."

"알려고 하지 말라 이것이군."

운조가 잠시 침묵을 지키자 사민은 그가 화를 참고 있음을 느꼈다.

"복수를 위해 널 데려온 것이 아니라고 분명히 말했을 텐데."

"하지만 전……."

"널 원한다고 했고 네게 사내가 될 것이라고도 했다. 그러니 너의 모든 것을 알고 싶고, 갖고 싶은 것이 당연한 일이다."

"하지만 단주님께서는 저에 대해서 모르십니다."

"그러니 알고 싶은 것이다."

말을 할수록 그에게 말려드는 것만 같아 사민은 입을 다물었다. 그러면서도 그의 직설적인 말들에 가슴이 설레었다. 이 무슨 이중적인 감정인지 입으로는 그에게 안 된다 말하면서 속으로는 그의 말에 떨리는 심정이라니. 이율배반적인 심리에 헛웃음이 나올 지경이었다.

"혹시 담세주와 무슨 일이라도 있었나?"

허를 찌르는 이름에 사민은 순간 표정 관리가 되지 않았다. 미세한 표정 하나도 잡아내는 그가 놓칠 리 없었다. 그의 눈빛이 위험하게 짙어졌다.

"설마 지금 담세주를 만나고 오는 길인가?"

"……."

부정하지 않는 사민의 침묵이 운조의 신경을 건드렸다.

"담친왕부의 왕자에게 마음이 흔들리기라도 한 것인가?"

사민이 인상을 찌푸렸지만 이미 담세주에 대한 질투로 평정을 잃은 운조는 사민의 팔을 움켜잡았다.

"그런다고 내가 널 놓아줄 것 같은가?"

"생각하시는 거 아니니 이 팔 놓아주십시오."

"그런 게 아니라면 이 늦은 시간에 담세주를 만날 이유가 무엇이지?"

"사연이 있습니다."

"그 사연이란 것이 무엇이냐고 묻는 것이다!"

"말할 수 없습니다."

사민이 팔을 빼려고 하자 운조는 더 힘을 주어 팔을 움켜쥐었다. 그의 거친 악력에 사민은 미간을 찌푸리며 그를 똑바로 쳐다봤다.

"이렇게 무례하신 분이 아니라 생각했습니다."

"나 역시 내가 이렇게 미친놈처럼 굴 줄 몰랐다."

"놓아주십시오."

"싫다."

"단주님!"

순간 운조가 팔을 당김과 동시에 허리를 감아 당기자 사민은 크게 놀랐다.

그에게 붙들린 몸이 의지와 상관없이 떨리기 시작했다. 금방이라도 잡아먹을 듯한 그의 거친 행동에 심장이 두근거리고 온몸의 피가 빠르게 돌며 긴장감을 최대치로 끌어올렸다. 본능적으로 위험을 느끼고 사민은 그에게서 벗어나려고 했다.

"이······."

그의 얼굴이 다가온다 싶었는데 입이 열리기 무섭게 그의 혀가 들어오자 놀란 그녀의 동공이 활짝 열렸다. 그에게서 벗어나려 바르작거렸지만 강한 수컷의 힘을 이길 수 없었.

그의 혀가 달아나는 그녀의 혀를 붙잡고 벌을 주듯 힘껏 빨아 당기자 혀뿌리가 통째로 뽑히는 통증을 느꼈다. 그런데 말도 안 되게 짜릿한 떨림도 함께였다.

그를 밀어내려던 손이 어느새 그의 의복을 꽉 쥐며 폭군처럼 입 안을 유린하는 혀의 움직임을 느끼고 있었다. 머리가 그를 밀어내라 끊임없이 말하고 있었지만 몸은 점점 달아오르고 심장은 그가 주는 자극에 터질 듯이 폭주하고 있었다.

운조가 벌을 주듯 혀를 깨물자 사민의 입에서 아린 신음 소리가 흘러나왔다. 그 소리에 흥분한 운조가 몸을 바짝 붙여 오자 사민은 그대로 굳었다.

그를 말려야 하는데 세주에 대한 질투로 터져 버린 그를 어떻게 해 볼 도리가 없었다. 자칫 잘못 건드렸다가는 그를 더욱 자극할 것만 같아 그녀는 그가 놓아줄 때까지 가만히 있는 수밖에 없었다.

이윽고 입 안 구석구석 기어이 모든 흔적을 남기고 그가 놓아주자 사민은 거친 숨을 내쉬었다.

하아하아, 숨을 고르는 그녀를 지켜보며 운조는 인상을 찌푸렸다.

"난 널 누구에게도 빼앗기지 않을 것이다. 그러니 담세주에게 흔들리지 마라."

"흔들린 적 없습니다. 그럴 일도 없습니다."

"정말인가?"

"담친왕부의 왕자와 그래서는 안 되는 사이니까요. 그러니 이렇게 제게 함부로 하지 마십시오. 들어가겠습니다."

사민이 차갑게 돌아섰지만 운조는 그녀를 잡지 않았다. 사민의 표정이 어쩐지 걸렸던 탓이었다. 쓸쓸하다 못해 공허해 보이는 표정에 그는 미간을 찌푸렸다. 아무리 생각해도 접점이 보이지 않는데 그녀와 담세주가 무슨 사이인지 궁금증이 더 커졌다.

제8장
술기운

 아침 일찍 여사석이 찾아왔다는 소리에 조 재상은 그를 집무실에서 맞았다. 분기탱천한 그의 표정만으로 그가 무슨 일 때문에 왔는지 짐작이 갔다.
 "태후께서 새로 후궁을 들이신다고 하셨다는 소식을 들으셨습니까?"
 "전일 들었네."
 "아니, 어찌 이러실 수가 있습니까? 갑자기 후궁이라니요!"
 "황후께서 와병 중인 마당에 후궁들에게서도 회임 소식이 없으니 태후께서 마음이 급해지신 것 같네."
 "아무리 그래도 조 비가 후궁으로 들어간 지 이제 겨우 일 년이 지났는데 새 후궁이라니 말도 안 됩니다. 두고만 보실 겁니까?"

"황실에 가장 중요한 후사가 없으니 태후를 막을 명분이 없지 않은가?"

"아무리 그래도 이건 아니지요!"

여사석이 흥분해서 따졌지만 조자천은 늘 그렇듯 그를 진정시켰다.

"그리 흥분해서 될 일이 아니네."

"분명 사도원이 농간을 부렸을 겁니다. 영감의 여식을 후궁으로 들였으니 자신들의 세력에서 후궁을 들이밀 거란 말입니다."

"나 역시 그리 생각했지만 태후께서 후궁으로 보고 있는 규수가 진학성의 여식이라고 하더군."

인상을 쓰는 여사석의 고개가 모로 돌아갔다.

"진학성이면 황후의 측근이 아닙니까?"

"그렇네. 아마도 태후께서 날 의식해서 세가 없는 진학성의 여식을 선택하신 것 같네."

그제야 여사석의 분기가 한풀 누그러졌다.

"그나마 사도원이 미는 가문이 아니라 다행입니다. 하지만 교활한 사도원이 진학성에게 어찌 접근할지 모르니 마음 편히 지켜볼 사안은 아닙니다."

"조 비가 내 딸인데 내가 마음이 편할 리 있겠는가?"

흥분하지 않은 말투에서도 불쾌함이 내비쳐져 여사석은 슬쩍 조자천의 눈치를 봤다. 겉으로 표현은 자제하고 있지만 조 비가 제 역할을 못 해 다시 후궁을 들인다는 소식이 좋을 리 없을 것이다.

"흥! 폐하께서 진학성의 여식도 찬밥 취급을 하실지 두고 봐야겠습니다."

"그야 모를 일이지."

"만에 하나 진학성의 여식이 덜컥 회임이라도 하면 그 또한 큰일이 아니겠습니까?"

"황실로서는 그보다 경사는 없겠지."

"비록 황후의 세력이 조정에서 힘도 못 쓰고 있지만 회임을 하게 되면 또 크게 달라질 수 있습니다. 지금껏 조정의 세력이 뒤바뀔 때마다 모두 내명부에서 먼저 시작이 됐음을 영감도 아실 겁니다. 베갯머리송사가 그래서 무서운 것이지요."

"아직 일어나지 않은 일로 벌써부터 머리를 썩힐 필요는 없네. 어쨌거나 폐하의 보령 벌써 이립이신데 아직까지 후사가 없다는 것은 큰일이야."

그래서 태후가 후궁을 들인다는 소리에도 반박하지 못하는 실정이 한탄스럽기만 했다. 길게 한숨을 내쉬다 조자천은 여사석의 표정이 좋지 않음을 눈치챘다.

"다른 근심이라도 있는가? 편치 않아 보이는군."

"지난 일로 신경 쓸 일이 있어서 잠을 좀 설쳤습니다."

"무슨 일인데 그런가?"

"영감께서 신경 쓰실 일이 아닙니다. 별일 아니니 마음 쓰지 마십시오."

여사석은 억지로 웃으며 조자천의 관심을 돌리려 했다. 십칠 년 전의 일을 다시 들춰 그와의 관계를 소원하게 만들 필요가 없었다.

여사석이 무언가 숨기는 것 같은 느낌에 조자천은 인상을 찌푸렸지만 더 묻지 않았다.

연두와 상단의 장부를 확인하다 운조는 사민의 기척이 느껴지자 고개를 들었다.

"들어와라."

사민이 들어오자 연두가 살짝 도끼눈을 떴다. 장부 확인을 명목으로 둘만 있는 시간을 방해받은 것에 골이 났다.

"무슨 일이지?"

"장주님께 연통이 왔습니다."

"잠깐 기다려라. 연두는 그만 나가 봐라."

"제가 들으면 안 되는 이야기예요?"

"상단의 일과는 상관없는 일이니 굳이 들을 필요 없다."

"알겠어요!"

쫓겨나는 기분에 연두가 투덜거리며 자리에서 일어섰다. 그녀는 나가기 전에 좋은 시간을 방해한 사민을 째려봤다.

연두가 나가자 사민은 난감한 표정이 되었다. 그가 혼자 있지 않을 때를 노려 일부러 들어온 것이었는데 발목이 잡힐 줄 몰랐다.

"진오에게서 온 소식을 말해라."

"단주님이 추천하신 진학성 대감의 여식이 후궁으로 간택될 거라 하셨습니다."

"진학성 대감이면 여사석이 크게 반대할 명분이 없지."

"하면 나가 보겠습니다."

사민이 뒤도 안 돌아보고 돌아서려고 하자 운조는 인상을 찌푸렸다.

"그런다고 날 피할 수 있을 것 같나?"

사민이 돌아보자 그는 기다렸다는 듯이 사민의 얼굴을 똑바로 응시했다.

"거칠게 대했던 걸 사과라도 받고 싶은 것인가?"

"아닙니다."

"나 역시 사과할 생각은 없다. 거칠었던 건 네가 나를 자극했기 때문이었어."

사민이 어처구니가 없다는 표정으로 보자 운조가 피식 웃었다.

"차라리 그렇게 보는 게 더 낫군. 한 대 치고 싶으면 언제든 쳐도 좋다."

"정말 그래도 됩니까?"

"원한다면 언제든지."

"그만두겠습니다."

"상대하지 않겠다는 뜻인가?"

"단주님에겐 이상하게 말리는 기분입니다. 그러니 차라리 거리를 두는 것이 더 낫겠습니다."

"왜 그런지 이유가 궁금하지 않나?"

운조가 똑바로 보는 시선이 너무도 강해 사민은 슬쩍 그의 시선을 피했다.

"네가 내게 흔들리기 때문이다."

"저는……."

바로 부인했어야 하는데 갑작스레 허를 찔려 사민은 반박할 시기를 놓쳤다.

"네가 상단에 있는 이상 내 눈은 늘 널 보고 있을 것이다."

"그러지 않으셨으면……."

"그리고 머지않아 네 시선 또한 나를 찾게 될 것이다. 그러니 쓸데없는 일에 힘 빼지 마라. 넌 내게서 달아날 수 없다, 사민."

무얼 믿고 그리 자신만만하냐고 묻고 싶었지만, 그가 연거푸 내뱉는 직격탄에 심장이 초토화가 되어 아무런 대꾸도 할 수 없었다.

다른 이들 앞에서는 잘도 표정 관리를 하면서 이 사내 앞에서만은 등신처럼 구는 자신이 싫어 사민은 입술 속살을 힘껏 깨물었다.

그 모습을 보던 운조가 미간을 접으며 살짝 고개를 저었다.

"애쓰지 말라 했거늘."

도통 달아날 곳이 없게 사방을 에워싼 그의 시선에 사민은 애써 평정을 유지하려 했다.

그때 구원의 소리처럼 연두의 목소리가 들렸다.

"단주님, 잠깐 나와 보셔야 할 것 같습니다."

"무슨 일이지?"

"좌의랑댁 아씨께서 찾아오셨습니다."

"여가진이 상단에 무슨 볼일이지?"

가진이 찾아왔다는 소리에 운조는 달갑지 않은 표정으로 일어나 밖으로 나갔다.

그의 뒤를 따라 나가면서 사민은 속내가 복잡해졌다. 그와의 숨 막히는 긴장감에서 해방된 시원섭섭한 마음과 동시에 여가진이 상단에 찾아온 속내가 궁금해 마음이 싱숭생숭해졌다.

운조가 나오길 기다리던 가진은 운조의 뒤를 따라 나오는 사민에게 눈을 흘겼다. 볼 때마다 거슬리는 계집이 그의 곁에 있다는 사실이 마음에 들지 않았다.

처음 봤을 때부터 건방지게 자신에게 맞서는 것이 눈 밖에 나기도 했지만, 그보다는 늘 볼 때마다 운조의 곁에 얼쩡거리는 것이 더 거슬렸다.

가진은 운조가 다가와 서자 속마음을 감추고 엷은 미소를 보였다.

"아씨께서 상단엔 무슨 일이십니까?"

"단주님을 보러 왔습니다."

"제게 용무가 있으십니까?"

"그저 마음이 쓰여서 왔습니다. 차를 한잔 내어 주시겠습니까?"

가진의 거침없는 발언에 옆에 있던 연두가 눈을 댕그랗게 뜨며 오만 인상을 찌푸렸다.

 사민 역시 놀란 건 마찬가지였다. 그녀는 자신도 모르게 운조의 얼굴을 쳐다봤다.

 정작 당사자인 운조는 별 반응이 없었다. 문득 그는 자신을 보는 사민의 시선을 느끼고 그녀를 쳐다봤다. 사민이 슬쩍 고개를 돌리자 그는 대답을 기다리고 있는 가진에게 집중했다. 그의 입가에 희미하게 미소가 그려졌다가 사라졌다.

"안으로 드십시오."

 연두의 눈이 다시 화등잔만 하게 커졌다. 당연히 운조가 거절할 줄 알았기에 연두는 배신감을 느꼈다. 의기양양해진 가진이 운조와 함께 안으로 들어가자 연두가 구시렁거렸다.

"아니, 저 재수 없는 여가진은 왜 자꾸 상단에 들락거리는 거야! 귀족이라고 우리 단주님을 맘대로 할 수 있다고 생각하는 거야 뭐야! 에잇! 진짜 재수 없어."

 연두가 투덜거리며 어디론가 가 버리자 사민은 그의 집무실을 지그시 노려보다 돌아섰다. 갑자기 가슴에 돌을 매단 것처럼 답답해졌다.

 운조의 집무실로 들어온 가진은 그의 체취가 가득한 집무실을 구석구석 훑어보았다.

 시비가 차를 내려놓고 가자 그녀는 건너편에 마주 앉은 운조의 얼굴을 정면으로 응시했다. 아무리 봐도 황이필과는 비교할 수 없을 정도로 상남자의 기운이 느껴졌다. 자고로 여인이라면 잘나고 강한 사내에게 끌리는 법. 그에게서 풍겨 오는 우월한 수컷 특유의 강한 기운에 매료되었다.

"차 드십시오."

운조가 정중하게 권하자 가진은 차를 한 모금 마셨다.

"차 맛이 좋습니다."

"잎이 나는 지역이 한정적이라 맛 또한 독특할 겁니다."

"상단엔 희귀한 물건들이 많을 테지요. 언제 제게 구경을 시켜 주십시오."

"어렵지 않습니다."

가진이 다시 한 모금을 음미하며 찻잔을 내려놨다.

"끝에 살짝 단맛이 도는 것이 역시 좋습니다."

"원하신다면 차를 내어 드리겠습니다."

"단주께서 내어 주시는 것이니 사양하지 않겠습니다. 하지만 차보다 얻고 싶은 것은 따로 있습니다."

"그것이 무엇입니까?"

"단주님 마음입니다. 단주님의 마음을 사고 싶습니다."

가진이 얼굴을 똑바로 보며 승부수를 던졌다. 그녀는 자신만만한 표정으로 운조의 대답을 기다렸다. 자신의 가문과 아버지의 영향력을 생각해서 그가 거절하지 못할 거란 자신감이 있었다.

운조는 잠시 말없이 가진을 보기만 했다. 제 아비가 무슨 짓을 저질렀는지 여가진은 알 리 없겠지만 원수의 딸이 자신에게 추파를 던지는 상황이 엿 같았다.

"송구하오나 그건 어려울 것 같습니다."

점잖은 소리로 거절하자 가진의 표정이 대번에 일그러졌다. 최대한 표정 관리를 하려고 했지만 거절을 당한 민망함과 치욕으로 얼굴에 열이 올랐다. 쉽지 않을 사내라고 생각은 했지만 막상 면전에서 거절을 당하니 수치감이 상상 이상이었다. 귀족가의 어떤 사내에게도 감히 거절을 당해 본 적 없었기에 타격이 상당했다.

"지금 이 여가진을 거절하는 겁니까? 난 단주를 이 서월국에서 가장 귀한 사내로 만들어 줄 자신이 있습니다. 그래도 내 손을 거절할 셈인가요?"

"송구하오나 제 대답은 같습니다."

재차 같은 대답을 듣자 찻잔을 쥔 가진의 손끝이 떨렸다.

"단주께서는 야망이 큰 사내인 줄 알았는데 의외군요. 내게 마음을 줄 수 없는 이유가 무엇입니까?"

"제 마음이 이미 팔렸기 때문입니다."

"팔리다니… 다른 여인을 마음에 두고 있단 말입니까?"

되묻는 말투에 가시가 돋쳤다.

"바로 보셨습니다. 이미 다른 여인에게 팔려 남아 있는 마음이 없으니 아씨께 내어 드릴 마음이 없습니다."

"잘도 그런 소리를!"

"높으신 좌의랑댁 아씨에게 저 같은 장사치는 어울리지 않지요. 귀한 가문에 어울리는 귀한 사내가 따로 있을 겁니다."

"그럴 거라 예상은 했지만 단주께선 생각보다 직설적이고 잔인한 사람이군요."

"아씨께 거짓말을 할 수는 없으니까요."

"그리고 현실을 제대로 보지 못하시는 것 같습니다. 제 사내가 되면 무엇을 얻을 수 있는지 모르진 않을 텐데요."

"맞지 않은 옷을 입으면 불편하기만 하지요."

말을 할수록 비참함만 커져 가진은 아랫입술을 물었다. 그 대상이 누굴까 아까부터 궁금하고 거슬렸던 참이라 기어이 자존심을 뭉개고 그에게 물었다.

"혹 단주님의 마음을 먼저 가져간 여인이 제가 아는 여인인가요?"

"그 답은 지금 적절하지 않은 것 같으니 잠시 아껴 두겠습니다."

운조가 대답을 회피했지만 가진은 직감적으로 사민을 의심했다. 둘만 있을 때 이상하게 느껴지는 묘한 긴장감이 거슬렸던 참이었다.

'사민이라고 했던가. 만일 너라면 가만두지 않을 것이다.'

귀족도 아닌 사내에게 거절을 당한 모멸감에 그녀의 눈에 한기가 들어찼다. 그의 마음을 이리도 확고하게 가져간 여인에 대한 질투심으로 가슴이 터질 것 같았다.

"사민!"

누군가 부르는 소리에 사민의 고개가 돌아갔다. 뜻밖에도 무연이 다가오자 사민의 눈에 반가움이 들어찼다.

"여긴 어쩐 일이냐?"

"오늘 상단 호송 호위를 하고 돌아오는 길이다. 네가 없으면 어쩌나 했는데 이렇게 보니 횡재한 것 같다."

"횡재는 무슨. 신월장엔 별일 없는 거지?"

"네가 없는 것 말고는 아무 일 없다. 넌 어떠냐? 잘 지내고 있는 거냐?"

묻는 와중에도 무연은 사민의 안색을 살폈다.

"조금 살이 내린 것도 같은데 아무래도 남의 밥 먹기가 눈치 보이는 것이냐?"

"아니야. 잘 먹고 잘 있다."

"수도 잘 지내겠지?"

"그래, 직접 볼 테냐?"

"좋지."

사민과 무연이 주거니 받거니 환히 웃으며 후원으로 가자 두 사람을 지켜보던 연두가 좀 놀랐다는 표정으로 구시렁거렸다.

"사민이 저렇게 말을 많이 하는 사람이었구나."

"어릴 적부터 함께 자라서 무연이 남다를 테지."

아치가 대변인처럼 설명해 주자 연두는 크게 고개를 끄덕였다. 운조가 사민을 끼고도는 것이 한 번씩 거슬렸는데 사민이 무연하고 가까운 것을 보니 뭔가 마음이 놓였다.

"그나저나 우리 단주님 바쁘신데 여가의 여우는 왜 아직까지 안 가는 거야!"

"보아하니 좌의랑댁 아씨 성정이 보통이 넘어 보이던데 너 그러다 혼난다."

아치가 주의를 주었지만 연두는 입술을 비죽 내밀며 툴툴거렸다.

"흥! 무서울 것 없거든!"

그때 문이 열리고 가진이 밖으로 나오자 당황한 연두가 재빨리 아치의 등 뒤로 숨었다.

"무서울 것 없다고 하지 않았나?"

아치가 조용히 놀리자 연두가 그의 등짝을 한 대 후려쳤다.

"조용히 해!"

쿡쿡거리는 아치의 웃음소리를 귓가로 흘리며 연두는 가진의 표정을 살폈다. 안에서 일이 뜻대로 안됐는지 표정이 몹시 좋지 않아 보였다. 쓴 약초를 생으로 씹은 표정에 밑도 끝도 없는 쾌감이 일었다.

가진이 따라 나온 운조에게 억지로 만든 웃음을 보였다. 운조는 시비에게서 받은 차를 가진에게 내밀었다.

"약조한 차입니다."

가진이 차를 받으며 운조를 도발적으로 쳐다봤다.

"단주께서 특별히 내어 주신 것이니 사양하지 않겠습니다. 대신 다음엔 다른 것을 가지고 갈 수 있었으면 좋겠군요."

"내어 드릴 수 있는 것이라면 가능한 일이겠지요."

점잖은 표정으로 끝내 자신을 거절하는 그에게 뭉근한 화가 치밀어 올라 가진은 그를 지그시 쏘아봤다.

"다음에 또 뵙겠습니다."

"살펴 가십시오."

가진이 찬바람이 일게 밖으로 나가자 연두가 큰 소리로 중얼거렸다.

"무슨 일이기에 저리 똥 씹은 표정이래요?"

"너는 똥도 씹어 본 모양이구나. 좌의랑댁 아씨다. 네가 함부로 막말을 해도 되는 상대가 아니다."

말을 조심하라는 운조의 지적에 연두는 불퉁한 얼굴로 입을 다물었다.

"사민은 어디 갔지?"

"무연이 와서 후원으로 갔어요. 오랜만에 만나 반가운지 둘이 아주 좋아 죽던데요? 사민이 그렇게 크게 웃는 건 처음 봤어요."

눈치 없이 주절주절 늘어놓는 소리에 아치는 슬쩍 운조의 눈치를 봤다. 아니나 다를까, 운조가 찬 표정으로 집무실로 들어가 버리자 아치는 연두를 보며 혀를 찼다.

무연은 사민이 수의 턱을 긁어 주는 모습을 흐뭇하게 지켜봤다.

"이놈이 그래도 네가 절 살려 준 걸 아는 모양이다. 나는 손도 못 대게 하면서 네가 만지니 좋아 죽는 표정이 아니냐?"

"당연하지. 짐승들도 다 안다."

"그새 살도 꽤 많이 붙었고 많이 자란 것 같다. 확실히 어미의 돌봄을 받은 아이들은 털 결부터 다르다니까. 괭이 어미 하니 좋으냐?"

대답 대신 사민이 피식 웃기만 하자 무연은 그녀의 얼굴을 가만히 바라봤다. 그동안 눈이 짓무를 정도로 보고 싶었기에 함께 있는 동안 최대한 눈에 담아 두고 싶었다.

"돌아가 봐야 하지 않냐?"

"가기 싫다."

"그 말 장주님께 전해 드려도 되지?"

"나 쫓겨난 후 네가 책임질 생각이면 그래도 된다."

"입만 살아서는."

사민이 눈을 흘기자 무연이 소리 내어 웃었다.

"근데 넌 언제까지 이곳에 있어야 하는 거냐?"

"일이 끝날 때까지."

"그 일이란 것이 좌의랑이 무너질 때까지를 말하는 것이냐?"

"아마도."

"좋지 않네."

"무슨 소리야?"

"널 그때까지 장 단주 옆에 둬야 하는 게 마음에 들지 않는단 말이다."

무연이 정색하며 대답하자 사민은 당황한 속내를 들키지 않으려고 한껏 표정 관리를 했다.

"헛소리하려면 그만 가라."

"헛소리가 아니다. 난 정말 불안해. 널 잃을까 봐."

"그건 벗으로서 하는 소리지?"

"사민 넌 내게 가장 소중한 벗이지. 그리고 소중한 여인이기도 해."

작정하고 마음을 드러내는 무연의 표정이 하도 진지해서 사민은 살짝 미간을 찌푸렸다.

"난 네 것이 아니니 잃는다는 말은 맞지 않아."

"내가 수를 부러워하는 걸 넌 모르지?"

"그만해."

"그러니 다른 사내에게 마음 주지 마라. 흔들리지도 마."

사민을 운조의 곁으로 보내 놓고 한시도 마음이 편할 날이 없었기에 무연은 그녀에게 마음을 솔직하게 드러냈다. 사민이 불편해하는 것을 알지만 그렇게라도 그녀의 마음이 장 단주에게 흔들리지 않게 묶어 두고 싶었다.

"무연 넌 내게 둘도 없는 동료고 벗이다."

"그뿐이냐?"

"그래."

"매정한 것."

무연이 실눈을 뜨며 노려보는 척했다. 서운하고 불안했지만 그런 모습마저도 그녀다워서 좋았다. 애당초 온 마음이 그녀에게만 열려 있으니 무언들 좋아 보이지 않을까.

"실없는 소리 그만하고 얼른 가라. 나도 없는데 네가 장주님

곁을 지켜야지."

"난 네 곁을 지키고 싶단 말이다."

"한마디만 더 하면 다신 오지 말라 할 것이다."

"알았다, 알았어."

한다면 하는 성정임을 알기에 무연은 아쉬운 표정으로 자리에서 일어났다. 그러면서 그는 사민이 방심한 틈을 타 그녀의 어깨에 팔을 둘렀다.

"잘 지내… 윽!"

사민이 팔꿈치로 명치를 치자 그는 고통에 캑캑거리며 그녀를 노려봤다.

"하여간 맵기는."

"다시 한번 까불어. 가만 안 둬."

사민이 눈을 치켜뜨며 경고하자 무연은 양손을 저으며 항복을 외쳤다.

"알아들었다. 다신 안 그럴게."

무연이 싹싹 빌었지만 사민은 눈에 힘을 풀지 않고 앞서 걸었다. 무연이 봐 달라며 뒤를 따라갔다.

상단 밖까지 무연을 배웅하고 돌아온 사민은 운조가 마당에 서 있자 흠칫 놀랐다.

운조가 말없이 보기만 하자 사민은 돌아설 순간을 놓치고 그와 마주 봤다. 그냥 자연스럽게 돌아서 가 버리면 될 일인데 발이 땅에 붙은 것처럼 움직여지지 않았다.

운조는 몹시 마음에 들지 않는 표정으로 사민을 쏘아봤다. 무연이 그녀의 어깨에 손을 올렸을 때 사민이 쳐내지 않았다면 그를 가만두지 않았을 것이다.

 두 사람의 다정하고 친근한 모습에 내내 인상이 펴지지 않았다. 무연을 보며 편안하게 웃는 사민의 모습이 눈엣가시처럼 걸렸다. 다른 사내에게 그렇게 부드러운 표정이라니…….

 사민 역시 운조를 보는 표정에 슬쩍 날이 섰다. 신경 쓰지 말자고 하면서도 여가진이 노골적으로 호감을 보이는 것이 거슬렸다. 원수인 여사석의 여식에게 그가 마음을 줄 리 없다 여기면서도 여가진이 그의 주변을 맴도는 것이 싫었다.

 두 사람은 서로를 탐탁지 않은 시선으로 쏘아보다 누군가 나오는 기척에 동시에 돌아섰다.

 사민은 점점 냉정을 잃는 자신이 마음에 들지 않아 짙게 인상을 찌푸렸다.

 조자천이 찾는다는 소리에 태문은 그의 집무실로 건너갔다.
"찾아 계십니까?"
"정말 출사하지 않을 셈이냐?"
"그렇습니다."
"이유가 무엇이냐?"
"소자는 정사엔 뜻이 없습니다."
"아비가 이 나라의 재상인데 정사에 뜻이 없다? 귀족가의 사내로 태어나 입신과 양명에 뜻이 없다니 어이가 없구나."

"실망시켜 드려 송구합니다."

조자천은 잠시 말없이 태문을 지그시 쏘아봤다. 본디부터 학문에 관심이 없었던 아들이 아니었기에 그의 엇나간 행동이 더 이해가 되지 않았다.

"혹 네가 이러는 것이 그 여희라는 기녀 아이 때문이냐?"

그의 약점을 제대로 누른 것인지 태문이 움찔 놀라는 것이 확연히 보였다.

"아버지께서 어찌 그걸……."

"내가 모를 거라 생각한 것이냐?"

차갑게 되묻는 소리에 태문은 정신이 번쩍 들었다. 자칫 여희에게 피해가 갈까 봐 그는 재깍 부인했다.

"아닙니다. 그 아이는 아무 상관 없습니다."

"듣자니 네가 그 아이의 뒤를 봐준던데. 재상가의 자제가 기루를 드나드는 것도 호사가들의 요깃거리거늘 기녀에게 마음을 두고 있는 것이냐?"

"아닙니다."

"아니면 어째서 그 아이의 뒤를 봐주는 것이냐?"

"그것은……."

점잖게 묻고 있지만 책망이 가득 담긴 표정에 태문은 사실대로 고할 수밖에 없었다. 한없이 인자하면서도 원칙에 어긋나는 것엔 단호한 아버지의 성정을 알기 때문이었다.

"그 아이를 보면 생각나는 아이가 있어서 그렇습니다."

"생각나는 아이가 누구냐?"

"죽은 소아가 떠오릅니다."

생각지도 않은 대답에 조자천은 인상을 쓴 채 한동안 말이 없었다.

장판석의 아이들을 안전한 곳으로 피하게 하려고 했던 것이 도리어 화가 되었던 지난날이 대못처럼 가슴에 박혀 있었다. 하운과 소아가 괴한들에게 당해 세상을 떠났다는 소식을 듣고 태문이 몇 날 며칠을 울며 괴로워했었다.

"고작 기녀 아이를 보며 소아를 떠올렸단 말이냐?"

"송구합니다."

"그 아이들을 지켜 주지 못한 것은 아비에게도 천추의 한으로 남아 있다. 하나 그 죄책감으로 네가 이렇게까지 방황할 필요는 없다. 하운이도 소아도 원치 않을 것이다."

"압니다. 알고 있는데 그래도 마음이 편치 않습니다. 소아는 제 정혼녀였습니다."

"이미 십칠 년 전에 죽은 아이들이다. 아비와 넌 그때 할 수 있는 최선을 다했고 그 아이들은 안타깝게 운이 없었다. 지난 아픔을 붙잡고 있어 봤자 네 영혼만 갉아먹을 뿐이니 이제 그만 기억에서 놓아주도록 해라."

"아버지."

"네가 계속 정신을 차리지 못한다면 이 아비가 부득이 그 기녀 아이에게 손을 댈 수밖에 없다. 그걸 바라느냐?"

"안 됩니다, 아버지!"

"그 아이를 어찌할지는 네가 하기에 달려 있다. 무엇이 그 아이를 위하는 것인지 잘 생각하고 결정해라. 아비는 널 믿는다. 그러니 더 실망시키지 마라."

조자천이 돌아앉자 태문이 조용히 밖으로 나갔다. 그가 나간 문을 쳐다보며 조자천의 얼굴에 짙은 그늘이 내려앉았다.

집에 도착하자 가진은 백화상단에서 틀어진 심기를 가라앉히지 못하고 인상을 찌푸린 채 마차에서 내렸다.

"아씨, 이필 공자께서 기다리고 계십니다."

시비가 가까이 다가와 조용히 아뢰는 소리에 가진은 짜증이 확 치밀어 올랐다. 가뜩이나 심기가 상한 마당에 보고 싶지 않은 면상까지 마주해야 하는 것이 신경질이 났다. 곤하다고 물리려고 하던 찰나 이필이 다가오자 그녀는 잔뜩 인상을 찌푸렸다.

"백화상단으로 출타하였다 들었소. 한데 어디 불편한 것이오? 안색이 편치 않아 보이오."

"좀 곤해서 그렇습니다."

피곤하니 적당히 물러가라는 소리였지만 눈치를 술국에 말아 먹은 황이필이 알아들을 리 없었다.

"혹 상단에서 무슨 일이라도 있었던 것이오? 듣자니 백화상단의 젊은 단주가 대대한 성정으로 귀족들에게도 호락호락하지 않다고 하던데 그자가 낭자께 불손하게 군 것이오?"

'아니, 그쪽이 아니라 너 때문에 곤하단 말이야, 이 황가 놈아!'

가진은 목구멍까지 치밀어 오르는 속마음을 누르며 억지 미소를 지어 보였다. 마음 같아선 당장 그를 무시하고 들어가 버리고 싶었지만 버리는 패일지라도 일단 쥐고 있으라 했던 아버지의 당부가 생각나 참는 중이었다. 부디 이 개똥이 언젠가 꼭 약으로 쓰일 일이 있기를 간절히 바랐다.

생각할수록 운조와 이필의 신분이 바뀌어 태어났더라면 얼마나 좋을까 하는 아쉬움이 진하게 들었다.

"오늘은 아버지를 찾아오신 겁니까?"

"아니요, 오늘도 낭자를 보러 온 길이오."

출사도 하지 않고 하는 일도 없이 한량처럼 놀고먹는 그가 한심해 가진은 속으로 냉소했다.

"그저 낭자가 보고 싶어 온 길이라오."

제 속도 모르고 느물거리며 웃는 얼굴을 보니 비위가 상해 가진은 침을 꿀꺽 삼켰다. 억지로 웃는 입술에 경련이 일 것 같았다. 더 마주 보고 섰다간 머리가 터질 것 같아 그녀는 에둘러 그에게서 벗어나려 했다.

"오늘은 제가 몸이 좋지 않으니 다음에 찾아오시는 것이 어떠실는지요?"

"낭자의 몸이 좋지 않은데 내가 어찌 맘 편히 돌아갈 수 있단 말이오?"

"공자께서 맘 편히 돌아가셔야 제가 맘 편히 쉴 수 있을 것 같습니다."

 가진은 인내심의 한계를 느끼며 이를 악물고 그를 설득했다.

 그제야 그녀의 눈에 서리가 찬 것을 알아챈 황이필이 걱정이 가득한 눈빛으로 가진의 얼굴을 살폈다.

 "하면 오늘은 그냥 돌아가겠소."

 "살펴 가십시오."

 황이필이 아쉬움이 가득한 얼굴로 돌아서자 가진은 그의 등에 오만 인상을 찌푸리며 안으로 들어갔다. 그녀는 이내 따르는 시비에게 명을 내렸다.

 "대수를 불러와라."

 대수는 집사장 관수의 아들로 가진의 측근에서 그녀를 호위하며 심부름을 하는 수하였다.

 대수가 들어오자 가진은 그를 똑바로 보며 명을 내렸다. 이필을 대했을 때의 피곤한 모습은 온데간데없었다.

 "몰래 백화상단의 장 단주 주변을 살펴라. 그의 주위에 얼쩡거리는 여인이 있는지 확인해."

 "알겠습니다."

 대수가 나가자 가진은 아랫입술을 깨물며 찬 시선을 치켜떴다. 이미 임자가 있어 남아 있는 마음이 없다며 딱 자르던 운조의 말이 떠올랐다.

 "최후의 임자가 누가 될지는 두고 보면 알겠지. 세상 어떤 사내도 이 여가진을 우습게 보아선 안 되지. 갖지 못할 바엔 차라리 망가뜨려 버리는 수밖에."

감히 자신을 거절하고 선택한 계집이 누군지 궁금해 허공을 노려보는 눈에 날이 섰다, 운조에게 고백했다 거절당한 모멸감에 자존심이 상해 가진은 애먼 입술을 잘근잘근 깨물었다.

※

태후가 새로 들인 향 비의 침소에 들어야 한다는 여관의 귀띔을 듣고 황제는 한숨을 내쉬며 대전을 벗어났다.

병으로 날로 쇠약해지는 황후를 생각하면 후사를 위해 후궁을 들이는 일조차 미안했지만 태후의 성화를 제힘으로는 거부할 수도 없는 일이었다.

황위에 오른 지 어언 십칠 년의 세월이 지났건만 아직까지도 대신들과 태후에게 휘둘릴 수밖에 없는 자신의 처지가 답답해 황제의 용안에 그늘이 짙게 졌다.

향 비가 머무는 후궁전에 들어서자 코끝을 자극하는 향내에 황제는 걸음을 멈췄다.

"누가 향을 피우는가?"

"확인해 보겠습니다."

대전 내관이 급히 알아보려는 것을 황제가 말렸다.

"아니다, 짐이 직접 가겠다."

황제는 향내가 나는 진원지로 성큼 발걸음을 옮겼다. 이 늦은 시각에 누가 무슨 연유로 향을 피우는지 궁금해 직접 확인하고 싶었다. 그러다 그는 한 여인을 발견하고 그대로 멈춰 섰다.

"향 비 마마십니다. 아뢰겠습니다."

"조용히 하라."

황제의 명에 대전 내관이 고개를 숙이며 숨을 죽였다.

황제의 시선 끝에 새로 들어온 향 비가 두 손을 모은 채 치성을 드리고 있었다. 황제는 자신이 다가온 줄도 모르고 집중하는 향 비를 가만히 지켜봤다. 일부러 자신에게 보여 주려 의도한 행동인지 가늠하려 눈초리가 가늘어졌다.

그러다 치성을 마치고 돌아서던 향 비가 황제를 발견하고 크게 놀라자 그는 순수해 보이는 눈동자를 보며 가까이 다가갔다.

"폐, 폐하!"

황제는 당황해서 고개를 숙이는 향 비의 희고 긴 목덜미를 내려다봤다. 달아오른 얼굴이 붉은 과실처럼 시선을 잡아끌었다.

"무엇을 빌고 있었는가?"

"그, 그것이……."

"무엇을 그리 정성으로 빌었는지 말하라."

"황후 폐하의 회복을 기원하였습니다."

비에 젖은 아기 새처럼 목소리 끝이 떨리는 향 비에게 황제의 눈빛이 부드럽게 변했다.

"향 비는 짐이 무서운 모양이군."

"그것이 아니오라 용안을 뵙는 것이 처음이라 떨려서 그만……. 황공하옵니다."

얼굴을 붉히며 수줍어하는 어린 향 비에게 황제는 묘한 보호

본능을 느꼈다. 마치 어린 나이에 황제가 되어 긴장하고 떨었던 자신을 보는 것 같았다.

보통 황궁에 들어오면 자신에게만 잘 보이려는 다른 후궁들과 달리 그녀가 황후의 쾌유를 빌고 있는 모습부터가 마음에 들었다.

"향 비의 정성스런 마음이 하늘에 닿아 황후가 쾌차하면 좋겠군."

"망극하옵니다."

"바람이 차니 그만 안으로 들어가는 것이 좋겠다. 향 비는 따르라."

황제가 성큼 앞서 걷자 향 비는 조심스럽게 황제의 뒤를 따랐다.

향 비가 황제를 따라 처소로 들어가자 밖에서 지켜보던 눈들이 바쁘게 움직였다.

여희가 또 몸이 좋지 않다는 소리에 초설은 곧장 여희의 처소로 건너갔다. 파리한 얼굴로 누워 있던 여희가 억지로 몸을 일으키려 하자 초설이 말렸다.

"심통이 다시 이는 것이냐?"

"조석으로 찬 바람이 이니 몸이 심통을 부리나 봅니다. 곧 괜찮아질 것이니 걱정하지 마십시오."

"입술이 파리한데 잘도 괜찮다고 하는구나. 물색없는 년."

입은 험해도 자신에게는 어미와 같은 초설의 걱정에 여희는 배시시 웃었다. 그 모습을 보며 초설이 곱게 눈을 흘겼다.

"피죽도 못 먹은 얼굴로 뭐가 좋다고 실실 쪼개는 것이냐?"

"기녀 노릇도 제대로 못 하는 절 쫓아내지 않고 봐주셔서 고마워 그러는 것이지요."

"애당초 널 이곳에 데리고 올 때 기녀로 만들려고 데려온 것이 아니었으니 쫓아내야 할 이유가 없다. 또 널 내쫓았다가 기루 문 닫으면 그게 더 손해지 않겠느냐? 다 계산하고 봐주는 것이니 감동할 것 없다."

말은 그리하지만 그녀가 태문을 무서워하지 않는다는 것도, 자신을 계산속으로 데리고 있지 않다는 것도 잘 알고 있었다.

초설은 고운 아미를 모은 채 여희의 창백한 낯빛을 응시했다.

"자주 해서 듣기 싫은 소리인 줄 안다만 차라리 태문 공자를 잡지 그러느냐? 네가 손을 내민다면 공자께서 결코 외면하지 않을 거란 걸 너도 잘 알 것이다."

초설의 진지한 충고에도 여희는 조용히 웃기만 했다.

"말이 안 된다는 걸 행수님께서도 아시잖아요. 공자님을 난처하게 만들고 싶지 않습니다."

"여희야."

"재상가의 공자십니다. 언감생심 제가 욕심낼 수 있는 사내가 아니지요."

"하지만 널 걱정하는 공자의 마음은 진심으로 보인다."

"그저 연민이겠지요. 진심일 리 없고 진심이어서도 아니 되는 일입니다."

해탈한 듯한 여희의 목소리가 쓸쓸하게 울렸다.

"그리고 공자께선 저를 통해서 다른 사람을 보고 있습니다."

"널 통해 누굴 보고 있단 말이냐?"

"누군지는 알 수 없으나 공자의 눈을 보면 느낄 수 있어요. 제게서 다른 이를 찾고 있다는 것을요."

초설은 공허하게 웃는 여희가 안쓰러워 미간에 주름이 졌다.

"그래도 잡고 싶지 않으냐? 공자에 대한 네 마음은 어떤 것이냐? 솔직하게 말해 봐라."

"헛된 희망은 혼을 갉아먹기만 하지요. 끝이 낭떠러지인 당치 않은 꿈은 꿀 생각이 없습니다. 저는 그냥 행수님 곁에서 이렇게 놀고먹는 것이 좋습니다. 행수님께서는 제 손을 놓지 않으실 것이 아닙니까?"

"물색없는 년. 밖으로 나올 생각은 하지도 말고 엎어져 있어."

초설이 구시렁거리며 나가자 여희는 그녀가 나간 곳을 보며 소리 없이 웃었다. 그러나 그 웃음은 이내 사라졌다.

※

눈을 감고 청화루에서 만났던 세주를 생각하고 있던 사민은 밖에서 부르는 소리에 문을 열었다. 뜻밖에도 등오가 서 있었다.

"오랜만에 술판이 벌어졌는데 함께하지 않을 테냐?"
"난 됐다."
"그렇게 말할 줄 알았다. 그래도 같이 가자. 무연도 없는데 그렇게 혼자 입 다물고 있다간 산 입에 거미줄 친다."

등오가 거듭 청하자 사민은 못 이기는 척 밖으로 나갔다.

"잘 생각했다. 어차피 당분간 이곳에 있어야 하니 상단 식솔들과 친해지는 것이 좋을 것이다."

"그래."

간결한 대답을 건네고 사민은 술판이 벌어진 곳으로 등오를 따라갔다. 커다란 등나무 아래 정자에 연두와 어멈이 아치와 함께 앉아 있었다. 익히 아는 얼굴들이라 크게 어색하거나 어렵진 않았다.

"이리로 와라."

어멈이 그녀를 보더니 옆으로 오라고 손짓했다.

사민이 어멈 옆으로 가자 이미 알딸딸하게 취기가 오른 연두가 꼬부라진 혀로 투덜댔다.

"단주님이 옆에 끼고 도는 것도 눈꼴시려 죽겠는데 어멈까지 이 아이를 챙기는 거예요?"

"이 아이 덕분에 큰 화를 면했으니 당연한 것이 아니냐?"

어멈에게 행패를 부리던 가진을 떠올리며 연두가 진저리를 쳤다.

"하긴 그땐 정말 시원하긴 했어요. 진짜 그렇게 성질 더러운 인간들은 귀족으로 태어나면 안 된다니까요."

"귀족으로 났으니까 그렇게 성질 더럽게 컸겠지."

아치가 거들자 연두가 더 분에 받쳐 씩씩거렸다.

"진짜 재수 없어. 근데 상단엔 왜 자꾸 들락거리는 거야. 꼴에 보는 눈은 있어서 그 여우가 단주님을 홀리려고 아주 수작을 부리는 거지. 내가 모를 줄 알고!"

혼자 열을 내던 연두가 갑자기 아치에게 술잔을 건네받는 사민에게 반말을 지껄이며 삿대질을 했다.

"너도 조심해!"

사민이 말없이 쳐다보자 연두는 홍조 가득한 얼굴로 투덜거렸다.

"좌의랑댁 여우에게서 어멈을 구해 준 건 고마운데 우리 단주님한테 꼬리치지 말란 말이야."

"난 꼬리 없다."

사민이 개의치 않고 반말로 응수하며 술을 한잔 비우자 연두가 지그시 쏘아봤다.

"단주님은 내 거야. 내가 어릴 적부터 찜했단 말이야. 그러니 절대로 넘보지 말란 말이다."

사민이 대답을 하지 않고 이번엔 등오가 채워 준 술잔을 비우자 연두가 시비를 걸었다.

"왜 내 말을 씹는 거냐! 대답을 하란 말이다."

"연살, 연두를 데리고 가라."

운조의 목소리에 연두가 활짝 웃으며 좋아했다.

"오라버니!"

사민은 운조의 등장에 좋아 죽는 연두를 보며 그녀의 성정이 참 단순하다고 생각했다. 제멋대로긴 해도 악의 없이 솔직한 성정이 나빠 보이지 않았다.

연두가 감정대로 할 수 있는 것이 부러웠다. 자신은 결코 가질 수 없는 성정이었다. 그녀가 노 단주와 상단 식솔들의 사랑을 받으며 티 없이 자란 것이 부러워 사민은 자조적으로 웃었다.

사민이 석 잔째 독한 술을 털어 넣자 운조의 시선이 가늘어졌다. 술을 마시는 모습은 처음이라 술에 취한 그녀의 모습이 궁금했다. 그는 사민에게서 눈을 떼지 않고 팔을 붙잡는 연두의 손을 떼어 냈다.

"취했으니 들어가 자라."

운조의 충고에도 연두는 요지부동으로 떼를 쓰기 시작했다.

"오라버니께서 처소까지 데려다주세요. 그렇지 않고서는 한 발자국도 안 움직일 거예요."

술에 먹혀 이성을 만리타향으로 날려 버린 연두에게 운조가 미간을 찌푸렸다. 하지만 눈치까지 취한 연두가 냉큼 다시 그의 팔에 팔짱을 끼려고 했다.

그는 연두의 손을 다시 털어 내며 자신은 보지도 않고 어멈이 하는 이야기를 가만히 듣고 있는 사민을 쳐다봤다.

"따라와라."

"같이 가요, 오라버니!"

운조가 팽하니 가 버리자 연두가 급히 그를 따라갔다. 그녀는 사민에게 자랑하는 것도 잊지 않았다.

"봤지? 오라버니는 내 거니까 넘보지 마."

사민은 비틀거리면서 운조를 따라가는 연두의 뒤통수를 보며 피식 웃었다. 심통을 부리는 그녀가 이상하게 별로 밉지 않았다. 상단의 식솔들도 다들 연두의 성정을 잘 알기에 그러려니 하는 표정들이었다.

"잠깐만 있어라."

어멈이 갑자기 자리를 비우자 사민은 아치와 등오가 운조와 다니면서 겪은 경험담을 주고받는 소리를 가만히 듣고 있었다. 그러는 와중에도 두 사람이 번갈아 건넨 술을 꾸준히 받아 마셨다. 아주 오랜만에 마시는 술 때문인지 긴장이 조금 풀어지면서 표정도 조금 풀어졌다.

그때 자리로 돌아온 어멈이 사민의 팔을 잡았다. 무엇을 하려는지 돌아보다 어멈이 소맷단을 붙잡고 바늘로 깁자 사민은 가만히 그녀가 하는 양을 지켜봤다.

"단이 뜯어진 걸 못 본 게로구나."

사민은 인자한 표정으로 터진 소맷단을 한 땀 한 땀 깁는 어멈을 지그시 바라봤다. 술을 마셔서 그런가 갑자기 눈시울이 뜨거워지며 눈물이 차오르는 듯했다. 바느질을 잘했던 어머니가 생각나 왈칵 감정이 차올랐다. 그녀는 애써 눈물을 참으며 어멈이 팔을 놓아줄 때까지 가만히 있었다.

"다 되었다."

"고맙습니다."

"별거 아니다. 또 뜯어지면 언제든지 와라. 내가 바느질 솜씨는 자랑할 만하다."

"저희 어머니도 바느질 솜씨가 좋으셨습니다."

"그랬구나."

사민의 사연에 대해 아치에게 들은 바가 있어 어멈은 그녀를 위로하듯 미소를 지어 보였다.

사민은 살짝 젖은 눈망울로 어멈을 보고 웃었다. 마치 돌아가신 어머니와 함께 있는 기분이 들었다.

연두를 데려다주고 자리로 돌아오던 운조는 사민이 어멈을 보고 웃는 모습을 홀린 듯이 바라봤다. 울음을 억지로 참는 그녀의 반짝거리는 눈에 가슴이 먹먹해졌다. 어멈을 보고 어머니를 그리워하는 그녀의 미소가 처연하면서도 아름다워 그는 숨도 크게 쉬지 않았다.

가까이 다가가려다 운조는 마음을 바꿔 조금 떨어진 곳에서 그녀를 지켜봤다. 모처럼 상단의 식솔들과 편안하게 웃는 모습을 깨고 싶지 않았다. 자신이 가까이 다가간다면 다시 긴장할 것이기에 그냥 그녀를 보기만 했다.

볼에 은은하게 홍조가 오르고 눈빛에 긴장감이 풀어지는 것이 보이는데도 흐트러짐이라고는 찾아볼 수 없었다. 대단한 정신력이었다. 어떤 순간에도 자신을 놓지 않는 것이 그녀답기도 했다.

아치가 술을 다시 권하자 어멈이 대신 말렸다.

"이미 많이 마셨으니 더 권하지 마라."

"이놈이 마다치 않으니 계속 주는 것이지요. 어떠냐? 그만

할 테냐?"

"그만하는 것이 좋겠다."

"그래, 그럼 더 권하지 않겠다. 등오와 나는 술을 말로 마시는 사람들이니 보조를 맞출 필요 없다. 지금까지도 충분히 많이 마셨어. 들어가고 싶으면 언제든 가도 된다."

"하면 그만 일어서겠다. 슬슬 취기가 오르는 것 같거든."

"그래라."

사민이 일어서려고 하자 어멈이 팔을 잡았다.

"혼자 갈 수 있어? 데려다줄까?"

"괜찮습니다. 혼자 갈 수 있습니다."

사민이 다정하게 웃으며 거절했다. 신월장에서 투박한 사내들하고만 지냈을 땐 몰랐는데 확실히 여인의 보살핌은 더 세심하고 따뜻했다. 마치 어머니가 챙겨 주듯 살펴 주는 마음에 아무것도 모르고 웃기만 했던 여덟 살 때로 돌아간 것 같았다. 오랜만에 술을 마셔서인가, 쓸데없이 감상에 젖는 감성이 낯설면서도 좋았다.

사민은 후원으로 걸어가면서 하늘을 올려다봤다. 까만 하늘에 존재감을 발휘하고 있는 달이 은은하게 은가루를 뿌려 주는 것 같았다. 내려다보는 달이 어머니의 얼굴과 같아 사민은 한참을 서서 달을 올려다봤다. 꾹꾹 묻어 둔 감정의 둑이 흘러넘친 탓에 오늘따라 유독 어머니가 그리웠다.

후원에 닿자 발자국만으로도 그녀임을 알아차린 수가 달려와 다리에 몸을 기대며 울었다. 정을 그리워하는 아이의 처지가 저 같아서 사민은 수를 품에 안고 한참 동안 몸을 쓸어 주었다. 사람보다 체온이 높은 괭이의 따뜻한 온기가 다정하게 마음을 어루만져 주었다.

볼이 달아오르고 몸에 열이 나자 그녀는 툇마루 기둥에 등을 기대고 앉아 시원한 바람을 느꼈다.

그러다 수가 낯선 기척을 느끼고 고개를 들자 사민의 고개가 돌아갔다. 운조가 천천히 다가오는 것을 보면서도 사민은 움직이지 않았다.

"내가 뒤따르고 있었던 걸 알고 있었나 보군."

사민이 부정하지 않는 것으로 그녀가 눈치챘다는 것을 알 수 있었다. 운조는 그녀의 곁에 앉으며 사민이 움찔하는 것을 느꼈다. 그녀가 들어가 버릴까 걱정했지만 사민은 얼굴을 한번 돌아볼 뿐 가만히 앉아 있었다.

"들어가도 어쩔 수 없다 생각했는데 술 때문인가, 많이 너그럽군."

"바람이 좋아서요."

운조는 사민의 품에서 움직이지 않고 잠이 들려는 수를 내려다봤다. 사민을 제외하고는 겁에 질려 달아나기 일쑤더니 제법 자신의 체취를 익혔는지 무시하듯 늘어지는 것이 기특했다. 그는 따뜻하게 달아올라 보이는 사민의 뺨을 응시했다. 만지면 따뜻하고 보드라운 온기가 손안에 가득 찰 것 같았다.

"술을 잘 마시나?"

"그런 소리를 들었습니다."

"볼이 붉다."

빤히 보는 시선을 느끼며 사민은 엷게 웃었다. 바로 옆에서 느껴지는 그의 존재감에 심장은 이미 미친 듯이 날뛰고 있었다. 술에 취한 덕분에 그 때문에 달아오른 모습을 들키지 않아 다행이었다.

"널 계속 보고 있었다."

"어째서 보고 계신 겁니까?"

"예뻐서… 그냥 몸이 움직여지지 않았다."

사민은 그의 얼굴을 똑바로 쳐다봤다. 맨정신이었다면 크게 당황해 그를 보지 못했을 텐데 술을 마셔서 그런지 쓸데없는 용기가 생겼다. 운조가 시선을 피하지 않고 보자 두 사람은 한동안 서로를 보고 있었다.

"아무래도 술을 너무 많이 마셨나 봅니다."

"후회가 되나?"

"내일이 힘들까 봐 걱정은 됩니다."

"술 때문인가? 나 때문인가?"

"…모르겠습니다."

사민이 제법 솔직하게 마음을 드러내자 운조의 눈빛이 더 따스해졌다.

"내일 후회할 짓을 할까 봐 걱정이 되는 모양이군."

"……"

"하지만 난 술기운을 빌려서 널 붙들고 있는 지금이 좋다. 그러니 지금은 그냥 그대로 나에 대한 네 마음을 느껴라."

사민이 애수 어린 눈빛으로 먼 곳으로 시선을 던졌다.

운조는 그녀의 마음속 생각을 알 것 같았다.

"어머니가 그리운가?"

"…보고 싶습니다."

어멈이 터뜨려 놓은 어머니에 대한 그리움에 감정의 둑이 제대로 터진 듯 보였다. 울어도 되는데 모질게 참고 있는 것이 안쓰러워 그의 표정도 쓸쓸해졌다.

"얼마나 오랫동안 울지 못한 거지?"

"기억이 나지 않습니다."

"돌아보지 않을 테니 내게 기대도 된다."

큰 기대를 하지 않고 내뱉은 말이지만 잠시 후 어깨에 따뜻한 머리가 닿자 그는 심장이 두근거렸다. 그는 약속한 대로 사민을 돌아보지 않은 채 그녀의 온기를 느꼈다.

한참 동안을 그대로 있다 그는 슬쩍 사민을 돌아봤다. 그리고 그의 입가에 부드러운 미소가 걸렸다. 사민이 새근새근 잠들어 있었다. 그녀의 품에는 수가 자고 있었다.

그는 사민의 잠든 얼굴을 감상하며 바라봤다. 그러다 그녀의 뺨을 타고 흘러내린 눈물 자국을 발견하고 가슴이 먹먹해졌다. 그녀를 처음 봤을 때 울던 모습이 떠올랐다. 어린 나이에 겪은 모진 기억 때문에 한쪽 가슴이 휑한 채 살아온 그녀가 안타까워 가슴이 저릿했다.

사민이 이렇게 무방비 상태로 가까이 있는 것이 처음이라 그는 사민이 깨지 않게 미동도 하지 않았다. 뺨을 만지고 싶은 충동이 해일처럼 일었지만 혹여 그녀가 깨면 사라져 버릴까 봐 참아야 했다.

그녀의 따끈한 온기와 숨결이 자신의 고통도 마비시켜 주는 것 같았다. 아주 오랜만에 편안하고 행복하다는 생각이 들었다.

운조는 사민이 응시했던 먼 허공에 시선을 던졌다. 알맞게 밝은 달도, 시원한 바람도, 맑은 밤공기도 모두가 적당했다. 무엇보다 어깨에 느껴지는 그녀의 온기가 가장 적당했다.

제9장
질투 嫉妬

 다음 날 아침에 눈을 뜬 사민은 잠시 멍한 눈으로 천장을 응시했다. 그녀는 미간을 찌푸린 채 어젯밤의 일을 기억해 내려 집중했다.

 수와 함께 툇마루에 기대어 앉아 있을 때 운조가 왔었다. 그와 어머니 이야기를 하고 잠시 어깨에 기댔던 것까지 기억이 났다. 사민의 시선이 천장을 한 바퀴 돌았다.

 '여긴 어떻게 들어온 거지? 설마 그가 침상에 눕힌 건가?'

 고약하게 어깨에 기댄 후가 기억이 나지 않았다. 그녀의 손가락이 초조하게 춤을 췄다. 이런 말도 안 되는 짓을 저지르다니 미친 것이 분명했다. 어깨에 기대란다고 덥석 사내의 어깨에 기대 의식을 잃은 것이 믿기지 않았다. 한 가지는 분명했다.

 '그는 너무 위험한 사내다.'

사민은 벌떡 일어나 크게 심호흡을 하고 밖으로 나갔다. 그의 얼굴을 어떻게 볼까 머릿속이 복잡했지만 어차피 치러야 할 홍역이라면 빨리 치르는 편이 나았다.

숙취로 인해 속이 편치 않았지만 어젯밤의 일을 기억하느라 머리를 쥐어짰더니 숙취를 크게 느낄 겨를도 없었다.

상단의 마당으로 나가니 아치와 등오가 부지런히 상단의 상인들과 함께 마차에 물건을 싣고 있었다. 둘 다 말술을 마시고도 거뜬한 것을 보니 절로 감탄이 나왔다.

그에 반해 물목을 확인하러 나온 연두는 산 사람의 표정이 아니었다. 금방이라도 쓰러질 듯한 창백한 얼굴과 퀭한 눈을 하고도 물목을 빠짐없이 확인하는 걸 보니 그녀가 나이는 어려도 괜히 부단주 자리를 꿰차고 있는 건 아닌 것 같았다.

짐을 다 싣고 나니 여유가 생기는지 아치가 연두를 건드렸다.

"어제 단주님이 잘 데려다주셨냐?"

연두가 사민을 의식하고 큰 소리로 대답했다.

"당연하지. 단주님이 처소까지 들어와서 한참을 계시다 가셨어. 내가 걱정된다고 자는 걸 보고 가시겠다고 했다니까."

"오호, 그래?"

아치랑 등오가 반신반의하면서 서로 눈짓을 주고받았다. 사민을 의식한 연두의 심기를 알기에 적당히 장단을 맞춰 주고 있었다.

연두는 두 사람의 반응엔 관심 없고 오로지 사민이 어떤 반응을 보이나 궁금했다. 하지만 사민이 별 반응을 보이지 않자 입술을 비죽거렸다.

"아으! 속 쓰려 죽겠네."

연두가 오만 인상을 찌푸리며 투덜거리자 두 사람은 쿡쿡 웃기만 했다. 등오가 사민의 안색을 살폈다. 어제 그녀 또한 꽤 많은 술을 마셨기에 걱정이 됐다.

"사민, 넌 괜찮냐?"

"견딜 만해."

"그렇게 많은 술을 마시고도 흐트러짐 하나 없다니 너한테 두 손 다 들었다."

그때 운조가 나타나자 골골거리던 연두가 언제 그랬냐는 듯 표정이 달라졌다.

"오라버니!"

연두가 뛰어갔지만 운조의 눈빛은 사민을 살피고 있었다. 사민이 슬그머니 시선을 피하자 그의 눈빛에 힘이 들어갔다. 그는 제 앞에 선 연두의 얼굴로 시선을 내렸다.

"살아난 모양이군."

"다 오라버니 덕분이죠. 오라버니가 어제 처소까지 데려다주셨잖아요."

"널 처소에 데려다준 건 내가 아니라 연살이다."

"예? 말도 안 돼요. 어제 분명 오라버니와 함께 일어났잖아요."

"역시 기억이 안 나는 모양이군. 잘 가다 네가 그대로 쓰러지는 바람에 연살이 널 업고 처소까지 데려다주었다."

"뭐라고요! 아니, 왜 연살이 날 업어요? 오라버니는 뭐 하고요!"

사민 앞에서 거짓말이 들통난 연두가 버럭 화를 냈지만 운조는 여유 있게 대답했다.

"나는 따로 볼일이 있었다."

"미워요, 오라버니!"

무안해진 연두가 심통을 내며 휙 걸어가 버리자 아치와 등오가 눈치껏 그녀를 따라갔다.

둘만 남게 되자 사민은 마른침을 삼켰다. 술기운이 사라지니 다시 그의 앞에서 긴장감이 일면서 갈증이 났다.

"속이 편치 않아 보이는군."

"견딜 만합니다."

"그렇게 꾸역꾸역 견딜 필요 없으니 힘들면 들어가 쉬어라."

"정말 괜찮습니다. 그보다… 어젯밤엔 폐가 많았습니다."

"무슨 폐를 말하는 거지?"

"그게……."

차마 어젯밤의 행동을 입으로 꺼내지 못하고 머뭇거리자 운조가 대신 답했다.

"주사를 부린 적도 없고 어깨를 빌려준 건 내가 원하던 바였으니 더더욱 폐가 아니다."

"그리 생각해 주시니 감사합니다."

"대신 앞으로 다른 사내들 앞에선 술을 마시지 않는 것이 좋겠다."

"……."

"네가 기댈 수 있는 어깨는 나 하나면 좋겠으니까. 네 안에 있는 또 다른 모습을 아는 이는 나뿐이었으면 싶다."

사민은 그의 시선을 피하지 않고 똑바로 마주 봤다. 아직 술기운이 다 빠져나가지 않은 건지 그녀는 대범하게 그의 뜨거운 시선을 그대로 받았다.

어젯밤의 일 때문인지 무언가 그와 조금은 다른 사이가 된 기분이었다. 확실하게 무어라 정의하긴 어렵지만 심장이 서로를 인정하고 있는 그런 기분이 들었다.

어젯밤에 술과 밤이 무슨 마법이라도 부린 것일까. 그가 훅 안으로 들어와 버린 느낌이다. 기분 좋은 긴장감과 함께 다시 뭉근하게 몸에서 열이 나고 있었다.

세주는 오후 늦게까지 침상에 누워 그날 밤 자신을 구해 주었던 여인에 대해 생각했다.

"분명 어디선가 봤던 것 같은데 대체 누구지?"

혼잣말로 중얼거리던 그는 눈을 가늘게 뜨며 여인의 기억을 모으려 애썼다.

"아무리 생각해도 인희라는 아이와 닮았단 말이야. 예인이라던 아이가 검을 쥔다는 게 이상하지만 체구나 목소리가 닮았단 말이지."

거기까지 생각하다 그는 우연히 담친왕부에서 스쳤던 사민을 떠올렸다.

"백화상단에서 왔다고 했는데 설마 그 여인인가?"

골똘하게 의심하다 그는 고개를 저었다. 백화상단에 소속된 여인이 그날 밤 자신을 도왔다는 것 자체가 어불성설이었다.

"아무래도 인희라는 아이를 다시 한번 봐야겠어."

작정을 하고 그는 곧바로 몸을 일으켜 밖으로 나갔다. 그러나 왕부의 무사들이 앞을 가로막자 한쪽 눈썹을 치켜올렸다.

"무슨 짓이냐!"

"왕부 밖으로 나가지 못하시게 하라는 왕비 마마의 명이십니다."

"뭐라! 하여 날 감금하겠다는 것이냐!"

"신들은 명을 따를 뿐입니다."

"볼일이 있으니 비켜라."

"나가실 수 없습니다."

"이놈들이! 비키지 못할까!"

세주가 버럭 소리를 쳤지만 진 왕비의 서슬 파란 명을 받은 무사들은 꼼짝도 하지 않았다.

"감히 내 앞을 가로막다니 죽고 싶은 것이냐! 내 갈 곳이 있다고 하지 않느냐!"

세주가 살기 어린 눈초리로 쏘아붙이자 난감해진 무사들이 서로 눈치를 봤다.

"가야 할 곳이 어디냐?"

차가운 목소리에 무사들이 길을 열었다. 진 왕비가 나타나자 세주는 찬 시선으로 그녀를 쏘아봤다.

"어머니, 이게 무슨 짓입니까?"

"물러가라."

진 왕비의 명에 무사들이 흩어졌다.

"들어오너라."

진 왕비가 안으로 들어가자 세주가 따라 들어갔다. 진 왕비는 씩씩거리는 세주를 책망하듯 채근했다.

"꼭 가야 할 곳이 어디냐 물었다."

세주가 바로 대답하지 않자 분을 곱게 바른 진 왕비의 얼굴에 노기가 차올랐다.

"청화루에 가려 함이냐?"

"맞습니다."

"왕자가 되어 기루에나 들락거리는 사실을 어찌 그렇게 당당하게 대답할 수가 있단 말이냐! 네가 정말 왕부의 후계자 자리를 세록이에게 뺏길 셈이냐!"

"상관없습니다."

아무 의욕 없어 보이는 무성의한 대답에 진 왕비는 크게 진노했다.

"뭐가 어째! 상관이 없다니! 네가 진정 천한 계집년들의 치마폭에 싸여 정신이 돈 것이야!"

"흥분하지 마십시오, 어머니. 왕부의 후계로 소자보다 세록이 더 적합하다면 그가 왕부의 주인이 되는 것이 맞습니다."

"그걸 지금 말이라고 하는 게야! 이 어미가 널 후계로 만들려고 얼마나 애썼는데 고작 한다는 소리가 뭐가 어째! 대체 뭐가 불만인 게야!"

참다 터진 진 왕비의 분노가 하늘을 찌를 듯했다. 그녀의 얼굴이 노기로 붉으락푸르락 다채롭게 변했다. 자신의 극한 노기에도 세주가 입을 다물고 보기만 하자 진 왕비는 눈을 부릅뜨고 그를 노려봤다.

하나밖에 없는 아들이라고 금이야 옥이야 애지중지 키웠기에 그의 엇나감에 더 배신감이 컸다. 핏발 선 눈으로 세주를 노려보는 그녀의 두 주먹이 부르르 떨렸다.

"괘씸한 놈. 내가 널 위해 무슨 짓까지 했는데……."

진 왕비의 마지막 말에 세주의 표정이 무섭게 변했다.

"그러니까 그 짓까지는 하지 마셨어야죠."

"뭐? 지금 뭐라 하는 것이냐!"

"소자를 위해 해선 안 될 짓은 하지 마셨어야 했단 말입니다."

진 왕비의 시선이 잠시 허공을 배회했다. 그녀는 인상을 찌푸리며 세주를 쏘아봤다.

"알아듣게 이야기해라."

세주가 피식 냉소하자 진 왕비의 한쪽 눈썹이 위태롭게 하늘로 치켜 올라갔다.

"너, 이놈!"

"그깟 왕비 자리가 아무리 중하셨어도 자식을 죽이는 일은 하지 마셨어야죠, 어머니."

"뭐, 뭐!"

"세상에 어느 어미가 아들이 아니라고 자식을 버린단 말입니까!"

설마 했는데 세주의 입에서 과거의 일이 술술 흘러나오자 진 왕비는 기함할 듯 놀랐다.

"어, 어떻게 아는 것이냐?"

"그것이 중합니까? 소자가 어떻게 아는지는 하나도 중하지 않습니다. 어머니께서 그 자리를 차지하기 위해 제 누이를 버렸다는 사실만 중요하지요."

"오, 오해다."

"오해라고요! 어머니가 직접 하신 소리를 들었는데 오해라고요!"

"세, 세주야."

진 왕비는 너무 놀라 얼굴이 백지장처럼 하얗게 변했다. 그녀는 언젠가 유모와 함께 윤에 대해 한 소리를 세주가 들었음을 짐작했다.

돌이켜 생각해 보니 그즈음부터 세주가 엇나가기 시작한 것 같았다. 무덤까지 가지고 가야 할 소리를 다른 이도 아닌 세주가 들었으니 그가 얼마나 충격이 컸을지 이제야 이해가 됐다.

"어미란 분이 어떻게 그렇게 모질고 잔인할 수가 있습니까? 어머니의 배로 낳으신 친자식입니다. 당당한 담왕부의 자식이란 말입니다. 한데 어떻게 그러실 수가 있어요!"

울부짖으며 분노를 토해 내는 세주의 앞에서 진 왕비는 아무 말도 할 수 없었다. 그녀는 눈을 감고 아랫입술을 물며 한참 동안 떨리는 속을 진정시켰다.

"소자가 아들이 아니었다면 누이를 그리 버리지 못하셨을 테지요. 그것이 참을 수 없습니다. 소자가 아들만 아니었어도 제 누이는 그리 죽지 않아도 됐을 테니까요."

세주의 자책에 진 왕비는 속이 문드러지는 고통을 느꼈다. 하지만 이미 되돌릴 수 없는 일이니 어찌할 수 없었다.

"어차피 오래 숨기지 못했을 것이다."

"어머니!"

"네가 아들이 아니었다고 하여도 그 아이를 왕부에 계속 둘 수는 없었어."

"그걸 지금 말이라고 하세요? 누이를 단지 어머니가 왕비 자리를 차지하기 위해서만 필요했단 말씀을 하시는 거냐고요!"

"사실이다. 그걸로 그 아이의 소용은 다 했어."

"하! 정말 그게 어머니의 본심이세요!"

뉘우침 하나 없는 표정에 세주는 질릴 대로 질렸다.

"정녕 죽은 누이에게 미안하지 않으세요?"

"그래, 난 그때 선택을 해야 했다. 아들이 절실히 필요했을 때 여아로 태어난 건 그 아이 잘못이야."

끝을 모르는 이기에 세주는 입을 떡 벌리고 말문이 막혔다. 넋이 나간 표정으로 진 왕비를 보던 그가 갑자기 실성한 사람처럼 쿡쿡 웃기 시작했다.

"하하, 참으로 대단하신 어머니십니다."

"……."

"저는 어머니가 소름 끼치게 무섭습니다."

눈물을 흘리며 웃는 세주를 빤히 쳐다보며 진 왕비는 끝내 모진 소리를 내뱉었다.

"내 비록 어쩔 수 없이 네 누이에게 몹쓸 짓을 하긴 했지만 널 지키기 위해 최선을 다했다. 그러니 더 이상 방황하지 말고 중심을 잡아라. 그것이 죽은 네 누이를 위한 길이기도 하다."

"끝내 누이에겐 어미가 되려 하지 않으시는군요. 그 왕비의 자리가 자식을 죽음으로 내몰고도 그렇게 떳떳해질 수 있는 자리였어요. 그 대단한 자리 잘 지키십시오. 하지만 소자에게 어머니처럼 뻔뻔하게 살라고 강요하지 마십시오. 아시겠습니까!"

더 진 왕비의 얼굴을 보고 있을 수 없어 세주는 반성하지 않는 그녀를 비아냥거리며 밖으로 나가 버렸다.

쾅! 문이 세게 닫히는 소리와 함께 진 왕비는 바닥으로 주저앉았다. 그녀는 얼굴이 하얗게 질린 채 덜덜 떨리는 두 손을 잡아 쥐었다.

담친왕부를 나와 그길로 청화루로 찾아간 세주는 당장 초설을 불러들였다.

"인희라는 아이를 만나게 해 주게."

초설은 세주의 상태가 평소와는 다르다는 것을 눈치챘다. 좀체 잘 흥분하지 않는 그가 무언가를 눌러 참고 있었지만 금방이라도 터질 듯이 격앙되어 보였다.

"송구하오나 이제 그 아이는 만나실 수 없습니다."

"어찌 만날 수 없단 말인가!"

"실은 그 아이에게 사정이 생겨 다시 기루에 오지 못하게 되었습니다."

"그 사정이란 것이 무엇인가?"

역시나 포기하지 않는 그에게 초설은 한숨을 내쉬었다.

"실은 인희 그 아이에게 지병이 있었습니다. 괜찮은 듯싶더니 최근에 다시 악화가 되어……."

"어찌 뒷말을 하지 않는 겐가?"

"엊그제 숨을 거두었단 소리를 들었습니다."

충격을 받은 세주의 눈빛이 허공에 고정되었다.

"그것이 사실인가?"

"이년이 왕자님께 뭐 때문에 거짓을 아뢰겠습니까? 인희는 저 역시 몹시 아끼는 아이였습니다."

초설이 옷고름으로 눈물을 훔치자 세주는 넋이 나간 표정으로 아무 말이 없었다.

"그래도 그것이 왕자님께 제 이름이라도 남기고 갔으니 다행입니다. 이승에서의 고단한 삶을 털어 버리고 저세상으로 갔으니 그만 잊어버리십시오."

초설은 미동도 없이 앉아 있는 세주를 두고 밖으로 나갔다. 그러면서도 그녀는 의아한 듯 고개를 기울였다.

'생각했던 것보다 훨씬 상심한 얼굴이잖아? 설마 담친왕부의

귀한 왕자께서 인희를 진심으로 보고 있었단 건가?'

초설은 미심쩍은 마음으로 행수의 처소로 돌아갔다. 누군가 등을 보이고 앉아 있었다.

"네가 시키는 대로 했으니 다시는 찾지 않을 것이다."

"고맙습니다."

초설이 자리에 앉자 사민이 엷게 미소를 지었다.

"혹 왕자님께서 취하시더라도 불미스런 일이 없도록 행수님께서 뒤를 봐주십시오."

이쯤 되니 의심이 가 초설은 사민을 수상하게 살폈다.

"이상하단 말이야."

"무엇이 말입니까?"

"담 왕자가 귀찮아서 떼 버리는 것이라 생각했는데 네 하는 양을 보면 싫어한다기보다 걱정하는 것처럼 보이니 말이다. 혹 담 왕자와 얽힌 사연이라도 있는 것이냐?"

사람을 숱하게 상대하는 초설의 예리한 관찰력에 사민은 속으로 놀랐다.

"귀한 왕부의 왕자님과 사연이 있을 것이 무엇이겠습니까? 그저 왕자님께서 아직 어리고 모진 사내는 아닌 것 같아서 오지랖을 부려 봤습니다. 한때의 방황이 평생의 후회로 남아서는 아니 되니까요."

"그러니까 더 이상하단 말이야."

사민이 보는 시선을 똑바로 마주 보며 초설이 취조하듯 눈을 가늘게 떴다.

"내가 아는 너는 누구에게도 이런 관심을 보이지 않는 아이다. 그런데 그런 네가 무려 담친왕부의 왕자를 걱정하고 있지 않으냐? 담세주를 이야기하는 네 눈빛을 보면 그를 사내로 보지 않는 것은 확실하나 묘하게 그를 보호하고 있다는 느낌이 들거든."

사민이 대답을 하지 않자 초설은 그녀의 뜻을 읽고 혀를 끌끌 찼다.

"더 묻지 말라는 표정이구나. 하긴 내가 캐묻는다고 대답을 할 것이라 기대도 하지 않았다. 매정한 것."

"송구합니다."

사민의 성정을 알기에 초설은 그녀를 지그시 쏘아보다 말았다.

"네가 담 왕자와 무슨 사연인지는 더 캐묻지 않겠지만 장 단주에게는 사실대로 말하는 것이 좋을 것이다."

사민이 무슨 소리냐고 묻는 표정을 붙잡으며 초설이 의미심장하게 웃었다.

"때때로 사내들의 질투가 여인들보다 더 무서운 법이거든."

"행수님께서 어찌?"

"장 단주가 널 보는 눈빛을 굳이 감추지 않으니 모르는 것이 더 이상하지. 담세주를 보호하려거든 장 단주의 마음부터 살피는 것이 좋을 게야."

"행수님께서 말씀하지 않으시면 되지 않을까요?"

"그런다고 그가 모를 것 같으냐?"

의미심장하게 묻는 소리에 사민은 대답하지 못했다.

사민에 대해 당당하게 자신의 마음을 밝혔던 운조의 표정을 떠올리며 초설은 호기심 어린 미소를 지었다. 세 사람의 연이 재미나게 얽히는 것이 보여 제법 흥미로웠다.

상단으로 걸어오다 사민은 상단 앞에서 기다리고 있는 운조를 발견하고 다가갔다.

"어딜 다녀오는 거지?"

운조는 사민의 표정부터 살폈다. 등오에게 잠시 다녀온다는 말만 하고 나간 터라 그녀가 돌아오길 기다리고 있던 중이었다.

"청화루에 다녀오는 길입니다."

"청화루에 아직 볼일이 남은 건가?"

"담 왕자님 일로 행수님께 청할 일이 있었습니다."

사민은 세주의 이름이 나오는 순간 운조의 미간이 살짝 찌푸려지는 것을 지켜봤다.

"그 이름을 자주 듣는군."

확실히 마뜩잖은 표정이지만 그에게 거짓말을 하고 싶지는 않았다.

운조는 잠시 찬 시선으로 사민을 응시했다.

"혹 담친왕부의 왕자에게 마음이 있는 것인가?"

그가 어떤 의도로 묻는 것인지를 알기에 사민은 운조의 얼굴을 똑바로 마주 봤다. 자신이 무슨 대답을 할지 몰라 그가 살짝 긴장하는 것이 보였다. 어떤 일에도 동요가 없던 사내가 자신 때문에 긴장하는 것이 묘한 설렘을 가져왔다.

"세주 왕자님이 신경이 쓰이는 것은 사실입니다."

운조의 눈빛이 위험하게 흔들렸다.

"하지만 사내로서는 아닙니다."

"사내로는 보이지 않는데 그가 신경이 쓰인다는 말인가?"

"맞습니다."

사민을 살피는 운조의 눈빛이 이내 가늘어졌다. 그녀답지 않게 담세주에게 신경을 쓰는 이유가 몹시 궁금했다. 모르긴 해도 담세주가 그녀와 어떻게든 연결이 되어 있을지 모른다는 생각이 들었다.

"혹시 담세주를 오래전부터 알고 있었나?"

"그렇습니다."

물을수록 사민이 담세주와 무슨 사이인지 궁금증이 커졌지만 쉽사리 답을 말해 줄 것 같지 않아 그는 답답함을 눌러 참았다.

"그래도 솔직하게 대답하는군."

"단주님께 거짓말을 하고 싶지 않으니까요."

사민이 눈을 똑바로 보며 대답하자 운조는 심장이 크게 두근거렸다.

"그 말도 마음에 드는군."

사민이 자신의 마음을 인정하고 받아들여 주는 것이 좋아 운조의 날 선 마음이 조금 부드럽게 풀렸다.

"하지만 나는 네 모든 것을 다 알고 싶다. 그러니 내게 비밀을 만들지 마라."

"…알겠습니다."

"두 사람 사이를 명확하게 알기 전까지 담세주는 내 연적이다."

"그렇게 생각하실 필요 없습니다. 그는 제게 사내가 아닙니다."

"그럼 나는 네게 사내인가?"

"단주님……."

"단주 소리 집어치워."

그가 단호하게 잘라 내는 소리에 사민이 소리 없이 웃었.

그녀가 제 앞에서 편히 웃는 모습은 처음이라 운조는 홀리듯이 사민의 얼굴을 바라봤다. 그러다 자신도 모르게 손을 사민의 뺨에 가져다 댔다.

사민이 흠칫 놀랐지만 뒤로 물러나지는 않았다. 그의 눈빛이 더 짙어졌다.

"이상하게도 너를 보고 있으면 계속 허기가 져."

보고 있어도 계속 보고 싶어지니 감정에 걸신이 들린 것 같다.

"대답해라, 사민. 나는 네게 사내인가?"

"당연하게… 그렇습니다."

"그걸로는 부족해. 나는 네게 유일한 사내가 되고 싶다. 그러니 그 마음은 내게만 열려야 해."

사민은 대답 대신 그를 지그시 바라봤다. 뺨에 닿은 커다란 손에 그녀가 살짝 얼굴을 기대자 그가 그녀를 품으로 끌어당겼다.

사민은 그의 가슴에 잠시 얼굴을 기대고 그의 체취를 흠뻑 들이마셨다. 술에 취하지도 않았는데 밤이 또다시 마법을 부리고 있었다.

※

대전에서 황제와 마주 앉은 담친왕은 황제의 안색부터 살폈다.

"지난번보다 용안에 수심이 줄어든 듯 보여서 다행입니다."

"그래 보입니까? 숙부께서 그러시다면 그런 것이겠지요."

대답하는 말투에서도 예전과 다른 여유가 보여 담친왕의 눈빛이 부드러워졌다.

"솔직히 태후께서 또 후궁을 들이신다고 하셨을 때는 우려가 없지 않았습니다. 하지만 이번 후궁은 잘한 선택인 것 같습니다."

황제가 향 비에게서 비로소 편안함을 느끼는 것 같아 그를 보는 담친왕의 시선 또한 편안해졌다.

"향 비는 다른 후궁들과 달리 짐에게 그저 쉴 곳이 되어 줍니다. 늘 정사를 마무리하고 후궁전에 들면 다시 정사를 펼치는 듯한 피로가 쌓였는데 향 비는 그렇지 않아요."

"향 비께서 폐하의 심기를 가장 잘 이해하는 것이겠지요. 또한 향 비는 좌의랑과 우의랑의 세력과도 크게 관련이 없으니 폐하께서도 더 편하다 느끼셔서 그럴 겁니다."

"맞습니다. 또 향 비는 크게 욕심이 없어서 더 마음에 듭니다."

조금은 달라진 황제의 분위기에 담친왕은 고개를 끄덕였다. 조 비에게 맞서 후궁을 들이라 은밀하게 태후를 설득한 것은 우의랑 사도원이었지만 그 조언을 하고 그 대상으로 향 비를 추천한 이는 운조였다.

여사석의 견제를 피하고 황제가 의심 없이 빠져들 수 있는 대상을 적절하게 추천해 준 그의 눈썰미에 감탄하지 않을 수 없었다. 역시나 제 아비를 닮았다.

"금일 입궁하는 길에 폐하께 올릴 약재와 차를 가지고 왔습니다."

"약재와 차라면 황궁에도 많은데 숙부께서 어찌 그런 것까지 신경을 쓰십니까?"

"지난번에 입궁했을 때 폐하의 용안이 편치 않아 보여서 마음이 쓰였습니다. 제가 가지고 온 약재와 차가 아국에서는 쉬이 구할 수 없는 것들이라 아쉽지만 용체를 보하는 데는 탁월한 효험이 있다고 하였습니다."

"짐이 숙부께 괜한 폐를 끼치는군요."

"폐라 생각지 마십시오. 실은 폐하께 올릴 약재와 차를 제게 가지고 온 이는 따로 있습니다."

"그자가 누굽니까?"

"백화상단의 단주 장가 운조입니다."

백화상단이라는 이름에 황제는 조금 놀란 표정으로 호기심을 보였다.

"근래 들어 짐이 그 이름을 자주 듣는군요. 숙부께서 백화상단의 단주와 친분이 있으신 줄은 몰랐습니다."

"젊은 인재들을 곁에 두면 틀에 박힌 논리보다 늘 신선한 사고와 지식을 접하게 되니 또한 즐거움이지요."

"숙부께서 그리 말씀하시니 짐도 장 단주가 궁금해지는군요."

"장담하건대 폐하의 뜻을 펼치시는 데 백화상단이 큰 힘이 되어 드릴 겁니다. 또한 다방면에서 젊은 인재들을 고루 가까이에 두시면 큰 소용이 있을 것이니 백년대계를 이룰 수 있으실 겁니다."

담친왕의 강한 추천에 황제는 운조에 대해 더 호기심이 커졌다. 그는 담친왕이 운조를 추천하는 속내를 알 것도 같았다.

다분히 장운조를 추천하는 것이 목적이 아니라 젊은 인재들을 고루 가까이하여 조금씩 기득권을 가진 세력들을 견제하고 황권을 키워 가라는 조언을 하고 있는 것이었다.

"숙부의 조언대로 황실에 필요한 물품을 백화상단이 납품할 수 있도록 적절한 방안을 찾아봐야겠습니다."

"후회하지 않으실 겁니다."

"짐 또한 그럴 거라 믿습니다. 숙부께서 입궁하실 때마다 짐은 힘을 얻습니다."

황제는 든든한 지원군을 얻은 표정으로 담친왕을 보며 흡족하게 웃었다.

※

늦은 밤 여사석은 은밀히 조자천의 집을 찾았다. 그의 표정이 거북이 등껍질처럼 딱딱하게 굳어 있었다.
"폐하께서 요즘 향 비를 가까이하고 있다는 사실을 아십니까?"
"알고 있네."
"폐하께서 해도 너무하지 않으십니까? 후궁들에겐 아예 관심이 없는 것처럼 굴더니 어린 향 비에게 푹 빠지시다니요."
"향 비에게 폐하의 성심을 끌어당기는 무언가가 있는 것이겠지."
"영감, 그리 담담하게 말씀하실 때가 아닙니다."
"하면 어찌하겠나?"
반문하는 표정이 좋지 않아 여사석은 눈치껏 말을 아꼈다. 겉으로는 성인의 얼굴을 하고 있지만 금지옥엽이 황궁에서 찬밥 취급을 당하는데 속이 좋을 리 없을 것이다.
"폐하께서 조 비를 멀리하시는 것이 다분히 의도적으로 보이지 않습니까?"
"그럴지도 모르지."
"좋은 징조가 아닙니다."
"그렇다고 하여 뭘 어찌할 수 있겠나?"

"폐하의 성심이 향 비에게 완전히 넘어가기 전에 막아야지요. 저러다 향 비가 덜컥 용종을 잉태하기라도 하면 조정 판도가 뒤집히는 것은 시간문제입니다. 본디 베갯머리송사가 가장 무서운 것이라 강조하지 않았습니까?"

"향 비의 세가 미미하니 그리 걱정할 일은 아니네."

그가 매번 달려가려는 자신의 허리춤을 잡아 걷게 만드는 것이 마음에 들지 않아 여사석은 인상을 찌푸렸다.

"그리 만만히 보실 일이 아니라니까요. 향 비가 우의랑과 손이라도 잡으면 어쩌려고 그리 태평이십니까?"

"그건 별로 좋지 않은 그림이군."

"그러니 골치 아픈 일은 태초에 잘라 내는 것이 좋습니다."

조자천이 가만히 생각에 잠기자 여사석은 그를 채근했다. 매사 무슨 생각이 그리 많은지 답답할 지경이었다.

"편전에서 영감께서도 느끼셨겠지만 요즘 들어 폐하께서 영감이나 제게 묻지 않고 정사를 결정하시는 일들이 은근히 늘고 있습니다."

"폐하께서 홀로서기를 하고 싶으신 건가."

"이 여사석의 그늘에서 벗어나고 싶으신 게지요. 여하튼 그 또한 좋은 징조가 아닙니다."

확실히 근자 들어 황제의 행보가 눈에 띄게 예전과는 달라진 것이 보여 조자천의 표정도 심각하게 굳었다.

"어찌하고 싶은 겐가?"

"폐하께서 향 비를 멀리하게 만들어야지요."

"묘수라도 있나?"

"찾자면 마땅한 수가 없겠습니까? 오매불망 한 사내만 기다리는 여인들이 모여 사는 곳이 내명부입니다. 서로 웃고 있지만 그 웃음에 독이 발려 있지 않다 단언할 수 없지요. 모두가 향비의 적이 될 수 있다는 말입니다."

"잡음이 일어나지 않게 신중하게 처리해야 할 것이네."

"이를 말씀입니까? 어찌 되었건 향 비가 용종을 잉태하는 일만은 없어야 합니다. 용종은 당연히 조 비께서 잉태하셔야지요. 그래야 천하가 완벽하게 우리 수중으로 떨어지지 않겠습니까?"

여사석이 음흉한 표정으로 한쪽 눈썹을 들어 올렸다. 조자천은 그의 말을 경청하면서 신중한 표정을 지었다.

운조가 부른다는 소리에 사민은 단주실로 건너갔다. 연살과 함께 있을 거라 생각했는데 그가 혼자 기다리고 있자 사민은 살짝 긴장했다.

"연살 무사님은 어디 가셨습니까?"

"심부름을 보냈다. 왜, 둘만 있으니 신경이 쓰이나?"

"아닙니다."

"아니라고 말하는 얼굴치고는 굳어 있다, 네 표정."

"원래 표정이 이렇습니다."

사민이 시치미를 뚝 떼며 대답하자 그가 피식 웃었다.

"네가 딱딱하게 굴 때마다 널 흔들고 싶어진다. 그러니 내 앞에서 굳지 마라."

"최선을 다하고 있습니다. 한데 무슨 일로 찾으신 겁니까?"

"당연히 보고 싶어서다."

"두 번째 이유를 말씀해 주십시오."

"담친왕부로 갈 것이다."

표정이 한결 부드러워진다 싶더니 담친왕이라는 소리에 사민의 표정이 삽시간에 굳었다.

운조의 시선이 예리하게 사민의 변화를 읽었다.

"가고 싶지 않은 표정이군."

사민이 딱히 아니라고 대답하지 않자 운조의 눈빛이 조금 서늘해졌다.

"담세주가 걸려서 그러는가?"

"아닙니다."

"십이 년 전의 일이 떠올라 그러는가?"

"그 역시 다는 아닙니다."

"하면 담친왕부에 가는 걸 왜 꺼려하지? 너, 지난번에도 그 표정이었다."

사민은 사실대로 이야기를 할까 망설이다 접었다. 그에게 말을 한다고 달라질 것도 없으니 큰 의미가 없었다. 어차피 자신에게 어미는 한 사람뿐이니까.

그런데도 속이 시끄러워지는 건 어쩔 수 없었다. 자신을 버린 이들과 죽을 때까지 스치지도 말기를 바랐건만 운명은 한 번도 제 편이 되어 주지 않았다.

"담친왕은 좋은 분이십니까?"

"어떤 의미로 묻는 거지?"

"그저 믿을 만한 분이신지 몰라서요."

자식을 매정하게 버린 사람이 좋은 사람일 리 없다는 생각이 지배적이었지만 사민은 에둘러 대답했다.

혼자 생각에 잠겨 있다 운조가 손을 잡자 사민은 화들짝 놀랐다.

"왜 갑자기."

"내 앞에서 딴생각하는 것이 싫어서."

"놓아주십시오. 누가 들어오면 어쩌려고 이러십니까?"

사민이 손을 빼내려고 했지만 그는 놓아주지 않았다.

"더 버둥거리면 잡아당길 것이다."

"단주님."

"내 무릎 위에 앉고 싶으면 더 저항해라."

사민은 순간 그를 만난 후부터 자아가 없어진 느낌을 받았다. 본래의 자신이라면 누군가 함부로 제 손을 잡는 순간 곧바로 팔을 꺾어 버렸을 것이다. 한데 이상하게 그에게는 힘이 들어가지지 않았다.

"담친왕부로 가시지요."

차라리 그와 일을 하는 것이 더 낫겠다는 생각에 사민은 제 입으로 담친왕을 들먹거렸다.

어차피 상관없는 사람이라 단정했으니 동요하는 것도 우스운 짓이다.

"또!"

다시 혼자만의 생각에 잠겨 있다 운조가 벌주듯 갑자기 손에 힘을 주어 당기자 그녀는 중심을 잃고 그의 가슴으로 쏟아졌다. 놀라 중심을 잡으려는 그녀의 노력을 비웃으며 운조가 양 뺨을 붙잡고 기습적으로 입술을 부딪쳤다. 사민의 눈동자가 놀라움으로 커다랗게 된 것을 즐기며 그는 짧고도 강렬한 입맞춤을 남겼다.

"이런 짓은 좀……."

"내 앞에서 다른 생각을 한 벌이다."

그가 곧 놓아주자 당황한 사민이 무의식중에 혀로 입술을 쓸었다. 사내를 유혹하고자 한 행동이 아님을 알면서도 운조는 사민의 입술을 보며 심한 갈증을 느꼈다.

"아무래도 단주님과 둘만 있는 건 고려해 봐야겠습니다."

"둘이 아니면 내가 주저할 거라 생각하는군."

그가 바로 받아치고 나오자 사민은 설마 하는 눈빛으로 그를 봤다.

"네게 집적대는 놈들 앞이라면 더 주저하지 않을 것이다. 그러니 내게만 집중해라."

사민은 고개를 절레절레 저었다. 그가 일방적으로 밀어붙이는 것이 조금 부담스러우면서도 오장육부를 떨리게 만들었다. 심장은 이미 자신의 것이 아닌 지 오래였다. 그의 무례한 행동에도 심장은 찌르르 간질거리는 감정을 토해 내고 있었다. 이런 모순이 또 있을까.

운조가 자리에서 일어서자 사민은 큰 키의 그를 올려다봤다. 운조의 시선이 뜨거운 열기를 내리붓고 있었다.

"그렇게 보면 참을 수 없을지 모른다."

그의 위험한 눈빛에 사민은 화들짝 정신이 들어 바로 돌아섰다. 등 뒤로 그의 웃음소리가 기분 좋게 들렸다. 능금처럼 익은 얼굴이 화끈거려 그녀는 두 눈을 질끈 감았다.

담친왕부로 가는 길은 여전히 반갑지 않았다. 담친왕부로 가는 숲길에서 사민은 어미 덕이가 묻힌 곳을 길게 응시했다.

그녀의 마음을 알기에 운조는 가만히 그녀와 같은 곳을 바라봤다.

곧 담친왕부에 도착한 두 사람은 담친왕의 집무실로 안내되어 걸음을 옮겼다. 그러다 사민은 막 밖으로 나가려는 세주를 발견했다.

사민에게 온 더듬이를 꽂아 놓고 사는 운조의 시선이 세주를 발견하고 곱지 않게 변했다. 사내가 아니라고 말했지만 세주가 신경 쓰여 운조는 사민이 어떤 시선으로 세주를 보는지 날카롭게 살폈다.

그때 세주가 돌아보자 사민의 시선과 얽혔다. 세주가 눈에 힘을 주는 것이 보였지만 사민은 무심한 얼굴로 그를 외면했다.

세주는 사민에게 확인할 것이 있어 가까이 다가오려다 그녀의 곁에서 맵찬 시선을 치켜뜨는 운조를 발견하고 멈칫했다. 그의 눈빛이 더 다가오지 말라고 경고를 하는 것 같아서 주춤할 수밖에 없었다. 직접 밖으로 말을 내뱉은 것도 아닌데 대단한 기의 발산이었다.

세주는 자신을 무시하고 안으로 들어가는 사민의 뒤통수를 바라봤다. 가능성이 희박하다 여기면서도 그날 밤 자신을 구해 준 이가 사민일지도 모른다는 생각이 사라지지 않았다. 청화루에 가려고 나온 걸음이었지만 이내 흥미가 떨어져 그는 곧장 안으로 들어갔다.

운조가 장판석의 아들임을 알고 난 후로 담친왕은 그를 각별하게 대했다.

"어서 오너라."

그는 운조를 반기면서 그의 곁에 서 있는 사민을 호기심 어린 시선으로 바라봤다. 보통은 여인을 사내가 지키는 모양새인데 여인의 몸으로 무복을 입고 운조를 호위하는 모습이 이색적이라 눈에 남았다.

얼굴이 곱고 단아해 보이는 것이 천생 여인의 모습인데 그에 대조되게 보는 눈빛은 서릿발처럼 차가우니 무인인 것이 실감났다. 아무튼 처음 봤을 때부터 눈이 가는 아이였다.

그는 운조와 사민이 자리에 앉자 본론부터 꺼냈다.

"며칠 전에 폐하를 알현하고 너에 대해 말씀 올렸다. 폐하께서도 네 명성을 이미 알고 계시더구나. 아마 곧 황실에 상단의 물건을 댈 수 있을 것이다."

"현재 상단의 물건은 좌의랑이 뒤를 봐주는 화신상단이 거의 대고 있는 것으로 압니다. 좌의랑의 반발이 만만치 않을 겁니다."

"화신상단이 독점을 하는 것부터 잘못된 일이었다. 화신상단이 부당하게 빼돌린 물목들이 좌의랑 일파의 사적인 배를 채우고 있다는 것은 모두 다 눈치채고 있는 실정이다."

"다만 그 폐단을 지적하는 이가 없을 뿐이지요."

운조의 입에서 냉소적인 말투가 튀어나왔다.

"하여 폐하께서 친히 칼을 휘두르실 결심을 하신 것이다."

"거친 풍파와 마주하셔야겠지만 그 또한 헤쳐 나가셔야 할 관문이긴 하지요."

"어찌 되었건 저들이 전횡을 휘두르는 걸 이대로 두고 볼 수만은 없다."

"덕분에 큰 은혜를 입었습니다. 고맙습니다, 전하."

"썩은 곳을 도려내는 것이니 은혜랄 것도 없다. 폐하께서 백화상단을 주목하시는 건 마땅히 백화상단이 그만큼의 자격이 되기 때문이니 그 또한 네 스스로 이룬 것이다."

담친왕은 지긋한 시선으로 운조를 봤다. 세주가 그의 반만이라도 따라가면 더 바랄 것이 없다는 생각이 들자 괜스레 입 안이 썼다.

"향 비를 후궁으로 선택한 것은 탁월한 선택이었다. 폐하께서도 한결 안정적으로 보이시더구나."

"다행입니다."

"폐하의 성심을 읽은 네 혜안이 통한 것이지."

"과찬이십니다. 저는 그저 폐하께 힘이 되어 드리고 싶었을 뿐입니다."

운조를 보며 웃던 담친왕의 표정이 여사석을 생각하며 딱딱하게 굳었다.

"폐하께서 향 비를 가까이하시면서 조정의 변화를 시도하시는 걸 여사석의 무리들이 가만히 두고 보지는 않을 것이다."

"당연히 그러겠지요. 이럴 때일수록 보이지 않게 폐하께 힘을 실어 줄 이들이 필요합니다."

"물이 한곳에 오래 고여 있으면 곳곳에서 썩은 내가 진동하는 법이다. 그를 좋은 눈으로 보지 않은 이들 또한 적지 않을 것이니 그들이 장차 폐하께 힘이 되어 줄 것이다."

"저 역시 폐하께 힘이 되어 드리겠습니다."

"폐하께서 크게 기뻐하실 것이다."

담친왕은 운조와 이야기를 할수록 답답한 속이 뚫리는 쾌감과 든든함을 느꼈다. 그리고 그에 비례해 세주에 대한 아쉬움도 짙어졌다.

"오는 길에 담 왕자께서 막 출타하시는 것을 봤습니다."

마침 운조에게서 세주의 이야기가 나오자 담친왕의 표정이 확 어두워졌다.

사민은 그의 표정에서 세주를 탐탁지 않아 함을 알아채고 미간을 찌푸렸다. 그렇게 아들 노래를 불렀으면서 막상 세주가 방황하자 그를 마땅치 않아 하는 표정을 보니 속에서 불쾌한 감정이 스멀스멀 고개를 들었다.

따지고 보면 세주가 방황하는 원인 또한 그와 진 왕비가 한 짓들 때문이기에 세주에 대한 담친왕의 처사가 더 마음에 들지 않았다. 담친왕이 한숨을 내쉬며 인상을 쓰자 사민의 눈빛이 더 싸늘해졌다.

"편치 않으신 일이라도 있으십니까?"

운조가 묻는 소리에 사민은 담친왕이 어떤 답을 내놓을지 궁금했다.

"세주 놈이 자꾸 엇나가서 걱정이야."

"요즘 들어 청화루 출입이 잦다는 소리는 들었습니다. 왕자께서 무언가 불만이 있으신 걸까요?"

"불만이 있으면 속 시원하게 말을 하면 될 것을 저리 밖으로만 도니 그 속을 알 수가 있어야지."

담친왕은 운조에게 그동안 담아 뒀던 속상한 심정을 털어놨다. 사민의 시선은 갈수록 차가워져 갔다.

"윤이 죽지 않았다면 세주가 저리 엇나가게 두지 않았을 텐데……."

담친왕이 답답함에 혼잣말로 내뱉은 소리에 사민은 그대로 굳었다. 그녀는 이내 날카로운 눈빛으로 그를 쏘아봤다.

"윤이 누굽니까?"

운조의 물음에 담친왕의 눈가에 짙게 그림자가 졌다.

"윤은 죽은 세주의 형이다. 날 때부터 몸이 허약했는데 결국 두 살 되던 해에 병으로 죽고 말았어."

담친왕의 대답을 듣는 순간 사민의 눈빛이 허공에 정지됐다. 그녀는 믿을 수 없다는 표정으로 담친왕을 쏘아봤다. 그리고 담친왕의 표정을 날카롭게 살폈다. 그가 거짓말을 하고 있는지 알 수 없어 혼란스러웠다.

"따님을 낳지 않으셨습니까?"

사민은 자신도 모르게 담친왕에게 질문을 던져 놓고 그의 표정 변화를 살폈다. 운조가 자신을 주시하고 있었지만 그녀는 담친왕에게만 집중했다.

조금 당황스러웠지만 담친왕은 사민의 물음에 답을 해 주었다.

"애석하게도 난 딸을 낳은 적이 없다. 아들만 셋 얻었고 그중 장자를 병으로 잃었다."

"애당초 아들만을 원하셨던 것이 아닙니까?"

"왕부의 후계를 위해 아들을 원한 것은 사실이다. 하나 그렇다고 여식을 원하지 않은 것은 아니다. 한데 내게 왜 그런 것들을 묻는 것이냐?"

담친왕의 반문에 사민은 퍼뜩 자신이 넘쳤음을 깨닫고 정신을 차렸다.

"송구합니다. 순간 다른 이와 착각하였습니다."

사민은 딱딱한 표정으로 대답하고 담친왕의 시선을 외면했다. 그가 크게 화를 낸다고 하여도 할 말이 없었다. 설령 방자

하다고 벌을 주어도 무섭지 않았다.

그보다는 내적으로 받은 충격이 더 컸다. 죽은 어미에게서 아들이 아니라는 이유만으로 왕부에서 버려졌다는 소리를 들었을 때 당연히 내외의 소행이라고 생각했다. 세주의 말을 들을 때도 그랬다. 그래서 그가 죽이고 싶을 정도로 미웠다.

그런데 담친왕의 말이 사실이라면 담친왕은 자신이 여식이었다는 사실조차도 모르고 있다는 말이다. 진 왕비 혼자서 담친왕까지 속이고 자신을 죽게 버린 것이었다.

그 또한 더 충격이었다. 어떻게 어미가 되어 제 배로 낳은 자식을 사지로 내몰 수가 있을까. 아무리 이해를 해 보려고 해도 이해가 되지 않았다. 사민은 저번에 봤던 진 왕비의 얼굴을 떠올리며 치를 떨었다.

다행히 담친왕은 사민의 대답에 크게 제동을 걸지 않았다. 다만 그는 사민의 얼굴이 창백하게 굳은 것을 의아하게 볼 뿐이었다.

"담 왕자의 방황이 길지 않기를 바랍니다."
"그래야지."

담친왕이 자조적으로 웃으며 대답했다.

두 사람이 그 뒤로도 계속 대화를 주고받았지만 사민의 귀에는 들리지 않았다. 그녀의 머릿속에는 온통 자신을 낳은 친어미가 자신을 버렸다는 사실만이 맴돌 뿐이었다. 담친왕과 담소를 나누면서 운조가 계속 쳐다봤지만 그녀는 인지하지 못했다.

운조의 눈빛이 가늘게 변하며 그녀를 주시했다.

담친왕부를 벗어날 때까지도 사민의 표정이 딱딱하게 굳어 있자 운조는 의아한 기분이 들었다. 그녀답지 않게 담친왕에게 물었던 말들도 의아했다.

막 사민에게 말을 걸려다 운조는 세주가 기다렸다는 듯이 가까이 다가오자 얼음처럼 싸늘한 눈빛이 되었다.

그의 눈빛을 느끼면서도 세주는 당당하게 걸어와 사민의 앞에 섰다.

"내 이 아이에게 물을 것이 있으니 단주께서는 잠시 자리를 비켜 주게."

운조는 세주를 지그시 노려보며 사민에게 답을 구했다.

"괜찮겠나?"

"괜찮습니다."

"좋다. 잠시만이다."

마지막 말은 세주를 향한 말이었다. 그는 내키지 않은 걸음으로 두 사람에게 자리를 비켜 주었다. 하지만 멀리 가지 않은 곳에서 두 사람을 지켜봤다.

운조를 힐끔 쳐다보다 세주가 픽 웃었다.

"장 단주의 눈빛에 살기가 보이는 건 기분 탓인가?"

"물을 말씀이 무엇입니까?"

세주는 차갑게 묻는 사민의 표정이 좋지 않아 보여 인상을 찌푸렸다. 그러면서도 자신의 판단을 확신하듯 그녀의 얼굴을 조목조목 뜯어봤다.

아무리 생각해도 그날 밤 자신을 구해 준 이는 그녀가 맞는 것 같았다. 하지만 그녀가 인정하지 않을 것이 보였다. 그 이유 또한 당연히 알 길이 없을 것이다.

"묻고 싶은 말은 있지만 사실대로 대답해 줄 것 같지 않으니 그저 내 추측을 믿는 것이 더 나을 것 같군."

"하실 말씀이 없으면 비켜 주십시오."

사민이 그냥 지나치려 하자 세주가 그녀의 팔을 잡았다. 다분히 운조를 자극하기 위한 행동이었다. 운조의 눈빛이 금방이라도 찌를 듯이 날카로워지자 그가 사민을 어찌 생각하는지가 훤히 보였다.

"놓으십시오."

사민이 매섭게 노려보며 낮게 경고하자 세주는 그녀의 팔을 놓아주었다.

"나는 네가 마음에 든다."

"무슨 뜻으로 하시는 소립니까?"

"사내가 여인을 마음에 두는 데 다른 뜻이 있을 것이 무어냐?"

나름 진지한 표정으로 고백하는 세주를 쏘아보다 사민은 한숨을 내쉬었다.

"듣지 않은 것으로 하겠습니다."

"지금 날 거절하는 것이냐? 이유가 무엇이냐?"

"연하의 어린 사내에겐 관심이 없습니다."

너무 직설적인 거절에 세주는 머리를 한 대 얻어맞은 것처럼 땡했다.

"그 나이 되도록 정신 못 차리고 기루에나 들락거리는 철없는 사내는 더 싫습니다. 됐습니까?"

"지독하게도 거침없는 거절이군. 말로 얻어맞는 것이 몽둥이로 얻어맞는 것보다 더 아프단 말이 무슨 뜻인지 알겠어."

말로 연거푸 얻어맞고 투덜대는 세주를 흘겨보며 사민은 그의 곁을 지나쳤다.

"하면 내가 앞으로 기루 출입을 하지 않고 정신을 차린다면 좋게 봐 줄 것이냐?"

사민은 그를 빤히 쳐다봤다. 자신 때문에 방황하는 세주의 눈빛에 가슴이 아팠다. 역시 끝까지 모질어지지 않는다.

"무얼 하신들 왕자님을 사내로 볼 일은 없습니다."

"진짜 매정하네."

"하지만 정신을 차리신다면 좋게 봐 드리겠습니다."

사민의 한마디에 세주의 눈이 활짝 열렸다.

"좋다. 약조한 것이다."

아이처럼 좋아하는 그에게서 정 둘 곳 없이 외로운 사내아이의 모습이 보여 사민은 마음이 편치 않았다. 그녀는 자신을 보면서 아이처럼 환하게 웃는 세주를 가만히 바라보다 운조에게 돌아섰다.

상단으로 돌아오는 동안 두 사람은 한마디 말도 하지 않았다.

운조는 세주와 마주 서 있던 사민의 모습을 오는 내내 곱씹었다. 그녀에게 매달리듯이 굴다 그녀를 보며 환하게 웃던 세주의 얼굴을 떠올리며 화를 억눌렀다. 사민에게 노골적으로 호의를 표시하는 세주에게 불쾌함이 치밀어 올라 머릿속이 터질 것 같았다.

 사민의 처사도 마음에 들지 않았다. 다른 사내들은 먼지 털듯이 털어 내면서 담세주에게는 무언가 다른 여지를 주는 사민의 태도에도 불만이 일었다. 세주를 대하는 그녀의 표정은 자신을 대하는 것과도 달라 신경에 거슬렸다. 다른 사내와 그녀의 조합은 생각하기도 싫었다.

"담친왕부의 왕자는 좀 다른가?"

 결국 참지 못하고 툭 던진 소리에 사민이 돌아봤다.

"무슨 말씀이십니까?"

"네가 네게 집적대는 다른 사내들을 대하는 것과 좀 달라서 말이야. 대답해라, 사민. 그는 다른 사내들과 다른가?"

 잠시 사민이 머뭇거리자 운조의 눈이 위험하게 짙어졌다. 바로 아니라고 대답하기를 원했는데 머뭇거리는 것 자체가 마음에 들지 않았다.

 그가 무슨 생각을 하는지 알면서도 사민은 선뜻 대답하지 못했다. 세주와의 관계를 얘기하려면 자신의 정체 또한 밝혀야 하기에 고심이 깊었다. 하나 언제까지 그를 속일 수는 없을 것이다. 생각 끝에 사민은 운조의 눈을 똑바로 들여다보며 대답했다.

"다릅니다."

"뭐! 달라?"

 뒤통수를 한 대 얻어맞은 표정으로 운조는 한쪽 눈썹을 치켜올렸다. 설마 했는데 세주를 다르게 생각한다는 소리에 이성이 날아갈 것 같았다. 그는 눈에 잔뜩 힘을 주며 사민의 팔을 움켜잡았다.

"내 앞에서 잘도 그런 말을."

이를 악물고 나무라는 소리에 사민은 그를 똑바로 쳐다봤다. 평소엔 이성적인 사내가 질투로 화를 내는 것이 순간 심장이 두근거리며 떨렸다.

상단으로 오는 동안 그가 한마디도 하지 않기에 담친왕에게 무례한 질문을 한 것에 화를 내는 것이라 생각했었다. 그런데 오는 내내 세주를 신경 쓰고 있었다는 사실이 의외이면서도 안심이 되었다.

사민이 다시 입을 다물자 팔을 움켜쥔 운조의 손에 힘이 더 들어갔다. 사민이 살짝 인상을 찌푸리는 것이 보였지만 그는 팔의 힘을 풀지 않았다. 질투로 속이 끓어 미칠 것 같았다.

"담세주가 너한테 어떤 존재인지 말해."

"그를 사내로 보지 않는다고 말했습니다."

"그 말을 내게 믿으라는 것인가? 사내로 보지 않는데 다른 사내와 다르다는 말이 무슨 뜻인지 말해라."

"그는 제게 사내가 될 수 없습니다."

"네게 사내가 될 수 없다면서 왜 그를 밀어내지 않는 것이냐?"

운조는 금방이라도 질투로 머릿속이 폭발하기 직전이었.

사민은 그의 얼굴을 똑바로 응시하며 어렵게 입을 열었다.

"그가 저의 친아우이기 때문입니다."

"뭐! 방금 뭐라고 했지?"

"담세주가 제 친아우라 했습니다."

두 번을 들었지만 여전히 이해가 가지 않아 운조는 잠시 멍한 표정이 되었다. 그는 믿을 수 없다는 얼굴로 확인하듯이 사민의 뒷말을 기다렸다.

"믿기지 않으시겠지만 담친왕께서 제 친부가 되십니다."

"정말인가?"

"인정하고 싶지 않지만 사실입니다. 제가 태어났을 때 담친왕께서 제게 주신 담패를 가지고 있습니다."

사민이 품에서 작은 패를 꺼내 보여 주자 운조는 그것을 확인했다. 정말로 담친왕의 인장이 찍힌 담패를 눈으로 확인하고 그는 사민의 얼굴을 바라봤다. 언젠가 아비가 자신을 버렸다고 했던 소리를 떠올리고 그는 눈살을 찌푸렸다.

"십이 년 전에 죽은 어머니가 친모가 아닌가?"

"저를 길러 주신 어미입니다. 친모가 아니라는 사실은 어미가 죽기 직전에 알았습니다."

"어떻게 그럴 수 있지?"

"어찌 된 일인지는 저도 잘 모릅니다. 그저 담친왕의 첫 여식으로 태어났으나 아들이 아니라는 이유로 버려졌다고만 들었습니다. 그날 강치에게 쫓겨 죽을 위기에 처하자 어머니가 담패를 쥐여 주며 담친왕부로 가라고 했습니다. 다른 이가 아닌 유모를 찾아 패를 보여 주라고 했습니다."

울분이 차올라 끝말이 떨려 나왔다. 사민은 모질게 입술 속살을 깨물었다.

 십이 년 전 밤, 세상을 잃은 표정으로 울며 구해 달라 했던 사민을 떠올리며 운조의 표정이 딱딱하게 굳었다.

 "그래서 그날 담친왕부로 가는 숲에서 만난 것이군. 한데 어째서 담친왕부로 가지 않은 거지?"

 "아들이 아니라는 이유로 저를 버렸다고 하였는데 어찌 찾아갈 수 있겠습니까? 그곳이 살 자리인지, 죽을 자리인지 판단이 서지 않아 차마 갈 수 없었습니다. 제게 어미는 돌아가신 어미 한 분뿐이라 가고 싶지 않았습니다."

 기어이 울분을 토해 내는 그녀가 가여워 운조의 미간이 더 깊게 팼다. 이건 정말 상상 이상의 충격적인 일이었다. 친부모에게 버려진 이유가 너무 하찮아서 말문이 막혔다.

 그러다 그는 담친왕부에서 사민이 담친왕에게 물었던 말들을 떠올렸다. 그녀답지 않게 담친왕에게 넘친다 생각했는데 그런 이유가 있었다니 놀라울 따름이었다.

 "조금 이해가 가지 않는 부분이 있다. 너도 느꼈을 테지만 담친왕께선 죽은 아들을 그리워하고 있었다. 여식이 태어난 걸 전혀 모르는 눈치셨어."

 사민은 거칠게 차오르는 숨을 고르며 대답했다.

 "저도 그리 생각했습니다. 사실 오늘 담친왕부로 가기 전까지는 그 사실을 몰랐습니다."

 운조의 인상이 더 험악하게 변했다.

"하면 진 왕비가 담친왕을 속였단 말이 되는군. 널 아들이라 속여 키우다가 담세주가 태어나자 거짓말을 들킬까 봐 버렸다는 말이 된다."

"어머니가 꼭 유모를 찾아가야 한다고 강조했으니 유모가 진실을 알고 있을 겁니다. 아마도 유모가 저를 죽은 어머니께 빼돌렸겠지요."

마음이 죽은 사람처럼 생기 없는 눈빛으로 대답하는 그녀에게서 생생한 분노가 전해져 와 운조는 진 왕비에게 큰 분노가 치밀어 올랐다. 아무리 대를 잇는 아들이 대우받는 세상이라고 해도 아들이 아니라는 이유로 자식을 버린 어미라니 상식적으로 이해가 되지 않았다.

"그런 짓을 저지르다니 진 왕비가 끔찍하고 무서운 여인이었군. 앞으로 어떻게 할 생각이지?"

"잘 모르겠습니다. 하지만 분명한 건, 저는 그들 앞에 나타날 생각이 없습니다."

"하지만 그대로 덮기엔 진 왕비는 너무 큰 잘못을 저질렀다. 담친왕께서도 진실을 알 권리가 있어."

"하루에도 몇 번씩 그들이 한 짓을 세상에 알리고 싶기도 했습니다. 하지만 그들 앞에 자식으로 나서고 싶지 않았습니다. 또 지금은 여사석을 치는 일에 더 집중해야 할 때입니다."

친모에게 버림받은 상처가 평생 지워지지 않을 흉으로 남을 것임을 알기에 사민을 보는 운조의 시선에 안타까움과 연민이 가득 배었다. 그는 사민의 어깨를 잡으며 그녀를 위로했다.

"어린 네가 감당하기엔 너무 큰 충격이었을 것이다."

"모진 세월이었습니다. 하지만 저 역시 죽은 어미 외에는 없다고 생각했기에 버틸 수 있었습니다. 그런데……."

"담세주와 엮인 것이군."

대충 얽힌 타래가 풀리자 세주를 오해했던 운조의 시선이 풀렸다.

"담친왕 내외와 달리 담세주에게는 모질어지지 않았던 것인가?"

"…알고 있었습니다."

"뭐?"

"세주가 저의 존재를 알고 있었습니다. 아들이 아니라는 이유로 제가 버려졌다는 사실까지도요. 자신이 태어나 제가 버려졌다며 자책하고 있었습니다. 그래서 방황하고 있었던 겁니다."

기어이 눈물이 흘러내리자 사민은 곧바로 눈물을 훔치며 깊게 미간을 찌푸렸다.

운조는 사민을 품으로 끌어당겨 안았다. 그녀의 눈물에 먹먹해지며 가슴이 터질 것 같았다.

"울어도 된다. 참지 마라."

그가 커다란 손으로 다독이듯 등을 쓸어 주자 사민의 흔들림이 커졌다. 어깨를 적시는 그녀의 뜨거운 눈물을 느끼며 그는 세상으로부터 보호하듯 그녀를 안아 주었다.

이제야 담세주의 이야기가 나올 때마다 어두워지던 그녀의 표정이 이해가 되었다. 그동안 얼마나 많은 원망과 울분을 가지고 살았을지 생각하니 가슴이 찢어지듯이 아팠다.

 결코 치유받지 못할 상처를 가진 그녀를 위로하며 그는 다짐했다. 다시는 그 누구도 그녀의 가슴에 생채기를 내지 못하게 만들 것이라 신에게 맹세했다.

제10장
흔적 痕迹

 상단으로 돌아와서도 사민은 처소로 들어가지 않고 툇마루에 앉아 시원한 밤공기를 마셨다.
 옆에서는 수가 몸을 기대며 자고 있었다. 그녀는 수의 이마와 턱을 긁어 주며 먼 하늘을 응시했다. 서늘한 밤공기에 잠식돼 몸이 가라앉는 기분이 들었다. 그러다 누군가 오는 기척에 그녀는 고개를 돌렸다.
 "그대로 있어라."
 막 일어나려는 그녀를 운조가 말렸다. 수가 고개를 들고 그를 확인하더니 다시 잠이 들었다.
 "어째서 오신 겁니까?"
 "오고 싶어서 왔다. 잠을 자고 있지 않을 것 같았거든."
 "걱정이 되신 겁니까?"

"당연히 그렇다."

사민은 그의 시선을 피하지 않고 마주 봤다. 살면서 한 번도 느껴 보지 못했던 보호받는 기분이 들었다. 진오와 무연이 늘 옆에 있었던 것과는 확연히 다른 느낌이었다.

운조는 자연스럽게 사민의 옆에 앉아 같은 곳을 응시했다.

사민은 그가 곁에 있어 주는 것만으로도 큰 위안을 얻었다. 아마도 그가 온 목적도 그것일 것이다. 사민의 입술 꼬리가 소리 없이 올라갔다.

"보기보다 다정하신 것 같습니다."

"살면서 한 번도 들어 본 적 없는 소리다."

"하지만 제 눈엔 그래 보입니다."

"네가 그렇게 봤다면 네게만 그런 것이다. 한데 어째서 그런 생각을 한 거지?"

"제가 울까 봐 감시하러 오신 것이 아닙니까?"

운조는 사민의 눈을 확인하듯 쳐다봤다.

"울려고 했나?"

"혼자 있었다면 그랬을지도 모르겠습니다. 하지만 지금은 쏙 들어갔습니다."

"다행이군."

"…고맙습니다."

사민의 진심 어린 인사에 운조의 눈빛이 부드럽게 풀렸다.

"담세주를 질투한 보람이 있었군."

사민이 피식 웃었지만 그는 제법 진지한 표정을 풀지 않았다.

"담세주는 네가 누군지 모르니 더 마음을 키우기 전에 확실하게 정리를 해 주는 것이 좋을 거다."

"알고 있습니다."

"원한다면 내가 정리해 줄 수도 있다."

"제가 하겠습니다."

"바로 털어 내는군. 담세주 마음 다치게 할까 봐 걱정이 되나?"

사민이 대답 대신 소리 없이 웃자 운조는 지그시 그녀를 지켜봤다.

"그거 아나, 사민? 넌 웃는 것이 예쁘다."

"살면서 한 번도 들어 본 적 없는 소립니다."

사민이 정색하며 대답했지만 운조는 고개를 느리게 저었다.

"원래 넌 잘 웃고 다정한 사람이었을 것이다."

"어쩌면… 그랬을지도 모르겠습니다."

사민의 눈빛이 회한에 젖었다. 어미와 둘만 살 때는 가진 것이 없고 배가 부르지 않았어도 행복했었다. 일감을 가지러 간 어미가 돌아오기를 기다리고 어미 앞에서 응석을 부리는 일이 마냥 좋았다.

"괜한 소리를 꺼낸 것 같군."

"돌아보면 그때가 가장 행복했습니다."

사민의 눈가가 젖어 들자 운조는 그녀에게 손을 뻗었다.

그의 손길이 눈가에 닿자 사민이 흠칫 놀라 눈동자가 커졌다. 하지만 그의 손길을 피하지는 않았다.

"한 가지만 기억해라. 넌 혼자가 아니다."

"전 늘 혼자가 아니었습니다."

"진오와 무연이 곁에 있는 것과 날 같이 보지 마라. 설마 날 그들과 같은 눈으로 보고 있는 것은 아니겠지?"

"그건 아닙니다."

"난 네 사내가 될 것이다. 그러니 날 밀어내지 마라."

"…밀어내지 않습니다."

사민이 솔직하게 감정을 드러내자 운조는 심장이 튀어나올 듯이 북을 울려 댔다. 그는 사민의 뺨을 손바닥으로 감싸며 그녀의 열이 오른 얼굴을 바라보다 고개를 숙였다.

부드럽게 입술을 건드린 혀가 순순히 열리는 입술을 가르고 안으로 들어갔다. 아직은 서툰 몸짓으로 주저하는 작은 혀를 끌어안자 사민이 스르르 눈을 감으며 고개를 기울였다. 더 깊숙이 들어간 혀가 구석구석 위로하듯 어루만지자 그녀는 그의 옷자락을 잡아 쥐었다.

"으음."

부드럽게 달래듯이 유혹하는 사내의 혀가 감질나게 예민한 감각들을 자극했다. 무언가 갈증이 나 사민의 입술이 더 열리자 부드럽던 그의 혀가 격렬하게 그녀의 혀를 빨아 당겼다.

사민이 확실하게 마음을 열어 준 것이 느껴지자 운조는 사민에 대한 타는 갈증을 숨기지 않았다. 그동안 그녀를 만지고 싶고 안고 싶은 마음을 누르느라 죽을 것 같았기에 그녀를 품에 안고 있는 지금이 꿈만 같았다.

그는 사민의 귓가에 뜨거운 숨을 불어 넣으며 속삭였다.

"너의 가장 행복한 순간은 이제 시작이다."

어느새 수가 사라지고 두 사람은 오랫동안 서로의 입술을 탐하며 취해 있었다.

⁕

황실로 들어가는 약재를 납품하는 상단이 화신상단에서 백화상단으로 바뀌었다는 소리에 여사석은 부랴부랴 대전으로 갔다.

그가 올 것을 이미 예상하고 있었기에 황제는 크게 놀라지 않았다.

"폐하, 약재를 들이는 상단을 백화상단으로 바꾸셨다고 들었습니다."

"짐이 그리 명하였습니다."

"상단을 바꾸신 연유가 무엇입니까?"

"우의랑이 백화상단에서 구입한 지율국의 약재를 짐에게 상납하였는데 그 약재를 구하기가 몹시 힘들다고 들었습니다. 백화상단을 통해서만 들여올 수 있는 약재라는데 황실에 꼭 필요한 약재이기에 이참에 백화상단에게 황실의 약재를 납품할 권한을 주었습니다."

"하오나 그동안 화신상단이 황실의 약재를 납품하였사온데 갑자기 다른 상단으로 바꾸는 것은 모양새가 좋지 않습니다."

"짐이 상단의 모양새까지 생각해야 하는 건 아니지요."

황제가 조용히 받아치자 여사석의 표정이 굳었다.

감히 자신의 앞에서도 기분 나쁜 티를 감추지 않는 것이 불쾌했지만 황제는 그를 크게 나무라지 않았다.

"아뢰옵기 황공하오나 그동안 화신상단이 오랫동안 황실에 중요한 역할을 해 왔는데 갑자기 명분도 없이 다른 상단으로 대체하는 것은 경우에 맞지 않습니다."

"명분이 없진 않습니다."

"무슨 말씀이십니까?"

"화신상단이 오랫동안 황실의 주요 물품을 납품해 온 것은 사실이나 그에 따른 폐단 역시 적지 않았습니다."

"폐단이라니요?"

"짐이 얼마 전 비밀리에 고변을 받았는데 황실로 들어와야 할 약재의 양과 실제로 들어온 양이 크게 다르다고 하더군요. 하여 그동안의 황실 약재의 납품 현황을 조사해 봤는데 고변한 내용이 맞았습니다. 또한 황실로 들어온 약재들 중 썩거나 변질된 양도 상당하다고 하더군요. 더 큰 문제는 이런 현상이 비단 약재에서만 일어나는 일이 아니라는 겁니다."

"그, 그럴 리가요."

"역시 좌의랑께서는 모르고 계셨나 봅니다."

황제가 넌지시 건네는 소리에 여사석은 마른침을 삼키며 불쾌한 표정을 지었다.

"신은 모르는 일입니다."

"짐도 당연히 그럴 거라 생각했습니다. 아무리 좌의랑께서 화신상단을 선정하였다 하여도 공명정대한 좌의랑께서 화신상단이 감히 황실로 들어올 약재를 빼돌린 사실을 알고도 눈감아 주셨을 리 없을 것이니 말입니다. 화신상단이 좌의랑의 눈까지 속였다는 것이 더 맞겠지요. 좌의랑께서도 배신감이 크시겠습니다."

황제가 떠보듯이 하는 소리에 여사석은 묘하게 기분이 나빴지만 내색하지 않았다.

"뭔가 오해가 있었을 겁니다."

"오해가 아닌 사실입니다. 그리고 짐은 결코 황실을 능멸한 화신상단을 용서할 생각이 없습니다. 하나 좌의랑의 면을 봐서 공론화할 생각은 없습니다. 하여 조용히 백화상단으로 하여금 화신상단을 대신하게 한 것입니다."

"신의 입장을 생각해 주시는 폐하의 마음이 하해와 같습니다. 하오나 상단을 바꾸는 일은 조금 더 신중하게 생각하심이 옳을 듯싶습니다."

"좌의랑의 뜻은 알겠으나 황제인 짐이 상단을 바꾸는 일 따위를 굳이 허락받아야 하는 건 아니지요. 아니 그렇습니까?"

"그, 그건 그렇습니다만."

"그럼 이 문제는 더 논의할 필요 없겠습니다."

황제가 딱 자르자 여사석은 크게 한 방을 얻어맞은 기분이었다. 황제가 평소와 달리 원칙을 따지고 들자 그는 속으로 크게 당황했다. 자신이 불편해하면 결정을 철회하던 지금까지와는 다른 태도에 여사석의 표정이 딱딱하게 굳었다.

　무언가 달라진 황제의 분위기에 조짐이 좋지 않아 그는 미간에 주름을 잔뜩 모은 채 대전을 벗어났다.

　영견으로 화살을 닦다 말고 가진은 대수가 들어오자 고개를 들었다.

　"상단의 식솔 중 하나를 매수하여 캐물었는데 장 단주가 따로 만나거나 그와 혼담이 오가는 여인은 없었습니다."

　"그래?"

　"네, 장 단주 주변의 여인들은 백화상단의 부단주 연두와 그를 수행하는 여무사 사민이 전부라고 합니다."

　연두와 사민을 둘 다 본 적이 있기에 가진이 가소롭게 눈을 치켜떴다.

　"그중 연두라는 여인이 백화상단 노 단주의 여식인데 장 단주를 연모하고 있다고 들었습니다."

　"뭐야!"

　입술을 비틀며 비아냥대던 가진의 인상이 험상궂게 변했다.

　"연두라는 계집이 노 단주의 여식이란 말이지?"

　"그렇다고 합니다. 연두라는 여인이 장 단주와 혼인할 것이라 떠들고 다니는 데다 장 단주가 아버지처럼 모시는 노 단주께서도 그를 사위로 맞길 원하는 눈치라고 하였습니다."

"하면 장 단주도 그 계집에게 마음이 있는 것이라더냐?"

"그건 잘 모르겠다고 하였습니다. 장 단주가 워낙 다망해 자주 상단을 비우는 데다 사적인 이야기를 거의 하지 않아서 속내를 알 수 없다고 하였습니다."

"그래?"

운조가 연두를 마음에 두었다는 대답을 들은 것도 아닌데 가진은 못마땅한 표정을 풀지 않았다. 그녀는 탁탁탁 소리가 나게 손가락으로 서탁을 쳤다.

그녀는 백화상단에서 자신을 따라다니며 간살을 떨던 연두를 떠올렸다. 딱 봐도 성정이 진중하지 않고 언행 또한 가벼워 보이는 것이 운조에게 어울리는 계집은 아니었다. 철없는 누이 이상으로는 보지 않는다는 것이 더 맞을 것이다. 연두보다 오히려 신경이 쓰이는 계집은 따로 있었다.

'사민이라는 그 건방진 계집.'

두 번이나 자신에게 맞선 계집의 눈빛을 떠올리니 다시 화가 치밀어 올랐다. 하찮은 괭이와 천한 어멈 따위를 위해 좌의랑의 여식인 자신에게 쓴소리를 지껄이던 건방진 계집에게 화가 사그라지지 않았다.

운조가 아니었다면 톡톡히 대가를 치르게 할 셈이었는데 번번이 그가 중재를 하는 바람에 기회를 놓쳤다.

'지독하게 운도 좋은 계집 같으니. 어디 그 운이 언제까지 가는지 두고 보자. 장 단주가 늘 곁에 있지는 않을 테니.'

운조의 앞에서 모욕을 당한 것이 새록새록 떠올라 가진의 눈이 표독스럽게 변했다.

"장 단주가 모르게 사민이라는 계집을 잡아 와."

"수행 무사를 말입니까?"

"그래. 아랫것들이 함부로 기어오르는 것을 그냥 둘 수는 없으니 내가 친히 그 버릇을 고쳐 줄 것이야."

대수는 살짝 난감한 표정을 지었다. 몰래 사민을 공격하는 것은 어렵지 않으나 잡아 오는 것은 쉬운 일이 아니었다. 여인이지만 그녀는 신월장에서도 내로라하는 실력을 가진 무사였다. 더군다나 늘 장 단주와 함께여서 틈을 보기도 쉽지 않았다.

대수가 바로 대답을 하지 않자 가진이 짜증 섞인 눈초리로 쏘아붙였다.

"자신이 없는 것이냐?"

"아닙니다. 데리고 오겠습니다."

못 한다고 하면 그날로 바로 잘리는 것임을 알기에 대수는 가진의 명을 받았다. 어쨌거나 부리는 이가 데려오라 명하였으니 데리고 오면 되는 것이다.

"연두란 계집이 주제넘은 짓을 하는지도 지켜봐."

"알겠습니다."

대수가 나간 후에도 가진은 사민을 어찌 혼내 줄지 잔뜩 별렀다.

"사민, 단주께서 부르신다."

아치의 전달에 사민은 곧장 단주실로 건너갔다.

"갈 곳이 있다."

운조가 곧장 일어나서 문 쪽으로 가자 사민 역시 따라갔다. 그러나 문 앞에서 그가 갑자기 돌아서자 사민은 하마터면 그에게 부딪칠 뻔했다.

"여전히 어디로 가냐고 묻지 않는군."

"물어야 합니까?"

다시 딱딱한 수행 무사로 돌아온 그녀에게 운조가 눈을 가늘게 떴다.

"그 말, 나와 가는 것이니 어딘들 상관없다는 말로 듣겠다."

그가 살짝 뚱한 표정으로 돌아서자 사민은 싱긋 웃음을 삼켰다. 그가 작정하듯 심장 주머니를 잡아 흔들어 대는 것이 당황스러우면서도 싫지 않았다.

두 사람이 함께 상단을 벗어나는 모습을 지켜보던 연두가 입술을 내밀었다.

"또 둘만 어디로 가는 거야?"

"볼일이 있으신 게지."

아치가 대답했지만 연두는 불퉁한 얼굴로 툴툴거렸다.

"그러니까 그 둘만의 볼일이란 게 뭐냔 말이지! 왜 요즘은 연살을 떼놓고 둘만 다니냐 이 말이야."

"그리 궁금하면 단주님께 직접 물어보셔."

"대답을 해 줘야 묻지!"

"어이쿠! 왜 나한테 신경질을 내고 그러시나. 등오 이놈은 뭐 하느라 코빼기도 안 보이는 거야!"

아치는 눈치껏 연두의 뾰족해진 성정을 피해서 물러났다. 괜히 옆에 있다가 가시에 찔려서 좋을 것이 없었다.

혼자 남자 연두는 더 심통이 나서 투덜거렸다.

"에잇! 이럴 줄 알았으면 나도 상단 일이 아니라 무예나 배울 걸 그랬어!"

상단의 일을 배우면 늘 그와 함께할 수 있을 거라 여겨 아득바득 배웠는데 그에게 늘 누이 취급만 받고 찬밥 신세인 것이 화딱지가 났다.

그에 반해 사민이 늘 그의 곁에 있는 것이 부럽고 질투가 났다. 따지고 보면 운조의 실력으로는 사민이 꼭 필요하지도 않을 것이다. 또 두 사람을 보면 사민이 그를 지킨다는 것보다 오히려 그가 사민을 지키는 것 같은 느낌이 들었다. 그래서 거슬렸다.

무엇보다 운조가 사민을 보는 눈빛이 걸렸다. 한 번씩 그가 어딘가에 집중하고 있을 때 그의 시선 끝에는 늘 사민이 있었다. 그리고 그 눈빛은 자신을 보는 것과는 달랐다. 그 눈빛은…….

"아니야! 그럴 리 없어!"

연두는 도리도리 고개를 저으며 떠오르는 생각을 털어 버렸다.

"사민 고것이 나 없는 데서 여우짓을 하는 건 아니겠지?"

그러기엔 너무 담백한 성격인 것이 고개를 갸웃거리게 만든다.

"아무튼 꼬리만 쳐 봐. 그나저나 나만 두고 다 어디 간 거야!"

연두가 성질을 못 이기고 버럭 소리를 지르자 먼발치에서 그녀를 지켜보던 아치와 등오가 인상을 찌푸렸다.

"저 성질머리. 저러니 단주께서 관심도 안 주시지."

그들은 동시에 고개를 절레절레 흔들며 도살장에 끌려가듯 연두에게 다가갔다.

"모란이 다쳤단 말이냐?"

초설이 인상을 쓰며 물었다. 귀한 손님이 온다고 준비하라 했거늘 발을 헛디뎌 발목을 심하게 접질렸다는 소리에 저절로 혀를 찼다.

"물색없는 년. 그렇게 조심하라 했거늘 귀빈이 온다고 설치더니 방에도 못 들어가게 생겼구나. 그나저나 당장 누구를 대신 들여보낸단 말이냐."

"제가 들어가겠습니다."

긴 곰방대를 탁탁 털던 초설이 못마땅한 표정으로 여희를 쏘아봤다.

"오늘 태문 공자께서 오는 날인 걸 잊었느냐?"

"잊지 않았습니다."

"그런데도 들어가겠다는 것이냐?"

"기녀가 기방에 들어가겠다는 것이 잘못된 겁니까?"

"다른 기녀들이야 상관없겠지만 넌 다르지 않으냐?"
"다르지 않습니다."
"조 공자께서 싫어하실 것이다."

초설이 완강하게 반대하고 나왔지만 여희는 뜻을 굽히지 않았다.

"조 공자께서 제 기둥서방이신 것도 아니고 제가 그분께 매인 몸도 아닙니다. 기방에 들어가는 건 저의 의지이지 조 공자께서 관여하실 일이 아니란 말입니다."

"그래서 기어이 들어가겠단 거냐?"
"곧 귀빈들이 오실 텐데 다른 방안도 없지 않습니까? 들어가게 해 주십시오."

여희가 물러설 기미를 보이지 않자 초설은 마지못해 허락했다.

"지체 높으신 분들이니 험하게 굴지는 않을 것이다. 그래도 조심해라. 너로 인해 불미스런 일이 생기면 여럿 피곤해진다."
"알겠습니다."

그때 밖에서 예약했던 귀빈들이 당도했다는 소리에 초설은 여희와 함께 일어섰다.

초설은 운조와 함께 청화루로 들어오는 사도원을 반갑게 맞았다.

"어서 오십시오, 우의랑 영감."
"오랜만이네, 행수. 장 단주는 알고 있겠지?"
"백화상단의 단주를 모르고서야 기루를 운영한다 할 수 없지요. 어서 안으로 드십시오."

운조와 눈길을 주고받던 초설이 사민을 발견하고 눈빛으로 아는 체를 했다. 사민 역시 눈빛으로 인사를 대신했다.

"조용한 곳으로 모시겠습니다."

"역시 행수는 눈치가 빠르군."

사도원이 흡족하게 웃으며 초설을 따라가자 운조가 사민을 돌아봤다.

"같이 들어갈 건가?"

"그러지 않는 것이 좋을 것 같습니다."

"내가 기녀들 손이라도 잡을까 봐 걱정이 되나?"

"잡으실 겁니까?"

"잡지 말라고 하면 잡지 않겠다."

"제 말과 상관없이 잡지 않으실 것임을 알고 있으니 하지 않겠습니다."

"알아서 하란 말보다 더 무섭군. 사내들이 없는 곳에서 기다려라. 오래 기다리게 하지 않겠다."

운조는 사민에게 짙은 미소를 지어 주며 안으로 들어갔.

사람들의 왕래가 없는 곳으로 가려다 사민은 기루 안을 휘둘러봤다. 혹시 세주가 와 있으면 혼을 내 줄 생각이었지만 다행히 그의 모습은 보이지 않았다. 그때 여희가 다가오자 사민은 그녀의 얼굴을 빤히 봤다.

시선을 느낀 여희가 누군지 확인하듯 사민의 얼굴을 빤히 쳐다봤다. 그러다 이내 눈을 댕그랗게 떴다. 무복을 입은 모습이 처음이라 못 알아볼 뻔했다.

"이 모습이 본모습인가요?"

"맞습니다. 사민입니다."

"생각보다 무서운 분이셨군요. 예인의 모습도 어울렸는데 무복을 입은 모습이라니 의외네요. 한데 정말 어울려요."

"고맙습니다."

인사를 건네고 사민은 여희의 안색을 살폈다. 여전히 한 번도 햇빛에 나와 본 적 없는 사람처럼 낯빛이 창백했다.

"다음엔 햇살 좋은 날 함께 걷는 것이 좋겠습니다."

"벌써 기대가 되는군요. 그날이 멀지 않았으면 좋겠네요."

사민과 더 같이 있고 싶었지만 지금은 갈 곳이 있기에 여희는 아쉬운 인사와 함께 발걸음을 옮겼다.

사민은 여희의 하늘거리는 뒷모습을 가만히 지켜봤다. 그러다 여희가 운조가 들어간 곳으로 들어가자 살짝 마뜩잖은 표정이 되었다.

막 돌아서는 그녀의 앞으로 태문이 다가왔다. 그의 곁을 스쳐 지나면서 사민은 태문의 표정을 힐끗 쳐다봤다. 그의 표정이 딱딱하게 굳어 있었다. 아마도 여희가 방금 객이 있는 방으로 들어간 것을 본 것 같았다.

사민은 다시 날카롭게 그의 표정을 살폈다. 여희를 보는 재상댁 자제의 시선이 너무 진지한 것이 걸렸다. 그 진지함이 여희에게 독이 될까 봐 걱정이 됐다. 몇 번 보지도 않았는데 벌써 그녀에게 정이 많이 든 모양이다.

바깥의 사정을 알 리 없는 여희는 운조와 사도원에게 인사를 올렸다.

"여희라고 합니다."

가녀린 체구에서 흘러나온 목소리가 가냘프게 들려 긴밀하게 이야기를 나누고 있던 두 사람이 동시에 고개를 돌렸다.

운조는 지난번에 찾아왔을 때 봤던 얼굴을 기억했다. 기녀가 어울리지 않는다고 했었다. 가까이서 보니 역시 기녀가 어울리지 않은 표정이었다.

하지만 이상하게 눈길이 갔다. 사민을 볼 때의 설렘과 같은 감정은 아니지만 바람이 불면 금방이라도 쓰러질 것같이 연약해 보여 신경이 쓰였다.

"이 아이는 분위기가 독특하군. 기녀답지가 않아."

사도원이 호기심을 보이자 초설이 여희를 소개했다.

"창과 악기뿐만 아니라 서화에도 재주가 있는 아입니다. 제게도 특별한 아이이지요. 평소 객실에 자주 들지 않는데 오늘은 영감께서 오신다기에 특별히 불렀습니다."

"재주가 많은 아이라니 가진 재주를 보고 싶군. 장 단주 어떠한가? 저 아이가 마음에 드는가?"

사도원이 묻는 소리에 여희가 고개를 들어 운조를 봤다.

운조는 말없이 여희와 마주 봤다. 그는 사슴처럼 맑은 눈을 가진 여인의 얼굴을 한동안 응시했다. 어째서 여인의 눈이 금방이라도 눈물을 쏟을 것처럼 슬퍼 보이는지 모를 일이다.

"허, 이제 보니 장 단주, 저 아이가 마음에 드는 게로군."

사도원의 소리에 여희는 수줍게 운조의 시선을 받았다. 빤히 보는 강렬한 시선이 태문과 또 다르게 여심을 흔들었다. 무언가 사연이 있는 듯한 표정으로 자신을 보는 눈빛도 마음에 걸렸다.

초설은 조마조마한 심정으로 운조를 살폈다. 조 공자가 여희를 마음에 두고 있는 참에 운조가 여희에게 관심을 줄까 봐 내심 걱정이 된 참이었다. 그가 이미 사민을 마음에 두고 있는 것을 알지만 여희를 보는 표정도 예사롭지 않아 신경이 쓰였다. 초설은 실눈처럼 눈을 가늘게 뜨고 여희를 보는 운조의 눈빛에 집중했다.

'달라.'

정확히 실체를 간파하기는 어렵지만 사민을 보는 시선과 다른 것은 분명했다. 청화루를 운영하면서 숱하게 많은 사내들을 봐 왔던지라 운조가 한 여인을 마음에 두면서 다른 여인에게 눈길을 돌리는 사내가 아닌 것은 확신할 수 있었다.

그래서 여희에게 집중하는 그가 당황스러웠는데 자세히 보니 결이 다르다. 분명 연정으로 보고 있는 것이 아니다. 그런데 왜 여희를 저런 시선으로 보는지 모를 일이다.

"송구하오나 영감, 오늘은 조용히 둘만 이야기를 나누었으면 합니다."

"장 단주가 원한다면 그리하도록 하지. 이보게, 행수."

"저희들은 이만 나가 보도록 하겠습니다. 혹 필요한 것이 있으시면 부르십시오."

"행수가 이리 눈치가 빨라서 좋단 말이야."

초설이 눈짓을 하자 여희도 자리에서 일어섰다.

내내 여희에게 집중하던 운조의 시선이 그녀를 따라 올라갔다. 톡 건드리면 금방이라도 쓰러질 것처럼 약해 보이는 것이 자꾸 눈에 걸렸다.

"너무 말랐군."

"걱정해 주셔서 고맙습니다."

여희가 보스스 웃으며 답례를 하자 운조는 가만히 그녀를 바라봤다.

"어디가 아픈 건가?"

"아닙니다."

"아니라고 믿기엔 너무 창백해 보이는군."

사도원과 초설은 두 사람의 대화를 가만히 지켜봤다. 장 단주가 여희에게 관심을 보이는 것은 확실했다. 여인에게는 쉬이 시선도 주지 않을 것 같은 사내가 기녀를 걱정하는 것이 조금은 이색적으로 보였다.

"그만 나가 보겠습니다."

여희가 미소를 지어 보이며 밖으로 나가자 초설은 운조의 눈빛이 걸려 대신 답했다.

"여희는 제가 잘 챙길 것이니 너무 걱정하지 마세요."

"누이가 생각나 괜히 오지랖을 부려 본 것이니 기분 나빠하지 않으셨으면 합니다."

"그런 사연이 있었군요. 이제 이해가 되었습니다."

초설이 흔쾌히 웃으며 밖으로 나가자 운조는 앞에 채워진 술잔을 내려다봤다.

"장 단주에게 누이가 있는 줄 몰랐네. 아까 그 아이와 닮아서 걱정한 거였군."

"신경이 쓰였습니다."

"장 단주의 내력에 대해 알려진 바가 없어 의아하던 참이었네."

"딱히 특별한 것은 없습니다. 그보다 황실의 상황은 어떻습니까?"

황실의 이야기가 나오자 사도원의 표정이 진지하게 변했다.

"폐하께서 황실 약재의 납품처를 백화상단으로 옮기는 일로 여사석과 언쟁이 있었다고 하더군. 한데 폐하께서 화신상단의 비리를 명분으로 내세우셔서 여사석이 그대로 물러났다고 하더구먼. 속이 시원하지 않은가?"

"좌의랑께서 많이 당황하셨겠군요."

"폐하께서 그리 강하게 나오실 줄은 몰랐을 테지. 증좌를 눈앞에 보여 주시면서 황명의 정당성을 주장하셨으니 여사석도 더 억지를 부리지 못했을 것이네. 듣자니 폐하께 백화상단을 추천한 이가 담친왕이라고 하더군. 혹 담친왕과 친분이 있는가?"

"연이 있습니다."

"그래서 담친왕께서 나서 주신 것이군. 황실 일에는 좀체 관여하지 않던 담친왕이 요즘 들어 폐하를 자주 찾으신다고 해서 의아하던 참이었는데 이제 의문이 풀리네. 이거, 장 단주의 뒷배가 생각보다 탄탄하구먼."

"아닙니다."

운조가 겸손하게 물렸지만 사도원은 이미 그를 신뢰하는 눈빛이었다.

"장 단주가 추천하여 따르긴 했지만 폐하께서 향 비에게 그리 빠지실 줄은 몰랐다네."

"폐하께 향 비 마마가 잘 맞으실 거라 생각했습니다."

"역시 상단을 운영해서 그런지 사람 보는 눈이 탁월하구먼. 폐하께서 향 비를 가까이하시면서 용안도 밝아지시고 정사에 자신감도 얻으신 눈치시네."

"다행입니다. 하지만 좌의랑의 세력들에겐 썩 반가운 일은 아닐 겁니다."

운조의 지적에 사도원의 눈빛이 날카롭게 번뜩거렸다.

"자네의 말은 향 비가 저들의 표적이 될 수도 있다는 것인가?"

"좌의랑의 세력이 내명부에도 미치지 않는다고 장담할 수는 없는 일입니다."

"일리가 있는 말이네. 폐하께서 좌의랑이 친히 밀어 넣은 조 비를 홀대하고 향 비를 총애하시니 저들의 눈에 향 비가 뽑아내고 싶은 가시처럼 보이겠지."

"조심해서 나쁠 건 없겠지요."

"폐하께서 이제야 황제의 위용을 찾아가시는데 향 비를 잃게 둘 수는 없지. 내 각별히 향 비의 안전에 신경을 쓰겠네."

운조는 잊지 않게 사도원에게 주의를 주었다.

"영감께서 향 비의 뒤에 있다는 사실은 저들이 몰라야 합니다. 저들이 알게 되면 크게 반발이 일어날 겁니다. 아직은 폐하께서도 모르시는 것이 좋습니다."

"잘 알고 있네. 저들이 향 비의 뒤에 내가 있다는 사실을 알아서 좋을 건 없지. 향 비의 뒤에 이 사도원이 있다는 사실을 알면 얼마나 놀랄지 궁금하긴 하구먼. 하지만 더 놀랄 일은 이 사도원의 뒤에 백화상단이 있다는 사실이지."

"과찬이십니다. 백화상단은 정사에는 관여하지 않습니다."

"그 또한 잘 알고 있네. 자, 술이나 한잔하세나."

사도원이 잔을 들자 운조 역시 잔을 들었다. 술을 단숨에 입 안에 털어 넣으며 운조는 혼자 기다리고 있을 사민을 걱정했다. 혹 술에 취한 사내들이 그녀에게 시비를 걸지나 않을까 싶어 자리를 털고 일어나고 싶었다.

당연히 그녀가 술에 취해 덤비는 사내들을 바닥에 내동댕이 치고도 남을 것임을 알지만 신경이 쓰이는 건 어쩔 수 없었다. 술에 취한 사내들이 그녀를 보는 것 자체가 싫어 속이 들끓었다. 잠시도 떨어지고 싶지 않아 함께 온 것이지만 두고 오는 편이 나았을지도 모른다는 늦은 후회가 들었다.

초설의 방에 들렀다 밖으로 나온 여희는 태문을 발견하고 고개를 숙였다. 태문이 다가오자 그녀는 그가 가까이 오는 것을 지켜봤다.

"오셨습니까?"

태문의 시선이 여희가 나왔던 곳에 들렀다가 여희에게 돌아왔다.

"방에 들어가는 걸 봤는데 어째서 그냥 나온 것이지?"

"긴히 하실 말씀이 있으시다고 물리셨습니다."

"다행이구나."

"그렇습니까?"

조용히 묻는 소리에 태문은 여희의 얼굴을 살폈다.

"얼굴이 상해 보이는구나. 의원에게 가 봐야 하는 것이 아니냐?"

"괜찮습니다."

"내가 괜찮지 않다."

"공자님의 마음 편하시라고 저 또한 괜찮지 않아야 할 이유는 없습니다."

조금 가시가 박힌 소리에 태문은 말없이 여희를 봤다.

"심기가 편치 않은 모양이구나. 나 때문인 것이냐?"

반박도 인정하지 않고 여희는 태문을 가만히 보기만 했다.

"이곳은 제가 살아야 할 기루고 저는 기녀입니다. 기녀가 기녀 노릇을 하지 못한다면 더 기루에 있을 수 없습니다."

"다시 찾아오지 말라는 소리를 하고 싶은 것이냐?"

"기루를 자주 찾으시는 것이 공자님의 평판에도 좋지 않을 겁니다."

"상관없다."

"저는 상관이 있습니다. 공자님을 걱정하시는 분들에게 표적이 되고 싶진 않습니다. 저는 공자님께 기녀가 된 적도 없습니다."

그녀답지 않게 모진 말을 뱉고 있지만 진심이 아니라는 것을 태문은 알고 있었다.

"날 위해서 이러는 것이냐?"

"절 위해서입니다."

"내 얼굴을 똑바로 보지도 못하면서 잘도 그렇게 말하는구나."

태문은 눈썹을 내리깔고 자신을 보지 않는 여희를 아픈 시선으로 내려다봤다.

"만약에 말이다, 내가 손을 내밀면 잡아 줄 것이냐?"

아래를 향하던 여희의 까만 눈썹이 둥글게 위로 올라갔다.

"말이 된다 생각하십니까?"

"안 되는 것이냐?"

"그 답은 삼척동자도 알 겁니다. 그만 들어가야겠습니다."

여희가 서늘한 눈빛으로 인사를 건네며 돌아섰다.

그녀가 자신을 다시 보지 않으려 한다는 것을 직감한 태문이 여희의 팔을 붙잡았다.

여희의 시선이 그에게 잡힌 팔에 닿았다.

"보는 시선이 많습니다. 이 또한 공자님께 실이 됩니다."

"상관없다고 했다."

"저는 공자님께서 착각하시는 여인이 아닙니다. 다른 여인의 대리 역할을 하는 것이 달갑지도 않습니다."

차디찬 소리에 태문은 여희의 팔을 놓아주었다.

"그런 것이 아니다. 나는……."

"살펴 가십시오."

여희가 그대로 가 버리자 태문은 그녀를 잡지도 못하고 멀어지는 것을 지켜봤다. 그녀의 오해를 풀어 주고 싶은데 여전히 용기를 내지 못하는 자신에게 환멸이 일어 그의 표정이 잔뜩 일그러졌다.

보는 이들의 눈을 피해서 사도원을 안에 두고 사민을 찾아 먼저 밖으로 나온 운조는 여희와 태문이 함께 있는 것을 지켜봤다. 돌아서는 여희를 보는 태문의 시선이 복잡해 보여 운조의 시선이 가늘어졌다.

운조는 어릴 적 지기였던 그를 떠올리며 장성한 모습의 태문을 가만히 쳐다봤다. 그가 어쩐 일로 청화루에 출입을 하는지 의문이 들었다. 자신이 아는 그의 성정으로는 기루에 드나들 것 같지 않았었는데 의외였다.

초설의 말로는 그가 여희의 뒤를 봐주고 있다고 하였는데 여희를 보는 그의 눈빛이 가볍지 않아 보여 다행이었다.

멀어지는 여희를 안타까운 시선으로 보던 태문이 자신 쪽으로 고개를 돌리자 운조는 다른 곳으로 시선을 돌렸다. 태문이 그대로 청화루 밖으로 나가자 운조는 그의 뒷모습을 서늘한 시선으로 응시했다.

어쩐지 뒷모습이 쓸쓸해 보여 아는 체를 하고 싶었지만 아직은 시기상조라 지켜보기만 했다. 죽은 줄 알았던 자신을 보면 그가 어떤 표정을 지을지 궁금하기도 했다.

태문에게서 시선을 거둬들이고 운조는 사민을 찾았다. 자신을 먼저 발견한 사민이 가까이 다가오자 그의 눈가가 부드럽게 휘었다.

"널 찾고 있었다."

"제가 먼저 찾았습니다. 단주님께서 여희와 조 공자를 지켜보시는 것을 보고 있었거든요."

"들켰군."

"둘 중 누구를 보고 계시는지는 모르겠습니다."

사민의 순수한 물음에 운조의 눈빛이 반짝 빛을 냈다.

"어느 쪽이 더 신경이 쓰이는 거지?"

"솔직한 대답을 원하신다면… 여희입니다."

원하던 대답이 흘러나오자 운조는 심장이 쿵 하고 내려앉았다.

"내가 여희에게 마음이 있을까 봐 신경이 쓰이는 건가?"

"어떤 대답을 원하십니까?"

"당연히 솔직한 대답을 원한다."

운조의 눈빛이 뜨겁게 느껴져 사민은 주변을 살폈다. 기루 안에서 나누기엔 사람들이 너무 많았다.

"보는 눈이 많으니 이곳을 벗어나는 것이 좋겠습니다."

사민이 먼저 앞서나가자 운조는 말없이 그녀를 따라 나갔다. 그러나 청화루에서 조금 벗어나 외진 곳에 접어들자 그는 곧바로 사민의 팔을 붙잡았다.

"내 말에 아직 대답하지 않았다."

가까이에서 그의 숨결이 느껴지자 사민은 커다란 눈으로 그와 마주 봤다. 그에게서 은은하게 술 향이 전해졌다. 심장을 내어 준 사내라 그런지 술 향에 섞여 전해지는 사내의 체취가 마음을 심상하게 흔들어 댔다.

"신경이 쓰이는 것은 사실이지만 괜찮습니다."

"그게 무슨 소리지?"

"여희가 여인이라 신경이 쓰이는 건 사실이지만 그녀이기에 괜찮다는 소리입니다."

운조는 가만히 사민의 대답을 되뇌었다.

"여희에게 마음이 가는 건 나만이 아니었던 모양이군."

"여희에게 마음을 주신 겁니까?"

"널 생각하는 마음과는 결이 다르다."

"하나 여인인 것은 같지요."

"연정이 아니야. 그냥 좀 아파 보여서 시선이 갔다는 것이 맞을 것이다. 질투하는 것은 좋지만 오해하지는 마라."

"보통은 그런 마음이 연정으로 커 가는 것이지요. 하지만 단주님의 말을 믿겠습니다."

사민이 서늘한 눈빛으로 보다 돌아서자 운조가 팔을 잡아당겨 사민을 담장으로 밀었다. 놀라 커다래진 눈을 들여다보며 운조의 눈빛이 위험하게 빛났다.

"날 미치게 하는 건 너 하나다."

그가 손가락으로 사민의 귓가를 배회하더니 귓불을 어루만졌다.

사민은 숨을 쉬는 것도 잊고 그의 움직임에 온 기를 기울였다.

"긴장이 되나?"

사민이 대답 대신 마른침을 삼키자 운조의 시선이 그녀의 목에 꽂혔다. 하얀 목에 이를 박아 넣고 싶은 짐승과도 같은 본능이 꿈틀거렸다.

"날 참을성이 없는 사내로 만드는 이도 네가 유일해."

"누가 올지도……!"

바르작대는 사민의 양손을 뒤로 묶어 버리고 그는 무방비 상태인 그녀의 입술을 짐승처럼 탐했다. 혀가 무자비하게 그녀의 입술을 가르고 들어가 사민의 혀를 감고 타액을 마셨다.

사민의 입에서 아린 신음 소리가 흘러나왔지만 그 역시도 그가 마셔 버렸다. 거칠고 격렬하게 파고드는 그에게 밀려 사민의 등이 담에 닿았다. 물러날 곳이 없어지자 그는 그녀를 더 몰아붙였다.

그와 몸이 밀착되자 사민의 눈동자가 커졌다. 하지만 입술을 온통 헤집고 다니는 뜨겁고 강한 그의 혀가 정신을 혼미하게 해 사민은 그를 밀어내지 못했다. 으슥한 골목이지만 누군가 올 수도 있다는 걱정 따윈 이미 사라진 지 오래였다.

사민의 고개가 살짝 뒤로 젖혀지자 운조의 입술이 그녀의 목을 물었다.

"아……."

마치 야수에게 급소를 물린 것처럼 사민의 입에서 외마디 신음 소리가 터져 나왔다.

운조의 입술이 목을 타고 내려와 쇄골 위에 짙게 흔적을 남겼다.

"단주님."

사민이 부르는 소리에 그는 겨우 폭주를 멈추고 그녀를 놓아주었다. 그는 열기가 가시지 않은 눈으로 사민이 거친 숨을 내쉬는 것을 지켜봤다. 숨을 고르며 가슴이 오르락내리락할 때마다 붉은 흔적이 나왔다 사라졌다 하는 것이 묘한 성취감을 불러왔다.

"지워지지 않았으면 좋겠군."

그제야 사민은 그가 남긴 붉은 흔적을 보며 난감한 표정이 되었다. 자칫 잘못했다간 다른 사람에게 보일 수도 있는 곳이라 그녀는 그를 나무라는 시선으로 봤다.

"짓궂으십니다."

"더 위쪽에 남기고 싶은 걸 참았다."

"봐주신 거란 말을 하고 싶으신 겁니까?"

"나름 절제한 것이다."

당당하게 보는 그의 얼굴에 사민은 고개를 저었다.

"이곳은 누구나 올 수 있는 길입니다."

"잠시 아무것도 보이지 않았다."

"이젠 보이십니까?"

"지금도 너 외엔 보이지 않는다. 넌 나를 집중하게 하는 마력이 있다. 날 이렇게 만든 건 네 탓이다."

"그런 억지가……."

"어쨌든 내 안에 너 외에 다른 여인은 없다. 그만 돌아가자."

제 할 말만 하고 운조가 돌아서자 사민은 그의 뒤통수를 지그시 쏘아보다 그를 따라갔다. 정말로 맹수에게 잡혔다 풀려난 것처럼 혀는 얼얼하고 목은 화끈거렸다.

사민이 조금 뒤에서 걷자 운조는 앞을 보며 그녀를 불렀다.

"옆으로 와라."

사민이 움직이지 않자 그의 고개가 옆으로 돌아왔다.

"가는 길에 담은 수없이 많다."

사민이 조용히 옆으로 와 서자 그는 그녀의 얼굴을 힐끗 보다 정면을 응시했다. 그의 입술 꼬리가 부드럽게 호선을 그리며 올라갔다.

잠시 후 두 사람이 사라진 어둠 속에서 인영 하나가 조용히 사라졌다.

"방금 뭐라고 하였느냐? 장 단주가 사민이라는 계집과 뭘 해?"

가진의 독기 품은 눈빛에 대수는 다시 대답하지 못하고 눈치를 봤다. 운조와 사민을 미행하다 두 사람의 은밀한 행각을 목격한 터라 가진이 노발대발하는 것을 조마조마한 심정으로 지켜보는 중이었다.

운조와 사민이 접문을 하는 상상을 떠올리며 성질을 주체하지 못한 가진은 서탁 위에 있는 서책을 손으로 쓸어 버렸다.

"내 예감이 틀리지 않았어. 그 계집이 처음부터 거슬렸던 이유가 있었던 거야. 발칙한 것이 감히 내가 점찍은 물건에 손을 대다니 건방지게 내게 맞설 때 손을 봐줬어야 했어."

양손을 부들부들 떨면서 화를 내는 가진을 힐끗 보다 대수는 앞으로 시선을 던졌다. 나는 새도 떨어뜨린다는 좌의랑의 여식으로 태어나 원하는 걸 가져 보지 않은 적이 없는 그녀였기에 마음에 둔 사내에게 다른 여인이 있다는 것이 용납되지 않을 것이다.

가진의 화살은 일방적으로 사민에게만 향했지만 자신의 눈에는 사민을 향한 장 단주의 마음이 훨씬 커 보였다. 하지만 어차피 보고 싶은 것만 보고 생각하고 싶은 대로 정신승리를 할 것이기에 가진이 어떤 식으로 분노를 풀어놓을지 기다렸다.

"죽여 버려야 해."

생각보다 강수를 내놓는 가진의 소리에 대수는 속으로 흠칫 놀랐다. 귀족도 아닌 장 단주에 대한 그녀의 호감이 점점 집착으로 변하는 것이 보였다.

"하지만 사민은 신월장의 무사입니다. 백화상단을 떠나서도 신월장은 함부로 건드릴 수 있는 곳이 아닙니다. 좌의랑께서도 반대하실 겁니다."

"그러니 아무도 모르게 처리해야지. 이 일은 장 단주는 물론이고 신월장과 아버지께서도 모르셔야 해."

"정말 죽이실 겁니까?"

"장 단주는 내가 점찍은 사내야. 내 것에 함부로 손을 대는 건 아무도 용서 못 해. 그것만으로도 그 계집은 충분히 죽어도 돼."

"하지만 백화상단으로 침입하는 것은 불가능합니다. 그곳의 경비가 삼엄할 뿐 아니라 사민의 실력 또한 만만치 않습니다. 빠르게 일을 처리하고 나올 가능성이 희박합니다."

대수가 현실적인 충고를 하자 가진은 인상을 쓰며 아랫입술을 깨물었다.

"들어가지 못하면 밖으로 나오게 해야지."

"유인을 하라는 말입니까? 사민이 쉽게 속지 않을 겁니다."

"속을 수밖에 없는 미끼를 던지면 될 것이 아니냐?"

가진이 입을 앙다물고 생각에 잠기자 대수는 그녀가 한곳을 노려보는 것을 곁눈질로 쳐다봤다. 좌의랑 내외를 제외하고는 같은 사람으로 취급하지 않는 그녀의 성정을 알기에 자신의 심기를 거스른 사람에게 얼마나 잔인해질 수 있는지도 익히 아는 바였다.

사민을 처리하는 일은 자신에게도 위험이 따르는 일이었지만 어차피 그녀의 명을 따라야 사는 처지니 어쩔 수 없었다. 그는 가진이 어떤 계획으로 사민을 유인할 것인지 궁금해 가진이 생각을 마칠 때까지 기다렸다.

"이렇게 하면 제까짓 게 어쩔 수 없겠지."

생각을 마친 가진의 입술 꼬리가 위험하게 올라가며 대수를 가까이 불렀다. 붉은 입술에서 흘러나오는 소리가 그녀의 입술보다 더 위험하게 붉었다.

아침 일찍 운조가 출타하자 사민은 수와 놀아 주다 반빗간으로 어멈을 찾아갔다.

설거지를 마치고 잠시 앉아 쉬고 있던 어멈이 반갑게 맞아 주었다.

"먹고 싶은 것이 있으면 언제든 말해라."

"그냥 어멈을 보러 왔습니다."

그날 술자리 이후 사민은 어멈을 죽은 어미처럼 의지했다. 어미가 죽지 않았다면 이런 눈빛으로 자신을 보며 웃고 있었을 거란 생각에 그녀가 더 애틋했다.

"어멈께선 상단에 오래 계셨습니까?"

"노 단주를 따라 상단이 시작될 때부터 있었으니 오래되었지."

"하면 장 단주님도 오래 보셨겠습니다."

"장 단주님의 과거가 궁금한 것이냐?"

"그렇다기보다는… 궁금합니다."

사민이 솔직하게 대답하자 어멈은 인자한 표정으로 웃었다. 사민이 말은 없지만 감정 표현에 솔직한 것이 마음에 들었다.

그녀에 대한 운조의 마음은 눈치를 챘지만 그녀가 운조를 어찌 생각하는지 확신할 수 없었는데 이제는 알 것 같았다.

"처음 장 단주가 상단으로 왔을 때는 겨우 열 살 때였다. 의식을 잃은 채로 노 단주에게 업혀 왔을 때는 모두들 그가 살지 못할 거라고 할 정도로 처참했었지. 의원도 포기하고 돌아섰는데 노 단주께서 그를 살렸다. 노 단주께서 나중에 하신 말씀이지만 아이가 숨이 끊어지지 않는 것이 살고자 하는 염원이 강해 보였다고 하셨어."

사민은 살짝 미간을 모은 채 어멈에게 집중했다.

"처음 몇 달 동안 장 단주는 많이 위태로웠다. 의식을 깬 후에 며칠은 분노에 차 있다가 며칠은 죽은 사람처럼 미동도 않고 있기도 했어. 먹지도, 자지도 않아 지켜보는 이들을 불안하게 했지. 복수를 해야 한다고 울분을 토하기도 했다."

"저도 같은 일을 당해 봤기에 그 심정을 알 것 같습니다."

"보다 못한 노 단주께서 그를 설득시킨 후부터 장 단주는 중심을 잡기 시작했어. 그 후로 무섭게 상단의 일을 배우기 시작했지. 그리고 지금의 자리를 차고앉았다. 의지가 대단한 사람이야. 아마도 복수를 하고 잃어버린 누이를 찾아야 한다는 신념이 지금의 그를 만들었을 것이다."

사민은 그동안의 세월이 자신만큼이나 아프고 고달팠을 그가 가슴 아파 심장이 저릿했다.

"혹 장 단주의 누이에 대해서 아십니까?"

"눈망울이 크고 목소리가 어여쁜 아이였다고 했다. 이름이 소아라고 했었어."

"소아. 예쁜 이름이네요."

"돌아가신 어머니를 무척이나 닮았다고 했어."

"헤어질 때 세 살이었다면 누이를 찾는다고 해도 알아보지 못할 수도 있겠네요."

"나도 단주께 그런 이야기를 한 적이 있었다. 그래도 누이를 보면 알아볼 수 있을 거라고 하더구나. 두 살 때였던가, 누이가 돌림병에 걸려 죽을 뻔하다 기적적으로 살아났다는데 어깨에 그때 생긴 흉터가 있다고 하였어."

"힘들게 살아났는데 그리되다니 안타깝네요."

하루아침에 양친을 잃고 누이마저 생사를 알 수 없게 되었으니 살아오는 내내 그의 마음이 얼마나 지옥이었을까. 감정이 이입되니 오장육부가 타들어 가는 것 같았다.

"참 모진 운명이지. 아씨가 살아 있을지조차도 알 수 없지만 그래도 단주께서 절대 포기하지 않으시니 꼭 어딘가에서 살아 있을 거라 믿고 싶구나."

"제 생각에도 살아 있을 것 같아요."

"그러느냐?"

"네, 꼭 누이를 찾으실 거라 믿어요."

어멈이 다정하게 웃으며 사민의 손을 잡았다.

"장 단주께서 왜 널 특별하게 보시는지 알 것 같다. 그는 강해 보이지만 상처가 많은 사람이다. 네가 곁에 있는 것만으로도 큰 힘이 될 거야. 그러니 그를 지켜 다오."

어멈이 자신과 운조의 사이를 알고 있다는 사실에 사민은 당황했다. 하지만 진심으로 운조를 걱정하는 어멈의 눈빛에 그녀는 수줍게 볼을 붉히며 대답했다.

"그의 곁에 있을 겁니다."

※

석반을 마치고 운조가 돌아왔는지 궁금해 밖으로 나오던 차에 사민은 누군가 부르는 소리에 돌아섰다. 아치가 다가오고 있었다.

"단주님께서 갈 곳이 있다며 술시에 전일 같이 있었던 곳에서 기다리신다는구나."

"같이 있었던 곳이라고?"

"그래, 그리 말하면 알 거라 하셨다는구나. 짐작 가는 곳이 있냐?"

사민은 잠시 어젯밤의 일을 되짚어 보다 그와 함께 있었던 으슥한 곳을 떠올렸다. 그와의 은밀한 행각을 벌였던 곳이라 그녀는 괜히 아치의 눈치를 봤다.

"알 것 같다. 다녀오겠다."

사민이 성큼 돌아서자 아치의 고개가 살짝 모로 돌아갔다.

"잘못 본 건가? 왜 얼굴이 붉어진 것 같지?"

사민이 상단 밖으로 나가려고 하자 연두가 그녀를 불러 세웠다.

"어디로 가는 거예요?"

"단주님이 찾으신다고 해서요."

"아니! 오늘 하루는 떨어져 있나 했더니 그새를 못 참고 또 불렀단 말이에요!"

눈에 힘을 바짝 주고 심통을 부리는 연두에게 사민은 피식 웃어 주었다. 그녀가 심통을 부리는 것이 어린 누이처럼 귀엽기만 했다.

"다녀올게요."

사민이 나가자 연두는 입술을 실룩거리며 투덜거렸다.

"저게 그냥 확 미워야 하는데 그러지도 않고 이래저래 나만 속 터져 죽겠네."

"그러게, 헛된 일에 열 올리지 말고 일이나 하라니까."

아치가 현실을 짚어 주자 연두는 확 눈썹을 치켜올렸다. 아치는 얼른 물건을 세기 시작했다.

그렇게 두 사람이 한참 동안 재고 확인에 열을 올리고 있을 때 운조가 돌아왔다. 연두가 곱지 않은 눈초리로 쏘아붙였다.

"따로 불러낼 땐 언제고 왜 혼자 오는 거예요?"

"무슨 소리를 하는 거냐?"

"오라버니야말로 무슨 소리를 하는 거예요? 사민이 오라버니가 부른다고 나갔는데?"

운조의 눈빛이 매섭게 변했다.

"난 사민을 부른 적이 없다."

"이상하네? 분명 오라버니가 찾는다고 나갔단 말이에요."

두 사람의 대화를 듣고 있던 아치가 무언가 잘못되었음을 인지하고 얼른 앞으로 나왔다.

"석 씨가 급한 볼일이 있다며 대신 전해 달라고 해서 제가 사민에게 단주님의 명을 전했습니다."

"석 씨?"

석 씨는 상단의 물목을 관리하는 식솔이었기에 운조는 눈살을 찌푸렸다.

"석 씨가 뭐라 한 것이지?"

"단주님께서 나가시면서 술시에 사민과 어젯밤 같이 있었던 곳에서 기다린다고 전하라 하셨다고 했습니다."

운조는 순간 누군가 의도적으로 사민을 불러냈음을 직감했다. 분명 좋지 않은 의도로 불러냈을 것이니 사민이 위험했다.

"당장 석 씨를 잡아!"

"알겠습니다."

험악해진 인상으로 운조가 곧바로 밖으로 뛰어나가자 아치가 석 씨를 잡으려고 달려갔다. 사민이 위험에 처했다는 사실을 깨닫고 연두는 발을 동동 굴렀다.

"이를 어째! 사민 큰일 나는 거 아니겠지?"

청화루 쪽으로 급히 달려가면서 운조는 머릿속이 터질 것 같았다. 어젯밤 누군가 보고 있을 줄은 상상도 하지 못했다. 둘만 아는 일이기에 사민도 의심하지 않고 나갔을 것이다. 그 점을 이용해 누군가 제대로 뒤통수를 쳤다.

쉬이 당하지 않을 사민의 실력을 믿지만 그녀를 잘 아는 이의 소행이라면 그녀를 상대할 계책도 마련했을 것이다. 제발 늦지 않기를…….

'건드리지 마라. 손끝 하나 다치게 하면 다 죽여 버릴 것이다.'

십칠 년 전의 악몽을 떠올리며 그는 혼신의 힘을 쏟아 사민이 있는 곳으로 달려갔다.

下권에 계속

MARONG ROMANCE STORY

여름의 캐럴

박 영 장편소설

"여름의 어떤 날을 가장 좋아해?"
"캐럴 나올 때."

한철이고 한순간일 이 계절을
추억으로 남기려는 여자와
영원으로 끌고 가려는 남자의 이야기.

마야마루 스토어 한정 판매!
〈여름의 캐럴〉양장본 + 엽서 3종 + 시크릿 특전 세트